W0386324

Gildard Guillaume

Qu'un sang impur…

ROMAN

Albin Michel

© Éditions Albin Michel, 2010

À la mémoire d'Armand de Caro

« Messieurs, que nous le voulions ou non, que cela nous plaise ou que cela nous choque, la Révolution française est un bloc, un bloc dont on ne peut rien distraire parce que la vérité historique ne le permet pas. »

Georges Clemenceau
(*Discours du 29 janvier 1891*
à la Chambre des députés)

Prologue

3 septembre 1792, 7 h 15,
couvent des Bernardins

– Ouvrez ! Au nom du peuple !

Ils sont au moins une trentaine : des sans-culottes, des sectionnaires. Ils brandissent des sabres, des piques, des fusils avec baïonnette, des haches, des assommoirs, des marteaux de forgeron, des alênes de cordonnier, des crocs de boucher. Leurs vêtements sont tachés. Quand, alertée par le bruit, elle les découvre derrière la grille, massés dans le grand vestibule d'entrée, rouges de haine, de sang et de vin, la concierge du vieux couvent des Bernardins réagit vivement :

– Qu'est-ce que vous faites là ?

Un homme en cravate et redingote, plus distingué que les autres, répond d'une voix posée :

– Ouvrez ! Nous vous expliquerons.

La concierge ne l'a jamais vu. D'ailleurs, elle ne reconnaît personne.

– Vous êtes Marie-Jeanne Rabouin, n'est-ce pas ? reprend l'autre. C'est vous qui dirigez cette prison. Vous devez nous laisser entrer. Nous représentons le peuple.

– Personne ne peut pénétrer sans autorisation ! réplique

sèchement l'intéressée, petite femme ronde aux cheveux filasse. Vous n'avez rien à faire ici ! Et, d'abord, comment… ?

Il y a un mouvement dans le groupe compact des miliciens, puis un des gendarmes postés en sentinelle depuis l'aube est poussé vers la grille entre deux costauds.

– Ce patriote nous a ouvert le portail, précise l'homme en cravate.

– Lui respecte la volonté du peuple, renchérit un autre.

Celui-là, Marie-Jeanne l'a déjà rencontré : Georget, imprimeur de la rue de la Calende. « Un sale type ! » songe-t-elle.

– Allez-vous-en !

Le brigadier Émile, deux gendarmes et le concierge adjoint Pierre Delaire accourent.

– Pourquoi tu les as laissés entrer ? demande Émile à son subordonné.

– Ils m'ont dit qu'ils venaient de la part du comité de la section des Sans-culottes, articule difficilement le gendarme. Et aussi de la part de la Commune.

– Vous en justifiez ? demande le brigadier à l'homme distingué.

– Nous n'avons rien à justifier, répond l'autre sur un ton doucereux. Mais nous pouvons vous aider à prendre une bonne décision.

Il se retourne, fait un geste de la main. L'imprimeur lève un énorme gourdin et l'abat sur l'épaule de la sentinelle. Celle-ci s'effondre en hurlant. Un deuxième coup l'atteint au poignet. Tous perçoivent le craquement de l'os, suivi d'un cri strident.

– Nous continuerons jusqu'à ce que vous ouvriez, dit l'homme en redingote, profitant d'un silence.

Le troisième coup brise un genou. Le quatrième, sur le

ventre, interrompt la respiration du gendarme, dont la bouche demeure ouverte sur un cri muet.

– Arrêtez ! Arrêtez ! lance Marie-Jeanne. On vous ouvre. Jérôme, va chercher la clef !

– La voici ! répond le guichetier.

Marie-Jeanne s'en empare, la glisse dans la forte serrure. Le métal couine.

– Poussez-vous, qu'on puisse ouvrir ! a-t-elle encore le temps d'ajouter, avant que deux miliciens l'entraînent brutalement vers le greffe.

La horde envahit le vieux couvent. Le brigadier et ses hommes sont désarmés puis enfermés dans une petite pièce adjacente au greffe. Delaire, qui a tenté de s'enfuir, est rattrapé au premier étage, dans l'ancien dortoir. Les sans-culottes doivent se mettre à six pour maîtriser ce colosse au crâne chauve. À moitié assommé, il est conduit à la sacristie et enchaîné à une colonne. Le guichetier Léonard Pinpanot est poussé sans ménagement dans un placard. Seuls Marie-Jeanne et Jérôme Gaillard, l'autre guichetier, demeurent aux premières loges.

– Donnez-nous le livre d'écrou et les clefs des cellules, ordonne l'homme à la redingote.

Comme Marie-Jeanne hésite, l'imprimeur Georget vient pointer un doigt menaçant et noir sous son nez :

– Ne nous fais pas attendre ! Ou je te traite comme j'ai traité celui-là.

Il désigne la sentinelle, que les sans-culottes ont traînée par les pieds jusqu'au greffe et qui, recroquevillée dans un coin de la pièce, geint et pleure comme un enfant.

– Qu'est-ce que vous voulez faire à mes galériens ? demande Marie-Jeanne.

Depuis 1791, le couvent des Bernardins, dépôt improvisé

de prisonniers, abrite dans l'ombre du cloître les forçats destinés aux bagnes de Toulon, Marseille, Rochefort et Brest.

– Ne t'occupe pas de ça ! Ces hommes sont des criminels. Ils sont un danger pour la patrie. Donne-nous les clefs des cellules !

– Mais qu'est-ce que...

Une gifle l'envoie cogner contre le mur.

– Les bagnards ne sont pas un danger, trouve-t-elle encore la force de prononcer en reniflant. Ils vont bientôt partir. Ils ne sont pas là pour longtemps. Laissez-les !

– Donne les clefs !

– Fais ce qu'il te dit, murmure Gaillard. Tu vois bien qu'il ne veut rien entendre. Donne-leur les clefs ! Tu saignes du nez. Tiens, prends ce...

Le guichetier lui tend un mouchoir, mais Marie-Jeanne essuie le sang d'une main, dessinant sur sa joue rebondie un pétale écarlate.

– Elles sont là, dit-elle en désignant un tableau. Le registre est sur le bureau. Le livre qui porte le numéro 2 A.

Du greffe où on les a contraints à s'asseoir sous la garde de deux nervis avinés, Marie-Jeanne et Gaillard ne voient rien d'autre que les murs chaulés de la pièce et, au-delà de la porte ouverte, un long couloir donnant accès au cloître et au réfectoire. Ils ne peuvent non plus mesurer le temps puisque la pendule a disparu, probablement volée par un envahisseur. Les sons, en revanche, sont bien perceptibles. Cruellement.

Dans les premières secondes qui suivent la ruée des miliciens vers le cloître, seuls les gémissements du gendarme battu par Georget se font entendre.

– On peut pas le laisser comme ça ! implore Marie-Jeanne. Laissez-moi regarder ! C'est pas humain de le laisser souffrir.

– Il y a rien à faire, répond un sans-culotte, un énorme sabre à la main. Tiens-toi donc tranquille si tu veux pas qu'il t'arrive la même chose !

– Vous êtes pas des hommes ! Vous êtes que des assassins !

– Ferme-la ou je t'aplatis !

Au même moment, des hurlements de terreur et de souffrance retentissent en provenance du cloître. Des hurlements accompagnés des cris de rage ou de joie des exécuteurs frappant à tour de bras avec leurs assommoirs et leurs gourdins, piquant de la baïonnette dans les membres, déchiquetant à coups de sabre ou de hache. Des hurlements couvrant à peine le bruit de la chair déchirée, le craquement de petit bois des os qui se brisent et s'éparpillent dans les muscles, le timbre mat du corps écrasé sous le choc.

– Mon Dieu ! Mon Dieu ! Ils tuent mes gosses !

Parmi les bagnards, beaucoup sont très jeunes. Il faut les voir, le matin, tendre leurs bras à travers les grilles pour un bol fumant et un morceau de pain, rire de toutes leurs mauvaises dents, roter, se lancer des plaisanteries, être heureux simplement de l'instant présent.

Marie-Jeanne a placé les mains sur ses oreilles. Elle ne veut plus rien entendre.

– Arrêtez ! Arrêtez !

Mais ce qui se passe à quelques dizaines de mètres cogne aux tympans, les transperce. Marie-Jeanne n'a pas besoin d'y assister pour comprendre l'atroce massacre qui se commet. Cellule après cellule, les bourreaux exécutent méthodiquement leurs occupants. Ils pourraient les faire mourir rapidement. Mais ils préfèrent jouer de l'assommoir, taillader, écorcher vif. La mort doit être lente ou ne pas être.

– Mais pourquoi ? Pourquoi ?

Soixante-quinze bagnards se partagent les cellules. Marie-Jeanne les connaît tous par leurs prénoms ou leurs surnoms. Elle a parlé avec chacun d'eux, en a soigné quelques-uns. Malgré leur passé criminel, elle aimerait tant les aider. Si d'autres se satisfont de faire si peu, elle vit en permanence avec le regret amer de son impuissance. Ils sont destinés à l'enfer de la chiourme bestiale, des fers et des mauvais traitements : pourquoi ajouter encore à leur triste sort ?

Soudain, le bruit d'une cavalcade. Un bagnard s'est échappé. Sanguinolent, il vient se jeter dans le couloir. La concierge le voit, les yeux fous de terreur, titubant, tremblant. Leurs regards se croisent. Mais les tueurs sont déjà sur lui. Son audace lui vaut de mourir plus vite : sa tête roule, éclaboussant le mur de sang, là où subsistent encore quelques fresques d'un saint en prière.

Soixante-quinze. C'est bien long de saigner à mort soixante-quinze hommes vigoureux. Long et épuisant pour les exécuteurs, dont certains, de temps à autre, font une pause régénératrice agrémentée de plaisanteries salaces. Gaillard, pris de nausées, vomit brutalement sur l'un des nervis qui le surveillent. Il est encore en train de hoqueter quand un coup de crosse le fait tomber inconscient dans ses vomissures.

– Fermez la porte ! supplie Marie-Jeanne. Que je n'entende plus !

– Je peux faire ça pour toi, répond un sans-culotte avec un rire mauvais.

Le cœur de Marie-Jeanne bat à rompre. Elle a l'impression que les veines de son cou vont éclater. Combien de temps encore devra-t-elle être le témoin impuissant de l'horreur ?

– Tu es sûr ?

– Absolument ! Ils sont bien soixante-treize.

– Ce n'est pas possible !

Marie-Jeanne secoue la tête. Il y a quelque chose qui ne colle pas. Elle avait la garde de soixante-quinze bagnards, trois ont échappé au massacre, sans qu'on sache très bien pourquoi ; elle devrait avoir soixante-douze cadavres, pas un de moins ou de plus.

– Ce n'est pas possible que tu en comptes soixante-treize, insiste-t-elle auprès de Delaire. Ce n'est pas possible. Tu dois te tromper ou confondre…

Sa voix s'étrangle. On lui a dit que des bagnards ont eu la tête coupée, que d'autres ont été démembrés. Ne pourrait-on pas avoir en apparence deux hommes là où il n'y en avait qu'un seul ? Marie-Jeanne a presque honte d'avoir une telle pensée.

– Il va falloir que tu les reconnaisses un par un, murmure l'adjoint.

– Je ne pourrai jamais !

– Toi seule peux le faire. J'ai demandé qu'on… J'ai demandé qu'on passe un peu d'eau sur les têtes. Je sais bien que je te demande quelque chose de difficile. Mais je vois pas comment faire autrement. Je suis même pas certain que ça puisse servir à quelque chose. Il y en a qui sont dans un état épouvantable.

Marie-Jeanne se penche sur le registre d'écrou. En regard de chacun des trois survivants, Charles-Pierre, dit Lacouture, Jean-François Pillardot et Robert-Joseph Guillot, elle a écrit la mention « vivant ». Pour les autres, elle n'a pas encore trouvé la force d'inscrire quoi que ce soit. « Qu'est-ce qu'on peut bien écrire, bon dieu ? »

– Il faut y aller maintenant, insiste Delaire. Il fait chaud dans le réfectoire. Si on attend trop, on pourra bientôt plus les reconnaître. De toute façon, ils ont dit à la section qu'ils allaient les enlever avant la tombée de la nuit.

– Il est quelle heure ?

– Un peu plus de quatre heures.

Huit heures à peine après la boucherie ! Marie-Jeanne se lève. Elle ne se sent pas seulement épuisée, elle a l'impression qu'on l'a battue elle aussi. Quelque chose cogne dans son crâne. Ses jambes lui paraissent gonflées. Son nez est douloureux.

– Comment va Louis ?

Elle parle du gendarme que les sans-culottes ont frappé.

– Ça va à peu près. Mais le médecin dit que son genou est perdu.

– Pauvre garçon !

Il y a du monde dans le couloir. Beaucoup ont accouru après le massacre. Ils venaient du siège de la section, de l'Hôtel de Ville ou de la mairie. Marie-Jeanne salue d'un petit signe de la tête ceux qu'elle connaît, fort peu nombreux. Le guichetier Pinpanot lui ouvre la porte du réfectoire. Elle y pénètre en oscillant, comme si elle était ivre. Delaire et Gaillard la suivent. Une odeur légèrement douceâtre la saisit. Une lumière jaune filtre à travers les étroites fenêtres et, de place en place, fait palpiter des particules de poussière.

– C'est quoi ce bruit ?

– Les mouches.

Deux lourdes tables se remarquent dans le coin le plus éclairé, là où le personnel de la prison prend habituellement ses repas. Au centre, rangés côte à côte, sur quatre lignes, on distingue les cadavres. Pour la plupart, ils sont nus, ou quasiment. Les exécuteurs étaient aussi des voleurs. De toute façon, les dépouilleurs leur ont succédé.

Marie-Jeanne a un haut-le-cœur. D'un geste doux, Delaire l'entraîne vers le premier corps. La concierge observe les yeux grand ouverts sur une pupille vitreuse, la cage thoracique noire de sang séché. Elle ouvre le registre d'écrou, suit d'un doigt tremblant la liste des derniers arrivés, s'arrête enfin sur un nom. Elle s'assure une dernière fois qu'il n'y a pas d'erreur, sans s'approcher, puis porte précipitamment la mention « mort ».

Le deuxième corps est celui d'un homme arrivé aux Bernardins en mai 1792. Ils étaient deux dans ce cas. Les autres ont été enfermés en juin, juillet et août, sauf un, le plus jeune.

Nouvelle station devant un troisième cadavre, puis devant un quatrième, puis un cinquième. Marie-Jeanne s'essuie les yeux : les larmes l'empêchent de voir bien et elle ne peut pas ne pas bien voir.

« Et toutes ces mouches qui tourbillonnent… »

La huitième dépouille est celle d'un homme dont les massacreurs ont coupé la tête. La tête est bien là, mais à côté d'une épaule, grotesque avec sa bouche tordue et cette paupière tombant à moitié sur un caillot de sang.

– On peut pas se tromper, susurre Delaire, qui a l'impression de mâcher du plâtre. Le corps et la tête étaient au même endroit, dans la sacristie.

– Je vois pas bien. Tu pourrais…

Delaire contemple le corps, se déplace avec précaution, pose délicatement ses mains autour de la tête inanimée et la tourne doucement vers la concierge. Sans un mot, celle-ci écrit sur le registre.

Au vingtième cadavre, Marie-Jeanne est en proie à une sorte de claquement de dents.

– Jean-Joseph, parvient-elle à dire. Le petit Picquet, le plus jeune. Il est entré avant-hier. Il parlait toujours de sa mère. Pauvre gosse !

« Il aurait pu être mon gamin, songe-t-elle. Heureusement, ils l'ont pas trop martyrisé. »

Devant le cinquante-quatrième cadavre, Marie-Jeanne, soudain prise de malaise, est obligée de s'asseoir sur le sol dallé. Sa grosse poitrine se soulève de manière spasmodique. L'un des guichetiers se penche vers elle.

– Tu veux un peu d'eau ?

– Non ! Rien ! Rien !

Sinistre alignement ! Au soixante-deuxième corps, Marie-Jeanne saisit le bras de Delaire.

– Celui-là, je le connais pas. Inconnu !

– Tu es sûre ?

– J'en mettrais ma main à… Qu'est-ce qu'il pouvait bien faire ici ? On l'a retrouvé où ?

– Dans le vestibule, je crois. À côté du greffe.

– Qui tu crois que c'était ? Un des tueurs que les autres ont abandonné ? Un de ces gueux qui cherchaient à voler ? Tu crois que c'était un voleur ?

– J'en sais rien.

– Il a l'air jeune.

– Il a l'air de rien. Il a tellement été battu !

La concierge observe attentivement le visage. Est-ce celui d'un voleur ? « En tout cas, c'est le visage d'un homme qui a été massacré. Comme les autres. Un inconnu massacré. Parce qu'il n'a pas de nom, on finit par lui donner plus d'importance qu'aux autres. »

Marie-Jeanne ouvre le registre d'écrou. À la dernière page,

sur la première ligne vierge de toute mention, elle porte dans la colonne des noms le mot « voleur », un point d'interrogation dans la colonne d'entrées et, complètement à droite, comme pour les bagnards, la mention « mort ».

Arrivée au bout du dernier alignement, Marie-Jeanne s'assied sur un banc et compte le nombre de fois où elle a écrit le mot terrible : soixante-treize.

– Tu as raison ! parvient-elle à articuler. Il y en a un de trop ! C'est le petit gars que je connais pas. Qui ça pouvait être, bon dieu ?

I

PRÉPARATION

« On veut nous attendrir, messieurs, en faveur du sang qui a été versé hier à Paris : ce sang était-il donc si pur ? »

Antoine Barnave, 23 juillet 1789.

1

– Je ne vous ennuie pas, au moins ?

Léontine de Saint-Merri, comtesse de Bressé, n'aime rien tant qu'évoquer les années qu'elle a vécues dans l'entourage de la famille royale, quand elle était dame de compagnie de Madame Adélaïde, l'une des filles de Louis XV. Elle le fait avec une particulière gourmandise. Naturellement bavarde, pleine de faconde et de fantaisie, elle se moque volontiers, quelquefois avec férocité, de ceux qu'elle a fréquentés si longtemps. Témoin privilégié des mœurs de la Cour, elle n'a pas son pareil pour croquer les tableaux les plus saisissants de vérité.

C'est une femme de belle taille, un peu ronde, avec un nez fort et des yeux pétillants de malice. Voilà plus d'une heure que la comtesse raconte en ce beau jour d'avril 1790. Elle parle lentement, d'une voix basse, légèrement caverneuse. Il y a quelques années, elle a été affectée par un grave problème de gorge. Elle s'exprime avec une grande économie de gestes. Pourtant ses mains sont fort belles, et on aimerait les voir plus souvent découper l'espace, au lieu de reposer sagement sur le velours de la robe.

– Vous savez bien que je raffole de ces histoires, répond la jeune femme brune assise en face d'elle.

Yolande de Kérodret est totalement sincère. Même si elle a plus de goût et d'intérêt pour les philosophes des Lumières, l'ésotérisme et les vibrations du monde, selon son expression, l'humour acide de la comtesse de Bressé la ravit, lui procure des récréations salutaires. D'une façon encore plus prononcée que son frère Loïc, Yolande équilibre harmonieusement les travaux de l'esprit et les autres.

Yolande est entrée au service de la comtesse, comme demoiselle de compagnie, à la fin de l'année 1787 – elle avait alors dix-sept ans – grâce aux soins de son oncle Philippe de Kérodret, directeur spirituel d'un couvent de religieuses installé entre Paris et Vaugirard. Elle venait de Châteauneuf-du-Faou, où elle avait dévoré la bibliothèque de son père : Rousseau, Montesquieu, Voltaire, Diderot, d'Alembert, Helvétius, Buffon, Beccaria, des livres de philosophie, de mécanique, d'histoire, tout ce qui lui était tombé sous la main. Elle s'était brûlé les yeux aux Lumières du siècle bien avant qu'il soit question du siècle des Lumières. Mais elle voulait aussi vivre dans la capitale, rencontrer le « monde ».

– Louis XVI, vous le savez, rit souvent quand il est embarrassé ou ne sait quoi dire, reprend la comtesse. En tout cas, avant la triste époque que nous vivons, c'était le cas. La Cour avait beau le savoir, il était toujours pénible de voir le roi éclater de rire sans raison apparente en vous regardant fixement...

Léontine de Saint-Merri se tait brutalement, comme si soudain le rire du roi venait frapper ses oreilles. Le regard se perd dans une scène champêtre de tapisserie, tandis que les lèvres frémissent. À quel tableau de genre sa prodigieuse mémoire invite-t-elle ses pensées ? Elle qui a séjourné à Bellevue, chez Mesdames, fréquenté Versailles, accompagné son mari à Rambouillet, fait quelques apparitions à Trianon, mangé à Marly, goûté le théâtre de Fontainebleau, elle sait tout de la

Cour, des vices sans conséquence et des ridicules qui tuent, des humiliations et des délices, des vanités boursouflées et des disgrâces imméritées, des récompenses et des punitions, des fêtes et des tragédies, des étiquettes et de l'excentricité. De la grossièreté du roi, qui emprunte largement à la maladresse, la comtesse de Bressé pourrait parler pendant des heures et faire pleurer son interlocuteur de rire.

Yolande écoute, une main sous le menton. De temps à autre, un doigt effleure la commissure des lèvres, soulignant par sa blancheur l'éclat carmin d'une bouche mutine et sensuelle.

La comtesse parle à présent des jeux d'argent auxquels se livraient la reine Marie-Antoinette et le comte d'Artois, le jeune frère du roi, en accueillant à leur table la société la plus détestable.

– La reine jouait gros, avec une férocité qu'on a peine à imaginer mais que partageaient malheureusement les princes.

Elle voulait gagner, n'acceptait pas de perdre, ricanait devant les échecs de ses adversaires, insultait ses partenaires maladroits, ramassait ses gains en raillant les perdants, perdait en accusant les gagnants de tricher, trichait elle-même sans vergogne, accumulait des dettes colossales. Le pire est qu'elle n'aimait pas jouer.

– Elle cédait à l'empire que le jeu a sur les âmes frivoles, déplore Mme de Saint-Merri. Et, surtout, elle jouait pour sacrifier à la mode. Cette jolie femme ne désirait rien tant que s'habiller à la dernière mode, vivre à la dernière mode, penser à la dernière mode, plaire à la dernière mode. Elle était prête à jouer toute une partie de la nuit pour gagner le prix de la dernière robe ou du dernier chapeau créé par Rose Bertin, son âme damnée de la couture. La mode ! Elle n'avait que ce mot à la bouche. Et elle voulait plaire. Plaire à des godelureaux plus vides qu'un jour sans pain, plaire aux médiocres venus la solliciter. Est-ce l'effet de sa coquetterie ? Je ne dis pas que cette coquetterie de tous les instants, ce désir de séduire, cette frivolité étaient toujours néfastes. S'ils ont conduit la reine à commettre des fautes irréparables, ils faisaient également d'elle, et, je suppose, font toujours d'elle un être charmant, gracieux, piquant, aimable...

La comtesse s'interrompt, soudain pensive, puis reprend :

– Aimable, dis-je. Certainement pas pour tout le monde ! M. le comte d'Artois a tous les vices, y compris celui de ne reconnaître aucun mérite à la reine. Quant à sa femme, Marie-Thérèse, dépourvue de la moindre intelligence – c'est un euphémisme –, je la crois seulement capable de nourrir quelques sentiments vis-à-vis des gardes du corps qu'elle fréquente assidûment et qui, croyez-moi, prennent leur rôle – comment dire ? – très au sérieux...

Un sourire plein de malice éclaire le visage de la vieille femme.

– Marie-Thérèse – je ne voudrais pas être vulgaire – aime à chercher des consolations auprès d'eux et elle en a été grosse à plusieurs reprises. La dernière fois, le roi a envoyé le coupable servir dans des îles lointaines. Madame Adélaïde, qui n'avait pas l'habitude de camoufler ses sentiments, m'a dit à ce propos : « Ma chère, il faudrait y envoyer toute la compagnie ! » Vous n'avez toujours pas faim ?

Yolande, dont l'appétit est toujours modeste, fait un signe de dénégation.

– Je vous trouve un peu pâle. Vous devriez manger un peu plus.

– Je mange déjà bien trop !

– Hum ! Je crois surtout que vous voulez conserver cette taille de guêpe...

L'étonnement écarquille les yeux de Yolande, ajoutant encore à la beauté de son regard. « Mon Dieu, que Yolande est délicieusement attirante ! se dit Mme de Saint-Merri. Si j'étais un homme... Mais voilà que je délire ! Je comprends le chevalier Bernard de Fleurimont... Mais pourquoi ne l'a-t-on pas encore vu de la semaine, celui-là ? Ces jeunes hommes sont décidément insupportables ! »

Mme de Saint-Merri joue un instant avec une petite boîte au décor de nacre puis pousse un profond soupir.

– Dans la maison de Madame Adélaïde, les gestes et les paroles étaient chastes. Ailleurs, je puis en témoigner, les gestes étaient chastes mais les paroles confinaient à la licence. Songez donc ! Un homme ne pouvait poser sa main sur le dos d'un fauteuil occupé par une femme : c'était une grossièreté, une insolence. En revanche, ce même homme pouvait, en se tenant derrière elle, lui débiter des alexandrins obscènes. Comment comprenez-vous cela ? Mais allons manger ! Joseph nous a préparé un pigeon à la crapaudine.

« Il est curieux, songe Yolande, que la comtesse me parle d'alexandrins obscènes. A-t-elle vu le livre que je lis en ce moment avant de pincer la bougie et qui me tient longtemps éveillée ? Est-ce une façon de me le dire ? Sait-elle que je l'ai lu déjà plusieurs fois ? »

2

– Monseigneur, merci de me recevoir. Ma première intention était de vous écrire, pour vous confier mes doutes. Mais j'ai préféré vous rencontrer et vous parler sans détour. Je sais que, comme à votre habitude, vous saurez me prodiguer de précieux conseils.

Philippe de Kérodret est un vrai colosse et en impose avec ses cent quatre-vingt-quatorze centimètres et ses cent huit kilos, sa crinière grise de fauve et ses yeux bleu acier. C'est le troisième enfant d'une fratrie de six. Le père, Jean-François, était lieutenant civil et criminel des juridictions royales. Comme ses frères Denis et Thierry, Philippe a été dirigé vers l'état ecclésiastique. Il a terminé sa philosophie au collège des Jésuites de La Flèche puis est entré au noviciat de la Compagnie de Jésus à Paris. Après quoi il a été nommé professeur au collège de Quimper. Il y était encore quand les parlements ont expulsé les Jésuites de leurs maisons. L'année suivante, Philippe a été attaché au séminaire de Saint-Nicolas-du-Chardonnet. Au début des années 1770, le collège de Louis-le-Grand l'a accueilli pour quatre années. Ordonné prêtre, il a fait douze mois de probation à Rouen puis est revenu dans la capitale.

Quand les États généraux ont été convoqués, Philippe

a accueilli la nouvelle avec enthousiasme, comme d'ailleurs sa nièce Yolande. Il espérait qu'un grand bien sortirait de ce qu'il imaginait être une communion des esprits. Il s'est même réjoui lorsque le clergé a rejoint le tiers état au sein de l'assemblée ou, dans la nuit du 4 août 1789, a abandonné dîme et privilèges.

Les premières décisions prises par l'assemblée en octobre et le décret enlevant aux évêques la surveillance de l'éducation publique l'ont plongé dans le doute.

Mais c'est la loi du 12 juillet 1790, sur la Constitution civile du clergé, qui l'a définitivement dressé – lui comme d'autres – contre la Révolution. Les évêques et les prêtres exerçant des fonctions cultuelles seraient élus par l'ensemble des électeurs payant un impôt déterminé, sans distinction de religion ou d'opinion philosophique, y compris par des protestants ou des athées ! Les évêques ne recevraient plus l'investiture du pape !

En novembre, alors que Louis XVI venait de promulguer cette loi (Philippe avait du mal à comprendre comment le roi avait pu se laisser aller à une telle complaisance), un nouveau texte a contraint les prêtres fonctionnaires à prêter le serment de maintenir de tout leur pouvoir cette Constitution civile du clergé. Le roi a encore ratifié ! Vicaires, curés et évêques se sont trouvés alors confrontés à un dilemme crucial. S'ils prêtaient le serment exigé à la Nation et à la Loi, ils seraient salariés par l'État mais rejetés par le pape et la hiérarchie comme constitutionnels, jureurs ou assermentés. S'ils étaient désignés par les fidèles mais refusaient le serment, ils se condamnaient d'eux-mêmes à l'exercice clandestin du culte comme réfractaires ou insermentés.

La moitié des membres de l'ordre ont prêté le serment, avec des variations considérables d'une région à l'autre. Philippe, lui, s'y est refusé. Il était simplement inconcevable qu'il adoptât une autre attitude. Prêtre réfractaire, insermenté, non-jureur : voilà ce qu'il était à la fin de l'année 1790.

– Parlez-moi de votre frère Thierry, dit l'évêque d'une voix douce.

Philippe se redresse, colle ses épaules au dossier du fauteuil. Ses muscles sont douloureux. Ses tempes bourdonnent. Il peine à rassembler ses idées. Par les hautes fenêtres encadrées de lourds rideaux, une faible lumière pénètre dans la pièce. Du visage de l'évêque, on ne distingue que les yeux, la mâchoire un peu longue et les mains fines et blanches, posées à plat sur le cuir du bureau. D'une pièce voisine proviennent des chuchotements, peut-être les bavardages de la gouvernante et d'une femme de service.

– Je vous en prie, insiste l'évêque.

– Mon frère Thierry, né dix ans après moi, est entré à vingt-trois ans dans la cléricature. Il a fait ses études à Paris, où il a pris le grade de docteur en Sorbonne. Grâce à l'amitié que lui portait le doyen du chapitre de Blois, il a été amené à recevoir un canonicat dans la cathédrale de cette ville…

Philippe rapporte ensuite en détail la vie de son frère au chapitre de Blois. L'évêque écoute dans une totale immobilité.

– Désirez-vous du café au lait ?

Philippe s'avise que la gouvernante s'est approchée sans bruit, tenant un plateau sur lequel fument deux tasses.

– Je vous en prie, poursuivez, dit l'évêque.

– Comment le chapitre de Blois réagit-il, quels sentiments agitent mon frère Thierry lorsque les premiers événements de 1789 secouent la France ? Vous devinez la réponse, monseigneur. Avec l'optimisme et l'enthousiasme de tous ceux qui croient au perfectionnement de l'Homme et de la société. Beaucoup de chanoines, mon frère le premier, sont jeunes : le rêve, l'espérance, le renouveau, le progrès, le bonheur ne sont pas seulement des mots, ils sont aussi des désirs, des images, une attente. Comme tous les groupements de la Nation, le chapitre de Blois prépare dans la fièvre son cahier de doléances. Mon frère et les autres chanoines ont foi dans ce mouvement général qui emporte le peuple de France...

– Une foi que vous semblez avoir partagée !

– Une foi que j'ai partagée, monseigneur, je l'admets. Comme beaucoup, j'ai cru en ce mouvement des esprits...

Philippe s'arrête. Tout son visage grimace de douleur. Oui, il a nourri les plus grands espoirs dans cette envolée. Tout semblait possible. Enfin, l'idée de progrès – peut-être la plus belle idée de la Révolution – venait irriguer, féconder la pensée des hommes ! Jusqu'à cette loi sur la Constitution civile du clergé.

– Le chapitre de Blois, sans la moindre hésitation, refuse ce schisme et cette laïcisation, poursuit Philippe. Les chanoines rassemblés autour de Mgr de Thémines...

– Que j'ai bien connu...

– Les chanoines dénoncent l'erreur qui consisterait à adhérer à un tel bouleversement même si, autour d'eux, beaucoup de prêtres, en toute bonne foi, croient pouvoir se rallier. Mais le plus triste est pour plus tard. Peu après, des commissaires du département surgissent brutalement et apposent les scellés sur la sacristie. « Nous ne voulons pas entraver le service divin, assurent-ils. Nous ne saisissons que le temporel. » Mensonge ! Infamie ! Que connaissent-ils du service divin ?

Philippe porte à ses lèvres la tasse de café au lait, boit lentement. Il veut donner à sa colère le temps de l'apaisement. L'évêque l'observe avec une forme de gravité souriante. Comme son visiteur, il a lui aussi refusé le serment. Il vit en reclus mais reçoit dans sa retraite tous les insermentés de son diocèse et des diocèses voisins. Il a appris à connaître les hommes d'Église : le prêtre qui lui fait face est travaillé par le ressentiment, peut-être par la haine. Il faut se garder de toute hâte.

– Après cette intrusion, reprend Philippe, les chanoines se rassemblent. Ils sont une quinzaine. Ils décident de rédiger une déclaration et de lui donner la plus grande publicité. Tous la signent d'enthousiasme. Peut-être, monseigneur, la connaissez-vous…

L'évêque hoche la tête.

– Les nouvelles autorités ne peuvent évidemment tolérer un pareil acte d'insoumission. Elles signifient aux chanoines que, désormais, il est interdit de se réunir. Interdit de se réunir ! Ensuite, tout s'accélère. À Blois, l'abbé Grégoire est élu évêque constitutionnel du Loir-et-Cher et Mgr de Thémines, l'évêque légitime, est expulsé. Dans les stalles du chœur, à la place des chanoines qui ont été chassés, des vicaires sortis de nulle part prennent place. Mon frère tente au début de célébrer la messe dans les chapelles de quelques communautés religieuses. Mais les puissants du jour font cadenasser les portes. Le Saint Sacrifice ne peut plus alors être offert que dans les maisons particulières ou les oratoires privés. Pendant plusieurs mois, Thierry va d'un refuge à l'autre, la peur au ventre, poursuivi par les miliciens du club des Jacobins. Ceux-ci multiplient les discours de plus en plus violents contre les réfractaires et finissent par réclamer leur expulsion du département. Thierry décide alors de rejoindre Paris, où il pense être en sécurité. Il est…

La voix de Philippe s'étrangle. Il porte les mains à sa bouche, puis les joint en une prière muette.

– Il est tué du côté d'Étampes. Plus exactement, on retrouve son corps au bord de la Juine. Il a été poignardé – je devrais dire « lardé de coups de couteau » car on s'est acharné sur lui. Ses maigres effets ont été dérobés. On ignore tout des circonstances dans lesquelles il a été agressé. On ignore tout aussi des assassins. Ce n'est qu'un prêtre assassiné, rien de plus, comme on élimine les nuisibles. Que vaut la vie d'un prêtre ? Que vaut d'ailleurs...

– Votre frère a payé de sa vie le prix de ses engagements, interrompt l'évêque. Il est désormais dans le Royaume des Cieux. Prions ensemble.

– Monseigneur ! La mort de mon frère Thierry ne m'a pas seulement bouleversé, elle m'a fait craquer de partout. Il était l'être le plus généreux, le plus instruit... Je suis comme une vieille maison qui tombe en ruine : plus rien ne tient, tout se lézarde, des pans entiers s'effondrent. Toutes mes certitudes, mes attentes, mon énergie, ma volonté, tout est atteint, corrompu, malade...

– Priez avec moi, mon fils, priez avec moi ! Écoutez votre cœur ! Priez avec moi !

L'évêque quitte son fauteuil et, sans plus de cérémonie, vient s'agenouiller au côté de Philippe. Celui-ci l'imite immédiatement. Le spectacle de ces deux hommes à genoux, unis dans le recueillement et la prière, a quelque chose d'infiniment beau. On n'entend plus rien en provenance de la pièce voisine, comme si les domestiques voulaient par leur silence partager l'oraison. Seule une lointaine clameur de la rue est perceptible. La lumière coule plus abondamment dans la pièce : elle ruisselle sur un encrier d'étain, dégouline le long des pieds du grand bureau, s'étale sur le tapis de Flandres, allumant les scènes champêtres qui y sont tissées et prenant alors une couleur plus chaude, celle de l'or ou du cuivre. Sur un mur, un petit christ en ivoire, finement sculpté, a la tête et le tronc dans l'ombre : seules les jambes accrochent quelques particules de lumière.

– Monseigneur, vous est-il arrivé de douter de Dieu ? interroge finalement Philippe après s'être signé lentement.

– Vous seriez surpris si je vous disais le nombre de fois, confie l'évêque.

3

– Que fête-t-on, ce soir, monsieur Danton ?

Hélène Alfonso de Mirande, de son vrai nom Ernestine Plantier, lorsqu'elle parle, donne l'impression de sucer des noyaux. Cela n'a pas nui à sa carrière puisque, loin du théâtre de la société et des domestiques prompts à cancaner, elle tient, pour les soupers délicats et les parties fines, l'un des plus importants bordels de Paris. Il se dit qu'elle a fait ses classes chez Marie Stock, plus communément appelée la Gourdan. C'est peut-être vrai, même si celle-ci a surtout eu ses heures de gloire sous Louis XV, après avoir découvert une certaine Jeanne Bécu, que les habitués du sérail retrouvèrent un jour, certainement surpris, sous le nom de Mme Du Barry.

– Ma nomination comme administrateur du département de Paris, répond le tribun.

Nous sommes en janvier 1791 et Georges Danton, enfin, vient de gagner un important mandat électif. Il est là pour fêter l'événement et, généreux comme à son habitude, a entraîné avec lui quatre amis intimes.

– Vous connaissez Jean Lehalleur, fait encore Danton en désignant un jeune homme aux yeux vert d'eau et aux cheveux blonds flottant en désordre sur la nuque.

Hélène de Mirande le salue avec un sourire moqueur. Elle a déjà goûté la pulpe pâle des lèvres du jeune homme. Elle aime son sourire radieux et le ton toujours un peu rêveur de sa voix.

Un homme brun s'avance, engoncé dans une redingote flamboyante.

– Philippe Fabre, dit-il en s'inclinant.

Philippe Fabre est devenu Fabre d'Églantine parce que le Consistoire du Gai Savoir offrait alors aux meilleurs poètes de langue d'oc des fleurs comme la violette, l'amarante ou l'églantine. Il a tout fait, tout raté et est revenu de tout : la peinture, le théâtre, la musique, la poésie. L'auteur de *Il pleut, bergère* a été plusieurs fois poursuivi devant les tribunaux. Il vit des femmes comme un maquereau de bas étage. Ses bâtards, qu'il abandonne sans émotion, sont innombrables. Il doit de l'argent à tout le monde, y compris à Jean Lehalleur, qui n'en a pas encore beaucoup à l'époque. Danton pardonne à Fabre toutes ses frasques, Jean n'en excuse aucune.

Jules Paré, à son tour, fait un pas en avant. S'emparant de la main de la maquerelle, il y dépose un léger baiser. C'est un ancien condisciple de Danton au collège des Oratoriens. Il a été maître clerc du tribun et est aujourd'hui une sorte de *factotum*.

Le quatrième compagnon, un peu en retrait, n'est autre que Camille Desmoulins. Danton a fait sa connaissance lorsqu'il fréquentait la loge des Neuf Sœurs. Tout semble opposer les deux hommes : Danton est un hercule brutal et bruyant, Desmoulins est maigre et timide ; l'un est capable de tenir des discours improvisés à couper le souffle, l'autre, bien que reçu avocat, bégaie et s'empêtre dans les pensées ; l'un est laid à faire peur, l'autre a des traits fins, presque féminins ; l'un a un sens médiocre de l'écrit, l'autre, ancien boursier au collège de Louis-le-Grand, où il a côtoyé Robespierre et Fréron, excelle dans le libelle et le pamphlet et commence à être connu comme l'un des publicistes les plus incisifs ; l'un sait prendre du recul et adopter des positions modérées, l'autre ne souffre que les postures radicales. Mais tous deux ont le même goût des femmes, la même gaieté, la même intelligence.

La grande réussite d'Hélène de Mirande, c'est d'avoir recréé à Paris, sur la route de Vaugirard, ce que les libertins appelaient au cœur du XVIIIe siècle une « petite maison ». On n'en devine rien avant d'avoir franchi la grande porte du jardin : la clôture élevée en moellons est trop haute et la cime des arbres trop élevée. On est encore ignorant de ce qu'on va découvrir quand on suit l'allée bordée de fleurs et de sculptures. En fait, la surprise commence dès le vestibule et les premiers salons, marquetés de bois d'amarante, aux murs lambrissés et peints de couleurs lilas et vert d'eau, avec, partout, des miroirs et des tableaux sur des sujets galants. Les cristaux taillés des girandoles posent sur les meubles une lumière nacrée.

La matrone a accueilli ses hôtes au seuil du cabinet de jeux, là où on peut pratiquer le billard, le trou-madame (un jeu très apprécié et de circonstance en ce lieu) ou le biribi (venu d'Italie, c'est une variante de la cavagnole).

– Étant donné l'heure, je ne pense pas que vous souhaitiez jouer, dit la maquerelle.

Danton, qui a déjà aperçu dans le grand salon où l'on mange quelques jolis minois, des gorges d'albâtre, une jambe découverte, réplique :

– Nous avons faim.

La table est dressée depuis longtemps. La cuisine de Cupidon, chacun ici le sait bien, est l'alchimie des sens. Elle est concoctée pour accroître les ardeurs. Les cuisinières de

Mme de Mirande savent y faire. Point de gras ou de capiteux, du léger en bouche et du stimulant ! Huîtres palpitant dans du champagne, légèrement poivrées. Artichauts au cœur tendre et aux vertus extraordinaires. Dans les rues, les crieurs ont l'habitude de hurler : « Artichauts ! Artichauts ! Pour vous monsieur et vous madame. Pour réchauffer le cœur et l'âme. Et pour avoir le cul bien chaud. » Peu de poisson, de la viande grillée sur des cœurs de fer. De la truffe, envoûtante comme les dessous d'un jupon. Du céleri, roide et veiné, qui rappelle la chair en érection. Des piments, des sauces aux poivres ou au safran, des épices rares et aphrodisiaques, mélangées ou non avec du miel. Des gonades de coqs rôties, qui, selon Bussy-Rabutin, permettent de « baiser à couilles rabattues ». Des desserts évocateurs, suggestifs : tétons de Vénus, des demi-sphères poudrées de blanc et couronnées d'une fraise ou d'une framboise ; des puits d'amour, en pâte feuilletée remplie de gelée de groseille ; un gâteau tendre dénommé « Ali-Baba » ou « baba » mouillé au vin de Malaga et rappelant la beauté des courtisanes des *Mille et Une Nuits* ; des figues ouvertes comme des huis de Sodome. Du champagne, blanc ou rosé. Des eaux parfumées d'épices. Un verre de cognac dans lequel flotte un jaune d'œuf. Un chocolat parfumé à la vanille.

Mme de Mirande a disparu. Denise, Rose, Geneviève, Romane, Marguerite, Marie-Thérèse passent de genoux en genoux. Elles rient. On ne voit que leurs petites langues roses. Quinze jours auparavant, elles étaient habillées en religieuses, les hommes en bénédictins, et tous chantaient l'office de Vénus avant de faire plusieurs sacrifices à l'amour. Il y a six semaines, une autre mise en scène avait été imaginée par la reine des lieux : faunes et nymphes, les femmes vêtues de voiles légers et transparents, les hommes portant des culottes de peau de chèvre ne dissimulant rien de leurs dispositions. La soirée, aujourd'hui, n'est pas à thème. Elle n'en sera pas moins délicieuse. On entend quelques accords de clavecin. La mère maquerelle aime, comme elle dit, titiller le clavier.

Dans une vitrine, brillamment éclairée par les flambeaux, on aperçoit d'énormes et étranges noix appelées « cocos-fesses » et de curieuses plantes ressemblant à des éponges. Il y a des pots, aussi. La tenancière détient tous les secrets pour éveiller les désirs assoupis et rendre sa vigueur au « ressort intime qui n'est plus tendu » : poudres, potions, philtres, avec des essences de girofle ou des fleurs, poudres de mouches cantharides, sang de tourterelles ou de coqs jeunes, compositions à base de gonades de boucs, corne de cerf pilée, estragon, pastilles d'ambre pilé, gingembre, ginseng.

– Sais-tu ce que disait Voltaire à propos du nerf partant du cerveau ? demande Danton à Jean. Il disait : « Un nerf part du cerveau, il tourne autour des yeux, de la bouche, et passe auprès du cœur, il descend aux organes de la génération, et de là vient que les regards sont les avant-coureurs de la jouissance. »

Jean sourit. La prodigieuse mémoire de son ami Georges l'a toujours impressionné. Déjà, à Arcis-sur-Aube, quand ils n'étaient encore que des garnements, Georges avait une capacité extraordinaire pour apprendre par cœur des textes ou se remémorer le moindre détail d'un événement.

Paré, qui a entendu la sortie de Georges, ne veut pas être en reste :

– J'ai ouï dire, lance-t-il à la cantonade, que M. de Dampierre ayant réclamé que tous les cocus soient noyés, Mme de Dampierre lui a demandé s'il était bien sûr de savoir nager.

On s'esclaffe.

– « En amour, disait le prince de Ligne, il n'y a que les commencements qui soient charmants : je ne m'étonne pas que l'on trouve du plaisir à recommencer souvent. »

La citation est de Jean. On l'applaudit. Ce jeune homme, depuis qu'il a rejoint Georges à Paris en 1786, a connu beaucoup de femmes, des filles de l'Opéra, des danseuses, des comédiennes, des bourgeoises en insuffisance de mari, mais aussi des dentellières, des ouvrières en linge. Toutes ont voulu goûter de ce fruit vert si peu défendu. Mais Jean, entraîné par Georges, a su donner aussi ses attentions, toujours appréciées, aux petites pensionnaires des sérails tenus par les mères maquerelles.

– Quand je baise, reprend Danton, il m'arrive quelquefois de me poser la question de l'existence de Dieu. Non ! Non ! Ne riez pas ! Tout cela est très sérieux. Il m'arrive, j'insiste, quand je baise, de me poser la question de l'existence de Dieu. S'il n'existe pas, la liberté des plaisirs, surtout de ceux que je prends, est de l'ordre philosophique ou moral. Si Dieu existe, hum ! le problème est plus complexe. Dieu est-il l'ennemi des plaisirs ? À en croire les prônes des curés, oui. Mais chacun sent bien désormais que les curés ne savent rien de Dieu.

Danton se lève, tenant serrées contre son corps d'athlète deux demoiselles à demi nues. La grande prêtresse lui a réservé la meilleure chambre. Il y va sans se hâter, comme s'il voulait retarder le dénouement. Il y trouvera un lit immense à la courtepointe en soie de Pékin couleur jonquille, des sofas jaune d'or, des ottomanes. Des glaces, aussi, innombrables. L'une d'elles dissimule la porte d'un boudoir, une autre est un miroir sans tain derrière lequel se réfugient les voyeurs. Attenant à la chambre, le cabinet de toilette est meublé d'une baignoire et d'une table garnie de flacons de parfum, avec un petit lit de repos recouvert de mousselines et de gourgourans des Indes.

Derrière une tenture, une porte cache un cabinet d'aisances avec une cuvette de marbre.

Jules Paré s'est esquivé avec Rose. Camille Desmoulins, à quatre pattes, joue au chat et à la souris avec Marguerite, une créature aux fesses plantureuses et au regard vert : la souris, c'est lui. Fabre d'Églantine mordille la nuque de Marie-Thérèse, qui pousse des petits cris. Le grand art de Mme de Mirande, c'est d'employer des demoiselles qui, pour reprendre l'expression de Danton, ne sont ni des prudes ni de trop grandes coquines, mais « de l'entre-deux », des demoiselles qui l'appellent « maman » et parviennent à faire oublier à leurs clients qu'on les loue aussi facilement que des carrosses de remise.

Une horloge égrène deux ou trois notes cristallines. Jean Lehalleur s'empare de quelques fruits, des abricots, des pêches, puis se lève. Mme de Mirande lui a proposé un bain dans des macérations d'origan, de vin, de miel et de muscade.

– Avec Geneviève, a-t-elle ajouté.

La demoiselle a des cheveux châtains aux reflets dorés, des yeux en amande, un teint hâlé. Quand les autres femmes, pour conserver une peau claire, se protègent du soleil par des chapeaux larges, des ombrelles, des « robinsons » (allusion à Robinson Crusoé) ou des onguents épais, elle veut avoir l'air presque rustique. Ses seins sont lourds, avec de grandes aréoles piquées de petits points bruns.

– Ce sont mes mouches à moi, aime à dire la coquette.

Avec un crépon d'Espagne, elle sèche le visage de Jean. Lui regarde, fasciné, le nombril de la jeune femme. Quelles félicités va-t-elle encore inventer ? « Ce n'est pas une petite peine que de donner du plaisir », écrivait Voltaire. Sauf pour Geneviève.

Pour l'heure, le couple est dans la chambre décorée de

cette très curieuse peinture représentant une demoiselle bien née sur le point de se rendre à une partie fine. Elle est costumée – scandale ! – en moine. Dans une tasse, du chocolat fume : elle aura les ardeurs nécessaires. À ses pieds, un chat serein fixe ceux qui regardent le tableau : le chat de la demoiselle sera obéissant. Sur la table, à côté de la tasse de chocolat, une plume d'oie est posée, négligemment, comme si elle avait été oubliée : le personnage est prêt à se livrer au jeu de la « petite oie », nom délicieux pour désigner la sodomie. Enfin, dans ses mains, elle tient une cordelette qu'elle a nouée : elle fera bien le « nœud » de ses amants.

Les jouissances de la nuit se prolongeront jusqu'aux premières lueurs de l'aube.

4

Le mois d'avril 1791 enflamme Paris. Dans plusieurs quartiers, les chapelles sont envahies par des émeutiers, les prêtres et les fidèles sont insultés et molestés. Après avoir déclaré schismatique la Constitution civile du clergé, le pape fait connaître que tout jureur sera menacé de suspens – une sorte d'interdiction d'exercer son ministère – s'il ne se rétracte pas dans les quatre jours.

Le lendemain du dimanche des Rameaux, Louis XVI et sa famille tentent de quitter les Tuileries. Ils en sont empêchés par la foule et doivent pendant deux heures supporter les huées et les insultes. Danton est considéré comme ayant retenu le roi à Paris et chaudement félicité. À partir de ce moment-là, le souverain se considère comme prisonnier dans sa capitale et se montre résolu à fuir.

Cette fuite intervient dans la nuit du 20 au 21 juin. Cette folle équipée, soigneusement préparée par Fersen et le général Bouillé, est compromise par l'inconséquence des monarques. Rattrapée à Varennes, la famille royale est rapatriée. On parle de prononcer la déchéance du roi et d'instituer une république, mais la Constituante décide de maintenir Louis XVI.

Quelques jours plus tard, avec le chevalier de Fleurimont, Yolande va se promener au Champ-de-Mars.

Bernard de Fleurimont est épris de Yolande. Elle-même n'est pas insensible à son charme. Mais la cour qu'il fait a un côté un peu désuet. Mme de Saint-Merri aime à moquer cette attitude et a essayé à plusieurs reprises de faire comprendre à l'intéressé « qu'une cour amoureuse perd en épaisseur ce qu'elle gagne en longueur ».

Bernard est originaire de Saumur. Son père a de grandes exploitations en Beauce mais fréquente assidûment les clubs. Sa mère, issue d'une famille de vieille noblesse devenue pauvre, est indirectement liée aux de La Platière, un clan dans lequel on trouvera plus tard Roland, le futur ministre de l'Intérieur. Bernard est apparemment ouvert aux idées nouvelles, bien qu'on ne sache pas précisément s'il y adhère par conviction ou par simple souci de ses intérêts. On lui connaît des relations avec l'entourage de Robespierre.

Ce dimanche radieux doit être l'occasion de faire signer une pétition géante préparée par le club des Cordeliers et ses alliés. Des groupes de jeunes hommes chantent à tue-tête, jouent avec leurs couvre-chefs. Des enfants font des farandoles. Il y a des rires et de la gaieté. L'autel de la patrie, édifié à l'occasion de la fête de la Fédération, est toujours là. On se presse autour de lui, comme s'il était un totem. Il y a même, de temps à autre, quelques bousculades. Des drapeaux ondoient au-dessus de masses compactes. La Fayette, pour le maintien de l'ordre public, a mobilisé des troupes importantes. Elles sont là, bien visibles. Les hommes ont chaud dans leurs uniformes de feutre et la sueur ruisselle sur les joues. Depuis la fin de l'après-midi, le drapeau rouge de la loi martiale flotte sur le toit de l'Hôtel de Ville.

Soudain, sans qu'on sache très bien pourquoi, la nervosité

monte, des masses ondulent. Un coup de feu claque. La troupe réplique, dans le désordre. Suivie par Bernard de Fleurimont, Yolande commence à courir. Le bruit est assourdissant, mêlé de détonations et de cris. Elle trébuche et tombe. En se relevant, elle découvre qu'elle a heurté le cadavre d'un enfant. Elle n'entrevoit que sa bouche, grand ouverte, et, sur une joue, un trou. Elle pousse un hurlement, comme si elle était elle-même blessée, mais le chevalier la soulève et l'entraîne à nouveau. Yolande a l'impression de ne pas toucher terre. Devant ses yeux flotte l'image de cet enfant mort.

Ils courent jusqu'à une petite ruelle. Là, ils reprennent leur souffle. Mais Yolande éclate en sanglots.

Jusqu'alors, la Révolution était pour elle du domaine des idées. Elle vient physiquement de naître à la violence qui en constitue l'essence.

Quand les fumées de poudre noire se dispersent, on relève au moins cinquante morts, des hommes mais aussi des femmes et des enfants, plus de blessés encore. Ils seront – on les présentera comme tels – les martyrs du peuple républicain.

Dès le lendemain, la Constituante prend des dispositions répressives. Des centaines d'arrestations sont pratiquées. Des journaux sont suspendus ou saisis : *L'Ami du peuple* de Marat, *Les Révolutions de France et de Brabant*, de Camille Desmoulins, *L'Orateur du peuple*, d'autres encore. Le club des Cordeliers est bien sûr fermé. Danton et beaucoup de ses amis, dont Jean Lehalleur, se réfugient à l'étranger ou se cachent en province.

5

Yolande remonte doucement en direction du transept, fait une halte devant la chapelle consacrée à la conversion de saint Paul, puis se dirige tout droit vers une pierre tombale. Comme d'habitude, en cette heure vespérale, il y a foule dans la cathédrale, une foule bigarrée, agitée, bruyante.

« Après tout, songe la jeune femme, on est ici dans l'arche du peuple. Tant mieux si la Révolution a rendu la place à la communauté tout entière ! » Yolande se fait la réflexion que, dans la nef lumineuse et sonore, les contemporains de ses bâtisseurs se répandaient à toute heure du jour, y dormaient, mangeaient, surveillaient les bêtes, consultaient des médecins, faisaient la fête. Notre-Dame de Paris était la maison commune où l'on commentait les affaires publiques, le grenier d'abondance où l'on discutait des récoltes, du prix du grain et des étoffes, le refuge des malades et des infortunés, le théâtre des farces et des bouffonneries. Dans l'église, le peuple, venu des ruelles sombres et humides, des cloaques et de la tourbe, trouvait sous les hautes voûtes la sécurité, l'air pur et l'espace libre. Puis la maison du peuple est devenue la maison des clercs, fermée en dehors des offices. La Révolution a paradoxalement restauré le passé.

Sous le regard admiratif et un peu méfiant des hommes et

femmes déjà installés, Yolande s'assied sur un mauvais banc. Qui pourrait demeurer insensible à cette jolie personne de vingt ans, avec ses lèvres ouvertes sur des dents magnifiques, ses grands yeux noirs et sa chevelure aile de corbeau tombant en lourdes boucles sur une nuque gracile ?

Pour rien au monde, Yolande ne sacrifierait ces moments où, échappant à l'affectueuse tyrannie de la comtesse de Bressé, elle vient goûter en ce lieu la poésie de la lumière et de l'élan. Cette poésie, qu'elle appelle envoûtement, est pour la jeune femme plus importante que la religion catholique, dans laquelle elle a pourtant été élevée avec ferveur et qu'elle pratique, plus importante que la foi en Dieu : elle participe de ce bouillonnement des idées nées du siècle des Lumières et dans lequel Yolande veut s'impliquer.

Yolande lève la tête et plonge son regard dans les voûtes. Très longtemps, les hommes ont étouffé leurs angoisses dans l'ombre de murs austères. Les maîtres d'œuvre dirigeaient les forces du haut vers le bas. Des artistes nouveaux ont lancé les colonnes à l'assaut du ciel, plaçant les voûtes le plus haut possible. L'art roman poussait l'homme à regarder en lui-même, l'art gothique l'a obligé à tordre le cou vers cette lumière pénétrant en flots à travers les vitraux multicolores et inondant l'espace, un espace où la cathédrale est comme suspendue entre ses arcs-boutants. « La cathédrale vogue dans le ciel », aime à dire Yolande.

La jeune femme baisse les yeux vers le missel qu'elle a ouvert. Elle en connaît par cœur de nombreux passages. « Je suis la Lumière du Monde, lit-elle, celui qui me suit ne marche point dans les ténèbres mais aura la lumière de la vie. » La lumière dont parle saint Jean, les artistes du gothique ont voulu qu'elle embrase le sanctuaire : parce que la cathédrale est à l'image de Dieu, une lumière flamboyante doit inonder la pierre, du chœur jusqu'au porche, de la voûte jusqu'aux dalles polies de la nef, du transept nord au transept sud. « Je suis la Lumière du Monde. »

Cela ne veut pas dire que, dans l'art roman, la lumière soit absente. Au contraire, le maître d'œuvre l'utilise pour souligner la matière, en faire ressortir la lourdeur, la pesanteur, et créer l'ombre, angoissante et porteuse de périls. Il s'agit ici de marquer le contraste entre la grandeur de Dieu et la petitesse des hommes, englués dans la boue de leurs tentations coupables, tirés vers le sol glaiseux. La lumière doit découper l'opposition du bien et du mal.

« Avant la Révolution, le monde où je vis était un peu comme l'art roman : toutes les ombres étaient angoissantes, porteuses de périls », songe Yolande.

Elle est désormais entourée d'hommes et de femmes qui parlent fort, s'invectivent même. Elle n'en a cure. Elle est toute à la vibration des particules de lumière tombant en pluie multicolore des vitraux. Son oreille, de surcroît, accompagne cette espèce d'extase du regard, en décomposant les sons, en les transformant en une musique légère et cristalline.

– Mon Dieu, que tout ici est beau ! soupire-t-elle.

Ses lèvres sourient, un peu de rouge souligne ses pommettes, ses yeux brillent. Quelle beauté plus puissante pourrait être trouvée ailleurs ?

– En voilà une qui est très certainement amoureuse, lui lance l'une de ses voisines, dont les cheveux roux débordent d'un bonnet de dentelle grise. Je me trompe, ma jolie, ou il y a un homme dans tout ça ?

Yolande rougit. Il ne lui déplairait pas de connaître certaines émotions. Depuis quelque temps déjà, la nature fait vibrer dans sa chair des sensations qu'elle a du mal à réprimer et le temps qu'elle consacre à la lecture de livres graves empêche de moins en moins les fugues d'une pensée vagabonde. Combien de fois, ces derniers mois, un enfièvrement de tout son être a reculé le moment où elle pouvait sombrer dans le sommeil et l'a livrée aux lueurs de l'aube en sueur et haletante ?

– Faut pas avoir honte d'être amoureuse, jeune fille ! grasseye la même femme. Moi, je l'ai été, il y a belle lurette ! Et je m'en souviens encore comme si c'était hier, ça oui ! L'amour, c'est tout ! Il n'y a rien qui puisse le valoir ! Crois-moi, ma belle, l'amour, c'est ce qu'il y a de mieux !

« Dois-je lui dire que je ne suis pas amoureuse ? Que j'aime seulement la lumière du sanctuaire ? Que je viens ici goûter l'immense génie de ces architectes inconnus qui ont voulu élever vers Dieu le regard apeuré des hommes ? Que je veux comprendre les noces du Ciel et de la Terre ? Que je veux comprendre le Monde ? »

– L'amour c'est tout ! dit-elle dans un souffle grave à la femme au bonnet. Vous avez raison, madame.

– Madame ? En voilà un bien grand mot ! Ici, il n'y a pas de madame. D'ailleurs, il n'y a plus de madame du tout.

– Ici, il y a la lumière, réplique Yolande avec un sourire radieux. La Lumière du Monde.

Yolande se lève. Elle est toute de grâce. Elle a conservé son sourire. L'autre, médusée, se demande s'il faut voir dans la réplique une moquerie. Finalement, elle choisit d'applaudir :

– Je ne sais pas si tu es dans la Lumière du Monde, petite, mais tu dis des choses drôlement belles.

Peut-être cette femme, qui cède à l'émotion, sera-t-elle dans quelques mois de celles qui tailleront à coups de sabre dans les corps livrés à leur vindicte et à leur folie. Le monde est ainsi fait : la lumière qui éclaire la nef des cathédrales laisse dans l'ombre bien des temples de la misère des hommes.

6

– On parle beaucoup de ce M. Danton depuis quelque temps. Si nous l'invitions à souper ? Avec sa femme et quelques-uns de ses amis ? Je me suis laissé dire qu'ils étaient parfaitement fréquentables…

La comtesse a jeté la phrase tout à trac, presque négligemment, alors que le soleil, en cette belle fin d'après-midi de septembre 1791, joue toujours avec les arbres du jardin.

– Fréquentables, je ne sais pas, répond Yolande. Influents, certainement !

– Vous avez raison, ma chère. Comme toujours ! Voilà des gens influents avec lesquels il faudra sans doute un jour compter. Raison de plus pour les convier à souper… Mais je crois me souvenir que vous connaissez déjà M. Danton…

– En fait, je l'ai découvert l'année dernière. Un jour où je me suis glissée dans le public assistant aux débats de la Constituante, je vois arriver Bailly, maire de Paris, à la tête d'une délégation des sections. Celles-ci veulent apparemment demander le renvoi de certains ministres jugés contre-révolutionnaires. Bailly, avec une voix qui me paraît bien fluette, exprime l'inquiétude des sectionnaires puis propose à l'Assemblée d'entendre l'orateur de la délégation, Georges Danton. C'est la première fois que ce tribun est amené à s'exprimer devant la représentation nationale. S'il a acquis une réputation à l'intérieur de l'ancien district des Cordeliers, il est, au-delà, surtout jugé comme un agitateur et il n'a aucun mandat électif qui puisse lui conférer une quelconque légitimité. Je vois alors monter à la tribune un homme qui me paraît immense. Et laid ! Laid à un point que vous ne pouvez imaginer !

– En voyant votre grimace, j'imagine bien au contraire cette laideur.

– Il me frappe aussi par une trogne plus rouge que cette nappe. Le silence se fait. Il commence à parler. La voix est belle, puissante, équilibrée. Mais, très vite, il se met à discourir avec une violence de forcené. Il cogne du poing sur le bois du pupitre. Immédiatement, les protestations fusent de tous les bancs de l'Assemblée. J'ai encore en mémoire l'adresse d'un député : « On doit tout écouter, même les absurdités politiques ! »

– Ce sont surtout elles qui doivent retenir notre attention.

– Au milieu d'un tollé général, M. Danton, sans plus se préoccuper des interruptions, continue de parler. Il ne se contente pas de citer les ministres qui doivent être selon lui renvoyés, il réclame leur comparution devant une haute cour, pour juger des crimes de lèse-Nation qu'ils ont selon lui commis. Le vacarme est indescriptible. Je ne peux m'empêcher d'admirer cet homme qui, seul contre tous, poursuit son discours. Finalement, la délégation se retire dans le plus grand désordre.

– Je vais également inviter le chevalier Bernard de Fleurimont. Vous n'y voyez pas d'inconvénient, n'est-ce pas ?

Le jour suivant ce dialogue, une invitation est transmise à Georges Danton, Camille Desmoulins et Fabre d'Églantine. Le dernier décline l'invitation, étant paraît-il retenu, mais les deux premiers s'empressent d'accepter, Danton ayant même l'audace de prier la comtesse d'inviter aussi MM. Jean Lehalleur et Jules Paré. « Je ne m'en sépare jamais », écrit-il dans son billet.

Le dîner s'est passé merveilleusement. Comme tout tribun qui se respecte, Georges Danton a dominé la conversation, à côté de son épouse silencieuse et admirative. Mme de Saint-Merri a séduit ses invités clubistes avec son intelligence, son humour et son ouverture d'esprit. La beauté de Yolande leur a fait définitivement rendre les armes.

Les convives se lèvent de table pour des apartés et quelques liqueurs.

– Désirez-vous que je vous apporte un verre de vin ?

Yolande regarde le chevalier Bernard de Fleurimont. Elle lui en veut d'avoir été inutilement agressif vis-à-vis de cet ami de Danton, M. Jean Lehalleur, quand celui-ci interrogeait la jeune femme sur ses lectures. Elle lui en veut plus encore d'avoir été pitoyable lorsque la comtesse l'a vertement remis à sa place.

– Un petit doigt de porto, dit Yolande, plus pour se débarrasser du chevalier que par désir d'alcool.

Le bourgogne bu à table lui tourne un peu la tête, sans rien altérer cependant de sa beauté et de cette flamme dorée qui illumine en permanence le noir iris de ses grands yeux. Joseph, le majordome, a trop généreusement distribué le fin nectar. Avec le temps, Mme de Saint-Merri sait comment échapper aux fraudeurs et ne se laisse plus approvisionner en vins mixtionnés avec une décoction de bois de campêche ou de baies de troène.

– Pouvons-nous poursuivre la conversation que nous avons commencée ?

Yolande se tourne vivement vers l'homme qui s'est approché sans bruit : Jean Lehalleur. Elle lui sourit, l'invite à s'asseoir à côté d'elle. Ce Lehalleur est très singulier, à la fois fragile et inquiétant.

– Vous me disiez que vous étiez en train de lire Diderot quand nous avons été... interrompus, dit-il. Mais vous ne m'avez pas dit ce que vous lisiez précisément.

– Un petit traité sur le Beau.

– Je l'ai lu, moi aussi, il y a quelques années. En fait, comme vous le savez, il s'agit d'un extrait de l'*Encyclopédie*. On a fait un texte particulier de l'article « Beau ». Vous lisez des choses bien sérieuses, mademoiselle.

– Et pourquoi n'aurais-je point le droit de lire des choses sérieuses ? Parce que je suis une femme ?

M. Lehalleur lève une main, va pour protester.

– Ne vous justifiez pas ! fait Yolande. Oui, je lis des choses sérieuses. Et l'article « Beau » est peut-être un traité d'esthétique, le plus abstrait de Diderot, c'est certainement le plus clair de tous les traités sur le Beau.

– Là-dessus, je ne discuterai pas...

– Ce que dit Diderot est absolument lumineux. L'univers, en soi, n'est ni beau ni laid, il est tout simplement neutre. Le Beau et le Laid ne sont que des créations arbitraires de l'homme.

– Je me souviens – mais ma lecture remonte déjà – que, pour Diderot, même un amas informe de pierres – par exemple, des pierres jetées au hasard sur le bord d'une carrière –, peut être beau.

Tandis que cet homme s'exprime, Yolande l'observe à la dérobée. Il a déjà attiré son attention au cours du souper, quand les flambeaux soulignaient les lignes de sa mâchoire et ses cheveux blonds frisant en boucles sur le haut front. « Cet homme est désespérément beau ! songe-t-elle. Mais pourquoi *désespérément* ? »

– Tout à fait, finit-elle par articuler en se sentant rougir quand elle prend conscience du silence qui s'est instauré. Mais... Je crois... La difficulté, c'est que, avec cette théorie, les monstres peuvent se révéler beaux, plus beaux encore que les êtres qu'on considère comme normaux, voire parfaits. La théorie de Diderot conduit à une esthétique de la monstruosité.

« Pourquoi lui dis-je cela ? Quelle sotte je fais ! »

– N'est-ce pas un peu exagéré ? proteste M. Lehalleur.

– Non, absolument pas ! Mais il y a plus grave ! Si l'on reconnaît le Beau en projetant sur la matière informe sa propre façon de voir, la perception humaine du Beau n'est plus qu'une autoprojection et devient forcément – je cherche le mot – narcissique. L'homme qui s'extasie devant le Beau n'est plus qu'un homme se découvrant soudain incarné dans la matière, reproduit hors de soi. Et cet homme-là, qu'on le veuille ou non, en admirant le Beau, ne fait que s'adorer.

En disant cela, elle se rend bien compte qu'elle livre à son interlocuteur des généralités sur la beauté quand seule la beauté de cet homme retient son attention.

– Pouce ! fait soudain le compagnon de Danton en joignant les mains. Laissez-moi le temps de digérer tout ce que vous venez de dire ! Dois-je comprendre – mais j'ai presque honte de poser la question – que tout jugement esthétique est une façon d'exprimer l'idée qu'on se fait de soi-même ?

– Absolument ! En tout cas, d'après Diderot. Une œuvre est belle quand elle permet à celui qui la regarde, ou à la multitude, de se reconnaître dans cette œuvre. Une œuvre est le miroir dont l'homme ou la multitude apporte le tain et la glace.

– Il faudra que je répète tout cela à Philippe...
– Qui ?
– Philippe Fabre d'Églantine. Il se dit poète...
– Il me vient soudain une angoissante pensée, dit Yolande. Si les hommes, en recherchant la beauté de l'univers, ne font que se rechercher eux-mêmes, s'ils attendent que l'univers se métamorphose pour ressembler à ce qu'ils sont, ne faut-il pas redouter qu'ils en viennent à nier, voire à supprimer tout ce qui est différent d'eux ? Imaginez ce qui pourrait arriver si les monstres se mettaient à gérer nos besoins esthétiques, à commander à notre quête du Beau, si en un mot l'art tombait entre des mains mauvaises !
– Dois-je voir dans votre propos quelque fine allusion à la période que nous vivons ?

Jean Lehalleur la fixe. Elle dit très vite, pour cacher son trouble :

– Si des mains mauvaises s'emparaient de l'art, j'oublierais Diderot et n'écouterais que mon cœur... Mais laissons là cette grave discussion ! Parlez-moi plutôt de la Révolution. Est-elle tout ce que ses adversaires en disent ? Est-elle tout ce que prétendent ses maîtres d'œuvre ? J'écoutais tout à l'heure M. Danton... Allons prendre l'air dans le jardin, voulez-vous ? Nous y serons mieux pour parler.

Yolande réalise alors qu'elle n'a pas répondu à sa question. Et qu'elle a parlé en contrôlant mal sa respiration. Elle se lève. Il est à son côté. Ils se dirigent vers le perron du jardin. Les couleurs étincellent encore, pour quelques minutes, sous la caressante lumière du soleil qui accélère sa descente. Par moments, on perçoit l'écho de la rue, de sa cohue tumultueuse. Un chien aboie dans le parc voisin, indifférent apparemment aux ordres brefs de son maître. Une domestique installe quelques sièges. Ils parlent, longuement. Ils ont oublié

Diderot et la discussion sur le Beau. Désormais, leurs yeux, leurs mains racontent plus que leurs bouches.

Les ombres s'allongent. On dirait que, près de la gloriette, elles hésitent, marquent un pas timide. Des flambeaux allumés éclairent maintenant le perron. Bernard de Fleurimont a renoncé à s'approcher. Il a observé Yolande et Jean, le regard glacé, le teint pâle, puis a rejoint la comtesse en grande discussion avec Danton et Desmoulins.

– Vous ai-je dit qu'il n'y aurait pas eu de révolution en France si Thoiry avait été géographiquement en deçà de Pontchartrain ou si M. de Machault avait eu ses terres plus près de Paris que M. de Maurepas ?

La question, posée à brûle-pourpoint, est de Mme de Saint-Merri. De qui d'autre une telle question provocante pourrait-elle être ?

– Non, répond Danton en riant, mais je vous soupçonne déjà de vouloir nous servir l'une de vos brillantes et réjouissantes galéjades.

– Ne me soupçonnez pas trop, je vous prie. En ces temps d'incertitudes, le soupçon est comme le péché le plus grave : mortel. Écoutez plutôt et jugez si je plaisante vraiment !

– Je suis impatient de savoir, ajoute encore le Champenois, s'amusant d'avance.

7

Le chevalier Bernard de Fleurimont a de grands yeux bleus et une bouche ronde comme une prune mûre. Il y a dans ce visage quelque chose d'enfantin ou, plus exactement, ayant à voir avec l'innocence de l'enfance. Mais la voix est très grave et le regard charrie de temps en temps des lueurs inquiétantes.

– Vous m'avez totalement ignoré ! Je me sentais aussi transparent qu'une glace sans tain.

– Rien n'autorisait cette grossièreté dont vous avez fait montre, réplique Yolande.

Les deux jeunes gens sont dans le grand salon de l'hôtel de la comtesse de Bressé. C'est le début de l'après-midi, l'heure habituelle à laquelle, au moins une fois par semaine, le chevalier vient faire sa cour.

– Je veux bien reconnaître avoir eu un mouvement d'humeur, confesse-t-il. Mais avouez que, lors de la visite de Georges Danton et de ses amis, que vous avez accueillis et fêtés comme des princes, j'ai pu être blessé par votre comportement. Je ne dis pas que vous l'avez fait exprès. Il est même probable que vous avez été surtout maladroite. D'ailleurs…

– Bernard, je ne veux pas en entendre plus ! Vous me faites une scène comme si nous étions promis l'un à l'autre ou amants. Sommes-nous promis l'un à l'autre ?

– Pas que je sache !

– Sommes-nous amants ?

– Je... nous... Nous pourrions l'être, parvient-il à prononcer en s'étranglant.

– Alors, pourquoi ne le sommes-nous pas ?

– Vous vous moquez de moi ! Vous continuez de vous moquer de moi ! Vous savez très bien que...

– Je sais très bien quoi ?

– Vous savez très bien que, s'il ne tenait qu'à moi...

Yolande rit, un peu méchamment.

– « S'il ne tenait qu'à moi ! » : voilà une expression bien singulière ! Mais il ne tient qu'à vous, mon cher Bernard !

– J'avoue ne plus comprendre.

– C'est précisément notre problème, dit-elle en se levant brutalement. Depuis combien de temps nous rencontrons-nous ? Douze mois ? Treize mois ? Et vous ne me comprenez toujours pas ! Vous ne comprenez toujours pas ce que je suis, ce qui fait l'essence de mon être. Le plus triste est que je ne vois pas comment les choses pourraient s'améliorer.

– Vous êtes insaisissable, Yolande ! Insaisissable et tellement belle !

Bernard s'est à son tour levé. Tendant les mains, il cherche à saisir les bras de Yolande mais celle-ci se dérobe.

– Nous ne pouvons pas revenir en arrière, dit-elle.

– Vous ne parleriez pas comme ça si cet ami de Danton, ce Lehalleur, n'était pas venu ici ! assène-t-il avec une soudaine violence de ton.

– Je n'en sais rien, Bernard. Rien du tout. Mais je crois vraiment que nous devons attendre avant de nous revoir.

Le chevalier s'approche encore, elle recule.

– Ne me regardez pas comme ça ! Vous gâcheriez les chances qui vous restent encore !

Elle a hurlé, furieuse. Il a un sursaut d'orgueil :

– Je ne vous supplie pas ! N'allez surtout pas vous imaginer...

– Je vous en prie, Bernard, ne dites plus rien ! Brisons là et laissons au temps...

– Je ne sais pas ce qui s'accomplira avec le temps. Je sais en tout cas que vous me faites souffrir. Au revoir, Yolande !

La jeune femme ne réplique pas. Elle a seulement envie qu'il parte. Elle observe la perruque poudrée passée de mode et qu'il continue cependant de porter. Il lui jette un dernier coup d'œil puis, à grands pas, se dirige vers le vestibule. S'il ouvre la porte sans violence, il ne la ferme pas. Elle l'entend inviter sèchement Joseph, le majordome, à lui donner sa canne et son tricorne.

8

Dans cette belle maison de la rue Hautefeuille, entre la rue de la Vieille-Plâtrière et la rue de la Barre, le jardin n'est pas très grand, mais Léontine de Saint-Merri a su lui donner une grande gaieté par une profusion de fleurs, dont une large variété de rosiers grimpants, et quelques arbres fruitiers. Elle a ménagé aussi un adorable cabinet de verdure en limite de l'hôtel des abbés de Fécamp, une gloriette dont la couverture est faite d'entrelacs d'une vieille glycine. Yolande est assise à l'ombre fraîche des longues grappes de fleurs mauves, plongée dans la lecture attentive d'un livre posé sur ses genoux.

– Yolande !

Elle lève les yeux. Elle se trouve encore dans l'univers des mots qu'elle vient de parcourir. Quelques secondes passent avant qu'elle reconnaisse son frère Loïc. Elle court vers lui, le livre à la main, se jette dans ses bras. Effusions tendres. Elle l'entraîne, l'oblige à s'asseoir.

– Pourquoi es-tu resté si longtemps sans venir me voir ?

Plus par jeu que par nécessité, le jeune homme se justifie. Après tout, sa dernière visite ne remonte qu'à onze jours. Elle l'écoute, déjà rassurée avant d'avoir entendu.

– Et les études ?

Il explique, fournit mille détails. Elle l'abreuve de questions, auxquelles il répond avec patience.

Loïc est mince, un peu dégingandé. Il a le teint pâle et les cheveux denses et foncés de leur mère, native de Belle-Île, malheureusement disparue trop tôt. Mais de leur père, il a hérité les mêmes yeux gris et ce nez un peu long dont l'arête vive blanchit la peau. Sa sœur lui dit souvent qu'il ressemble à un Maure

– Que lis-tu en ce moment ? finit-il par demander quand l'empressement de la jeune femme s'est un peu apaisé.

– Un livre au titre étonnant, *La Damnation éternelle des païens*.

– Qui a pu écrire un ouvrage aussi inquiétant ?

– Montesquieu !

– Montesquieu, ce n'est pas pour les femmes !

– Les femmes doivent se limiter aux travaux d'aiguille ?

– Absolument ! Et encore, à condition que les aiguilles ne piquent pas !

– Tu te moques de moi !

– Absolument !

Ils s'étreignent à nouveau.

– Si tu savais comme je t'aime, mon petit frère !

– Bien moins que je ne t'aime, ma petite sœur !

Loïc est arrivé à Paris neuf mois après Yolande. Depuis sa lointaine province, leur père avait obtenu pour lui une bourse au réputé collège de Navarre. Dans cet établissement, avec Brisson et son cours de physique expérimentale, il a entrevu sa véritable vocation : la science. Ensuite, après avoir achevé sa philosophie, il est entré comme pensionnaire en chambre au collège du Cardinal-Lemoine, où il s'est lié d'amitié avec l'abbé Haüy, illustre physicien membre de l'Académie des sciences, et un condisciple, Étienne Geoffroy Saint-Hilaire.

Joseph, à pas feutrés, dresse une table sur la terrasse.

– Mme la comtesse a dû te proposer d'ajouter un couvert, dit Yolande.

– Bien sûr, bien sûr. Tu connais mieux que moi ses manières directes. Mais je ne peux pas rester.

– C'est dommage ! Parle-moi encore de ces professeurs de génie dont tu as la chance de suivre les cours ! Parle-moi de tous ces mystères dont tu recherches la solution ! Raconte-moi ! Quelques minutes encore !

Le soir tombe. Une tache de lumière est restée accrochée à la corniche du premier étage.

C'est au moment où Loïc va prendre congé que, de manière impromptue, sa sœur lui dit :

– Il y a dix jours, Mme de Bressé a reçu ici, à souper, M. Danton et sa femme, et quelques-uns de leurs amis : M. Desmoulins et sa femme, une jeune femme absolument délicieuse, M. Paré… Nous avons passé une soirée très intéressante.

– Intéressante ?

– Je m'attendais à rencontrer des êtres grossiers, frustes, dévorés par l'ambition ou ivres des pouvoirs déjà conquis…

– Et alors ?

– Ils sont bien comme cela. Mais M. Danton n'est pas seulement l'homme du verbe que tout le monde connaît et qui séduirait l'auditeur le plus hostile, c'est un être extrêmement chaleureux. Et il est apparemment très épris de sa femme, Gabrielle, qu'il entoure d'une tendresse infinie. M. Desmoulins est d'une grande finesse. Il nous a tenu à table des discours tout à fait remarquables. Même si de temps à autre il se laissait aller à des plaisanteries de mauvais goût. Des plaisanteries que tu n'oserais même pas faire ! Je suis plus réservée en ce qui concerne M. Paré : il y a quelque chose de déplaisant en lui, une sorte – comment dire ? – une sorte de corruption de l'âme qui transparaît dans son regard. J'aurais préféré que M. Fabre d'Églantine vienne à sa place. Comme beaucoup, j'ai apprécié la pièce qu'il a fait représenter au Théâtre-Français, *Le Philinte de Molière*... M. Danton avait amené aussi avec lui un ami d'enfance, un homme très beau...

– Un apollon...

– Un homme très beau, aussi beau que M. Danton est laid. Ils sont nés tous les deux dans la même ville, Arcis.

– Et cet homme très beau ne t'a pas paru aussi fruste et grossier que tu pouvais le redouter ?

– Cet homme-là s'appelle Jean Lehalleur. Avec lui, nous avons parlé du traité de Diderot sur le Beau.

– Mazette ! Rien que cela !

– Il est clerc de notaire. Mais il passe plus de temps avec M. Danton qu'à son étude. Je dois le revoir demain.

– Demain ?

– J'ai reçu un billet aujourd'hui.

– Mais tu rougis, ma petite sœur !

– Ne te moque pas ! Ce sont les flambeaux.

– Les flambeaux ne font pas rougir !

– Sauve-toi avant que je devienne vraiment rouge de colère !

– Au revoir, Yolande. Je reviendrai probablement la semaine prochaine. Moi aussi, j'ai besoin de te voir.

Ses yeux rient. Il a bien raison de railler. Lorsqu'elle a reçu le message de M. Jean Lehalleur dans la matinée, une corde a vibré très fort en elle et une douce chaleur l'a envahie. Que le compagnon de Georges Danton veuille la revoir comblait le creux d'une attente. Depuis le fameux souper, elle avait espéré cet événement. Voilà qu'il se réalise, sans qu'elle ait rien fait de spécial pour le provoquer ! C'est vrai, le sang est monté à son visage quand elle a parlé de lui à Loïc. Pourquoi le nier ? Et pourquoi nier qu'elle est heureuse de revoir demain M. Jean Lehalleur ?

– Vous rêvez encore ?

Mme de Bressé, déjà attablée, pose sur sa demoiselle de compagnie un regard tendre.

– Venez vous asseoir ! Et, pour une fois, parlons ensemble de ce qui fait rêver les femmes.

9

Jean l'a quittée il y a deux heures. Danton voulait le voir d'urgence. S'il avait tenu sa promesse, il serait déjà de retour depuis quarante-cinq minutes. Faut-il que l'émotion soit grande pour compter ainsi le temps en fixant les aiguilles du cartel qui garnit la cheminée !

En tournant la tête, Yolande peut apercevoir, sur le parquet, le grand couvre-pied de mousseline blanche, avec ses garnitures de dentelle d'or et ses broderies. Celui-là n'a point trop souffert. En revanche, les rideaux du lit ont été partiellement décrochés quand Jean s'est mis en tête de vouloir imiter un grand singe de la forêt africaine. Yolande sourit au souvenir du dialogue :

– Tu me parles des cathédrales qui obligent à lever la tête vers le ciel. Mais as-tu déjà vu un grand singe dans les cimes des arbres géants ?

– Je ne vois pas le rapport.

– Attends que je fasse une démonstration, et tu verras le rapport.

Jean aurait pu se blesser. Mais l'immense lit en acajou a su amortir sa chute quand il est tombé. Ce lit est un véritable temple. Monté sur deux marches du même bois, il est orné de cuivres qui brillent sous la flamme des chandelles.

– Dans un lit, on ne dort pas, on vit, a expliqué Jean. Il faut donc qu'il soit beau comme un temple !

Les urnes qui sont posées de part et d'autre sur des piédestaux renforcent cette impression. Yolande n'a pas osé demander ce qu'elles contenaient, mais Jean, suivant son regard, a ouvert l'une d'elles pour en sortir des fleurs artificielles.

Yolande distingue, jetés sur un fauteuil, abandonnés, le mantelet, le caraco, la chemise, la jupe.

« Quand il m'a prise, je le désirais tellement que je n'entendais et ne voyais plus rien. J'ai eu mal. »

Il y a un peu de sang sur le drap, Yolande l'a vu tout à l'heure quand elle est allée au petit cabinet de toilette. « Mon sang ! » Elle a vite rabattu le drap.

« Quand va-t-il revenir ? » Elle sait que Jean est très occupé par le service de Danton, qui est devenu second substitut du procureur et travaille avec le très populaire Jérôme Pétion, nouveau maire de Paris, et Pierre-Louis Manuel, procureur syndic de la Commune. On parle également de plus en plus de la guerre. Le 1er octobre, l'Assemblée législative a succédé à l'Assemblée constituante. Certains partis ont compris qu'ils peuvent prendre le pouvoir s'ils cultivent l'ardeur guerrière des Français. En exploitant le filon patriotique, on fait oublier la crise économique. En jetant un défi à l'Europe qui accueille les émigrés, on gonfle le souffle révolutionnaire. Il y a peu, de la tribune du Manège, Brissot a attaqué violemment les puissances étrangères et, cinq jours plus tard, l'orateur girondin le plus talentueux, Pierre Vergniaud, a fait vibrer ses collègues sur le même thème.

Yolande, qui aimait la politique quand elle en lisait le commentaire dans sa chambre ou au salon de l'hôtel de la comtesse de Bressé, la trouve désormais détestable : elle lui enlève son amant.

« Pourquoi ne revient-il pas ? Je désire qu'il me prenne à nouveau. Et qu'il reste en moi. Longtemps ! »

Elle sent monter dans sa chair des voluptés ignorées. Elle connaissait le frisson des désirs indistincts, elle peut désormais associer des images aux vagues frémissantes qui envahissent ses cuisses et son ventre.

« Comment Montesquieu a-t-il pu tant écrire sans jamais parler des délices de l'amour ? Pourquoi Rousseau se montre-t-il si réservé sur les spasmes de l'orgasme ? Heureusement, avec le vieux Voltaire, un chat est un chat, et une chatte est... » Elle rit de ses audaces.

Un pas dans l'escalier. « C'est lui ! » Elle se lève, court vers le petit boudoir entièrement capitonné de soie lustrée en satin vert pomme. « Je veux qu'il me prenne là, sur l'ottomane couverte d'indienne, au milieu des bouquets de couleurs, sous les rosaces du plafond. J'ai une faim de lui à me damner pour le restant de mes jours ! »

– Yolande ? Yolande !

Il la cherche. Il s'approche. Il est là. Pour découvrir entre deux triangles de soie la danse lascive de jambes à la chair nacrée.

Mais comment tout cela a-t-il commencé ?

Quand, le lendemain de la visite de Loïc, Jean Lehalleur arrive chez Mme de Saint-Merri, Yolande le guette déjà depuis une heure. Le ciel est bas. Les longues basques de son habit sont nouées autour de la taille. Le vent agite ses cheveux blonds. Il a des bottes brillantes – elle se rend vite compte qu'elles empestent le musc. Il échange quelques mots avec la comtesse de Bressé, puis dit à Yolande qu'il l'invite à déjeuner au Procope.

Après une petite course en voiture de louage, ils s'installent dans cet établissement. Il y a foule. Jean semble très connu. Elle commande sans faire attention, en se rangeant à ses conseils. Il parle. Elle observe un complet silence, le regard attaché à ses yeux ou à sa bouche. Elle se sent à la fois transportée et idiote. Transportée par sa grâce et idiote de ne trouver aucun commentaire à faire. Elle est assommée, anéantie. Si elle avait à exprimer par une image la manière dont elle se perçoit à ce moment-là, elle parlerait d'une bassine d'eau qui commence à bouillir, avec des bulles qui remontent du fond.

Très vite, Jean lui dit son histoire.

– Je ne veux rien vous cacher, assure-t-il.

Il est né à Arcis-sur-Aube en 1764, dans une « méchante construction » – ce sont ses mots – en pisé, près de la rivière, à quelques pas d'un moulin. Ses cinq premières années ont été bercées par les grincements des grandes roues à pales tournant dans le courant tranquille et la musique aigrelette de l'eau tombant en cascades. Cette petite bourgade, à six lieues au nord de Troyes, avec un millier d'habitants et une voiture de poste venant de Paris uniquement le dimanche, sommeillait doucement dans les plis mornes de la campagne champenoise.

– Ma mère tricotait des bonnets à domicile, ajoute-t-il sur un ton mélancolique. Mon père travaillait à la manufacture de bas.

Parce qu'il avait des cheveux blonds bouclés et des yeux vert d'eau, on disait de Jean, quand il était enfant, qu'il ressemblait à un sylphe, et un de ses oncles l'appelait Ariel, le sylphe de la tempête.

Un héritage conséquent du côté maternel a permis à la famille de s'installer plus confortablement rue de Villette, là où les Danton, très admirés, très respectés aussi, habitaient déjà une coquette maison. Jean jouait beaucoup avec Georges Danton. Celui-ci avait cinq ans de plus. Déjà, à l'époque, Jean le regardait comme on regarde un géant. Ne s'était-il pas battu contre un taureau, gardant de cette lutte terrible d'énormes lèvres torturées ? Ne conservait-il pas un nez écrasé par un coup de corne ? N'avait-il pas été piétiné par un troupeau de porcs ? La maladie qui a tué Louis XV n'avait-elle pas transformé son visage en champ de sable après la pluie ? Du petit groupe de garnements que les enfants de la rue formaient alors, le garçon était le meneur terrible et impérieux, et ses rugissements de lion remplissaient les plus jeunes d'effroi.

Durant tout le temps qu'il a passé au collège des pères de l'Oratoire, Danton a disparu de l'horizon de Jean. Mais c'est à Troyes que les jeunes gens se sont retrouvés lorsque, à vingt ans, Danton, solide gaillard devenu un colosse, a goûté à une forme d'indolence ou d'oisiveté. Jean, pour sa part, a été placé dans une pension et a partagé son temps entre les cours d'histoire et de français et, pour gagner un peu d'argent, des travaux au relais de poste.

Un matin, Danton est parti pour Paris. Il voulait faire du droit. C'était paraît-il la voie « royale » pour réussir. L'exemple de son père, qui avait occupé une charge de procureur au bailliage, avait sans doute pesé dans sa décision. « Il faut être à Paris ! avait-il coutume de marteler. C'est à Paris que tout se passe, que tout arrive. »

Dans ses lettres, Danton incitait son ami à lire. Un professeur, sensible à l'impatience d'apprendre de Jean, a bien voulu lui confier le « Poème sur le désastre de Lisbonne », auquel l'adolescent n'a pas compris grand-chose, et *Le Neveu de Rameau*, qui l'a enthousiasmé. Jean a également largement défriché l'*Encyclopédie* et quelques dictionnaires. Un détour par Mme de Sévigné l'a convaincu qu'il fallait revenir à des choses plus sérieuses. Brantôme l'a séduit. Il a ri aux facéties de Rabelais.

En 1786 Jean a rejoint Danton à Paris. Celui-ci lui avait trouvé un emploi chez un notaire. À partir de là, ils ont été inséparables.

– Deux doigts d'une main de menuisier, dit Jean.

Quand Danton est entré dans la loge des Neuf Sœurs, une sorte de loge maçonnique, Jean a pu rencontrer Condorcet, le sculpteur Houdon et Benjamin Franklin. Il y avait là aussi beaucoup d'avocats, notamment Jacques Brissot et Camille Desmoulins. Jean Bailly, astronome, et futur maire de Paris, appartenait lui aussi à cette société toute particulière.

– C'est à cette occasion que j'ai pu nouer connaissance avec Choderlos de Laclos, l'auteur des *Liaisons dangereuses…* et un peu agent secret.

Avec Danton, Jean fréquentait le Café du Parnasse, qu'on appelait à l'époque le Café de l'École. L'établissement alignait ses tables au débouché de la rue de l'Arbre-Sec, près du Pont-Neuf. Danton y avait ses habitudes, parce qu'il résidait à proximité. On y trouvait beaucoup de membres de la basoche. Danton y a rencontré sa femme, Gabrielle, la fille du limonadier.

À partir du moment où Danton a été élu président du district des Cordeliers, Jean n'a plus mis les pieds à l'étude de son employeur. Il a toujours en revanche été présent pour aider et assister son ami d'enfance dans sa course au pouvoir.

Jean s'est engagé dans la Garde nationale. Il était dans l'une des compagnies qui, en octobre 1789, ont escorté la famille royale du château de Versailles au château des Tuileries.

Son rôle auprès du politicien a pris de la force lorsque, dans le cœur de l'été suivant, des citoyens de l'ancien district des Cordeliers et de la section du Théâtre-Français ont créé le club des Cordeliers, Jean y a fait la connaissance de Jacques Billaud-Varenne, issu d'une famille aisée, avocat, écrivain.

Qu'un sang impur...

Yolande est muette depuis longtemps quand elle réalise que Jean l'interpelle.

– Une promenade sur les quais, cela vous dirait ?

Au bord de la Seine, il y a beaucoup de monde, comme à l'habitude. Jean veut lui offrir deux petits oiseaux multicolores. Il insiste tant qu'elle finit par céder et fait tout le voyage de retour à l'hôtel de la comtesse de Bressé en serrant dans ses bras une cage de fils métalliques peints en bleu où deux oiseaux effrayés font un raffut effroyable.

En les regardant, il lui semble reconnaître beaucoup de ce qui se passe en elle.

Voilà comment les choses ont commencé !

10

Le 20 avril 1792, Yolande prend place dans les tribunes du public, au Manège. Jean l'a vivement encouragée à venir.

– Nous aurons la visite du roi ! a-t-il lancé.

Elle y a consenti à regret. Depuis le début de l'année, il n'est question dans cette enceinte que de haine.

– Trois armées de reptiles ou d'insectes venimeux se meuvent ou rampent dans votre sein ! a prévenu Vergniaud à l'Assemblée, en janvier.

Quels sont donc ces reptiles ? Sa réponse ne souffre aucune ambiguïté. Les calomniateurs à gages, les libellistes soudoyés, les intrigants factieux : ils préparent le poison destiné aux représentants du peuple. C'est la première catégorie. Il en est une deuxième : les financiers avides et les agioteurs. Et la troisième ?

– La troisième armée, a ajouté Vergniaud, aussi dangereuse sans doute, est celle des prêtres séditieux qui prêchent la discorde au nom d'un Dieu de paix.

Des appels de cette nature, il y en aura beaucoup au fil des semaines à venir. Ils seront les mains qui pétrissent la pâte du massacre, ou le levain qui fait lever le pain de la haine.

Et puis, le 1er mars, l'Assemblée, à la quasi-unanimité, a voté « la guerre du peuple », comme dit Robespierre. C'est une guerre contre l'Autriche, mais qui doit normalement et mécaniquement, par le jeu des alliances, faire entrer en lice la Prusse, la Sardaigne et quelques États du Saint Empire.

Yolande a bien essayé d'entretenir Jean de ses inquiétudes, mais celui-ci s'est dérobé en invoquant la « complexité de la situation ». La complexité ? Pour quels intérêts ?

Il fait chaud dans cette salle du Manège conçue pour les exercices équestres et que la Constituante puis l'Assemblée législative ont investie. Par les grandes baies vitrées, on découvre les jardins des Tuileries et, derrière les frondaisons, le vaste château, demeure du roi. Les bancs du public sont bondés à craquer, comme une glycine qu'un mauvais jardinier aurait laissée prospérer le long d'une façade. Et ce public-là entend bien se faire remarquer : il jacasse, apostrophe, hurle, lance des boulettes, tape du pied. Yolande a les flancs labourés par un garnement que la mère, trop occupée à taquiner un grand dadais, laisse se tortiller comme un ver de terre.

Sur le coup de midi et demi, le roi fait son entrée. C'est la première fois que Yolande le voit en chair et en os. Sa haute taille gomme à peine son embonpoint. Le regard du monarque va d'un côté à l'autre, comme si, privé d'une bonne vue, il cherchait à mieux distinguer ceux qui l'entourent en balayant l'espace. Sur son visage, où l'on découvre des joues rebondies, nulle trace d'émotion n'est perceptible. L'homme reste plein de dignité. Il prend la parole d'une voix faible. On l'entend mal dans les tribunes du public, soudain silencieux. Lorsqu'il propose la guerre contre le roi de Bohême et de Hongrie, les sans-culottes et les mégères devinent plus qu'ils n'entendent. Le président de l'Assemblée dit à son tour quelques mots. Puis on passe au vote. Dès que le résultat en est connu, qui frôle l'unanimité, les députés laissent exploser leur joie et jettent en l'air leurs chapeaux. On n'est pas en reste dans les tribunes, où les plus excités dansent en écrasant les pieds.

La France vient de déclarer la guerre à l'Europe entière !

Quand Yolande retrouve Jean sur la terrasse des Feuillants, celui-ci, soudain grave, l'interpelle :

– Tu as l'air d'avoir veillé un mort !

– Je crois en effet que notre pays vient d'enterrer beaucoup de choses, dit la jeune femme, au bord des larmes.

Elle est pourtant loin de se douter de la suite. La campagne des Français va commencer par des revers. Malgré leur infériorité numérique, les Austro-Prussiens s'avèrent redoutables. À Tournai, les troupes françaises se débandent et lynchent leur commandant en chef. Biron est battu devant Valenciennes. La Fayette plie sous les coups prussiens et on le soupçonne de vouloir trahir. Rochambeau démissionne. Des régiments entiers désertent et passent à l'ennemi. L'indiscipline, telle une lèpre, gagne de plus en plus de bataillons. Les échecs succèdent aux échecs.

Les sans-culottes dénoncent les manœuvres d'un comité contre-révolutionnaire ou d'un comité autrichien, en tout cas d'une organisation secrète animée par le roi et la reine et travaillant activement à la victoire de l'ennemi. On voit dans ce complot la main de Montmorin, le ministre des Affaires étrangères, et de la princesse de Lamballe, favorite de la reine. On croit reconnaître la trahison partout. Chaque défaite – et elles sont nombreuses – ajoute aux divisions de l'Assemblée. Les clans se déchirent, les chefs s'insultent.

Parce qu'il faut trouver un bouc émissaire, l'Assemblée décide fin avril la dissolution des congrégations régulières.

11

Début mai 1792, Philippe de Kérodret rend visite à sa nièce, rue Hautefeuille. Le vieux prêtre est en redingote et gilet. C'est un homme amer, fatigué.

– Tu sais qu'un décret de l'Assemblée a interdit le port du costume religieux et qu'un autre a supprimé toutes les congrégations. Les religieuses dont j'étais l'aumônier et le confesseur ont attendu un dimanche pour accomplir ce sacrifice. Pour bien montrer qu'il n'y avait pas d'autre choix, je suis sorti moi-même de la sacristie en habit civil, la soutane pliée sur mon bras.

Il sourit soudain.

– Pourquoi souriez-vous, mon oncle ? demande Yolande.

– Les sœurs m'ont donné une belle leçon de vie. Chacune s'est retirée pour couvrir son vêtement, qui d'un rideau, qui de deux tabliers, qui d'une blouse. De vieux chiffons de mousseline, façonnés pour former des coiffes, ont remplacé les voiles. Ensuite, les sœurs se sont rendues au chœur pour chanter l'office divin. Elles étaient d'une tristesse infinie et plus d'une suffoquait en pleurant. Toutefois, lorsqu'elles se sont vues costumées et finalement grotesques, le rire a fusé au-delà des larmes et l'office a été suspendu pendant quelques instants. « Jésus voudra-t-il encore de nous, attifées comme nous le sommes ? » a plaisanté la mère prieure. J'ai répliqué que le Seigneur ne s'intéresse qu'aux âmes et se moque des oripeaux...

L'ancien jésuite s'arrête, le regard absent.

– Que sont-elles devenues ? interroge Yolande.

– Un jour, la foule a envahi le couvent et a obligé quelques sœurs à les suivre pour travailler aux ateliers fournissant des habits aux défenseurs de la patrie. Une quinzaine ont été ainsi emmenées, jusqu'au séminaire Saint-Sulpice. Pendant une journée, les sœurs ont fait de la charpie. Peu après, des commissaires se sont présentés au couvent pour enlever les meubles. Ils prétendaient ne laisser à chaque religieuse que l'ameublement de sa cellule : deux tréteaux, une paillasse, des couvertures, un petit buffet et une chaise. Il a fallu toute l'énergie de la mère prieure pour leur faire entendre que le couvent comportait aussi des malades et qu'ils avaient besoin de matelas et de linge. Finalement, les commissaires se sont jetés sur la sacristie. Là, ils voulaient emporter tous les ornements de l'église, l'ostensoir, plusieurs tableaux, des coffrets précieux. Parce que les châsses de certains reliquaires n'étaient qu'en bois doré, les sacristines sont parvenues à les convaincre de les laisser. En revanche, ceux où l'or brillait ont été enlevés et les sacristines ont réussi seulement à conserver les reliques. Seigneur ! Seigneur ! Quelle époque vivons-nous ?

Les yeux du géant se sont mouillés. Yolande se lève, se blottit dans les bras de son oncle.

– Nous ne faisons que vivre un moment difficile, murmure-t-elle. Un moment seulement. Avant que tout s'épanouisse.

Le croit-elle vraiment ?

12

Le 20 juin 1792, il fait beau. Les sans-culottes, venus en nombre et en armes, s'attroupent devant la salle du Manège. Que veulent-ils ? La sanction par le roi des décrets qu'il refuse et le retour des ministres « patriotes » Roland, Clavière, Servan.

Fin mai, l'Assemblée a voté un texte permettant la déportation des prêtres réfractaires au-delà des frontières. Louis XVI, usant de son droit de veto, a refusé de le signer. Quelques jours plus tard, un décret a décidé le rassemblement près de Paris d'un camp de vingt mille gardes nationaux fédérés. Comme le précédent, il a été rejeté par le roi, mais celui-ci a réagi plus vivement encore en révoquant trois ministres. Paris est alors entré en ébullition.

Les députés autorisent les sans-culottes à défiler dans l'enceinte même où se tiennent les séances. Et, pendant de longues heures, on assiste à une procession où, au milieu de piques et de sabres au clair, des hommes et des femmes chantent tout ce que le répertoire révolutionnaire peut compter de strophes violentes.

Le mouvement radical des sans-culottes est fort. Ses chefs sont très actifs et redoutés : Antoine Santerre, brasseur du faubourg Saint-Antoine ; Charles-Alexis Alexandre, un agent de change qui a dû cesser ses activités après la fermeture de la Bourse ; Legendre, le boucher qui fournit Danton en viande. De nombreuses feuilles, qu'on n'ose appeler journaux, soutiennent ses actions. Le club des Jacobins a pour les sans-culottes les yeux de Chimène.

Après leur démonstration au Manège, les sans-culottes se rendent au palais des Tuileries. Ils sont peut-être dix mille et leurs rangs sont grossis de femmes et d'enfants. Les gardes nationaux n'opposent guère de résistance. Le roi est dans sa chambre. Quand on lui annonce l'invasion du palais, il prie la reine de s'éloigner rapidement avec les enfants. Marie-Antoinette vient à peine de quitter la pièce que la porte principale est forcée par un flot de manifestants hurlant à tue-tête injures et menaces. La sérénité du roi et de ceux qui l'entourent fige la horde dans une sorte de stupeur hébétée. Puis les braillements reprennent plus fort. Louis, qui est dans l'embrasure d'une fenêtre, se hisse sur une banquette. Sa haute taille lui permet de dominer largement la scène, mais il a compris qu'on veut le voir mieux, beaucoup mieux. Entre les insurgés qui se sont répandus sur le parquet de chêne et Louis, roi de France, il n'y a plus désormais que quelques grenadiers, une poignée de courtisans et de rares serviteurs.

La multitude s'en donne à cœur joie. Aucune insulte n'est oubliée, aucune offense n'est négligée, aucun outrage n'est omis. Mais le roi demeure calme, perché sur la banquette de velours. Dehors aussi, on s'époumone, et Louis, en se retournant, peut lire des pancartes vengeresses. Des cailloux sont lancés contre les fenêtres.

À tour de rôle, dans la masse, les hommes des sections aboient des discours incompréhensibles mais qui, tous, concernent les décrets de l'Assemblée que Louis ne veut pas ratifier ou ce fameux veto mis par le monarque. Face à la meute, celui-ci oppose sa silhouette ronde drapée de bleu, un regard absent et des traits placides.

Au bout d'une pique, un homme tend au monarque un bonnet phrygien. On lui ordonne de s'en coiffer. Il hésite, consulte du regard l'un de ses conseillers. Un seul réagit, qui hausse les épaules. Finalement, Louis consent à porter le couvre-chef rouge. Scène étrange que ce roi tentant avec effort et maladresse d'installer sur sa perruque poudrée ce méchant et trop court morceau de laine.

On lui tend un ruban tricolore. Il l'accroche à son habit.

Parce qu'il fait très chaud dans ce lieu où tant de gens respirent si vite, Louis demande à boire. Une sorte de géant rougeaud lui présente une bouteille de vin. Le monarque s'enquiert d'un verre.

– Au goulot ! Au goulot ! scande la foule.

Louis s'exécute. Un peu de vin coule sur son menton, qu'il essuie rapidement avec un mouchoir de dentelle.

Un jeune homme, apparemment plus excité que les autres, vient danser devant lui une sorte de ballet macabre. Il agite un long poignard, qu'il pointe régulièrement vers Louis. Un grenadier s'interpose en jurant qu'il fera rempart de son corps. Le roi l'écarte doucement, tout en lui saisissant la main.

– Un homme qui n'a rien à se reprocher ne connaît ni la peur ni la crainte, susurre-t-il.

Puis, posant la main du grenadier sur son cœur, il ajoute :

– Voyez s'il bat plus vite ?

À présent, les émeutiers défilent devant Louis comme ils ont défilé devant le bureau du président à l'Assemblée. Ils sont toujours aussi nerveux. Dans ce cortège, on remarque des pancartes : elles sont agitées comme les piques ou les sabres. Le temps passe.

– Je ne puis en conscience, murmure le roi de temps à autre

avec un sourire tranquille de regret quand un interlocuteur se fait plus insistant ou plus grossier sur le sujet des prêtres ou du camp des fédérés.

« En conscience ». Sont-ce là des mots qui peuvent résonner dans l'âme de la foule qui a envahi les Tuileries ? Oui, sans doute, quand cette foule interrompt sa noria abrutissante. En tout cas, l'impassibilité du monarque a raison finalement de la multitude, dont l'hostilité diminue au fil des heures.

Désemparée, l'Assemblée a délégué quelques députés qui ont harangué en vain les émeutiers et sont rapidement repartis pour se mettre à l'abri.

– Je réponds de la famille royale, lance sentencieusement Santerre, par ailleurs chef de la Garde nationale, qui a senti le vent tourner. Qu'on me laisse faire !

La reine, réfugiée dans une autre partie du palais, n'est pas plus épargnée. À plusieurs reprises, on la menace. Elle doit écouter sans broncher des discours orduriers. Ses yeux bleus trahissent cependant la haine terrible que lui inspire cette agitation. Autour d'elle, des servantes gémissent, des enfants pleurent.

Pétion, nouveau maire de Paris, se présente devant le roi vers six heures. Il est longuement ovationné par les manifestants.

– Le peuple s'est présenté avec dignité, minaude-t-il. Le peuple sortira de même. Que Votre Majesté soit tranquille !

Pétion appartient à la race des démagogues. Il en est l'un des plus beaux fleurons. Il se précipite ensuite à l'Assemblée pour la rassurer.

– Ce peuple généreux et sensible n'a jamais rien voulu d'autre que présenter une pétition au roi, soutient-il. Tout se déroule dans le calme. L'aurait-on voulu, on n'aurait pu empêcher le peuple de s'exprimer.

On retrouvera l'argument, plus tard, dans une poignée de semaines, quand beaucoup de crimes atroces auront été commis.

Louis a été humilié mais, par son courage, sa sérénité, sa courtoisie, il a dominé la situation et à aucun moment n'a cédé sur l'essentiel, c'est-à-dire n'a accepté les décrets qu'on veut lui imposer. Ce monarque débonnaire, timide et maladroit a tenu tête à la horde venue pour le mordre.

Quand, le lendemain, Pétion, encore lui, vient l'assurer du caractère « pacifique » de cette invasion du palais, Louis le coupe, excédé devant tant de lâcheté et d'hypocrisie :

– Ce n'est pas vrai ! Taisez-vous, monsieur !

Et il lui tourne le dos.

Deux jours plus tard, Louis XVI fait publier une proclamation informant les Français qu'une foule égarée par quelques factions est venue à main armée dans l'habitation du roi.

– L'Assemblée a courbé la tête devant la rue, mais le roi, lui, n'a rien cédé à la rue ! commente Yolande, quelque peu agacée, lorsque Jean lui rapporte en détail les événements du 20 juin.

– Ne va pas trop vite ! réplique Jean. Ce matin, lorsqu'il a passé en revue une division de la Garde nationale, le roi a accepté de porter la cocarde et la plume tricolore au chapeau.

– Mais pourquoi ?

– Parce qu'il n'avait pas le choix.

Yolande se sent mal à l'aise. La confusion régnant dans son esprit l'irrite et la trouble. « Comment tout cela va-t-il finir ? »

13

– Mais que veut finalement ton ami Danton ?

La question émane de Yolande. Depuis la fin de l'après-midi, Jean et elle sont dans l'appartement de la rue des Fossés-Monsieur-le-Prince. Ils sont au lit. Ils viennent de faire l'amour. Le désordre de la chambre rappelle à la jeune femme le désordre qui règne dans la ville. En effet, si le roi n'a pas sanctionné le décret concernant le camp des fédérés, partout en France les enrôlements s'accélèrent et les volontaires montent vers Paris par milliers. Pourquoi ce mouvement général s'arrêterait-il ? La paye est bonne et même supérieure à la solde de ceux qui vont combattre aux frontières, les billets de logement sont généreusement distribués, les frais de route sont remboursés sans vérification sérieuse. Dès leur arrivée dans la capitale, les fédérés sont « travaillés » par les clubs. Très rapidement, ils signent des pétitions réclamant la déchéance du roi et l'élection au suffrage universel d'une nouvelle assemblée constituante.

Les cabarets, tavernes et mastroquets de la capitale résonnent tard dans la nuit des hurlements avinés des Bretons, Bourguignons, Solognots et autres Marseillais. Avant de faire « sa fête à l'Autrichienne », on se bouscule dans les bouges en étanchant la soif de sang par le mauvais vin.

Les Marseillais, précisément, sont arrivés il y a peu. Ils ont adopté un chant de marche appelé *Chant de guerre de l'armée du Rhin*, un hymne qu'ils entonnent avec force et conviction. On s'échange des petits billets sur lesquels on a griffonné les strophes. Les gamins et d'autres colonnes armées aiment à reprendre le refrain, où il est question d'« un sang impur » devant « abreuver les sillons ». Nombre de ces Marseillais sont hébergés dans les bâtiments du couvent des Cordeliers. Danton ne manque pas une occasion de les haranguer. Il a confié le soin à ses amis de leur faire distribuer de la poudre et des balles. Le recrutement des fédérés marseillais a été fait, c'est le moins qu'on puisse dire, sans aucun soin, et l'on compte parmi eux de nombreuses canailles. Déjà, ces hommes de la grande ville du Sud se sont taillé une sinistre réputation tout au long du chemin vers Paris. En outre, des individus de sac et de corde, des gibiers de potence, toutes sortes de mauvais sujets ou tout simplement des vagabonds et sans-travail sont venus s'agréger à ce groupe agité.

– Mais que veut exactement Danton ? insiste Yolande.

Ce que souhaite Danton précisément, Jean a du mal à le discerner. Le tribun champenois pressent que des événements terribles et décisifs vont se dérouler. Il veut les accompagner à défaut d'en être l'organisateur, mais il hésite encore.

– Je ne sais pas, répond Jean.

– A-t-il l'intention de renverser la royauté ?

Au Conseil général, Danton a proféré des menaces à ce sujet. Au club des Jacobins, quelques jours plus tard, il a laissé clairement entendre que les fédérés présents à Paris peuvent être une arme.

– Je ne sais pas, répète Jean.

– Tu ne sais pas grand-chose, finalement, de cet ami si proche ! assène Yolande, soudain agacée.

Jean esquisse une caresse. Elle le repousse et se lève.

– Tu ne m'empêcheras pas de penser que, derrière toute cette mobilisation, il y a la volonté de quelques-uns de lancer une offensive décisive contre la monarchie. Fédérés et sans-culottes unis dans un ultime assaut contre le palais des Tuileries ! Je suis sûre d'ailleurs que tu en sais beaucoup plus sur ce sujet que tu ne veux bien le dire.

Malgré lui, Jean applaudit intérieurement aux capacités intuitives de sa maîtresse. Une attaque du palais devait effectivement avoir lieu le 14 juillet. Les chefs du mouvement sans-culotte se sont rendu compte que les conditions du succès pour un coup d'État populaire n'étaient pas toutes réunies et ils ont reporté l'exécution du projet au mois d'août. Les cérémonies commémoratives se sont donc déroulées selon le programme. Dès dix heures du matin, au Champ-de-Mars, Louis XVI, en habit brodé et perruque poudrée, se tenait debout devant l'autel de la Nation, une colonne tronquée enguirlandée de feuilles de chêne. La chaleur était étouffante. Les gardes nationaux étaient en nombre pour empêcher les débordements d'une foule dense et agitée. Le roi a gravi quelques marches et, pour la deuxième fois de sa vie, sans apparemment manifester d'émotions, a prêté serment à la Constitution. Alors, cinquante bouches à feu ont craché et tonné, noyant une partie de la foule dans une fumée grise.

Mais la cérémonie était loin d'être terminée. On a allumé un immense bûcher, composé de tout ce qui symbolisait l'Église catholique, la féodalité, la Cour, les structures de la monarchie absolue. Pêle-mêle, on a ajouté des mitres, des tiares, des écussons, des bonnets de docteur d'université, des lettres d'anoblissement, des sculptures représentant des évêques, et même une copie des clefs de Saint-Pierre. On a regardé les flammes monter haut dans le ciel, comme si l'esprit des temps anciens partait en fumée. Présents tout au long de cet autodafé, le roi et la reine n'ont dit mot.

Ensuite, pendant des heures, il n'y a eu que défilés et processions, danses et représentations. Les musiques militaires succédaient aux chants populaires, les rondes alternaient avec les marches. La foule accompagnait la manifestation de ses cris. Tantôt, elle était hostile : « À bas le veto ! À bas l'Autrichienne ! », tantôt elle s'enthousiasmait : « Vive Pétion ! Vive la Nation ! Vivent les Jacobins ! »

– Je t'en prie, reviens ! lance Jean, accompagnant les mots d'un sourire désarmant et d'un bras tendu.

Yolande, sur le pas du cabinet, hésite puis vient se couler dans les bras de son amant.

Dans l'heure suivante, il ne sera plus question des affres de la politique : les plaintes et les gémissements seront ceux des corps.

Quelques jours plus tard, Paris découvre que Charles Guillaume, duc de Brunswick-Lunebourg, commandant d'une armée coalisée, a signé à Coblence un manifeste informant la France et les Français de son intention de restaurer la dignité du roi, ce qui pourrait encore être accepté, mais menaçant Paris et les Parisiens d'une « vengeance exemplaire », de supplices mérités et d'une « subversion totale » si le moindre mal est fait à la famille royale, ce qui est proprement intolérable.

L'explosion d'une bombe cachée sous une table pendant un banquet dans un restaurant du Palais-Royal n'aurait pas un effet plus dévastateur. L'ultimatum de Brunswick est plus que maladroit : les chefs sans-culottes et les sections tiennent enfin la provocation qu'ils attendaient fébrilement. Il est aussi l'ukase qui, loin de freiner les ardeurs patriotiques, exacerbe la fureur des hommes et femmes prêts à en découdre, une fureur que cultivent les clubs et les sections. La tentative d'intimidation rallie définitivement aux extrémistes les timorés et les hésitants.

– Comment Brunswick, un philosophe francophile acquis aux idées libérales, a-t-il pu se laisser aller à une initiative aussi désastreuse ? demande Yolande à la comtesse de Bressé. Il voulait faire peur, glacer les cœurs et les énergies, et il a enflammé le petit bois des consciences et des haines.

– Le roi a fait publier un démenti.

– Mais ce démenti n'a convaincu personne.

– Qu'en pense M. Lehalleur ?

– M. Lehalleur est actuellement en déplacement, soupire Yolande. Il accompagne, m'a-t-il dit, un convoi. Mais, de toute façon, il ne me dit jamais ce qu'il pense quand il s'agit de politique.

14

La nuit du 9 au 10 août 1792 est suffocante. Toute la journée, le soleil a brûlé les rues et les places, et les étoiles de la nuit, comme si elles pleuraient, laissent tomber une touffeur grasse. Le tocsin n'arrête pas de sonner : la cloche des Cordeliers a donné le mouvement, bientôt suivie par les bourdons de Saint-André-des-Arts, des Gravilliers, de Mauconseil, des Lombards, du faubourg Saint-Antoine.

Les abords de l'Hôtel de Ville retentissent de roulements de tambour. Les sections y ont envoyé leurs délégués et ceux-ci composent désormais l'assemblée qui deviendra la Commune insurrectionnelle. Les sans-culottes, tout autour, forment des groupes compacts. Les falots qui ont été allumés un peu partout paraissent jeter des étincelles sur les visages en sueur, mais ils font aussi briller les lames nues des sabres et les pointes des piques.

Yolande se réveille en sursaut. Devant la fenêtre ouverte, les voilages s'agitent doucement, comme s'ils dansaient sous les étoiles brillantes. Elle se découvre trempée de sueur. Elle allume un flambeau puis boit un peu d'eau.

L'hôtel de la rue Hautefeuille est silencieux et ce silence apparaît d'autant plus troublant que le tocsin continue de battre son sinistre tempo. Pourquoi a-t-elle l'impression de n'avoir pas dormi ? Où est Jean en ce moment ? Dans quelle dangereuse manœuvre s'est-il encore engagé pour plaire à Danton, son âme damnée ?

Un petit bruit venu du rez-de-chaussée, comme le choc d'une assiette sur une table, l'alerte. Qui est déjà levé à cette heure ? Elle jette un coup d'œil à la pendule qui orne la cheminée : deux minutes avant cinq heures. Un autre bruit retentit. Elle se lève, chausse des mules, enfile une robe de chambre, légère et moirée.

Vers cinq heures du matin, le marquis de Mandat, qui commande les forces des Tuileries, est invité par les commissaires de la Commune insurrectionnelle à s'expliquer sur les mesures prises pour protéger le roi.

Pour la sécurité du château des Tuileries, Mandat, instruit par l'expérience du 20 juin, a mobilisé mille Suisses, deux ou trois centaines de gentilshommes, plus de mille gendarmes à cheval ou à pied, deux mille gardes nationaux, une quinzaine de canons. Mais le dispositif n'existe que sur le papier : le régiment de Suisses est diminué du fait de la confusion administrative et il n'y a que quatre cents gardes nationaux depuis que beaucoup ont fait défection.

Surtout ce château, face à des colonnes nombreuses et résolues, n'est pas facile à défendre.

Dès qu'elle est dans l'escalier, Yolande repère la lumière qui filtre par la porte entrouverte du petit salon. Elle peut aussi entendre une conversation à voix basse entre un homme et la comtesse de Bressé. Elle s'arrête, soudain oppressée. Le flambeau qu'elle tient tremble un peu.

Pourquoi faut-il que son cœur, dès qu'il se passe un événement imprévu, batte la chamade, se mette à ruer comme un mauvais cheval ? Que signifie ce conciliabule à cette heure de la nuit ?

Un peu après cinq heures du matin, alors que toute la famille royale est réveillée, le roi se montre au balcon. Il n'a pas quitté son habit de la veille et le tissu brillant en est froissé. Les troupes rassemblées dans la cour royale l'applaudissent. Le roi est invité à passer ces mêmes troupes en revue. Les tambours battent aux champs. Le monarque est sombre. À ses officiers, il ne répond que par des grognements ou des phrases inaudibles. De temps à autre, un homme crie « Vive le roi ! », mais les mots résonnent tristement. Ils sont pourtant magnifiques, ces gardes suisses, avec leur habit rouge, à collet et revers bleu céleste, la veste et la culotte de drap blanc, le chapeau tricorne galonné de blanc.

Les gardes nationaux en position dans les jardins accueillent Louis XVI de manière plus fraîche :

– Vive la Nation ! Vive Pétion !

Certains hommes tournent même leurs canons vers le monarque, effarouchant Madame Royale, la fille aînée du roi.

Aux abords de la cour royale et malgré l'heure, la foule est déjà dense.

– Déchéance ! Déchéance ! entend-on.

Yolande frappe deux coups à la porte puis la pousse résolument. Quelques chandeliers sont allumés. Mme de Saint-Merri est assise dans la bergère à oreillettes qu'elle affectionne particulièrement. En face d'elle, sur un fauteuil, le buste légèrement penché vers l'avant, Jean Lehalleur paraît engagé dans un long discours.

– Jean, que faites-vous ici ?

Son amant se lève. Des mèches de cheveux blonds sont collées sur son front. Il a un regard enflammé. Yolande pose son flambeau sur un guéridon puis se jette dans ses bras.

– Pouvez-vous m'expliquer ? demande-t-elle.

Mais la comtesse répond à la place du jeune homme :

– M. Lehalleur est venu nous mettre en garde.

– J'ai accompagné Georges Danton à l'Hôtel de Ville. Il était trois heures du matin. Je suis ensuite venu ici aussi vite que j'ai pu. Vous ne devez absolument pas sortir de la journée ! Sous aucun prétexte ! Le palais des Tuileries va être pris d'assaut.

– Et la famille royale ?

– Elle sera mise en sécurité avant l'attaque. Yolande, promettez-moi ! Aujourd'hui, le sang va couler et, comme d'habitude, des innocents souffriront autant que les coupables. Je vous en supplie, ne prenez aucun risque ! Demeurez ici, avec Mme la comtesse. Je reviendrai ce soir.

– Jean, c'est la première fois que vous me parlez des événements politiques à venir.

– Non, Yolande, c'est la première fois que j'ai peur pour votre vie.

Dans l'escalier qui le ramène à ses appartements, Louis XVI, malgré sa haute taille, n'est plus qu'une masse titubante. La fatigue et le découragement ont vidé ses forces. Le sentiment d'être totalement et définitivement incompris l'a anéanti.

Après avoir accompagné Jean jusqu'au seuil de l'entrée principale, en lui faisant jurer de revenir le soir même, Yolande regagne le salon.

– Je me demande finalement si nous n'aurions pas dû émigrer comme les autres.

La jeune femme regarde la comtesse de Bressé, étonnée que celle-ci puisse proférer une telle interrogation.

– Vous avez vu quelles lois sévères ont été prises contre les émigrés et leurs biens, dit-elle. Et puis nous ne sommes pas de ceux qui ont rejeté d'emblée toute évolution de notre société et veulent surtout que rien ne bouge.

– Sans doute, sans doute, mais êtes-vous bien sûre que les sans-culottes sauront faire la différence ? Pour eux, nous appartenons à l'état honni de la noblesse. Comme le laisse entendre cet avocat fanatique du Nord, ce Maximilien Robespierre, nous n'avons aucun droit à l'existence, nous sommes hors de la société dont il se préoccupe.

– Robespierre ne représente qu'une partie de l'opinion révolutionnaire.

– Mais c'est la plus radicale et la plus violente ! poursuit Léontine de Saint-Merri en haussant le ton. Et vous verrez qu'elle prendra le dessus sur les autres courants. C'est toujours comme ça : les plus radicaux et les plus violents prennent toujours le pas sur les plus modérés.

– Au début, peut-être, mais après...

– Le problème, Yolande, c'est que nous ne sommes plus au début. Nous sommes en plein dedans. Et l'après est encore loin, très loin. Pourquoi croyez-vous que M. Lehalleur soit venu en pleine nuit nous dire de rester cloîtrées ici ?

À l'Hôtel de Ville, un homme vit ses dernières minutes. Contestant la légitimité du nouvel organe qui vient de se créer, Mandat se montre hostile et multiplie les difficultés. Finalement, il est accusé de trahison et arrêté au moment où il sort de la salle des délibérations. Un agent de Santerre l'abat sur les marches. D'un coup de pistolet en plein cœur. Il est alors sept heures du matin et les premières lueurs de l'aube rosissent déjà les toitures du côté de la barrière du Trône. Santerre succède à Mandat.

– Charge-toi de lui faire peur ! Détermine-le à quitter le château !

La voix de Danton tonne comme un coup de canon. Pierre-Louis Roederer, procureur général syndic du département de Paris, s'exécute immédiatement. Un peu avant huit heures, on annonce son arrivée au roi.

– Il faut, Majesté, vous réfugier au sein du corps législatif, plaide l'ancien député. Le danger est au-dessus de toute expression, la défense est impossible. Votre Majesté et les membres de votre famille ne pouvez être en sûreté qu'au milieu des représentants du peuple. Sortez de ce palais, il n'y a pas un instant à perdre !

Marie-Antoinette s'avance. La poudre qu'elle a mise sur les joues souligne encore plus les cernes sous ses yeux.

– Monsieur, il y a ici des forces, et il est temps de savoir qui l'emportera du roi ou de la faction !

Elle tremble de rage. Si on lui en laissait le loisir, elle se mettrait à la tête des troupes suisses qui gardent les Tuileries. Comme on le dira plus tard, le roi n'a alors qu'un homme pour le défendre : sa femme.

Roederer fait comme s'il n'avait pas été interpellé :

– Sire, insiste-t-il en se tournant vers le roi, vingt mille hommes marchent sur les Tuileries. Vingt mille ! Peut-être plus !

– Si le roi s'en va à l'Assemblée, il est perdu ! argumente Bachmann, le major des Suisses.

Mais le roi, finalement, cède aux instances de Roederer. Après quelques menus préparatifs, on se met en route. L'ancien député marche en tête : il craint que des forcenés veuillent molester le roi. Louis est encore plus sombre et paraît mou sur ses jambes. Marie-Antoinette s'appuie au bras d'un courtisan, en tamponnant ses yeux rougis d'un mouchoir de dentelle. Madame Élisabeth, sœur du roi, a joint les mains et avance comme une nonne dans un déambulatoire. Le dauphin a saisi la robe de Mme Louise de Tourzel, gouvernante des Enfants de France, et s'y agrippe comme à une bouée. Il tricote des jambes, roule de grands yeux apeurés. Madame Royale, sa sœur, pleure, en reniflant.

Personne ne songe à donner aux Suisses l'ordre de ne pas tirer après le départ du roi. Il est vrai que le major Bachmann est convaincu, comme son souverain, que l'émeute se dégonflera d'elle-même dès que le château sera vidé de ses occupants royaux.

La colonne franchit la grille des jardins, se dirige vers la terrasse des Feuillants. Le soleil levant, rasant les toits des Tuileries, jette des étincelles dans les arbres. Là, une foule particulièrement agitée s'est rassemblée, qui se met à crier des injures :

– À bas le tyran ! La mort ! À bas le veto !

Marie-Antoinette aperçoit une tête sanguinolente au bout d'une pique, pousse un cri et détourne vivement les yeux. Un Suisse ?

– La mort ! Mort à l'Autrichienne ! scande la foule.

Les officiers et soldats qui accompagnent la famille royale ont bien du mal à se frayer un chemin. Il y a même un début de bousculade sauvage, durant lequel le roi est mis en joue. Le dauphin pousse des cris stridents ou hoquette bruyamment. Marie-Antoinette échappe de justesse à la poigne d'une mégère mais ne peut éviter de se faire dérober un réticule brodé.

– Garce ! C'est toi qui as fait le malheur de la France ! crie une femme en crachant sur la souveraine.

Le cortège atteint enfin le Manège, s'y engouffre. Quelques pierres lancées à toute volée rebondissent sur les murs. L'Assemblée est en séance exceptionnelle depuis deux heures du matin. Louis XVI rejoint son président, Vergniaud. Essoufflé, il respire bruyamment. La sueur ravine ses joues grasses. La perruque, écrasée sur un côté, a légèrement glissé.

– Messieurs, je suis venu ici pour éviter un grand crime, finit par balbutier le roi.

Dans les tribunes, soudain, on fait silence.

– Je pense, messieurs, continue le roi, que…, je pense que… je ne saurais être plus en sûreté qu'au milieu de vous.

Son visage exprime une conviction contraire. Vergniaud, qui ne voit dans le roi qu'un tyran, croit le moment venu de prononcer quelques phrases hypocrites :

– Vous pouvez compter, Sire, sur la fermeté de l'Assemblée nationale. Ses membres ont juré de mourir en soutenant les droits du peuple et les autorités constituées.

Louis XVI parcourt du regard les bancs clairsemés de l'Assemblée. Peut-être songe-t-il que les députés courageux ne sont pas aussi nombreux que veut bien le laisser entendre Vergniaud. On invite le roi et sa famille à occuper la petite loge du logographe, derrière le siège du président. En temps ordinaire, c'est là que les secrétaires dressent le procès-verbal des débats. Pour l'heure, la pièce ressemble fort à une cellule.

Pour l'attaque du château des Tuileries, les sans-culottes se sont divisés en deux corps. Le premier, sous les ordres de Santerre, regroupe les déserteurs de la Garde nationale et les sectionnaires du faubourg Saint-Antoine. À partir de l'Hôtel de Ville, il doit marcher sur le palais, en empruntant la rive droite de la Seine. Le second corps, confié au commandement d'Alexandre, est composé des Cordeliers, des fédérés marseillais et bretons, des sectionnaires du faubourg Saint-Marcel. Il est prévu qu'il suive la rive gauche.

Lorsque les assaillants parviennent aux abords du château, la famille royale est depuis plusieurs minutes prostrée dans l'espace minuscule du logographe, ruisselante de sueur et silencieuse. Les premiers à pénétrer dans la cour royale sont conduits par Westermann, monté sur un petit cheval noir, nerveux et écumant. Celui-ci invite les Suisses à se rendre. Quelques-uns, impressionnés sans doute, jettent leurs cartouches par les croisées des fenêtres. Mais la plupart sont bien résolus, avec l'aide de gentilshommes, à résister. D'ailleurs, beaucoup se sont massés sur les marches du grand escalier du pavillon de l'Horloge, avec les hommes du bataillon des Filles-Saint-Thomas.

Quand les troupes de Santerre menacent les Suisses de leurs piques, les officiers commandent le tir. C'est immédiatement l'hécatombe. Les émeutiers fuient vers la porte royale. Les Suisses sont derrière eux et, parvenus sur la place du Carrousel, entament un tir à mitraille particulièrement meurtrier. Entre les hauts murs, le bruit casse les tympans. Les fumées tourbillonnent.

Mais les forces du Faubourg arrivent en colonnes par le quai. Les Suisses sont alors pris en tenaille entre le feu des sans-culottes retranchés dans les entrelacs des maisons et des rues avoisinantes et la galerie du sud reliant le palais du Louvre à celui des Tuileries. Les défenseurs sont obligés de se replier sur le château.

Au même moment, Louis XVI, pressé par les députés, écrit deux lignes sur un bout de papier, ordonnant aux Suisses de déposer les armes. Un ancien chef de la garde constitutionnelle court jusqu'à la place du Carrousel pour porter le message. À travers l'épaisse fumée qui noie les cours, cet homme courageux parvient à rassembler quelques officiers. L'ordre du roi ne se discute pas : immédiatement, on fait battre le tambour pour arrêter le combat. Des Suisses se dirigent vers le jardin des Tuileries. Là, certains vont au Manège, tandis que d'autres gagnent la place de la Révolution. Les premiers auront la vie sauve pendant une poignée de jours. Le second contingent jouira pour sa part d'un sursis de quelques heures seulement : encerclé par la gendarmerie à cheval, depuis longtemps ralliée aux émeutiers, il est conduit à l'Hôtel de Ville, où il est exterminé après un bref interrogatoire.

Les hommes restés dans le château sont systématiquement massacrés. Leur reddition importe peu. La foule se jette comme une tornade sur les soldats à l'uniforme écarlate. C'est à qui commettra les pires atrocités. On pique, on embroche, on découpe, on éparpille. Des meutes hurlantes poursuivent des gibiers humains dans les salons, les couloirs, les jardins puis les déshabillent et les mutilent. Les femmes n'hésitent pas à les émasculer. Bientôt, les murs et les sols du palais sont rouges de sang. Des centaines d'hommes, qui n'ont fait qu'obéir, périssent dans les pires souffrances. Les Tuileries sont devenues un abattoir. Des émeutiers allument des incendies.

Assez curieusement, les femmes sont épargnées : la princesse de Tarente, dame de compagnie de la reine, Pauline de Tourzel, fille de la comtesse du même nom, Mme Campan, femme de chambre de la reine.

Le soleil est près du zénith quand le carnage cesse. Les deux tiers des gardes suisses ont péri.

Après le massacre, le château est saccagé, des caves aux combles. Des objets précieux, notamment les bijoux de la reine, sont portés à l'Assemblée ou au siège de la Commune insurrectionnelle. Ceux qui se sont laissés aller à voler sont immédiatement fusillés ou pendus à la lanterne.

Durant de longues heures, la famille royale, impuissante et résignée, doit souffrir un spectacle détestable. Les députés prononcent des discours creux et emphatiques, relevés fort heureusement par la chaleur des applaudissements. Les tribunes grognent, protestent, hurlent, se livrent à toutes sortes de pitreries. De temps à autre, on perçoit la rumeur de la rue et, au-delà, les détonations qui secouent les Tuileries. Combien de temps le Manège sera-t-il encore un havre pour le roi et sa famille ? Combien de temps ces députés pourront-ils assurer sa sécurité ? À écouter les orateurs, il se trouverait ici un nombre considérable d'hommes prêts à mourir pour la Liberté, une Liberté qui, par sa seule vertu, protégerait le roi. Mais qui se soucie encore vraiment de la vie du roi ?

– Vive l'Assemblée nationale !

Louis pointe une lorgnette de théâtre sur les visages. Il ne se sépare jamais de cet instrument, ou très peu. Veut-il se rassurer ? Entend-il seulement lire sur les traits des députés la vérité des motions et des votes ?

L'Assemblée finit par confier le pouvoir à un conseil exécutif provisoire comprenant Roland à l'Intérieur, Clavière aux Contributions, Servan à la Guerre, Lebrun aux Affaires étrangères, Monge à la Marine et Danton à la Justice. Que ne fait-on pas par la grâce du canon ?

Plus tard, la famille royale est extraite des touffeurs du logographe et conduite, épuisée, à un petit logement de quatre pièces se trouvant à deux pas, dans le couvent des Feuillants. Là, elle est installée sur des lits de fortune. Quelques rares fidèles ou serviteurs demeurent avec elle.

Comme il l'a promis, Jean est de retour rue Hautefeuille dans la soirée.

– Georges Danton est ministre à la Justice, annonce-t-il d'emblée. Et je suis, avec quelques-uns de ses amis, chargé de diverses missions.

Pourquoi n'est-il pas plus précis ? Pourquoi, comme Yolande l'apprendra plus tard, ne dit-il pas que Fabre d'Églantine et Camille Desmoulins doivent assurer le secrétariat général de la Chancellerie, que Jules Paré et d'autres doivent faire la liaison avec différents chefs de service et qu'enfin, lui, Jean, l'ami d'enfance, aura des missions importantes de renseignement ? « Au ministère, lui a confié Danton, je vais être un petit peu éloigné de la section, du club des Jacobins, de la Commune insurrectionnelle. Il faut absolument que je dispose d'une oreille fidèle. Personne d'autre… tu vois ce que je veux dire… Je sais que je peux compter sur toi. »

Rapidement, Jean raconte la terrible journée. Quand il achève son récit, un silence pesant envahit la pièce, chacun, de toute évidence, réfléchissant aux conséquences de ce qui vient de se passer.

– Le peuple…, reprend Jean.

– Le peuple ? fait Yolande en haussant le ton. Le peuple est très absent dans tout ça, même si on lui reconnaît bien des légitimités !

En même temps qu'elle prononce la phrase, il lui vient à l'esprit que ce jour est une purification. Le peuple est venu se laver les mains dans le sang comme on fait ses ablutions aux portes d'un temple. Les Tuileries, durant quelques heures, ont été le calice que l'on essuie. La vraie question est alors de savoir s'il y aura encore d'autres chandeleurs de cette nature.

15

Le matin du 11 août 1792, devant l'église des Feuillants où ont été enfermés les rescapés du carnage, une foule nombreuse scande des cris de mort. Des voix s'élèvent cependant pour réclamer la vie sauve des Suisses, qui n'ont fait qu'obéir aux ordres. Après bien des tergiversations, il est décidé que les prisonniers, en attendant d'être jugés par une cour martiale, seront placés sous la sauvegarde de la loi. Les soldats sont alors conduits sur l'autre rive de la Seine, au Palais-Bourbon, abandonné par son propriétaire, tandis que les officiers et sous-officiers sont enfermés à la prison de l'Abbaye, où les attendent déjà Bachmann et son état-major.

Jean Lehalleur assiste partiellement aux opérations de transfert. Danton le lui a demandé. Hier encore, les fédérés marseillais démembraient avec leurs sabres les gardes suisses qui tombaient entre leurs mains. Aujourd'hui, ils rivalisent d'attentions et de bienveillance vis-à-vis de leurs victimes. Il est vrai que ces défenseurs, à l'invitation des sans-culottes, ont prêté il y a peu un serment solennel à la cause de la Révolution, et que le député Chabot, qui fut longtemps capucin, a déclaré répondre sur sa tête de toute égratignure qui pourrait leur être faite.

– Il est malin, ce Chabot ! lance Westermann à Jean.

– Malin en quoi ?

– Tu ne le sais pas encore ? Chabot s'est fait délivrer par quelques officiers suisses un certificat attestant du soin avec lequel ils ont été traités. Chabot est un fin politique : il sait prévoir les retournements.

Auparavant, Jean n'a pas pu s'empêcher d'aller place du Carrousel. Quelque chose de plus fort que lui le poussait vers ce lieu de massacre. L'hôtel du gouverneur achevait de se consumer. Les écuries de la garde envoyaient encore vers le ciel une colonne de fumée grise. Partout où le regard portait, on ne voyait que des cadavres. Beaucoup étaient dépouillés de leurs vêtements, certains atrocement mutilés. Des nuées de mouches les enveloppaient comme des linceuls noirs. Une odeur sucrée de charogne flottait sur les lieux. Des têtes avaient roulé, ici ou là. La grille séparant la cour royale de la place du Carrousel s'inclinait à divers endroits. Un canon pointait en direction du ciel une bouche éventrée. Des misérables, en quête d'un objet que personne n'aurait vu, fouillaient les immondices en dérapant sur les pavés gras de sang.

Jean s'imaginait les habits rouges et les chapeaux tricornes des gardes suisses alignés sur plusieurs rangs devant le château ou aux fenêtres du pavillon central, puis la mitraille et les cris, les volutes de fumée, la bousculade, les courses-poursuites, les hurlements, les hommes qui s'effondrent dans la chapelle, la chambre de parade, la galerie de Diane, la salle des Cent-Suisses ou le grand cabinet du roi, les membres découpés qui sont jetés par les croisées, les têtes avec lesquelles on joue. Il respirait avec peine. Tout lui faisait horreur et le remplissait d'effroi ; rien ne pouvait détourner son regard fasciné. Tout lui fléchissait les jambes et le frappait au plexus ; rien ne lui faisait fuir l'abomination.

Vers quatre heures de l'après-midi, Jean, à l'Hôtel de Ville, s'installe dans les tribunes pour suivre les débats fiévreux de la toute nouvelle Commune insurrectionnelle, née dans la nuit du 9 au 10 août. Yolande aurait aimé l'accompagner, mais il l'en a dissuadée. Il ne veut pas lui faire courir le moindre risque.

Dans la salle du Trône, en ce samedi, presque trois cents représentants des sections sont entassés. Le soleil s'engouffre par les vastes croisées qui donnent sur la place de Grève. Agglutinés dans les tribunes, des hommes et des femmes de toutes conditions font grand bruit, certains sans-culottes n'hésitant d'ailleurs pas à interpeller directement les orateurs.

L'homme qui préside cette assemblée agitée sans parvenir à assurer la moindre sérénité est un commis de barrière, membre de la section des Quinze-Vingts, qui n'a pas trente ans et qui paraît déjà un vieillard avec son front chauve, sa peau crevassée et ses yeux chassieux : Sulpice Huguenin. C'est lui qui, de sa propre initiative, la veille, a ordonné le massacre de Suisses qui s'étaient rendus et avaient été conduits jusqu'à l'Hôtel de Ville.

Mais la réalité du pouvoir est dans l'organe directeur de cette assemblée : le Comité de surveillance, avec son département de police. Les dénommés Panis, Sergent, Jourdeuil et Didier, et ceux qui les manipulent, sont les nouveaux maîtres. Ils exercent leurs talents dans les locaux de ce qu'on appelle la mairie. Celle-ci est l'ancien hôtel du premier président, enchâssé dans le palais de justice au fond du cul-de-sac de Jérusalem. À la mairie, le maire, Pétion, habite le premier étage, dans la lumière. Mais la lumière est là pour cacher que Pétion est un pantin et c'est au rez-de-chaussée que se tient la véritable autorité, un rez-de-chaussée composé de pièces obscures desservies par un corridor qui ne l'est pas moins. Là, dans le désordre le plus complet, des êtres fébriles interrogent les prisonniers apeurés qu'on leur amène, dressent des procès-verbaux, lancent des ordres, prennent possession d'armes, préparent des descentes.

Jean connaît bien Antoine Sergent, l'un des membres du Comité de surveillance. Des autres, il ignore tout. Ils ont surgi de la glaise où ils étaient enfouis, tirés par le soc de la charrue révolutionnaire, hommes infiniment ordinaires devenus infiniment extraordinaires par la seule énergie de l'événement. Nombre d'entre eux sont les marionnettes d'hommes plus connus et dont, pour l'heure, seuls les visages blafards apparaissent dans les travées de l'Assemblée : Fabre d'Églantine, Collot d'Herbois – qui a été acteur, auteur dramatique et directeur de troupe théâtrale –, Billaud-Varenne, Marie-Joseph Chénier – poète et polémiste –, Tallien – l'ancien secrétaire des frères Lameth –, Anaxagoras Chaumette, exalté, dangereux, porte-parole influent des sectionnaires les plus engagés, ancien mousse, ancien timonier, ancien étudiant en médecine.

Jean quitte l'Hôtel de Ville la tête bourdonnante. La Commune insurrectionnelle, après avoir félicité les fédérés marseillais, crédités d'avoir sauvé la patrie, et innocenté les assassins de Mandat, a décidé de former des dépôts de poudre un peu partout dans Paris, au moins un par section, a appelé aux armes tous les citoyens, a interdit les représentations théâtrales, a fermé les barrières, a commandé qu'on illumine les maisons le soir. Sa proclamation est dans toutes les bouches : les coupables vont périr sur l'échafaud.

La peur, la peur terrible, est désormais dans toutes les poitrines, dans tous les cœurs. Encore quelques heures et la capitale sera livrée à une incoercible panique. Pourtant, les rues ont la même animation que d'habitude, on y retrouve les mêmes cris des porteurs d'eau ou des marchandes de quatre-saisons, les portefaix et charretiers jurent avec la même ardeur. Mais des convois funèbres passent, des petits groupes tiennent des conciliabules en jetant autour d'eux des regards méfiants, des messagers courent. Comme le soleil qui se fait de plomb en ces journées d'août, l'angoisse pèse sur les épaules et les paupières. On frissonne, on baisse la voix, les regards sont voilés.

Le message répété d'une rue à l'autre, sur les bords de Seine, dans les tavernes, à l'abri des galeries, dans les allées des marchés, sur les ponts, ce message forgé à la mairie est clair : chacun doit être convaincu que, dans l'ombre, des conspirateurs travaillent à la perte de la patrie, à la destruction de la liberté, à l'étranglement de la Révolution ; ils sont des milliers, et ils sont partout ; ils sont prêts à tout ; un coup terrible leur a été porté hier, quand les Tuileries sont tombées et que le roi a dû se réfugier dans la salle du logographe, mais il serait criminel de croire qu'ils ont été abattus et qu'ils ont renoncé à leurs visées.

Très vite, les bruits les plus inattendus, les rumeurs les plus folles circulent : on a découvert des caches d'armes à Issy ; les patriotes se battent à Meudon ; un groupe de contre-révolutionnaires s'est livré à un massacre à Choisy ; il existe un plan pour enlever le roi ; tous les mouvements de l'armée sont dénoncés à Brunswick et aux émigrés ; etc. La rumeur enfle. Paris est dans les rets d'un complot ! Paris succombera si des mesures terribles ne sont pas prises immédiatement !

Depuis des semaines, les discours des clubs, les motions des sections, les journaux, les tracts, les affiches ressassent la même idée : les conspirateurs cachés dans Paris attendent que les gardes nationaux soient aux frontières pour agir et frapper dans le dos.

Les Parisiens ont déjà élu ceux qu'ils jugent les plus dangereux : les prêtres insermentés, ces âmes damnées du Saint-Siège qui refusent de prêter serment à la Constitution civile du clergé, ces réfractaires qui se dérobent à la loi. Depuis des semaines, ils sont l'objet d'une campagne violente, soigneusement entretenue. La haine de ces prêtres hors la loi révolutionnaire a été intelligemment instillée dans tous les esprits. Il ne fait de doute pour personne que les émigrés, qui se pressent aux frontières avec les armées étrangères, ont trouvé chez ces ecclésiastiques rebelles le relais complétant celui qu'ils ont déjà avec les aristocrates demeurés accrochés à leurs terres ou cachés dans des maisons écartées.

Comme si cela ne suffisait pas, certains jurent qu'ils ont vu des soutanes aux fenêtres des Tuileries lorsque le combat faisait rage, et que ces soutanes crachaient le feu sur des patriotes. Un bruit court même selon lequel, sur le cadavre d'un ecclésiastique, on a trouvé une grosse somme d'argent – le prix du crime et de la corruption !

Qu'on se le dise ! Les émigrés au-dehors, les aristocrates et les prêtres insermentés à l'intérieur, les uns et les autres sont prêts à écraser la patrie dans une tenaille puissante !

Paris est victime d'un pourrissage des esprits : comme on fait macérer les chiffons pour fabriquer la pâte à papier, les Parisiens baignent dans les rumeurs les plus alarmantes pour toutes les manipulations.

16

La section du Luxembourg n'a pas attendu que la Commune insurrectionnelle appelle les Parisiens à la vigilance. Dès le matin du 11 août, elle entame le nettoyage de son territoire où, particulièrement dans le quartier Saint-Sulpice, abondent les anciens couvents et les « caches » de prêtres réfractaires. La huitième heure du jour n'a pas encore sonné que, du siège, partent des hordes de policiers, miliciens et sans-culottes volontaires pour une chasse à l'ennemi de la patrie.

Rue du Petit-Bourbon, l'hôtel de Châtillon est investi par des hommes en armes. Au premier étage vit Mgr Du Lau de Lacoste, l'ancien archevêque d'Arles. Le prélat et ses domestiques sont arrêtés. Une perquisition permet de saisir une correspondance importante démontrant que cet ecclésiastique insermenté continue de diriger à distance son diocèse.

Quasiment à la même heure, au coin de la rue Cassette et de la rue Carpentier, une colonne armée de piques et de sabres nus envahit la maison des clercs de Saint-Sulpice. Certains ont participé à l'assaut contre les Tuileries et exhibent comme des trophées, qui un uniforme ensanglanté, qui des oreilles prélevées sur le cadavre d'un Suisse. Les élèves – de futurs séminaristes – sont alignés brutalement le long d'un mur. On fouille les bureaux, des dossiers sont saisis et emportés. Le supérieur est embarqué avec l'un de ses directeurs et trois ou quatre autres personnes.

Partout, les commissaires, gardes nationaux, sans-culottes débarquent en force, dûment renseignés par les dénonciations, la rumeur ou les enquêtes effectuées depuis plusieurs semaines. Leurs chefs brandissent des listes. Les maisons et hôtels particuliers, les hôtels meublés, les anciens couvents, les séminaires, les églises, rien n'échappe aux fouilles. Tous les suspects de menées criminelles sont arrêtés, les autres sont menacés des pires représailles s'il leur vient l'idée de cacher des réfractaires.

Quand une première descente ne réussit pas, on la renouvelle, une fois, deux fois, trois fois si cela est nécessaire, et on a alors la surprise d'effectuer des prises remarquables.

Des ecclésiastiques naïfs, apprenant que des hommes armés sont venus à leur domicile en leur absence, croient opportun de se présenter spontanément au siège de la section pour demander des explications. Elles leur sont fournies, mais ils sont immédiatement appréhendés.

Ce même 11 août, Philippe de Kérodret se rend en hâte à l'hôtel de Provence, rue des Fossoyeurs. Il y compte de nombreux amis de province, réfractaires comme lui. Il veut les mettre en garde, les inviter à se cacher. Il arrive en nage, car il fait très chaud. Ils sont tous là, notamment l'ancien curé d'Émalleville, dans le diocèse de Rouen, qui a été député aux États généraux. Philippe a la surprise de découvrir M. Hébert, ancien supérieur des Eudistes et confesseur insermenté de la famille royale : il s'est échappé des Tuileries mais, par prudence, n'a pas voulu rentrer chez lui.

Tous sont rassemblés au premier étage et discutent des événements quand des cris se font entendre. Ils viennent du hall et de l'escalier. Des hommes braillent à tue-tête. L'un des ecclésiastiques, croyant bien faire, ouvre la porte. Il est immédiatement repoussé par des miliciens qui, en hurlant et avec une brutalité hargneuse, envahissent les lieux. L'un d'eux, qui paraît être le chef, une feuille de papier à la main, vérifie les identités. Il est très nerveux, très agité. Une verrue noire lui déforme une paupière. Quand vient le tour de M. Hébert de répondre, l'interrogateur s'esclaffe :

– En voilà une bonne prise ! Ils vont être contents à la section !

Les religieux sont invités à descendre. Dehors, il y a foule.

– Mort aux prêtres ! vocifèrent des énergumènes.

Les visages flamboient de haine, les bouches sont tordues par l'insulte et la menace. Sous les lazzis et plus ou moins protégés par l'escorte, les prêtres arrêtés sont conduits au siège de la section du Luxembourg, où ils sont interrogés à tour de rôle par un rougeaud hirsute flanqué de deux plumitifs :

– Êtes-vous prêt à prêter serment à la Constitution civile du clergé ? demande-t-on à M. Hébert.

– Sans la combattre, répond doucement le confesseur du roi, ma conscience ne me permet pas de l'admettre.

Cette digne réponse est immédiatement notée au procès-verbal avec une moue de mépris.

– Je n'admets pas la Constitution civile du clergé, dit à son tour Philippe.

L'autre le regarde, comme s'il doutait du sens de la réponse, puis finit par inscrire « non » en face de la question.

On enfourne les ecclésiastiques dans une grande salle aux murs décrépits, où flotte une odeur de moisi. D'autres prêtres, arrêtés dans la matinée, y sont déjà. Philippe en reconnaît certains. L'un d'eux le salue presque joyeusement. C'est un petit homme rond, aux yeux bleus très pâles. Il raconte comment le supérieur de la succursale d'Issy a échappé de justesse à l'arrestation :

– Il a pu fuir par une porte dérobée, déguisé en ménétrier et un violon sous le bras, chuchote-t-il avec l'air réjoui de celui qui applaudit à un bon tour.

– Tant mieux !

– Les sans-culottes ont le respect de l'artiste !

Puis les heures passent, éprouvantes et inquiètes. Avec cette fièvre obsessionnelle qui s'est emparée de la capitale, tout est possible. Régulièrement, la porte s'ouvre et d'autres prêtres sont poussés au milieu du bétail rassemblé. Bientôt, ils sont plus de cinquante. La touffeur de l'air est devenue insupportable. Certains réclament de l'eau, qui leur est distribuée chichement par des gaillards dépenaillés et grossiers.

Les ecclésiastiques discutent par petits groupes. Le cercle formé autour de l'archevêque d'Arles, Mgr Du Lau, est naturellement le plus important. Quelques-uns se sont isolés pour prier.

Quand les estomacs commencent à réclamer, il est demandé aux geôliers un peu de nourriture mais l'heure du souper passe sans qu'il soit donné quoi que ce soit.

Vers dix heures du soir, un grand bruit se fait dans le couloir et la porte s'ouvre avec fracas. Surgit un homme, solidement bâti, vêtu de frais, une quarantaine d'années, les cheveux bouclant sur le col large de la redingote.

– Je suis le citoyen Seyrat, déclare-t-il d'emblée. Je suis le commissaire de police de la section.

Philippe connaît de vue ce Jacobin, qui est sur tous les fronts du territoire de la section depuis le début des événements. Autant qu'il peut s'en souvenir, il était autrefois professeur de mathématiques.

– Le pire est à redouter de cet homme : il a été tonsuré dans sa jeunesse et a été élève des Robertins, lui confie l'un de ses voisins.

Il est procédé à un nouvel appel puis on fouille les prisonniers. Tout ce qui pourrait servir d'arme, même les petits crucifix d'ivoire, est confisqué. Les sans-culottes vont même jusqu'à retirer sa canne à un infirme. Soixante-quatre, ils sont soixante-quatre prêtres, « ennemis de la patrie » dont paraît-il le « délire fanatique » égare les masses populaires.

– On sort ! Et tenez-vous tranquilles !

Les religieux sont placés entre deux lignes de gardes armés. Un étroit escalier est emprunté, puis la colonne se retrouve dans les souterrains qui joignent le grand et le petit séminaire. Les torches jettent sur les murs suintant l'humidité de curieuses images scintillantes. Les prisonniers gardent le silence, mais une sourde angoisse serre les gorges. Les sans-culottes ne parlent pas non plus. On n'entend, dans ce long boyau percé sous terre, que le piétinement lugubre d'une marche vers l'enfer.

Après deux ou trois minutes qui paraissent durer un temps infini, les prisonniers et leurs gardiens gravissent quelques marches puis parviennent à une rampe glissante. Levant la tête, Philippe aperçoit les étoiles. « Le ciel, enfin ! » Un mouvement brusque de l'homme qui tient son bras ramène son regard vers les ombres qui l'environnent et que déchirent, comme s'il s'agissait d'un mauvais linge, les torches de l'escorte.

Derrière une bâtisse aux murs aveugles, la colonne débouche dans une rue qu'aucune lanterne n'éclaire. Mais les lueurs bleutées qui soulignent les silhouettes des maisons permettent à Philippe de reconnaître la rue de Vaugirard. Malgré les ordres de la Commune, peu d'habitants ont placé des flambeaux à leurs fenêtres. Tous, cette nuit, se terrent chez eux car la rue est vide en dehors de quelques charrettes à bras, tapies dans l'ombre comme des scarabées noirs dressant leurs antennes – ou leurs pinces – vers le ciel.

En tête de cette étrange procession, le commissaire Seyrat, qui a sorti son sabre du fourreau et le laisse pendre au bout de son bras, marche vivement. Il se retourne souvent, comme s'il craignait que l'un des captifs veuille s'échapper. Le cortège ressemble à une grosse chenille dont les piques et sabres équipant les gardes seraient les pattes crochues. Philippe entend la respiration sifflante de son voisin : asthmatique, il peine à marcher si vite.

Bientôt, Philippe découvre la haute façade et le dôme de l'église du couvent des Carmes déchaussés. Le sanctuaire se découpe sur le ciel étoilé, mais la lumière scintillante des astres lointains fait trembler sa lourde silhouette. Les prêtres pénètrent dans la cour. D'autres hommes en armes, torche en main, les y attendent. Seyrat procède à un nouvel appel, puis on enferme les prisonniers dans la nef sombre. Quelques chanceux trouvent des chaises. Le plus grand nombre s'assoient sur les dalles froides et poussiéreuses.

Depuis plus de dix-sept heures, Philippe n'a rien mangé et n'a reçu qu'un demi-verre d'eau. Il s'approche de l'autel, dont quelques lueurs soulignent les contours. Il y a longtemps que Dieu a déserté le lieu, mais le Breton s'agenouille sur la première marche et joint les mains.

Dehors, les geôliers rient et s'amusent. Il y a fort à parier que le mauvais vin et la gnôle leur ont été distribués généreusement. Quand ils agitent les torches, de brefs rayons de lumière, passant à travers les vitraux cassés, viennent jeter sur le marbre de l'enceinte autrefois sacrée des éclats multicolores.

– Seigneur ! Seigneur ! Que veux-tu faire de moi ? murmure doucement Philippe.

17

Durant sa première nuit aux Carmes, Philippe de Kérodret dort peu. Comment le pourrait-il alors que l'air est étouffant, que sa seule couchette est la pierre fraîche de la nef, que la soif le taraude et que son estomac a reçu seulement un brouet clair tard dans la nuit ?

Au matin, alors que les marbres et les dorures de la vieille église commencent à briller sous la lumière d'août, les geôliers procèdent à une distribution de soupe, enrichie cette fois de pain, et annoncent que les prisonniers sont autorisés à envoyer des billets et à recevoir des visites. Immédiatement, chacun s'empresse de prévenir parents ou amis. Philippe fait transmettre un court message à Loïc, en espérant qu'il lui parviendra suffisamment tôt.

Dès les premières heures de l'après-midi, grâce à des âmes charitables, des lits et des matelas sont livrés et installés, on dresse quelques tables, des prêtres peuvent changer de linge. L'espoir renaît.

18

Le dimanche 12 août au soir, des hommes en armes signifient aux occupants du séminaire de Saint-Nicolas-du-Chardonnet qu'ils sont désormais en état d'arrestation, et des sentinelles placées aux portes interdisent toute sortie.

Le jour suivant, alors que le soleil chasse les nuées de la nuit, les personnes séquestrées sont transférées à Saint-Firmin, rue Saint-Victor, un séminaire tenu par les Lazaristes. Durant la courte marche qu'elles sont obligées de faire entre les deux établissements, la foule les abreuve d'injures, quelques excités allant même jusqu'à hurler :

– À la lanterne !

Le procureur de Saint-Firmin fait des miracles pour accueillir dignement les nouveaux arrivants. Cependant, très vite, d'autres religieux les rejoignent : des professeurs du collège du Cardinal-Lemoine, dont le grammairien Lhomond et le physicien Haüy, ou des professeurs du collège de Navarre, des ecclésiastiques venant du Jardin des Plantes ou de la Pitié. Des hordes armées ont surgi dans leurs bureaux, leurs cellules, leurs jardins. Des sabres et des piques les ont poussés dehors. On les a agonis d'insultes et d'invectives tout au long d'un transfert infernal. Ils sont épuisés.

Les sans-culottes postent des sentinelles au bout des galeries, là où, en hâte, on a fait préparer des lits. Nul ne peut désormais passer d'un étage à l'autre.

– Vous devriez être contents ! lance, goguenard, un sectionnaire au supérieur de la communauté. On vous protège contre la fureur du peuple !

Mais, déjà, beaucoup parmi les prisonniers pensent que les nouveaux maîtres de la rue préparent simplement le troupeau à l'immolation.

Quand Loïc de Kérodret et son condisciple Étienne Geoffroy Saint-Hilaire apprennent l'arrestation de leurs maîtres du Cardinal-Lemoine et de Navarre, ils décident de rendre visite à des membres de l'Académie des Sciences. Ils courent d'un bout de Paris à l'autre, font le siège des lieux habituellement fréquentés par les académiciens, forcent les entrées, plaident, supplient. Bientôt, la liberté de l'abbé Haüy est demandée par d'éminents savants à Danton, à Manuel, à Robespierre, et un ordre de libération intervient en ce qui concerne l'illustre physicien.

Le 14 août, à dix heures du soir, Loïc et Étienne sont à Saint-Firmin.

– Vous êtes libre ! dit Étienne en se lançant au cou de l'abbé Haüy.

Très ému, le professeur embrasse ses deux élèves.

– Il est tard, mes jeunes amis, ajoute-t-il. Il y a ici d'autres prêtres injustement arrêtés. Je dois rester avec eux, cette nuit encore. Pardonnez-moi, mais il faut revenir demain.

Les jeunes gens, à regret, s'inclinent devant la volonté du savant et prennent congé.

Le lendemain, à la première heure, ils sont devant l'entrée de la grande salle où l'abbé Haüy est retenu. Ils ont dû essuyer les lazzis des miliciens.

– Mes amis, dit l'ecclésiastique, c'est aujourd'hui un jour de fête. Je veux pouvoir assister à l'office divin du 15 août. Pouvez-vous encore attendre quelques heures ?

Loïc et Étienne, dont l'inquiétude est grandissante, prennent leur mal en patience. Dans l'après-midi, cependant, l'abbé Haüy et ses libérateurs quittent enfin Saint-Firmin et gagnent le collège du Cardinal-Lemoine. Peu après, ils sont rejoints par Lhomond, délivré grâce à l'entremise de Tallien, un ancien élève.

– Comment sauver les autres ? interroge Loïc.

– Je vais de nouveau intervenir auprès de Tallien, répond Lhomond.

– Et moi auprès de Danton, que je connais un peu, ajoute Haüy.

Danton, Loïc le ferait bien approcher par sa sœur Yolande et Jean Lehalleur, mais il n'a jamais eu confiance en ce dernier, qu'il a rencontré deux fois rapidement chez la comtesse de Bressé.

19

C'est le lendemain de l'Assomption que, vers dix heures, Loïc peut rendre visite à son oncle. Il arrive essoufflé, trempé de sueur. Les deux hommes s'étreignent avec émotion.

– Je n'ai eu votre message qu'hier soir, très tard.

– Le billet est parti le 12 août…

– Le porteur a dû s'arrêter en route pour boire.

– Je suis heureux de te voir.

– Les rustres qui gardent cette maison m'ont fouillé et ont conservé une partie de mon argent, confie Loïc à voix basse.

Philippe et lui se sont réfugiés dans un coin de la nef, là où les sans-culottes se sont amusés à planter leurs piques dans les boiseries finement sculptées.

– Mais ce qu'ils m'ont laissé est encore suffisant pour améliorer votre ordinaire, ajoute le jeune homme.

De sa ceinture, il sort une bourse et la place d'autorité dans la paume de Philippe.

– Prenez !

Philippe embrasse de nouveau son neveu.

– Cet argent-là me sera bien utile.

Loïc tourne la tête, juste pour s'assurer que les deux miliciens qui l'ont accompagné ne lui prêtent plus attention.

– Écoutez-moi, mon oncle ! Je sais que les prisonniers ont

le droit, l'après-midi, d'aller dans le jardin et que, s'il ne pleut pas, ils peuvent regagner la nef un peu avant la fin du jour. C'est à ce moment-là que vous pouvez vous évader...

Lorsqu'on a enfermé les ecclésiastiques dans l'église des Carmes, les sectionnaires voulaient apparemment qu'ils restent dans la nef du matin jusqu'au soir. Mais il y a trop de malades parmi les prêtres, souvent âgés, et l'atmosphère y est empuantie : le bon sens a prévalu et on a finalement autorisé une sortie quotidienne dans le jardin, du début de l'après-midi jusqu'à la tombée de la nuit.

Le jardin est immense. Il s'étend de la rue Cassette jusqu'aux limites des hôtels de la rue du Regard. Il a été créé pour favoriser la méditation ou la lecture. Plusieurs allées de tilleuls et de marronniers s'y coupent à angle droit. En quelques endroits, des tonnelles offrent l'ombre rafraîchissante de leurs charmilles. Quand il est l'heure de sortir, un gradé se poste devant l'entrée de la sacristie et coche sur une liste les noms de ceux qui veulent s'aérer. De la sacristie part un couloir très étroit menant à un perron dominant des parterres de fleurs.

Philippe n'a pas négligé une seule occasion de profiter de ce jardin, dont il affectionne plus particulièrement le bassin entouré de bancs. En ce mois d'août si chaud, c'est un moment de rêverie et – le mot prend ici un sens particulier – d'évasion.

– L'enclos des Carmes, poursuit Loïc, jouxte celui des Bénédictines de l'Adoration perpétuelle. À droite de la petite chapelle, le mur est couvert de poiriers en espaliers. Demain soir, au moment de l'appel...

– Mais il y a des gardes partout ! Ils ne se contentent pas de rester dans la sacristie, ils sont aussi dans le jardin !

– Au moment de l'appel, demeurez contre le mur. L'appel est forcément un moment où il y a du mouvement, de la confusion. Profitez-en pour grimper sur le sommet de ce mur et laissez-vous tomber chez les Bénédictines de la rue Cassette.

– Ce serait une folie ! Tu sais combien je pèse...

Loïc fixe un instant le géant qui est en face de lui, comme s'il s'agissait de le jauger.

– Je vous en prie, je vous en supplie ! Vous devez le tenter ! Vous êtes fort. Votre poids ne sera pas un handicap. Les pires rumeurs courent actuellement à Paris. On n'hésite plus désormais à appeler ouvertement au massacre. J'ai les plus grandes craintes. Écoutez-moi... Quand vous serez dans le jardin des Bénédictines, filez tout droit jusqu'au petit pavillon du gardien, en laissant à droite le fournil. Quand vous arriverez à cette espèce de gloriette qui se trouve près de la porte d'entrée, attendez mon signal : deux fois le cri du chat. Promettez-vous ?

Philippe est impressionné par la rapidité avec laquelle son neveu a pu réagir à la réception du billet, appréhender la situation dans toutes ses implications et retenir ce qu'il y a d'essentiel.

– Promettez-vous ? insiste Loïc.

Philippe n'a pas le temps de répondre. Les miliciens qui ont accompagné le jeune homme, déjà, s'approchent en faisant savoir que l'entretien est terminé. Philippe a juste le temps de cligner deux fois des paupières, allumant alors dans le visage de son neveu un sourire d'ange.

20

Le vendredi 17 août, aux premières heures du jour, Yolande reçoit de Loïc un billet lui annonçant l'arrestation de son oncle. Elle ne peut retenir un cri. Son frère dit qu'il va chercher à lui rendre visite ! A-t-il réussi ? Le courrier date du 15 !

La jeune femme ameute toute la maison. On se presse autour d'elle, la comtesse et le majordome Joseph, la petite Bérengère, femme de chambre, et Louise, la cuisinière. Même Paul, le jardinier, fait glisser sa tête de gnome poilue par l'entrebâillement d'une porte.

Depuis la bataille des Tuileries, la presse répand les bruits les plus inquiétants. Le dénommé Robespierre réclame une prompte punition par une cour populaire. Le journaliste Marat invite tous ses concitoyens à passer les prêtres au fil de l'épée. La rue est livrée à des groupes qui suent la haine et la vengeance.

– Il faut sortir mon oncle de là ! Le sortir vite !

– Vous avez raison, renchérit Mme de Saint-Merri. Paris est une poudrière. N'importe qui, à n'importe quel moment, peut allumer la mèche.

– Je vais aller voir M. Lehalleur. Il est le collaborateur du ministre de la Justice, son ami. Il saura quoi faire pour tirer mon oncle des griffes des sans-culottes.

Immédiatement, la comtesse de Bressé donne les ordres. Joseph est envoyé pour chercher un fiacre.

– Et rapportez-moi quelques journaux jacobins ! lance Mme de Saint-Merri. Je veux connaître leurs mauvaises intentions.

Trente minutes plus tard, Yolande est en route pour la place des Piques. La comtesse a exigé que Joseph l'accompagne. Pourtant, ce n'est pas la première fois que la jeune femme utilise une voiture publique de louage. Si la réputation d'ivrognerie et de malhonnêteté des cochers, souvent aussi répugnants de saleté que leurs chevaux sont mal entretenus, n'est plus à faire, la comtesse est surtout inquiète des turbulences de la rue. Yolande peut résister au torrent d'injures du cocher qui juge insuffisante la gratification accordée pour une course, mais elle est forcément plus exposée si une foule excitée lui reproche sa naissance.

Tandis que les grelots ornant le licol des chevaux rythment la course, Yolande prend rapidement connaissance des articles haineux des *Annales patriotiques* et du *Père Duchesne*.

– Ces gens sont fous !

– Ils ne sont pas fous : ils savent parfaitement ce qu'ils font ! rétorque Joseph, assis sur la banquette opposée.

– Vous avez raison, Joseph. Ils ont des objectifs et feront tout pour y parvenir.

La place des Piques est atteinte sans trop d'embarras, sauf aux abords du port de la Grenouillère, où la voiture est immobilisée pendant quinze bonnes minutes, en raison d'une rixe mettant aux prises une dizaine d'individus. À cette occasion, inquiète, Yolande découvre que Joseph est armé d'un pistolet.

– Ce sont les ordres de Mme la comtesse, dit-il pour s'excuser.

La plus grande confusion règne devant le ministère de la

Justice. Des sans-culottes, des miliciens, des sectionnaires, des hommes et des femmes du peuple circulent entre des faisceaux d'armes alignés le long des bâtiments et les piquets informes de la Garde nationale. On rit, on s'interpelle, on se bouscule. Des enfants jouent à la marelle ou escaladent des caissons d'artillerie.

– Je vous attends dans la voiture un peu plus loin, fait Joseph quand Yolande met pied à terre.

Les plantons seraient peut-être moins zélés si le minois était plus ingrat. Ils sont trois ou quatre à lui faire décliner et répéter son nom, son prénom, son adresse, l'identité de la personne qu'elle veut rencontrer, l'objet de la visite. Elle se garde bien de donner trop de précisions.

– M. Jean Lehalleur, que j'ai encore vu il y a sept jours, ne m'attend pas. Mais il est urgent que je puisse le rencontrer. Une question de sécurité.

Les jeunes hommes qui la retardent dans les locaux de la conciergerie la dévisagent de la manière la plus grossière. Prolonger sa présence dans l'univers gris qui les entoure : telle semble être leur seule préoccupation.

Après un temps infini, l'un d'eux finit par dire :

– Mon collègue Boissu va vous accompagner.

Le dénommé Boissu, qui ressemble à une vieille pomme oubliée dans un coin du fruitier et a les ongles en deuil, ne se sent plus de joie.

– Si vous voulez bien me suivre, ma petite demoiselle !

Dès l'escalier, Boissu, très à son aise, entame la conversation :

– Ça va être presque l'heure de dîner. Vous seriez venue un peu plus tard, on aurait été obligés de vous faire attendre. Ce n'est pas que les employés dînent ailleurs qu'au ministère. La vérité, c'est que, pour faire des économies, ils apportent un petit pain, un fruit de saison, un bouteillon de vin. Celui-là a circulé sous la redingote sans passe-debout et sans acquit-à-caution. Ni vu ni connu. Les dépensiers vont au café voisin. Les dépensiers ou les chefs. Des fois, on peut demander à la concierge. Elle fait très bien la saucisse ou le pied de cochon. C'est la fille de la concierge qui distribue. Des fois, on rit parce qu'on a du fromage de Brie ou du jambon enveloppé dans la dernière circulaire. La circulaire toute fraîche, surtout si elle émane du ministre, ça conserve bien la charcuterie, je vous le dis ! Mais je vois que ça ne vous fait pas rire. Je ne marche pas trop vite au moins ?

Au goût de Yolande, il marche trop lentement, mais elle ne veut pas le brusquer. Après l'escalier et un hall de cérémonie, ils empruntent un couloir où les pas résonnent crûment.

– M. Lehalleur n'a pas vraiment de bureau, ici, poursuit le factionnaire. Même s'il est souvent au ministère. C'est un grand ami de M. le ministre. Voilà, nous y sommes !

Boissu frappe avec précaution à une porte portant sur un écriteau « Bureau des correspondances ».

– Entrez ! répond une voix ferme.

« Jean ! Jean est là, Dieu soit loué ! »

Boissu s'efface, obséquieux. Yolande entre, en serrant les plis de sa robe. Contrairement à ce que pouvait annoncer la dimension de la porte, la pièce est vaste et bien éclairée par deux larges fenêtres donnant sur une imposante cour intérieure. Des grands bureaux de travail, surchargés de dossiers, une écritoire, des fauteuils, une odeur de tabac et de sueur : elle note tout cela en une fraction de seconde. Adossé à un bureau, Jean lui fait face, en chemise, ses longs cheveux blonds cascadant sur le col. Assis, un homme en perruque tourne le dos.

– Yolande ! fait Jean en ouvrant les bras. Quel plaisir et quelle surprise de vous voir ici !

Il lui baise la main, qu'il retient après s'être redressé.

– Yolande, permettez-moi de vous présenter un homme dont vous avez déjà certainement entendu beaucoup parler : M. Thomas Paine. Mon cher Thomas, j'ai le grand plaisir de vous présenter Mlle Yolande de Kérodret. Je ne connais personne qui se soit plus interrogé sur les jeux de l'ombre et de la lumière. Après bien entendu Voltaire, Rousseau et Diderot.

Thomas Paine, qui s'est levé d'un bond, s'incline cérémonieusement.

– *I'm glad to meet you.* C'est un plaisir très grand de rencontrer quelqu'un comme vous.

Thomas Paine a un accent épouvantable et, en fait, ne connaît du français que quelques phrases passe-partout. Yolande sait peu de choses encore de cet homme d'action et de réflexion qui a combattu contre l'Angleterre aux côtés des Américains et des Français. Il fréquente La Fayette, Condorcet, Brissot, Danton, a écrit à la gloire de la Révolution française, est devenu en France un personnage très populaire et très influent, surtout à travers le Cercle social, un club politique, maçonnique et littéraire.

– Je vais vous laisser, dit Thomas Paine, en anglais. À regret, bien sûr. On ne quitte jamais une jolie femme sans avoir dans la bouche le goût amer du sacrifice ou du gaspillage. Mon retrait me coûte d'autant plus que je vous laisse, mademoiselle, avec un jeune homme qui n'a pas encore atteint la maturité qui plaît tant aux femmes, je veux parler de la maturité d'un homme comme moi, âgé de cinquante-cinq ans.

Jean s'esclaffe. Yolande, qui n'a rien compris, se tourne vers lui, l'œil interrogateur.

– Thomas Paine dit que vous seriez mieux avec un homme

comme lui, qui a cinquante-cinq ans, qu'avec un homme comme moi, qui en ai vingt-huit.

Jean se tourne vers Thomas Paine et lui dit en anglais :

– Je me suis toujours demandé comment un homme comme vous, qui a reçu une éducation de quaker, pouvait avoir autant de goût pour les femmes. Faut-il l'attribuer à la première profession qui a été la vôtre, celle de corsetier ?

– Si vous aviez un peu plus d'expérience, jeune homme, réplique Thomas Paine en souriant et toujours en anglais, vous sauriez que, à force de serrer la taille et le ventre des femmes dans une gaine baleinée et lacée, on risque plus probablement d'oublier qu'elles sont des femmes. Celles-ci deviennent des modèles sur lesquels on adapte des choses, auxquels on s'adapte soi-même. Aime-t-on son modèle ? Mais je ne veux pas être plus longtemps mal élevé : Mlle de Kérodret, de toute évidence, n'est pas familière de la langue de Shakespeare. Saluez Georges de ma part !

Il se tourne vers Yolande, le regard malicieux :

– *Be careful with this exceedingly amicable fellow, he is a dangerous guy !*

Thomas Paine sort. Jean n'a pas encore complètement déterminé ce que l'Anglais voulait dire exactement à propos des modèles que l'on n'aime pas. S'agissait-il d'une allusion aux relations qu'il entretient avec son ami Danton ?

La porte vient à peine d'être fermée que Jean pousse la clenche du loquet.

– Quel bonheur de t'avoir là, toute à moi ! dit-il en étreignant la jeune femme et en cherchant ses lèvres.

Mais Yolande le repousse doucement.

– Jean ! S'il te plaît ! Malheureusement, des choses graves m'amènent ici !

Une ombre de déception passe sur le visage de son amant.

Déjà, il imaginait une étreinte passionnée sur le plus grand des bureaux, au milieu des piles de dossiers. Déjà, il entendait les papiers tomber tandis que Yolande, ivre de jouissance, aurait poussé les petits cris qui l'excitent tant.

– Mon oncle Philippe de Kérodret vient d'être arrêté, dit la jeune femme en prenant place dans le fauteuil précédemment occupé par Paine. Il est au couvent des Carmes. Je suis très inquiète pour lui. Il se dit tant de choses…

– Ton oncle est prêtre insermenté, n'est-ce pas ?

– Mon oncle est un homme bon, qui a consacré toute sa vie à aider les autres. Il a été professeur. Il a aidé des familles en difficulté. Il a organisé des collectes pour les pauvres et les malheureux. Il…

– Mais c'est un prêtre réfractaire !

– Et alors ! Il n'est pas fonctionnaire ! Il n'a aucune obligation de prêter un serment !

– Tu interprètes ! Dis-moi plutôt quand il a été arrêté !

– D'après mon frère Loïc, il a été arrêté le 11 août.

– De quelle section dépend-il ?

– La section du Luxembourg.

Jean fait la grimace, va vers la fenêtre, revient. Il paraît préoccupé.

– Qu'attends-tu de moi exactement ?

– Mais que tu le tires de là ! Ça me paraît évident ! Il te suffit de donner un ordre ou que M. Danton donne un ordre.

– Ce n'est pas si simple ! Les arrestations qui sont actuellement pratiquées le sont par les sections. Et la Commune a la haute main sur les sections. À la Commune, il y a un homme tout-puissant…

– Qui ?

– Pierre Manuel.

– Mais M. Danton ou toi pouvez parler à ce Manuel ! Il n'est pas inaccessible ! Personne n'est inaccessible ! Je t'en supplie, dis-moi que tu peux faire libérer mon oncle ! S'il lui arrivait quelque chose, je...

– N'aie pas d'inquiétude, je vais tout faire pour sortir ton oncle des Carmes !

Cette fois, elle ne lui refuse pas ses lèvres. Il l'embrasse presque sauvagement.

– Non ! dit-elle quand il s'agenouille et commence à remonter sa robe. Non, pas ici, pas maintenant ! Je suis trop inquiète. On m'attend. Non, Jean, je t'en prie !

Il n'a cure de ses protestations. Sa voix chuchote. Il la rassure. Elle l'entend dire que son oncle est sauvé, que Manuel ne pourra rien refuser, qu'il a trop de dettes à l'égard du ministre de la Justice, qu'il a aussi trop de choses à se reprocher. Les mains de Jean ont déjà atteint le satin de la peau. Tout son corps vibre. Elle se cambre. Croit-elle protester une nouvelle fois que le désir hache son souffle. Elle s'imagine qu'elle lutte encore quand Jean a déjà posé ses lèvres sur la chair blanche émergeant entre deux dentelles, y faisant naître de subtils frémissements. Tout a toujours été ainsi avec Jean, auquel on ne sait résister.

Son premier spasme la prend de court. Est-ce l'angoisse des heures passées, l'impatience inquiète des heures à venir, qui la font s'abandonner plus vite, plus fort ?

– Non... ! prononce-t-elle encore.

Mais ses mains se sont posées sur la tête de Jean, elles fourragent dans les longs cheveux blonds, elles attirent vers le brasier allumé au creux de ses cuisses les lèvres qui éteindront l'incendie.

À moins que, l'ayant conduite à l'extrême bord de l'orgasme, son amant ne la prenne d'un seul coup de reins, là, sur ce fauteuil qui grince. Pour l'amener, comme d'habitude, à cette merveilleuse explosion des sens.

Une heure après le départ de Yolande, Jean se rend au cabinet de Georges Danton. Celui-ci n'étant pas rentré de l'établissement luxueux où il prend d'ordinaire le repas de la mi-journée, il l'attend patiemment en conversant avec l'un des huissiers, un bon garçon qu'il apprécie.

Quand Georges, vers trois heures de l'après-midi, fait enfin son apparition, accompagné d'ailleurs de Fabre et d'un inconnu, Jean l'aborde :

– Philippe de Kérodret, l'oncle de Yolande, est incarcéré aux Carmes. Il faut le sortir de là avant que...

– C'est un prêtre réfractaire ?

– Il est considéré comme tel.

– Alors je ne peux rien faire pour lui ! Tu sais très bien que l'on ne peut rien faire pour les prêtres insermentés.

– On peut demander à Manuel d'intervenir !

– On ne demandera rien à Manuel ! Manuel ne bougera pas le petit doigt pour un prêtre. En admettant même qu'il le fasse pour nous être agréable, il demanderait tant de choses en contrepartie que ça nous mettrait en difficulté. Manuel est une ordure. Je ne veux rien lui devoir.

– Georges, je ne t'ai jamais rien demandé. Aujourd'hui, je le fais. Parce que Philippe de Kérodret est l'oncle de Yolande et que Yolande en mourra s'il arrive quoi que ce soit à cet homme.

– Je crains, mon pauvre ami, que tu n'aies pas complètement compris la situation. Les prêtres réfractaires sont définitivement perdus. Quant à Manuel, je te dis et je te répète que je ne lui demanderai rien. Avec un homme comme lui, il faut s'amputer d'un bras ou d'une jambe si tu lui demandes le moindre service. Je suis désolé, mais l'oncle de Yolande finira comme les autres.

– Tu le condamnes à mort ! tonne Jean.

– Ne me parle pas sur ce ton ! Ce Kérodret est déjà condamné à mort.

Tremblant de colère, Jean fixe le tribun, puis, sans un mot, tourne les talons.

– Ne m'en veux pas ! lui lance encore Danton. Je ne peux rien faire.

Jean sort. Ce qui le met le plus en rage n'est pas que Georges Danton refuse d'intervenir, c'est que lui-même sache déjà qu'il ne fera rien, strictement rien. Parce qu'une sollicitation de Jean auprès de Manuel serait interprétée par celui-ci comme une démarche indirecte du ministre de la Justice. Parce qu'il ne veut pas lui aussi devenir l'obligé de ce démon. Parce que Jean estime que les prêtres réfractaires sont finalement responsables de leur sort. Parce que au final, Jean se moque totalement que Philippe de Kérodret soit immolé ou non au couvent des Carmes ou ailleurs.

Le seul point réconfortant est que jamais sa maîtresse n'apprendra quoi que ce soit.

21

Au moment même où Yolande se prépare à aller au ministère de la Justice, son oncle Philippe se réveille la bouche sèche, le crâne dans un étau, la nuque mouillée de sueur. L'air de la nef est irrespirable. D'autres prisonniers sont déjà debout et marchent silencieusement entre les matelas posés sur les dalles ou les lits de sangles. Pour tenter de chasser les pestilences, certains brûlent de l'encens.

Philippe se rend à l'ancienne resserre des bancs, où les miliciens ont fait placer de grands baquets. Tout à l'heure des volontaires, comme des porteurs de chaises, iront les vider, et l'on purifiera l'air du réduit en jetant du vinaigre sur un brasier.

L'ancien jésuite fait une toilette sommaire, à l'aide d'un mouchoir humide, tout en discutant avec ses voisins. Il s'assied ensuite au pied de la chaire pour lire une biographie de saints prêtée par un évêque.

Quand l'abbé Apollinaire est disponible, Philippe lui demande de le confesser. C'est un homme doux, affecté d'un léger zézaiement. Beaucoup, dans cette geôle improvisée, le sollicitent.

Il est interdit de célébrer la messe et il va sans dire que les prisonniers ont refusé la proposition des geôliers, qui suggéraient de faire venir des prêtres jureurs de Saint-Sulpice. À genoux devant le tabernacle vide et dont la porte pend, les reclus récitent les prières du Saint Sacrifice.

Un peu avant treize heures, les prêtres dressent les tables pour le principal repas de la journée, sinon le seul. Les plats sont préparés par un traiteur dans une autre salle. Il en coûte vingt-cinq sols par tête. Pour ceux d'entre eux qui n'ont pas de ressources, fort nombreux, la générosité des plus riches fait des miracles. Certains prisonniers, notamment des aumôniers de couvents de religieuses, sont approvisionnés par d'autres voies. Les mets, d'où qu'ils viennent, sont toujours fouillés avec les baïonnettes, voire les mains sales des gardiens, avant d'être posés sur les tables. Les miliciens ne craignent rien tant que des messages dissimulés ou mieux encore des armes mélangées en pièces détachées aux haricots ou à la semoule. On a d'ailleurs confisqué aux détenus tout ce qui pouvait trancher.

L'archevêque d'Arles dit le *Benedicite*. Puis les prêtres mangent en parlant à voix basse. Des hommes armés de piques tournent autour des malheureux en leur jetant des regards haineux. Quand la dernière bouchée a été avalée, les grâces sont dites et l'on dessert.

Philippe n'a rien voulu révéler de ses intentions à ses compagnons d'infortune. Il ne croit pas du tout en la réussite du projet d'évasion que Loïc lui a fait miroiter. Il ne veut pas que d'autres de ses confrères aillent risquer leur vie en l'imitant.

Tandis que, près d'un baquet d'eau sale, Philippe lave quelques assiettes, il croise le regard d'un homme d'une vingtaine d'années. Tout le monde ici se méfie de lui. Il porte la soutane, mais il n'a pas été très clair dans ses explications quand il a été interrogé sur sa formation. En réalité, beaucoup le considèrent comme un agent provocateur car il ne cesse d'inciter ses compagnons à l'évasion. On soupçonne d'ailleurs les geôliers de laisser de temps à autre volontairement les portes ouvertes pour créer artificiellement l'occasion d'abattre les prisonniers.

Autant que Philippe puisse en juger, il fait beau. Les vitraux de l'abside sont vivement éclairés et la lumière dans la nef a encore augmenté. Rien ne devrait donc s'opposer à une sortie dans le jardin. Mais le temps passe et les miliciens ne semblent guère pressés de faire prendre l'air aux habitants de l'église.

– Savez-vous si nous pouvons aller dans le jardin ?

La question émane d'un ancien capitaine, l'un des rares laïcs détenus aux Carmes.

– Je n'en sais rien, dit Philippe, malheureusement rien.

L'homme serre en silence le bras du prêtre puis s'éloigne.

22

Trois heures ont passé depuis la fin du repas et il est désormais clair, à la façon dont les miliciens répondent, que les prisonniers n'auront pas aujourd'hui la possibilité de s'aérer à l'ombre des charmilles, près du bassin ou à côté de la petite chapelle. Philippe ne sait pas quelles dispositions Loïc a prises. Il souhaite seulement qu'il ne se mette pas en danger. Reviendra-t-il demain ?

Un officier de la milice annonce la visite de Pierre Manuel, ancien procureur de la Commune de Paris et désormais à la tête de la Commune insurrectionnelle. Philippe ne l'a jamais rencontré. Âgé d'une quarantaine d'années, le politicien a un visage en lame de couteau et des yeux noirs. Il est animé d'un tic quand il parle : il glisse sa main gauche, à plat, dans la poche de sa redingote, puis la retire en serrant le poing. Cet homme-là hait les prêtres. Pourtant, comme le révèle l'un des prisonniers à Philippe, Manuel, fils d'un marchand mercier, a fait de sérieuses études au grand séminaire de Sens, avant de devenir répétiteur de collège à Paris et près d'Auxerre puis précepteur des enfants d'une famille fortunée. C'est lui, aussi, qui a publié au début de la Révolution un violent réquisitoire contre les procédés de la police d'Ancien Régime.

– Je suis venu voir comment vous étiez installés, dit Manuel, avec un sourire mielleux. Il se dit tant de choses...

Il a la voix doucereuse et le ton lénifiant des tueurs qui veulent apaiser leurs victimes avant de les égorger.

– Les hommes qui vous gardent ici à l'abri des turbulences me disent que toutes dispositions satisfaisantes ont été prises pour votre approvisionnement, votre repos et votre sécurité. Rien, bien sûr, n'est parfait. Beaucoup reste encore à faire, très certainement. Mais sachez que nous nous y employons...

L'un des ecclésiastiques, chanoine d'une petite ville de l'Ariège, l'interrompt :

– Pardonnez-moi, monsieur, de vous couper, mais sait-on quand prendra fin notre détention ? Et savez-vous aussi ce que l'on nous reproche précisément ?

Manuel a une réponse toute prête :

– Vous êtes tous prévenus de propos contre-révolutionnaires et de conspiration. Un jury est établi pour vous juger. Il travaille actuellement sans relâche, sachez-le bien. Bien sûr, il a commencé par les plus grands criminels. Votre tour viendra. On ne vous croit pas du reste tous également coupables. La justice sait heureusement distinguer entre les hommes. On relâchera ceux qui sont innocents.

Une telle réponse ne saurait satisfaire celui qui interroge :

– Propos contre-révolutionnaires, dites-vous ? Conspiration ? Est-ce bien sérieux ? Regardez, regardez ceux qui m'entourent ! Ont-ils des visages de conspirateurs ?

Le chanoine désigne quelques vieillards groupés autour de lui et qui viennent tous de la maison Saint-François-de-Sales. Manuel grimace : les ailes du nez se pincent et les commissures des lèvres remontent sur des canines grises.

– Vous connaissez le décret qui a été voté, dit-il après un court instant. Les plus jeunes d'entre vous seront déportés. Les modalités restent encore à préciser. On s'en occupe. Quant aux plus âgés et bien sûr aux infirmes, on recherche actuellement une maison plus confortable. On a songé à celle de Port-Royal. Mais ce n'est pas une bonne idée. Non, une vraie maison, avec de belles chambres, c'est ce qu'il vous faut. Quand cette maison sera pleine, on inscrira sur sa porte : « Ci-gît le ci-devant clergé de France ! »

Manuel rit, vulgairement. De toute évidence, il est convaincu qu'il vient de faire une plaisanterie très drôle. Philippe remarque ses dents gâtées, ses gencives gonflées. Quand il prend conscience que son rire a résonné dans un silence lugubre, le représentant de la Commune s'ébroue et, sans un mot, quitte la nef.

« J'espère que Loïc ne commettra pas de folies », pense Philippe.

23

– J'ai pu le rencontrer il y a deux jours. Il va bien. Autant qu'on puisse bien aller dans sa situation. Mais je l'ai attendu en vain hier au couvent des Bénédictines.

Rapidement Loïc explique le plan qu'il a imaginé pour l'évasion de l'oncle Philippe. En cette heure très matinale, la rue est presque vide. Loïc sortait de chez lui quand le fiacre de Yolande arrivait. Ils se sont mis à l'écart, à côté d'une charrette à bras.

– En fait, précise Loïc, j'ai cru comprendre que les prisonniers, hier, n'ont pas été autorisés à aller dans le jardin.

– Il ne faut pas qu'il prenne de risques. J'ai vu Jean Lehalleur, le collaborateur et ami du ministre de la Justice.

– Danton ?

– Oui. M. Lehalleur m'a promis de faire libérer notre oncle. J'ai confiance en lui. Notre oncle sera libéré. Il ne faut pas qu'il soit blessé ou même tué en tentant une évasion.

– J'irai demain. Je ne suis pas sûr cependant de pouvoir le rencontrer demain. Les sans-culottes qui ont investi le couvent des Carmes changent d'avis toutes les cinq minutes.

– Fais-moi envoyer un message quand tu l'auras vu.

Ils s'étreignent.

– Tu es toujours amoureuse de M. Lehalleur, n'est-ce pas ? interroge Loïc au moment où sa sœur monte dans le fiacre.

Elle se retourne, le cœur battant.

– Pourquoi demandes-tu cela ?

– Pour rien. Parce que tu n'as pas la même voix quand tu parles de lui. Parce que tu es ma petite sœur et que je t'aime.

– Je t'aime, moi aussi.

Ils s'embrassent encore et Loïc fait signe au cocher de démarrer.

24

Après l'assaut contre les Tuileries, le roi et la reine ont été enfermés au Temple avec des gens à leur service. Le Conseil général décide que ces derniers doivent être séparés de la famille royale. Danton, qui n'a pas pu empêcher cette mesure, qualifiée par lui d'imbécile, demande à Jean Lehalleur de participer aux opérations, pour éventuellement faire obstacle à tout débordement.

– Les porteurs de piques sont tellement abrutis par l'alcool ! dit-il simplement en guise d'explication.

Il est à peu près minuit, le 18 août, quand, avec les commissaires de la Commune, Jean se présente au Temple. Il n'est évidemment pas question de parler d'une séparation définitive : on invoque les nécessités d'un interrogatoire et il est promis un retour en fin de matinée du lendemain.

Les personnes concernées sont peu nombreuses : la princesse de Lamballe, surintendante de la Maison de la reine ; la gouvernante des Enfants de France, Mme Louise de Tourzel, et sa fille Pauline, qui a tout juste seize ans ; les femmes de service des princesses ; MM. de Chamilly et Hué, valets de chambre du roi.

Ces derniers, qui logent au second étage, sont vite prêts. Les femmes se font attendre plus longtemps. À la lueur des torches,

Jean assiste aux adieux de la reine et de Mme de Tourzel. Marie-Antoinette, qu'il voit pour la première fois, lui apparaît petite, fragile. Les vêtements de la souveraine sont défraîchis, froissés. Des mèches de cheveux tombent sur son front pâle. La gouvernante a les yeux brillants de larmes. Les deux femmes s'embrassent à plusieurs reprises. Chuchotements mouillés. Serments. Adieux. Un commissaire manifeste son impatience. Jean a encore la vision de mains qui s'étreignent puis on descend par l'étroit escalier. Un des gendarmes ayant pressé un peu brutalement le bras de Mme de Lamballe, Jean lui rappelle tout bas que les vêtements longs de ces dames obligent à plus de prudence et que l'escorte serait bien avisée de le prendre en compte.

Le cortège suit en silence un souterrain, traverse les salons de l'hôtel du Grand Prieur en zigzaguant entre les meubles recouverts de draps blancs, puis débouche dans la cour plantée de tilleuls et violemment éclairée par les torches des gendarmes qui y sont alignés. Trois fiacres noirs aux lanternes allumées ont été rangés en épi le long d'un mur chaulé. Un escadron de gendarmes à cheval est déjà prêt. Jean a demandé que, durant le trajet, chaque portière soit protégée par un cavalier, et cette sécurité lui a été promise.

Avec des commissaires, Jean rejoint un quatrième fiacre stationné dans la rue. Le cocher, un sans-culotte, fait claquer son fouet. Derrière, le convoi et l'escorte s'ébranlent. On descend la rue du Temple. Viennent ensuite les rues Saint-Avoid, Bar-du-Buc et des Coquilles. Un convoi aussi imposant attire l'attention mais aucun incident n'est à déplorer. Il est une heure du matin quand les quatre voitures atteignent l'Hôtel de Ville, dont toutes les fenêtres sont éclairées. Autour de la place de Grève, les maisons brillent de multiples flambeaux. Les prisonniers sont conduits au premier étage et, parvenus à une grande pièce fort peu meublée, sont invités à prendre place sur des banquettes avachies qui ont sans doute été rouge grenat autrefois mais ont pris désormais un ton pisseux. Par mesure de sécurité, deux gendarmes encadrent chaque prisonnier. Un commissaire leur intime l'ordre de faire respecter le silence.

Une longue attente commence, durant laquelle Jean peut à loisir observer la princesse de Lamballe, Mme de Tourzel et sa fille. La première, petite femme maigrichonne, est apeurée : elle roule des yeux de chien battu, se tord les mains, pousse par moments un faible gémissement. « Comment cette femme a-t-elle pu devenir l'amie de la reine ? » s'interroge Jean.

Il y a en revanche quelque chose de fascinant chez la gouvernante des Enfants de France : malgré une angoisse évidente, elle conserve des gestes lents, légers, élégants. On en oublierait presque la peau fanée et la mâchoire trop forte. Depuis que le marquis de Tourzel, grand prévôt de France, est décédé lors d'une partie de chasse, on n'a prêté à sa veuve aucune aventure. « J'avais confié mes enfants à l'amitié, je les confie maintenant à la vertu », aurait dit la reine à Louise de Tourzel quand elle lui a demandé de remplacer Mme de Polignac, émigrée de la première heure. « Une belle salope, celle-là ! » songe Jean. La marquise de Tourzel n'a jamais failli à sa tâche. Pendant deux ans, de jour comme de nuit, elle n'a pas quitté le prince et la princesse placés sous son aile affectueuse. Elle était avec eux à Versailles et aux Tuileries, dans la grosse berline du voyage de Varennes, pendant l'assaut du 10 août, dans l'étuve du logographe au Manège, dans l'inconfortable geôle du Temple.

Sa fille Pauline a des yeux très clairs, des pommettes hautes, une jolie bouche qu'elle mord à intervalles réguliers. « Elle a un peu la bouche de Yolande », songe Jean. La cape dont elle était vêtue a glissé et laisse entrevoir la blanche promesse de seins généreux. « Des seins que je ne dédaignerais pas. »

Personne ne contrevient aux consignes de silence. On jette des regards furtifs. On écoute. De temps à autre, une main esquisse un mouvement puis retombe. La pièce est l'antichambre de la salle des séances de la Commune. Un débat houleux y a cours à ce moment-là et, comme des embruns que porterait le vent, des clameurs de protestation ou d'applaudissements parviennent à ceux qui attendent.

M. de Chamilly, premier valet, est appelé. Tandis que les grandes portes se referment sur lui, Jean a le temps d'apercevoir l'enceinte vivement éclairée, bondée et colorée, et surtout d'entendre une bordée d'invectives. Mme de Lamballe tressaille. Quand leurs regards se croisent, Jean lui sourit et elle répond à ce signe par un petit mouvement des lèvres. Mme de Tourzel, aussi, a réagi : ses deux mains se sont portées à son visage et elle s'est mise à murmurer tout bas, comme si elle priait. Pauline, la tête posée contre le mur, s'est semble-t-il assoupie.

Succèdent à M. de Chamilly les femmes de service des princesses, fades et effrayées.

Quand vient le tour de Mme de Lamballe, il y a déjà deux heures qu'elle patiente et l'atmosphère est devenue lourde. Jean marche à la suite de la princesse, qui est accueillie par une tempête de cris et d'injures. Malgré l'heure tardive, les tribunes sont combles et les bancs de l'Assemblée sont bien garnis. Manuel préside. Billaud-Varenne, substitut, a mission de poser des questions. On interroge la princesse sur ses relations avec la reine et le roi, sur le voyage à Varennes, sur les combats autour et dans le château des Tuileries, sur ses relations avec quelques personnages de la Cour. Elle répond d'une petite voix frêle, qu'elle hausse de temps à autre quand on lui fait remarquer qu'elle est inaudible. Un secrétaire hirsute transcrit ses déclarations, sous une forme résumée, sur un énorme registre. Quand Billaud-Varenne estime avoir épuisé la liste de ses questions, on conduit Mme de Lamballe dans le cabinet de Tallien, secrétaire-greffier, où elle devra encore attendre, avec les autres et toujours sous bonne garde, durant des heures. Jean reste dans la salle des séances.

C'est au tour de Louise de Tourzel. Elle est encore sous l'émoi de la séparation d'avec sa fille Pauline, demeurée dans l'antichambre. Les gendarmes lui ont assuré que la « petite » ne court aucun danger puisqu'elle est sous la sauvegarde du peuple, mais la gouvernante des Enfants de France ne paraît guère rassurée. Elle subit les mêmes questions que Mme de Lamballe. Mais elle répond semble-t-il d'une manière plus convaincante ou plus habile puisque, à différentes reprises, des applaudissements fusent. À un moment, apparemment épuisée, elle demande à pouvoir s'asseoir sur le banc placé au bord de l'estrade. Les tribunes réagissent d'abord en protestant.

– Elle doit rester debout devant son souverain ! lance la foule.

Billaud-Varenne lève le bras, apaise le brouhaha :

– Un criminel a le droit de s'asseoir sur la sellette. Mme de Tourzel peut donc s'asseoir sur ce banc.

Mme de Tourzel remercie le substitut d'un pâle sourire, inconsciente apparemment de la portée de la phrase que vient de prononcer son tourmenteur. Quand les questions sont épuisées, et alors que la gouvernante est presque tassée sur son banc, Manuel indique qu'il faut envoyer tous les suspects à la prison de la Force. Les tribunes protestent, des excités crient qu'il n'y a plus de place.

– Il y a toujours de la place pour les dames chez un peuple aussi galant que le peuple de France ! ironise Manuel, soulevant l'hilarité générale.

Le valet de chambre Hué est interrogé en dernier. La grande

pendule placée derrière Manuel affiche alors six heures. Les tribunes sont clairsemées, comme les bancs. Certains dorment en ronflant. Après des questions qui ressemblent fort à celles qui ont déjà été posées, Hué est renvoyé au Temple, pour continuer d'assurer son service auprès du roi.

Jean se rend alors au cabinet de Tallien. Tous les autres sont là, sommeillant à moitié entre leurs gardiens. Il fait porter un court billet à Danton, pour lui résumer les événements de la nuit. Si, très probablement, les prisonniers doivent être transférés à la prison de la Force, cette longue attente dans le cabinet du secrétaire-greffier autorise encore tous les changements. Il veille aussi à ce que l'on donne à boire et à manger à ces êtres épuisés.

Sur le coup de midi, les prisonniers, hagards et vacillants de faiblesse après leur nuit de veille, montent à nouveau dans des fiacres garés sous l'arcade Saint-Jean. Avec une escorte aussi vigilante que lors du premier transfert, le convoi gagne la prison de la Force. Parce que c'est dimanche, beaucoup de curieux stationnent le long du parcours et hurlent des injures sans jamais savoir qui est ainsi emmené.

Le convoi tourne dans la rue des Balets. Bordée de maisons lépreuses, cette courte rue aboutit à la rue des Droits-de-l'Homme. Ici se trouve le pavillon d'entrée de la geôle construite sous Louis XV. Les prisonniers descendent des voitures et pénètrent à tour de rôle entre deux gendarmes par la porte basse.

La prison de la Force se compose en réalité de deux centres de détention, l'un pour les femmes (la Petite Force), l'autre pour les hommes (la Grande Force). Le premier donne sur la rue Pavée, mais la voûte d'entrée, barrée par de lourdes chaînes, n'est plus utilisée depuis longtemps. L'entrée du second sert pour l'ensemble de l'établissement. Une fois franchi le porche, on se trouve dans un petit corridor ouvrant sur le corps de garde et prolongé par deux guichets, dont l'un communique avec les bureaux et le greffe.

Alors que Pauline de Tourzel fait inscrire ses noms et qualité sur le registre d'écrou, un individu debout à côté du commis, avec une grimace vulgaire, l'interpelle :

– Mademoiselle, je vous donne le conseil de quitter les airs de cour que vous avez, d'être plus familière et plus affable.

La réplique fuse, sèche, définitive, inattendue de la part d'une adolescente ivre de fatigue :

– Votre impertinence, monsieur, passe les bornes ! souffle Pauline, indignée. Telle j'ai été, telle je serai toujours ! Rien ne pourra changer mon caractère ! Rien ni personne !

L'agresseur est sur le point de proférer quelque injure imbécile quand Jean, qui a fait un pas en avant, l'en dissuade :

– Ça suffit ! Terminons les formalités !

La voix de Jean est si lourde de menaces que l'autre se replie vers la sortie.

– Les gens mal élevés ne m'ont jamais fait peur, lance Pauline à Jean. Je redoute plus les personnes qui ont reçu une éducation. Je n'avais nul besoin de votre aide. Mais je vous remercie d'être intervenu.

Jean ne répond pas. Cette jeune personne a du cran mais, de toute évidence, mesure mal les périls qui la guettent.

Quand les opérations d'écrou et l'installation sont terminées, Jean s'en va. Au coin de la rue des Balets et de la rue des Droits-de-l'Homme, un cabaret est ouvert. Il y pénètre avec un commissaire. Le tenancier a un nez busqué d'oiseau de proie et jette à ses visiteurs des regards fourbes en emplissant les verres de vin blanc.

– C'est du beau linge qui vient d'entrer là ! lâche-t-il en connaisseur.

– Tu aimerais bien savoir qui c'est ! lance le commissaire. Je te le dirai quand tu m'auras servi un autre verre : j'ai une soif de prêtre.

Cinq minutes plus tard, Jean quitte l'estaminet. Les voitures des prisonniers et l'escorte sont déjà parties. Seul son fiacre, freins serrés derrière des chevaux impatients, fait encore entendre le chant de ses suspensions.

25

– Je crains, mon cher ami, que cela soit un peu maigre. Le fait que la comtesse de Bressé ait été dame de compagnie de Madame Adélaïde n'est pas un motif suffisant d'accusation contre elle et son entourage, notamment cette... Yolande de Kérodret.

« Ce Martin est horripilant avec sa voix traînante et ses airs fats ! » Voilà au moins vingt minutes que Bernard de Fleurimont est devant ce jeune commissaire du Comité de surveillance, à la mairie, là même où cet individu agité, hystérique et sournois conduit habituellement l'interrogatoire des hommes et femmes qu'on lui amène. La pièce est basse, encombrée, sale, éclairée chichement par deux fenêtres aux carreaux graisseux et quelques flambeaux.

C'est pour se venger de Yolande que Bernard s'est résolu à rencontrer Martin et à lui dénoncer la jeune femme. Depuis ce fameux jour où elle l'a renvoyé comme un laquais, une haine terrible s'est emparée de tous ses sentiments comme la gangrène pourrit tous les tissus du corps. D'abord, il y a eu cette humiliation du congé, où elle ne faisait pas seulement que le renvoyer mais s'appliquait à railler sa sottise, son manque de virilité. « Sommes-nous amants ? » a-t-elle demandé, du haut de ses grands airs de prêtresse grecque. Elle l'a renvoyé ! Sans égard pour ce qu'il était, ce qu'ils avaient été ensemble ! Sans égard pour ses sentiments !

Six jours plus tard, il s'est présenté à l'hôtel de la rue Hautefeuille. « Mme la comtesse et Mlle de Kérodret sont sorties ! lui a répondu Joseph. – À quelle heure reviendront-elles ? a-t-il demandé. – Je ne puis répondre à cette question, monsieur, a dit Joseph. Il vous faudra repasser. » Il est repassé, le lendemain. « Mlle de Kérodret est souffrante et Mme la comtesse veille sur elle », a dit Louise, la cuisinière, en entrebâillant la porte.

Il était devenu indésirable ! On ne se privait pas de le lui faire comprendre. Il a écrit à Yolande un premier billet, puis un deuxième quelques jours plus tard, pour simplement dire qu'il y avait certainement un malentendu, qu'il était possible de s'expliquer. Il n'a obtenu aucune réponse.

Alors il a fait surveiller la porte d'entrée de l'hôtel de Mme de Bressé. Parmi les miliciens qu'il fréquente dans l'entourage de Robespierre, il ne manque pas de patriotes prêts à espionner tout nid de sédition présenté comme tel par un délateur crédible. Il a été vite éclairé sur l'attitude de Yolande. Ainsi donc, elle recevait régulièrement ce Jean Lehalleur et l'accompagnait souvent dans des promenades. C'est cet agent de Danton qui avait désormais la préférence ! C'est à ce roturier chargé des basses œuvres, sorti de nulle part, vaguement clerc de notaire, ami d'enfance du tribun, qu'il devait d'avoir été congédié ! Comment Yolande de Kérodret, avec sa culture, toutes les qualités de sa race, ses distinctions aristocratiques, pouvait-elle l'avoir remplacé par cet individu ? « Me traiter de cette façon ! Moi ! Moi qui l'ai toujours respectée ! »

Il a fait renforcer la surveillance, demandé des filatures. Bientôt, il n'y a plus eu aucun doute sur la nature des relations de Yolande avec Lehalleur. Ces deux-là couchaient ensemble, le plus souvent rue des Fossés-Monsieur-le-Prince, au domicile de l'aventurier, mais aussi quelquefois dans une petite résidence discrète de Saint-Denis. « Sommes-nous amants ? » Yolande n'était donc qu'une fille se jetant au cou du premier venu qui lui proposerait de forniquer !

Pour ne pas laisser penser qu'il cherche seulement à vider une querelle personnelle, Bernard de Fleurimont n'a rien révélé à Martin de ses sentiments et de la liaison que Yolande entretient désormais avec Jean Lehalleur. Mais les hésitations et les scrupules de Martin, pourtant d'habitude moins sourcilleux, obligent à renforcer l'argumentaire :

– Cela me gêne quelque peu, commence doucement Bernard, mais je suis bien obligé de vous dire que Mlle de Kérodret représente incontestablement un danger pour la patrie. Elle est la maîtresse d'un très proche collaborateur de l'un de nos ministres...

– Quel ministre ? interrompt Martin, soudain très attentif.

– Le ministre de la Justice, Georges Danton.

– Quand vous m'en direz tant ! Ainsi donc, cette – j'ai déjà oublié son prénom – demoiselle de Kérodret couche avec un proche de Danton ! Je n'aime pas beaucoup cette situation. Je la trouve même extrêmement dangereuse. Si cette jeune personne veut espionner pour ses amis émigrés, elle est aux premières loges. On sait que, sur l'oreiller, beaucoup de secrets sont souvent confiés. Et cela dure depuis longtemps ?

– Depuis plusieurs semaines, répond Bernard, qui sait désormais qu'il a touché juste.

– Tout cela est très fâcheux, très fâcheux...

Martin s'est levé et s'est dirigé vers l'une des fenêtres. Réfléchit-il ? Bernard l'observe, remarque le frémissement des épaules.

– Mais cela ne justifie pas une arrestation ! lance Martin en se retournant brutalement. Il y a sans doute d'autres manières d'empêcher la poursuite de cette liaison.

Sous le coup, Bernard se tasse. Il croyait pourtant avoir convaincu. Pourquoi les choses sont-elles si difficiles ? Les prisons regorgent de gens arrêtés sans raison ou pour des peccadilles et voilà que cet agent du Comité de surveillance croit devoir faire du zèle !

– Je ne vois pas comment…, hasarde-t-il.

L'autre le fixe. Le regard paraît halluciné. Un tic lui tire la lèvre inférieure.

– Moi je pense que seule une arrestation serait efficace, insiste Bernard. L'amant de Mlle de Kérodret a un rôle important dans l'entourage de Danton. C'est un homme détestable, mais on ne peut pas contester que ce Jean Lehalleur…

– Vous avez dit Jean Lehalleur ?

Cette fois, Martin s'est approché tout près de Bernard et, deux mains sur le bureau, lui parle presque à le toucher.

– Vous êtes en train de me dire que la fille couche avec Lehalleur ? Mais pourquoi, bon sang, ne m'avez-vous pas dit ça plus tôt ?

– Je ne pensais pas que cela pouvait avoir beaucoup d'importance…

– Vous aviez tort ! Ce Lehalleur est pourri jusqu'à l'os et fait tout pour gêner le mouvement de la Révolution. Je crois que nous avons fait le tour de la question. Je vais donner les ordres pour que l'on mette à l'ombre cette demoiselle de Kérodret. Le temps – si je puis oser cette boutade – de voir plus clair !

Martin a un sourire mauvais avant d'ajouter :

– Cela ne devrait pas faire beaucoup de peine à Lehalleur : il paraît qu'il multiplie les conquêtes avec sa petite gueule d'ange. En plus des putains, naturellement.

Proche de Maximilien Robespierre, Martin, depuis plusieurs semaines, n'hésite jamais quand il s'agit de frapper un membre du camp adverse, et notamment un dantonien, y compris en usant des coups les plus bas. Mais, en outre, il a des raisons plus personnelles d'en vouloir à Jean Lehalleur, des raisons qui prennent racine dans une vieille opération de vente d'armes : elle devait enrichir les deux hommes mais seul Jean en a tiré profit.

– Soyez rassuré, poursuit Martin en signifiant que l'entretien est terminé. Nous allons nous occuper de ce problème. Je dirai à Maximilien que l'on peut compter sur votre zèle. Et il a une excellente mémoire. Je ne doute pas qu'un jour il sache trouver l'occasion de récompenser votre vigilance.

26

Le lendemain de la rencontre avec sa sœur, Loïc se réveille de très bonne heure. Il a la tête dans un étau, son drap est mouillé de sueur. Il se sent la bouche pâteuse. Quand il tente de se lever, il est pris de vertige. Il parvient à boire un peu d'eau puis se recouche. Cette fièvre n'est pas normale. À moins que le poisson d'hier soir n'ait pas été aussi frais que voulait bien le dire l'aubergiste.

À peine s'est-il fait cette réflexion qu'un spasme lui jette la tête vers le plancher. Il vomit, parvient à ramper vers la cuvette où il fait ses ablutions, puis vomit une deuxième fois en poussant une plainte lugubre.

La fièvre le tient cloué au lit les 19, 20 et 21 août. Au matin du jour suivant, se sentant mieux, il s'habille, va boire à la fontaine de la placette, qui délivre un mince filet d'eau à cent mètres de chez lui, dévore une miche de pain et prend la direction des Carmes.

Au vieux couvent de la rue de Vaugirard, les miliciens postés aux entrées se moquent de ses yeux cernés et de ses joues caves et, après avoir entretenu le doute pendant plusieurs minutes, lui signifient en riant grassement qu'il ne pourra pas rendre visite à son oncle.

– Mais pourquoi ? s'insurge le jeune homme.

– C'est les ordres des chefs ! Discute pas !

Loïc s'éloigne. Parvenu au Collège de France, il fait porter un billet à sa sœur. « Tu dois relancer Jean Lehalleur. Plus le temps passe, plus le danger grandit. »

Cette fois-ci, le messager ne traîne pas en route et Yolande reçoit l'information en fin d'après-midi.

Le lendemain, 23 août, elle est de nouveau au ministère de la Justice. Au poste de garde, quelques-uns la reconnaissent. Pensant sans doute que cela leur autorise plus de familiarité, ils s'attardent, plaisantent, engagent des conversations oiseuses. Elle est finalement obligée de se fâcher.

– Vous aurez à répondre du temps que vous me faites perdre. Et à en répondre devant le ministre lui-même. Celui que je dois rencontrer ne manquera pas de lui rapporter comment vous traitez les visiteurs. Conduisez-moi immédiatement auprès de M. Jean Lehalleur !

Le planton est par nature un être prompt à l'inquiétude. La colère de Yolande vient à peine de retomber que la porte du « bureau des correspondances » lui est ouverte. Cette fois, Jean est seul.

– J'ai fait les démarches qui s'imposaient, dit-il après quelques étreintes et une courte explication. Tout est en bonne voie. Mais, évidemment, il y a beaucoup de gens concernés par cette libération. Et cela, tu t'en doutes, prend du temps.

– Mais le péril augmente chaque jour !

– Les prisonniers des Carmes constituent une catégorie un peu à part. Pour de multiples raisons. Aie confiance en moi !

– Jure-moi au moins de tout faire, absolument tout faire pour la libération de mon oncle !

– Je l'ai déjà fait. Et je vais de ce pas aller voir deux ou trois personnes pour accélérer la mécanique. Nous vivons, tu le sais, une période compliquée.

Jean saisit Yolande par la taille. Elle se dérobe.

– Ne peux-tu pas rester quelques minutes de plus ?

– Je ne veux pas t'empêcher d'aller tout de suite rencontrer ceux qui feront libérer mon oncle. Et, de toute façon, je ne dois pas m'attarder. Pardonne-moi !

Elle a déjà ouvert la porte. Elle sort en simulant un baiser des lèvres.

Quand elle arrive rue Hautefeuille, elle fait envoyer à son frère un message rassurant.

27

Vers sept heures, la comtesse de Bressé fait servir le souper. Yolande et elle ont un invité, Jean-Baptiste Gogue, maire d'Issy. Il était épicier, mais la Révolution a fait de lui le premier citoyen de la ville. La comtesse a conservé de ce commerçant, lorsqu'il était son fournisseur, le meilleur souvenir. C'est un petit homme au visage rond, dont les yeux rient derrière les lunettes en demi-lune. La conversation, qui porte sur les événements, est agréable.

Soudain, des coups violents sont frappés à la porte d'entrée. Joseph, le majordome, ouvre. Des hommes armés le bousculent et le plaquent contre le mur, tandis qu'une horde envahit le vestibule. Des sans-culottes font irruption dans le salon où la table a été dressée. Les sabres au clair brillent, des piques s'agitent. Au milieu de ce tourbillon, un homme s'avance, qui porte une veste et un pantalon bleus. Son hausse-col le fait paraître encore plus grand.

– Le souper est terminé ! aboie-t-il d'une voix de stentor.

Yolande, qui s'est levée brutalement, voit que Louise et Maud, les cuisinières, sont poussées dans l'office avec Joseph. On entend des cris quand des miliciens se répandent dans les étages. Sans doute ont-ils appréhendé Bérengère, la femme de chambre, et Paul, le jardinier.

– Je connais cet individu, souffle Gogue à Yolande.

Mais il n'a pas le temps d'en dire plus : l'homme au col immense s'est approché de la jeune femme.

– J'ai ordre de vous arrêter ! fait-il.

– Qui êtes-vous ? demande Yolande.

– Je suis là au nom du peuple français, répond l'autre, suffisant.

– Peut-être, alors, pourriez-vous justifier d'un mandat, intervient Gogue.

– Je n'ai pas besoin de mandat, réplique l'homme. Je suis venu ici avec mes frères d'armes. Il n'y a plus de loi qui puisse nous arrêter. La Nation est souveraine et absolue.

– J'exige de voir vos ordres ! insiste encore le maire.

– Vous n'avez rien à exiger ! Écartez-vous !

Des armes se lèvent. Il suffirait d'un rien pour que le sang coule.

– Monsieur le maire, vous avez fait votre devoir, dit la comtesse de Bressé. Ne donnons pas à cette troupe les prétextes qu'elle serait trop heureuse de trouver.

– Je proteste ! s'insurge encore Gogue. Cette arrestation est illégale. Je rédigerai un procès-verbal. Je dirai qu'il s'agit d'un enlèvement.

Un homme saisit le bras de Yolande, elle le repousse avec violence.

– Ne me touchez pas ! Ne posez pas vos pattes sur moi !

Des miliciens s'esclaffent.

– On est tombés sur une tigresse ! dit l'un d'eux.

– Ne perdons pas notre temps ! lance celui qui paraît commander la meute.

Yolande s'empare d'un réticule. Encadrée par trois sans-culottes, elle se dirige vers la porte.

– Où l'emmenez-vous ? demande la comtesse de Bressé.

– Mais à la Force, madame ! À l'hôtel de la Force ! Là où on met toutes les dames de qualité. La princesse de Lamballe y a élu domicile. Mme de Tourzel aussi, avec sa fille. D'autres encore, qu'il serait trop long de citer.

Son interlocuteur rit, heureux sans doute d'avoir fait une bonne plaisanterie.

Dehors, deux fiacres sont garés. Yolande est hissée dans l'un d'eux.

– Qui est cet homme ? demande Léontine de Saint-Merri à Gogue.

– Un certain Lazowski, Claude François Lazowski.

Quand les voitures démarrent en trombe, la comtesse et le maire se précipitent à la porte, suivis de Joseph et des autres domestiques.

– Mon Dieu ! La Force, soupire la comtesse. Joseph ! Allez immédiatement prévenir M. Jean Lehalleur. Allez d'abord au ministère de la Justice. S'il n'y est pas, allez chez lui, rue des Fossés-Monsieur-le-Prince ! Ne perdez pas une minute ! La vie de Yolande est en jeu !

Tandis que Joseph part en courant, Gogue explique qui est Lazowski. C'est un émigré polonais qui, avant la Révolution, émargeait comme inspecteur général du commerce et des manufactures du roi. Quand la fièvre révolutionnaire a saisi le peuple, ce gandin portant talons et jabot, comme beaucoup de son espèce, est devenu sans-culottes, a pris des cheveux plats – des cheveux qu'il a gras – et, en braillant fort dans les assemblées, a pu devenir chef de milice de la section du Finistère. L'homme qui pliait genou dans les antichambres ministérielles est alors devenu « le Foudroyant ».

– Mais comment le connaissez-vous ?

– C'est lui qui a arrêté la plupart des membres des communautés religieuses d'Issy, le 15 août. C'est de son propre chef qu'il a agi. Quand j'ai été averti, je n'ai malheureusement rien pu faire. Aujourd'hui, les prêtres sont aux Carmes.

– Je suis sûre que M. Lehalleur pourra rapidement intervenir, dit la comtesse de Bressé.

– Espérons-le !

28

La voiture roule à un train d'enfer. Lazowski, l'homme au hausse-col monumental, répète sans cesse à Yolande qu'elle conspire avec les émigrés, qu'elle frappe dans le dos les troupes françaises combattant aux frontières, qu'elle trahit la patrie en espionnant le comité exécutif et en livrant à l'ennemi des renseignements, qu'elle est une criminelle, mais qu'heureusement son jeu ignoble a été dénoncé. Il débite son réquisitoire avec un sourire carnassier. Il orne aussi ses accusations de plaisanteries graveleuses, pour faire rire les miliciens montés avec lui. La jeune femme serre les dents et regarde fixement ses mains jointes sur le taffetas de la robe. Elle a une envie terrible de pleurer mais refuse de verser la moindre larme devant ce personnage ignoble. Elle se sait innocente de ce que l'autre lui reproche et sans doute victime d'une erreur. Elle est certaine aussi que Jean la sortira rapidement de cette mauvaise passe.

À un moment, n'en pouvant plus de cette hargne, elle explose :

– Vous seriez sans doute moins faraud devant un homme !

Elle a visé juste : Lazowski la gifle violemment d'un revers de main. Sa tête va cogner contre l'épaule du milicien assis à ses côtés. Un liquide chaud envahit ses lèvres.

– Saloperie d'aristocrate ! crache-t-il, blanc comme un linge.
Un homme tend un mouchoir. Elle dédaigne son geste et essuie le sang avec les doigts.

Lazowski ne lui adresse plus la parole. C'est au moins cela de gagné.

Quand elle descend du fiacre, la lumière vive des torches lui fait cligner les yeux. Mais, déjà, des hommes l'entraînent vers un porche, elle franchit deux ou trois guichets, arrive dans une petite pièce qui pue la sueur et la fumée de pipe. Lazowski présente le mandat dont il est porteur. « Ainsi donc, cet individu avait un mandat ! » Elle n'écoute pas l'échange entre lui et le greffier.

– Ton nom ? fait finalement celui-ci.

– De Kérodret. Yolande de Kérodret.

– Kérodret, c'est avec un K ?

Malgré elle, elle épelle.

– Ton adresse ?

– À Paris, rue Hautefeuille, chez Mme la comtesse de Bressé.

L'homme qui écrit lève les yeux. Ce mot de « comtesse » l'a-t-il impressionné ?

– Tu écris ça comment ?

Yolande réalise soudain que l'homme la tutoie depuis son arrivée, ce que n'avait pas fait Lazowski.

– Rien ne vous autorise à me tutoyer ! dit la jeune femme en le foudroyant du regard. Rien ! Bressé s'écrit B majuscule, r, e, deux s, e accent aigu. Suis-je claire ?

Elle doit l'être car le fonctionnaire écrit maintenant sans oser la regarder ni l'interpeller.

Soudain, un chien se jette sur un chat. Il en résulte un violent et sanglant combat que les personnes présentes, loin de vouloir faire cesser, encouragent de leurs cris comme s'il s'agissait d'une lutte organisée d'un ratier avec des rongeurs. Lazowski interrompt le spectacle en perçant le flanc du chien de la pointe d'un sabre. Quand son propriétaire se fait menaçant, il lui signifie qu'il est prêt à lui réserver le même sort, ce qui éteint immédiatement sa colère. Il lance ensuite à Yolande un coup d'œil, comme s'il voulait lui signifier quelque chose, mais elle feint de l'ignorer.

– Suivez-moi ! lance un guichetier, qui agite un gros trousseau de clefs.

Encadrée par deux hommes en armes, elle sort dans une cour où les pavés brillent étrangement. On la conduit vers un passage sous un lourd bâtiment gris. Elle passe dans une deuxième cour, plus étroite. Après d'autres passages sombres et d'autres cours, elle atteint sa destination, la Petite Force.

– Déshabillez-vous !

L'ordre, sec mais sans agressivité, vient d'une fonctionnaire au nez tordu.

– Je veux seulement vérifier que vous ne portez aucune arme ni aucun objet qui pourrait blesser ou favoriser une évasion, explique la guichetière d'un ton apaisant.

Il serait vain de résister : Yolande s'exécute le plus rapidement possible, pour en finir.

– Vous pouvez vous rhabiller, dit la femme lorsqu'elle a palpé chacun des vêtements.

Elle craignait une fouille corporelle plus humiliante. L'autre l'a-t-elle ménagée ? Elle n'a pas le temps de s'interroger plus avant : elle est entraînée dans les étages. Les murs sont décrépits. Tout est sombre : les ouvertures sont petites ou fermées, les torchères allumées sont rares. Une odeur de chou assaille les narines. De temps à autre, un cri fuse derrière une porte.

– Votre cellule !

Qu'un sang impur…

Une lourde porte grince. On la pousse à l'intérieur. La pièce baigne dans une ombre grise. Son regard va vers une petite lucarne barreaudée puis descend vers la base du cône de lumière triste jusqu'à un visage de femme aux yeux exorbités. Alors, dans ce visage, la bouche s'anime et grasseye :

– Qui tu es, toi ?

29

« Mon Dieu ! Quel endroit épouvantable ! »

– Hé ! Je t'ai posé une question ! C'est quoi ton nom ?

– Yolande.

– Yolande comment ?

Yolande hésite un instant puis, faisant un pas en avant, lance d'un ton plus assuré :

– Yolande de Kérodret.

L'autre se lève de sa paillasse. Elle est grande, avec de longs bras maigres. Yolande la distingue mal.

– Ça m'étonne pas ! fait-elle en tournant autour de Yolande comme un chien. Tu es trop bien habillée pour ne pas être une de ces pourritures d'aristocrates. Et pourquoi ils t'ont arrêtée, la duchesse ?

– Faut-il une raison, désormais, pour arrêter les gens ? rétorque Yolande en haussant le ton.

– Pour ça, madame la comtesse de mes fesses, tu as raison. La liberté, de nos jours, ça compte pas pour grand-chose. Nous…

Elle fait un grand geste et Yolande remarque alors une autre femme adossée au mur, dans un coin de la pièce, le coin le plus sombre.

– Nous, on est des filles des rues. Moi, c'est Luce. On peut me trouver du côté du port au blé. Elle, c'est Alberte. Elle travaille dans la rue Purgée, la bien nommée. Hé, la duchesse, tu entends ce que je dis ? La Purgée ! Et la troisième que tu vois pas, dans son coin, là-bas, c'est Marthe…

Marthe émet un grognement, sans doute pour saluer la nouvelle arrivante.

– Marthe vient de la rue Planche-Milbray, poursuit Luce. Nous, on est des pierreuses. Il paraît qu'on donne des maladies aux hommes, qu'on est nuisibles, qu'on devrait pas exister, même si on peut pas se passer de nous.

La porte de la cellule s'ouvre à nouveau et un gardien jette à terre une paillasse, soulevant un nuage de poussière.

– C'est pour toi, dit Luce à Yolande, qui demeure immobile, le cœur au bord des lèvres. Tu n'as qu'à te mettre à côté de moi. T'en fais pas ! Je suis pas aussi méchante que j'en ai l'air. C'est même, je dirais, tout le contraire. Une grande gueule, qu'ils disent les autres, seulement une grande gueule. Tu verras, c'est pas la plus mauvaise place.

Yolande se penche sur l'infâme couchette, la dispose aussi bien qu'elle peut dans le coin occupé par Luce. La lumière est de plus en plus faible et la jeune femme a des difficultés à distinguer les choses. Elle remarque toutefois, au moment où Luce fait un mouvement, un livre qui glisse d'un paquet de vêtements.

– Vous arrivez à lire, ici ? interroge-t-elle.

– Moi ? Moi, je sais pas lire, fait Luce. C'est un client qui pouvait pas payer la passe. Il m'a donné ce livre. D'habitude, je refuse. Mais il avait l'air tellement malheureux… Il a une belle couverture. Je pense que je pourrai en tirer un bon prix.

– Je peux regarder ?

– Te gêne pas ! Si ça te fait plaisir.

Yolande se saisit du livre. La couverture, à ce qu'il semble, est en maroquin foncé, avec un dos nervuré et gravé. Elle l'ouvre, se place dans la dernière vibration de lumière. Elle voit mal. Le papier est doux et épais. Elle le caresse du bout des doigts. Selon le titre qu'elle parvient à déchiffrer, c'est un récit d'aventures maritimes, écrit par un illustre inconnu. Il est question de voyages effectués aux Antilles et sur les côtes d'Amérique du Sud au milieu du siècle.

– De quoi ça parle ? fait Alberte, qui a un joli visage.

– C'est un récit de voyages très lointains, répond Yolande.

– J'ai toujours rêvé de savoir lire, ajoute Luce. Mais j'ai jamais eu le temps d'apprendre. De toute façon, jamais personne n'a cherché à m'apprendre quelque chose.

Yolande a soudain une inspiration :

– S'il y avait un peu plus de lumière, je pourrais vous lire quelques passages.

– C'est vrai ? disent en chœur Luce et Alberte.

– Moi non plus je sais pas lire, murmure Marthe, qui s'est approchée et dont Yolande distingue la silhouette très maigre.

– Il ne fait pas assez clair, ajoute encore Yolande.

– Mais nous avons des bougies.

Yolande ignore qui a pu prononcer cette dernière phrase. Elle voit des mains qui s'agitent, les étincelles d'un briquet et bientôt deux très belles flammes jaunes.

– Tu auras assez de lumière ? demande Luce.

Elle a un visage rayonnant de plaisir.

Yolande s'installe sur sa paillasse, le dos contre le mur.

– Attends ! fait Alberte en tendant une boule de linge. Mets ça derrière ton dos. C'est pour éviter l'humidité.

Yolande croise les jambes sous sa robe. Alberte et Marthe tiennent les bougies à hauteur du livre. Luce s'est allongée, la tête posée sur son bras. Yolande commence à lire, doucement. Les trois femmes de son public retiennent leur souffle. De temps à autre, d'une cellule voisine, on entend un cri étouffé. La lumière tombant de la lucarne vient maintenant de la lune et des étoiles.

Désormais, entre les flammes dansantes des bougies, quatre prisonnières s'évadent, loin, très loin.

Yolande lit plus d'une heure. Les yeux lui brûlent. Mais elle veut aller le plus loin possible. Pour ces trois femmes, d'abord, qui l'écoutent comme des enfants auxquels on raconterait une histoire fabuleuse. Pour elle, ensuite, qui redoute les angoisses de la nuit.

– Merci, dit simplement Luce.

– Ça fait longtemps que je n'ai été aussi heureuse, ajoute Alberte.

Marthe, elle, lui donne un baiser furtif, sur l'oreille, en essayant de dire quelque chose qu'elle ne peut formuler. Les quatre prisonnières s'installent pour la nuit.

– Tu devrais retirer ta robe et t'en servir comme d'un drap, conseille Luce. Le matin, quelquefois, il fait un peu frais et il vaut mieux alors te couvrir les épaules.

Yolande agit comme elle dit, faisant confiance à son expérience.

La nuit, une prison n'est jamais silencieuse. Cliquetis des clefs lorsque les gardiens font leur ronde, cris que pousse de temps à autre un détenu qui a perdu la raison, frôlements, borborygmes, ronflements…

Il y a aussi, quelquefois, des bruits plus horribles : dans une cellule relativement proche, une femme, probablement bâillonnée, est passée à tabac par ses compagnes. Yolande se mord les lèvres au sang tandis que résonnent à ses tympans le son mat des coups et les hurlements étouffés de la malheureuse.

Yolande s'endort très tard. Elle pense sans arrêt à Jean, elle le voit recevant un message, elle l'imagine en train de tempêter au greffe pour la faire sortir. Et puis elle se dit que cela n'est pas aussi facile, qu'elle risque de passer un bon bout de temps dans cet endroit infâme. Elle pleure, en silence, pour ne pas réveiller les autres, qui dorment déjà en ronflant. Elle pleure des larmes salées qui pénètrent dans sa bouche et qu'elle boit.

Au cours de la nuit, elle entend des bruits furtifs. Ils viennent d'un coin de la cellule. Elle croit voir deux petits yeux et pense immédiatement à un rat. Elle gémit, en se mettant sur son séant et en ramenant les pieds sous les fesses. Elle est terrorisée. Mais le bruit disparaît. Ensuite, le sommeil la reprend.

30

Le lendemain matin, 24 août, Yolande découvre que Luce est blottie contre elle, sa tête nichée tout près de son épaule, un bras autour de sa taille. Elle se dégage tout doucement. Luce grogne puis sourit. Yolande peut voir des éclats de lune dans son regard.

– Je t'ai pas gênée, j'espère, dit Luce de cette voix grasseyante qui lui est propre.

Yolande ne répond rien car elle passe alors sa robe. Avec le jour qui se lève, Alberte et Marthe, à leur tour, ouvrent les yeux. Marthe lui adresse un sourire doux, léger. Yolande découvre progressivement ses compagnes de cellule. Luce a des cheveux tirant sur le roux et des taches de rousseur. Alberte, nue jusqu'à la taille, fait une sorte de toilette de ses seins avec sa salive.

– C'est ce que j'ai de plus beau, dit-elle en désignant sa gorge. Alors je fais comme les chats : je m'entretiens avec ma salive.

Marthe a de longs cheveux ébouriffés, qui lui font une sorte de crinière. Après l'incontournable séance du seau, au cours de laquelle ses compagnes observent la même discrétion que la veille, Yolande propose de poursuivre la lecture. Mais cela ne dure pas longtemps car la porte est ouverte brutalement et les gardiens distribuent des bols de soupe et du pain. Le brouet sent fort, mais Yolande mange avec appétit. Elle n'a pas seulement faim, elle a faim de vivre, de sentir son corps, d'exercer tous ses sens. Elle veut avoir la conscience la plus vive de son existence, là, dans ce lieu immonde.

Elle se dit que, quand on souhaite vous faire disparaître, vous anéantir, vous réduire à rien, il n'est qu'une seule parade : rassembler ses pensées, concentrer la chaleur de sa vie, répéter sans cesse son prénom, son nom, les mots que l'on affectionne, les images qui sont familières, les amonceler sous les paupières, se remémorer les êtres que l'on aime, les dessiner et les redessiner encore sur la rétine, avec plein de couleurs. « Se prouver que l'on existe, que l'on est, simplement que l'on est, et que les assassins chercheront en vain à vous nier ! »

– Bon sang ! tu es drôlement jolie ! s'exclame Luce.

– Elle est plus que jolie, elle est belle ! proteste Marthe. Pour sûr, elle est très belle ! Mais tu as du noir au dessus de la lèvre. On dirait du sang ! Tu as saigné du nez !

– Ce n'est rien !

Yolande mouille un doigt de salive et frotte vigoureusement.

– C'est qui le salaud qui t'a fait ça ?

– Je ne connais pas son nom. Il n'a pas d'importance.

On fait descendre les prisonnières dans la cour. Yolande est surprise par le nombre de détenues, au milieu desquelles circulent, avec des airs farouches, des hommes sabre au clair.

– Celle-là, c'est la princesse de Lamballe, lui dit Luce en désignant une petite femme au milieu d'un groupe. Et celle-là, c'est celle qui s'occupe des enfants du roi, la Doursel ou la

Tourzel, je sais pas trop. Paraît qu'elle est là avec sa fille. C'est peut-être la gamine que tu vois à côté d'elle.

Yolande va à la fontaine. Il y a la queue. Elle prend son mal en patience. Son tour enfin venu, et même s'il ne coule qu'un mince filet, elle éprouve un plaisir fou à y passer les mains, à asperger son visage et ses épaules.

– Dépêche-toi ! répète sans cesse la femme qui la suit, une matrone rouge avec des bras comme des jambons.

Yolande finit par lui dire :

– Vous attendrez votre tour comme tout le monde !

Elle a juste le temps d'apercevoir dans les petits yeux de l'autre quelque chose ressemblant à la haine brute et elle reçoit une gifle qui la jette par terre. Ce monstre de graisse s'apprête à la rouer de coups de pied lorsqu'elle entend Luce :

– T'avise pas de la toucher, gros tas de merde !

Yolande voit alors ses trois compagnes de cellule s'interposer, la mâchoire en avant, une lueur assassine dans le regard.

Luce la relève.

– Tu devrais mieux choisir tes adversaires ! dit-elle.

Elle ne perd pas son sens de l'humour.

Yolande souffle :

– Merci !

Puis elle s'approche du groupe de Mme de Lamballe. Elle n'a jamais rencontré une de ces femmes. Elle veut seulement se présenter, lier connaissance, entamer la conversation. La princesse prête à peine attention à ce que lui dit Yolande. Louise de Tourzel l'accueille poliment, mais sans chaleur. Une seule a les gestes qu'il faut : Pauline de Tourzel. Yolande et elle s'écartent. Pauline raconte brièvement comment elle est arrivée dans cette prison. Yolande fait de même. Elles finissent par plaisanter. Elles doivent rire et se moquer de leur situation pour la supporter et peut-être la dominer. Et puis, parce que le lieu s'y prête, elles parlent de la liberté, pas de leur liberté, mais de la liberté à laquelle les hommes de 1789 ont aspiré et dont leurs successeurs semblent vouloir priver des populations, des communautés, des catégories entières.

Yolande découvre une Pauline de Tourzel intelligente, courageuse, généreuse. En à peine une heure, malgré leur différence d'âge, elles lient une relation très forte, très intense. Elles se découvrent la même sensibilité, les mêmes peurs, les mêmes espoirs.

Elles aimeraient prolonger ce moment, mais les sans-culottes, avec leurs piques, les poussent vers les escaliers, et elles doivent regagner les cellules.

Yolande se demande ce que Jean peut bien faire. Elle n'a aucune nouvelle. Il a été forcément prévenu par la comtesse de Bressé. Avec l'appui de Georges Danton, est-il si difficile de la sortir de là ? Bien sûr, elle est consciente que la Révolution est divisée entre les factions et que les luttes de pouvoir font rage. Elle se dit alors que sa libération n'est peut-être pas chose si facile. Elle s'abîme dans les réflexions contradictoires, tout devient confus.

Heureusement, Luce, Alberte et Marthe sont attentives à ses émotions. Elles la protègent, la couvent. Quand elle se sent angoissée, elle leur propose un morceau de lecture. Elles s'assoient alors autour de Yolande et celle-ci lit en guettant l'effet des mots sur leurs visages.

Yolande et ses compagnes de cellule ont le droit de s'aérer à nouveau, dans la cour, à partir de quatre heures et demie. Comme il fait très chaud ce vendredi-là, beaucoup de détenues sont sous les arbres ou sous le préau. Pauline de Tourzel est absente. D'ailleurs, sa mère et la princesse de Lamballe ne sont pas non plus descendues. Un sans-culotte explique à Yolande que « les femmes du Temple » – c'est son expression – ont pris l'air au début de l'après-midi. La jeune femme tente de prolonger la conversation avec le milicien mais l'un des chefs lui fait signe de s'écarter.

Elles sont des pestiférées, des lépreuses ou, en tout cas, considérées comme telles.

Le souper est infect. Le pain est moisi, ce qui n'empêche pas les autres de le dévorer. Yolande croit reconnaître des vers dans les fayots. Elle ne mange que le lard grillé, une surprise extraordinaire en ce lieu.

La nuit tombe sur la Force avec une rapidité sidérante. Un instant, Yolande songe que même le ciel veut les enterrer vivantes. Elle n'a toujours aucune nouvelle, ni de Jean, ni de son frère, ni de la comtesse de Bressé. Elle est seule, seule.

– Ils laissent pas passer les messages, dit Luce pour la rassurer.

– Personne n'en reçoit ! renchérit Alberte.

Elles sont pleines de compassion, ne savent pas quoi faire pour apaiser l'angoisse de la jeune noble. Elles sont merveilleuses, ces « pierreuses ». Comme on s'enivre pour apaiser l'anxiété, Yolande lit un chapitre ou deux du livre d'aventures et, pendant une heure, son cœur bat régulièrement.

Quand, après l'extinction des feux, ses larmes jaillissent, la main de Luce, toute chaude, vient caresser son visage. Et, pendant quelques instants, Yolande a l'impression de retourner à l'enfance, quand sa mère la berçait en fredonnant une cantilène racontant des histoires de landes mouillées et de chevaliers galopant dans la brume pour porter secours aux fées.

31

C'est le 24 août, vers neuf heures du soir, que Jean apprend l'arrestation de Yolande. Il a quitté Paris la veille, tout de suite après son entretien avec la jeune femme au ministère de la Justice, pour se rendre à Soissons. Il a voyagé une bonne partie de la nuit. La mission, confiée par Danton, était urgente et essentielle. Cette mission accomplie, il a repris la lourde berline, tirée par six chevaux. Un ancien soldat, Ternot, était avec lui, ainsi que deux miliciens attachés au service du ministre. Ce qu'il transportait, bien à l'abri dans un coffre, méritait cette protection.

De retour place des Piques aux environs de huit heures et quart, il s'est empressé de mettre le coffre en sûreté puis est monté à son bureau pour prendre connaissance des dépêches et messages.

– Un homme est venu quatre fois, lui a dit l'huissier de service. Il a laissé deux billets. Ils sont là.

Les billets, écrits d'une manière assez maladroite, annonçaient que Yolande avait été arrêtée par les sans-culottes le 23 août au moment du souper et conduite à la Force.

Jean s'est immédiatement mis en quête de Georges Danton : seul celui-ci pouvait, par un ordre exprès, ordonner la libération de sa maîtresse. Mais Danton était introuvable.

– Il est parti il y a déjà deux heures, a précisé l'huissier. Et il est parti avec deux femmes. Je ne sais pas où. De toute façon, il m'a dit qu'il ne voulait être dérangé sous aucun prétexte.

– Quand sera-t-il de retour ?

– Il ne m'a rien dit. Mais je ne pense pas qu'il soit là avant demain midi.

Jean a cherché à prendre contact avec Fabre d'Églantine, mais celui-ci ne peut être joint nulle part. Quant à Camille Desmoulins, autre membre important du secrétariat général de la Chancellerie, il est en voyage avec sa femme du côté de Châteauroux.

Jean ne peut donc compter que sur lui-même. Sur lui-même et sur Ternot. Il le fait appeler et lui expose rapidement la situation.

– Je ne sais pas encore ce que je vais faire, mais en tout cas je suis certain de le faire dès ce soir. Je ne peux pas laisser Yolande à la Force. Les risques sont trop grands. À tout moment...

– Je sais, je sais, coupe Ternot. Qu'attendons-nous pour partir immédiatement ?

Jean lui sourit :

– Je savais que je peux compter sur toi en toutes occasions.

– Tu as un plan ?

– Aucun ! Il va falloir improviser !

– C'est ce que j'aime !

Jean regarde Ternot. L'homme est jeune, mince, mais redoutable dans le corps-à-corps et d'un courage à toute épreuve. Jean est rassuré de le savoir ce soir à ses côtés.

– On emmène Roger, dit encore Jean. Il conduira la voiture. On ne fait pas mieux comme cocher quand il y a du grabuge.

Rue des Droits-de-l'Homme, à l'entrée principale de la prison de la Force, Jean, suivi de Ternot, se fait reconnaître sans difficulté par les guichetiers.

– Le ministre de la Justice m'a donné mission de m'entretenir avec la princesse de Lamballe et Mme Louise de Tourzel, affirme-t-il en prenant le ton le plus assuré.

– Vous avez des instructions écrites ? Un mandat ?

– Donne-t-on des instructions écrites pour un entretien ? Les instructions écrites sont pour les arrestations ou les libérations, pas pour les entretiens.

Le guichetier fronce les sourcils. Est-ce une manière de montrer qu'il réfléchit ?

– Bon, Michelon va vous accompagner, finit-il par conclure d'un air las.

Un de ses collègues se présente. Il sort tout juste de l'adolescence et dissimule un corps maigre sous une sorte de hoqueton de grosse toile, une chemise très ample, des culottes grises et des bas douteux, le tout couronné par un bonnet de laine qui a dû être bleu. Seuls les escarpins sont à peu près de bon goût.

– Tu vas accompagner M. Lehalleur – c'est un collaborateur de M. le ministre de la Justice – jusqu'à la Petite Force. Il doit s'entretenir avec les femmes Lamballe et Tourzel.

– Je souhaite que mon collaborateur, M. Ternot, ici présent, m'accompagne. Sa présence est indispensable pour les entretiens que je dois mener.

Le guichetier hoche la tête. Puis il commence à griffonner sur un registre. Sans doute doit-il mentionner la visite de Jean et d'un tiers : cela fait partie de la procédure habituelle. Le greffe n'est éclairé que par quelques flambeaux. Les guichetiers, gardiens et autres porte-clefs sont en nombre limité. Ils fument la pipe ou bâillent devant un jeu de cartes. Les échanges verbaux sont limités à quelques borborygmes et des onomatopées. C'est l'ombre qui a pris possession des lieux, une ombre qui brouille les silhouettes.

Précédés du dénommé Michelon, Jean et Ternot pénètrent dans la première cour. Jean sait que plusieurs cours et corridors seront à franchir avant d'atteindre la Petite Force. Chaque passage est fermé par une grille, qu'un gardien unique et endormi ouvre sans un mot quand il voit approcher le groupe. Ici, bien évidemment, les ombres sont plus épaisses : les flammes des torchères, agitées par un courant d'air nerveux, ne font que les brasser sans vraiment éclairer. Jean fait l'effort d'enregistrer tous ces détails, de s'en imprégner. Il ignore encore comment il va procéder pour sortir Yolande de la Force, mais il veut disposer d'une information fiable au moment où il devra choisir un scénario.

Au greffe de la Petite Force, Michelon doit fournir plus d'explications au porte-clefs qui les reçoit et qu'il appelle Dieudonné. Celui-ci est surpris par cette visite nocturne mais, après tout, ce n'est pas à lui d'apprécier l'opportunité des décisions prises par le greffe.

– Suivez-moi ! finit-il par dire en s'emparant d'un trousseau de clefs et d'une lanterne.

Ils sont désormais quatre à monter les escaliers en direction de la cellule que partagent la princesse de Lamballe, Louise de Tourzel et sa fille Pauline. Personne ne parle. Sur le palier du deuxième étage, Dieudonné saisit une torche et la tend à Jean.

– Ce ne sera pas utile ! chuchote Jean en replaçant la torche sur son support.

Une coursive mal éclairée est suivie sur une trentaine de mètres puis le porte-clefs fait jouer sans ménagement une grosse serrure.

– Vous avez de la visite, lance-t-il d'un air enjoué en brandissant la lanterne.

Trois femmes, réveillées en sursaut, se redressent sur leur couche. Leurs yeux clignotent. Jean et Ternot entrent. Dieudonné leur donne la lanterne et rejoint Michelon dans la coursive, en tirant simplement la porte derrière lui.

– Je voulais m'assurer que tout va bien, dit Jean.

Un peu surprise, la princesse de Lamballe, d'une bouche pâteuse, assure qu'elle n'a pas à se plaindre. Louise de Tourzel précise que, bien évidemment, elle préférerait être ailleurs. Quant à Pauline, qui s'est mise debout et affronte les visiteurs, elle jette, méprisante :

– Votre sollicitude, messieurs, serait sans doute moins déplacée si elle s'exerçait à des heures plus... convenables. Mais les convenances ont-elles pour vous un sens quelconque ?

Jean serait tenté de répliquer à cette pimbêche mais la réaction de la jeune fille, finalement, le sert.

– La sollicitude du ministre de la Justice s'exerce quand il est possible de l'exercer. Je conviens que l'heure est tardive mais, après tout, les autorités pourraient se désintéresser complètement de votre sort. Donc, si vous voulez quitter cet air hautain, dites-moi simplement si tout va bien ou si quelque chose peut être fait pour améliorer votre sort.

– Nous sommes ensemble, dit rapidement Louise de Tourzel. C'est déjà beaucoup. Je ne dis pas que la nourriture soit excellente, ni que les bains soient particulièrement agréables. Mais, après tout, nous sommes privilégiées par rapport à beaucoup.

L'échange se prolonge encore pendant deux ou trois minutes. Il devient même agréable. Mais, tandis que les trois femmes lui font part des difficultés qu'elles rencontrent, Jean réfléchit à toute vitesse sur ce qui va maintenant devoir être fait. Il voulait entrer dans la place et il a réussi. Il faut à présent qu'il puisse atteindre la cellule de Yolande. Il n'a encore aucune idée de la manière d'y parvenir. Et il ignore toujours les moyens qu'il devra employer pour faire évader sa maîtresse.

– Mesdames, je vous souhaite une bonne nuit. Pardonnez cette intrusion tardive.

Jean ouvre la porte et sort, suivi par Ternot. La première phase de son plan, si tant est qu'il en ait échafaudé un, est terminée. Il doit maintenant passer à la deuxième phase. C'est alors qu'il a une illumination. S'approchant de Michelon et le prenant par les épaules, il commence par le remercier chaleureusement.

– Cet entretien que j'ai eu ce soir avec ces trois femmes était très important. M. le ministre de la Justice le voulait. C'est un peu grâce à toi qu'il a pu avoir lieu.

Michelon joue les modestes. Cet homme-là est sans défense : il devrait être une proie facile.

– Je sais comment te remercier, poursuit Jean. Mais ce ne serait pas régulier… Je sais qu'il y a dans cette maison une certaine Yolande Kérodret. Elle est détenue depuis peu. Je la connais bien. Si je lui parle de toi, je sais qu'elle saura exprimer à sa manière, si tu vois ce que je veux dire, les remerciements que j'ai envie de t'adresser. Seulement, il faudrait être discret…

Dieudonné, qui a tout entendu, intervient :

– La fille Kérodret, elle est avec trois autres, des sacrés numéros celles-là. Je sais pas pour la Kérodret, mais je peux vous dire que les autres… Elles sont à la 307, à l'étage au-dessus. Mais je crois pas que c'est une bonne idée.

– Si Michelon peut passer un bon moment avec ces filles, c'est obligatoirement une bonne idée, conteste Jean. Je suis sûr qu'elles ne discuteront pas. Au contraire, quand elles verront Michelon, elles auront envie de lui montrer leurs talents. Et ils sont nombreux ! Allez, Michelon, c'est l'occasion ou jamais ! Tu n'as pas idée de ce que ces femmes savent faire pour donner du plaisir à un homme !

Michelon hésite encore. C'est un être timide. Des filles, il n'en a pas connu beaucoup. Dieudonné sent bien que la proposition de Jean va à l'encontre de toutes les règles, mais il est très excité par cette perspective de femmes lascives offertes sur un plateau à l'un de ses collègues.

– Michelon, décide-toi ! fait encore Jean en lui tapant sur l'épaule. Personne n'en saura rien. Même Dieudonné est d'accord. Pas vrai, Dieudonné ?

L'autre fait un petit sifflement qui pourrait passer pour une approbation.

– Allez, on y va ! dit d'autorité Jean, qui sent bien qu'il faut maintenant brusquer les événements et qui a désormais une idée beaucoup plus précise du stratagème qu'il veut mettre en œuvre.

Il faut moins d'une minute aux quatre hommes pour se rendre à la cellule 307. Quand ils sont devant la porte, Jean murmure :

– Je vais entrer tout seul, d'abord. Il me faut expliquer la situation. Ensuite, Michelon pourra entrer. On l'attendra ici pendant qu'il prendra du bon temps. Vous, Dieudonné, vous ferez le guet. Je ne voudrais pas que notre ami Michelon soit surpris en pleine action au cours d'une ronde.

Michelon glousse.

– Attendez-moi là ! dit encore Jean en s'emparant d'office de la lanterne.

Dieudonné ouvre la porte en essayant de faire le moins de bruit possible. Jean se faufile et la porte est refermée.

Trois minutes plus tard, un temps interminable pour ceux qui attendent, il ressort. Michelon est particulièrement énervé.

– C'est d'accord, dit Jean. Elles t'attendent ! Toutes les quatre ! Veinard ! Ça ne m'est jamais arrivé ! Quatre femmes pour te faire tout ce que tu peux désirer. Et pas n'importe quelles femmes ! Des vraies professionnelles. Tu vas t'envoyer en l'air comme jamais tu ne l'as fait et comme peut-être jamais tu ne le feras encore. Mais tu le mérites bien ! On t'attend ici. Prends ton temps !

La porte s'entrouvre de nouveau et Michelon entre, tremblant d'excitation ou peut-être de peur. On aperçoit rapidement la flamme dansante d'une bougie et une main qui s'agite entre des cuisses écartées.

– Bon dieu que j'aimerais être à sa place ! souffle encore Jean à l'oreille de Dieudonné.

– Et moi donc ! renchérit Ternot.

– Quand Michelon ressortira, il faudra qu'on fasse vite. Au greffe, ils vont peut-être se poser des questions si on tarde trop. Dieudonné, je compte sur vous pour qu'on ne perde pas trop de temps.

– C'est d'accord, dit Dieudonné. Mais j'en croquerais bien un peu, moi aussi.

– Ça sera pour une autre fois, mon ami. Je vous le promets. Si ces dames peuvent donner beaucoup à plusieurs en une seule nuit, il ne faut pas tenter le diable et le prendre par la queue.

– C'est drôle, ce que vous dites !

– Dieudonné, la prochaine fois, je penserai aussi à vous. Mais il faudra garder le silence le plus total sur ce soir. Je compte sur vous.

– Je suis pas idiot.

Une vingtaine de minutes plus tard, un grattement derrière la porte se fait entendre. Jean, qui avait du mal à dompter son inquiétude, ouvre après avoir confié la lanterne à Ternot. Michelon se glisse dans l'entrebâillement. Il a l'air épuisé sous son gros bonnet de laine. La porte est refermée et, comme convenu, sans un mot, Dieudonné reprend vivement le chemin qui conduit à l'escalier, suivi par Jean, Ternot et Michelon. Ils descendent les trois étages. Sur le palier du premier, ils croisent deux gardiens qui font leur ronde. Dieudonné les salue d'un geste.

Au moment de passer le guichet de la Petite Force, Jean presse le bras de Dieudonné – une façon de le remercier pour sa complaisance et de confirmer qu'il ne sera pas oublié la prochaine fois – et il sort dans la cour. Michelon et Ternot sont déjà devant. Il fait très doux. Quelques nuées griffent la lune. Le retour jusqu'au greffe se fait sans encombre. Le fonctionnaire qui a accueilli Jean lors de l'arrivée n'est plus là. À une exception, les gardiens dorment, faisant trembler les tables de leurs ronflements.

– Viens avec nous ! dit Jean à Michelon. Je connais un estaminet pas très loin d'ici et qui doit encore être ouvert. J'ai grandement soif !

Jean franchit le seuil de la prison, Michelon et Ternot sur ses talons. Il remarque immédiatement la sentinelle qui fait les cent pas devant l'entrée et qui était absente à leur arrivée. Le fiacre est garé au coin de la rue Pavée et de la rue des Droits-de-l'Homme. On distingue ses lanternes. Il y a un bref moment d'hésitation puis tout se dénoue sans un mot. Michelon se dirige vers la rue Saint-Antoine d'un bon pas. Jean et Ternot rejoignent le fiacre sans hâte. Jean ouvre la portière, grimpe. Ternot se hisse sur le siège où Roger, le cocher des mauvais coups, est déjà assis et lève son long fouet.

– Rue des Fossés-Monsieur-le-Prince, dit seulement Ternot.

La voiture démarre doucement.

Michelon, arrivé rue Saint-Antoine, tourne à droite. Il marche lentement, tête baissée. Il parvient au croisement avec la rue Pavée, s'arrête, se retourne et jette un regard vers les vestiges de la Bastille. Derrière, le ciel est gouaché de vert. Quand les ressorts de la voiture se font entendre, il fait trois pas en avant. La voiture s'arrête. Il ouvre la portière et monte.

– Tu es encore plus belle habillée en homme ! s'exclame Jean.

Yolande arrache le bonnet, laissant échapper sa chevelure noire, puis se jette dans les bras de Jean. La voiture redémarre, en trombe cette fois.

– Quand je pense à ce pauvre garçon dans le noir, nu comme un ver, la tête couverte par la robe de Luce, investi par trois femmes à la fois, gémissant sous les caresses, réclamant encore et encore toutes les chatteries dont il n'avait jamais osé rêver… J'imagine que le réveil a dû être douloureux quand il a constaté ma disparition et plus encore celle de ses vêtements. Mon Dieu, qu'est-ce que ses vêtements pouvaient puer !… J'espère qu'il ne lui arrivera rien.

– Il ne dira rien, je puis te l'assurer. Il aura bien trop peur des sanctions.

– J'espère qu'il n'a pas eu à se promener trop longtemps complètement nu dans les coursives et qu'il a trouvé rapidement à s'habiller. Pauvre garçon ! Et l'autre, le porte-clefs de la Petite Force…

– Nous n'avons rien non plus à redouter de ce côté. Il a couvert quelque chose d'irrégulier. Il ne va pas aller s'en vanter. De toute façon, n'oublie pas que ta disparition ne sera pas forcément constatée rapidement. Il règne à la Force une confusion totale.

– Mes compagnes de cellule ont été merveilleuses. Sans elles, rien n'aurait été possible. Est-il possible de les faire sortir, elles aussi ?

– Tu sais très bien que cela est impossible. Et puis, rassure-toi ! Elles n'ont rien à craindre des turbulences actuelles.

Jean aimerait bien être convaincu de ce qu'il dit mais il veut avant tout rassurer Yolande.

– Elles n'ont rien à craindre parce que ce sont des prisonnières de droit commun, ajoute-t-il.

– Ce sont des êtres d'une générosité totale. Jure-moi au moins de saisir toute occasion.

– Je te le jure.

– Et jure-moi de tout faire pour sauver Pauline de Tourzel.

– Je te promets d'y réfléchir. Toi, jure-moi de ne pas quitter cet appartement avant que tout soit calmé. Tu ne seras jamais plus en sécurité qu'ici.

– Je te le jure.

Il l'enlace. Elle s'abandonne. Il est presque cinq heures du matin. L'appartement de Jean est silencieux. Tout à l'heure, dès l'apparition des premiers rayons solaires, la rue commencera à s'animer.

32

Quand, le matin du 26 août, Jean sort de son immeuble, Yolande le suit des yeux un court instant puis laisse retomber le rideau. Sa résolution est prise depuis la veille : elle ira dès aujourd'hui rendre visite à son oncle Philippe, toujours emprisonné aux Carmes. Elle a certes promis à Jean de rester dans l'appartement, où elle est en sécurité, mais elle ne peut accepter l'idée de rester cachée quand la mort de tous les prêtres réfractaires est revendiquée par les sans-culottes. Philippe court un grave danger : elle doit absolument le convaincre de s'évader sans délai.

Quitter l'appartement en risquant d'être reconnue serait une pure folie. Mais sortir en étant travestie en homme, c'est une tout autre affaire. Depuis son évasion de la Force, Yolande sait que cela est facile. Et terriblement exaltant.

Elle commence par ramasser ses cheveux et les attacher. Elle se passe ensuite un peu de brou de noix sur les joues, la mâchoire et le menton, histoire de créer l'ombre d'une barbe. Un soupçon de crème foncée donne aux traits du visage ce qu'il faut de rudesse. La chemise et le gilet permettent de dissimuler définitivement la poitrine. Un pantalon serré, des bottes molles et un habit aux longues basques complètent l'ensemble. La touche finale est donnée avec un chapeau au large bord. Tout cela est bien évidemment extrait du vestiaire très fourni de Jean.

Lorsqu'il voit passer ce jeune homme élégamment vêtu, le concierge de l'immeuble, qui ne l'a pas vu entrer, est très certainement tenté de l'intercepter. Mais il réalise alors que la porte de l'appartement de M. Lehalleur vient de claquer et se dit que son intervention serait certainement mal accueillie.

Yolande hèle un fiacre en maraude. Après quelques difficultés pour s'extraire de la circulation très dense rue des Fossés-Monsieur-le-Prince, la voiture file bon train vers Vaugirard. Elle se sentirait presque le cœur léger si sa destination n'était pas le dépôt des Carmes.

L'officier qui l'accueille à l'entrée du couvent des Carmes a une petite quarantaine. Quand Yolande annonce vouloir rencontrer son oncle Philippe, l'homme consulte un registre en suivant du doigt une longue colonne de noms. Elle se fait la réflexion qu'il a des mains de musicien.

– Philippe de Kérodret est privé de visites jusqu'à nouvel ordre, finit-il par dire.

– Pourquoi ?

– Pour mauvaise conduite !

– Mon oncle, mauvaise conduite ?

– C'est ce qui est marqué sur ce registre. Je suis désolé.

Elle sort une bourse, en extrait plusieurs assignats et pièces.

– Je voulais lui remettre un peu d'argent, dit-elle.

Cette fois, elle a oublié de forcer la voix dans les tons graves et l'officier marque son étonnement.

– Êtes-vous sûr qu'il n'y a strictement rien à faire ? poursuit-elle d'une voix plus profonde.

Elle continue d'étaler sur la table le contenu de la bourse. Elle n'a jamais tenté de corrompre qui que ce soit et se juge très maladroite. Mais la chance ne sourit qu'aux audacieux.

– Notre oncle Philippe n'a que mon frère et moi pour lui venir en aide. Je vous en supplie...

Les doigts longs et minces de l'officier se sont posés sur des pièces, les plus grosses, et les caressent avec quelque chose qui ressemble à la sensualité. Elle ramasse les assignats et les quelques pièces demeurées libres.

– Je suis sûre que vous pouvez trouver une solution, énonce-t-elle en plantant son regard dans le regard de l'homme, qui se trouble.

Elle aimerait bien voir ce que fait la main, mais elle hésite à baisser les yeux. Des secondes interminables passent et puis elle voit surgir dans son champ de vision une main fermée sur un petit rouleau de pièces. « C'est gagné ! » L'officier biffe le nom de Philippe de Kérodret.

– Vous pouvez y aller.

Après d'autres contrôles, plus ou moins aimables, Yolande doit se soumettre à une palpation.

– Levez les bras !

Si le milicien préposé à la tâche est étonné par la douceur des formes et, sous les vêtements, la souplesse des chairs, il n'en montre rien. « Ce grand mouchoir roulé en boule et placé au bon endroit est décidément très efficace ! » La jeune femme a cependant un petit mouvement de recul quand la main s'égare sur la taille et les hanches.

– Vous pouvez entrer ! conclut le garde.

Elle pénètre dans la nef. Sa première impression est celle d'une foire. Même si les prêtres ne parlent pas fort, beaucoup bavardent et, quand ils n'échangent pas, psalmodient. Les sans-culottes qui les gardent sont moins discrets : ils s'interpellent d'une travée à l'autre, hurlent des ordres, rient bruyamment. La deuxième impression est du domaine olfactif : naturellement échauffées par la température ambiante, les odeurs sont absolument épouvantables, odeurs de latrines et de mauvaise soupe, odeurs de sueur et de peur, odeurs de purulences et de fièvres. Elle a un haut-le-cœur. « Respirer par la bouche. Respirer par la bouche. » Des yeux, elle cherche son oncle. Étant donné sa taille, cela ne devrait pas prendre trop de temps. Mais beaucoup d'hommes sont assis par petits groupes, les uns à même le sol, les autres sur des lits de sangles ou des paillasses. Finalement, elle l'aperçoit en grande conversation avec deux autres prisonniers.

Elle fait signe au milicien qui l'a accompagnée et, en se faufilant, parvient derrière Philippe.

– Mon cher oncle ! prononce-t-elle doucement.

Il se retourne, ouvre la bouche et les yeux.

– Qui... ?

Elle se penche vers lui et lui souffle rapidement :

– Ne dites rien. Faites comme si vous reconnaissiez votre neveu Yannick. Appelez-moi Yannick.

– Yannick ! prononce l'oncle en forçant le sourire. Comme c'est gentil à toi de venir me voir !

Il s'éloigne de ses compagnons, tout en entraînant sa nièce. Arrivé dans une chapelle près d'un petit autel brisé, il l'invite à s'asseoir et, tout bas, chuchote :

– Peux-tu me dire ce que tu fais dans cet accoutrement ?

– Je me cache. Moi aussi, j'ai été arrêtée. Mais je suis parvenue à m'évader. Pour ma sécurité, je suis obligée de me travestir. Et je vous en supplie : ne me dites pas que c'est un péché.

Philippe l'embrasse avec effusion.

– Hé! Hé! Doucement! N'oubliez pas que je suis un homme.

Ils parlent. Tout y passe, dans un désordre total.

– Pourquoi vous a-t-on privé de visites? demande Yolande.

– Parce que j'ai dit à un de ces malotrus ce que je pensais vraiment de lui.

– J'ai fait en sorte que vous puissiez retrouver cette liberté. Malheureusement, la vénalité reste encore très répandue.

Yolande raconte ensuite ce qui lui est arrivé. Elle désire démontrer que tout est possible dès lors qu'on le veut vraiment.

– Vous devez vous enfuir, dès que possible. Les pires rumeurs circulent actuellement dans la ville. Si vous sortez cet après-midi, sautez par dessus le mur. Faites comme vous a dit Loïc. N'attendez pas! Je vous en supplie!

Dix minutes s'écoulent encore. Puis un sans-culotte vient annoncer que l'entretien est terminé et qu'il faut songer à se séparer. Philippe étreint la jeune femme, mais plus sobrement que la première fois.

– Prends garde à toi! dit-il encore.

– N'oubliez pas ce que je vous ai dit! Il y va de votre vie!

L'officier est toujours à son poste. Yolande s'approche de lui.

– Vous avez biffé le nom de mon oncle, n'est-ce pas?

– Je l'ai biffé pour aujourd'hui, répond l'homme.

– Alors biffez-le pour toujours, dit la jeune femme en mettant directement des assignats dans la main du garde national.

– Ce sera fait.

Il la regarde de façon bizarre. Se doute-t-il de quelque chose ?

– Si j'avais un peu plus de temps…

Elle réalise alors qu'elle plaît à cet homme ou, plus exactement, que l'homme qu'elle incarne plaît à cet homme. Elle s'esquive très vite, rougissante, le cœur battant.

On ne se travestit pas sans risques !

33

Le 28 août au soir, Danton monte à la tribune de l'Assemblée. La salle du Manège, bien que bondée, est étrangement silencieuse. Tous les ministres sont dans la salle, attentifs. Les députés se tiennent raides. Dans les tribunes, on retient son souffle. Comme Jean, figé dans l'attente fiévreuse de l'instant.

La voix de Danton tonne, roule sur la représentation nationale. Il ne cache rien des périls qui guettent la patrie mais se garde bien d'en exagérer la gravité. En réalité, il veut surtout insister sur ce que la Nation doit faire pour les écarter et vaincre : envoyer des commissaires pour organiser une levée en masse, accélérer la récupération des armes ou leur fabrication, mais surtout appréhender les traîtres.

– Y en eût-il trente mille à arrêter, il faut qu'ils soient arrêtés demain !

Danton laisse passer un temps. Il veut que les esprits s'imprègnent de l'idée qu'il vient d'émettre et conçoivent d'eux-mêmes les moyens à mettre en œuvre pour agir vite et complètement.

– Nous vous demandons que vous nous autorisiez à faire faire des visites domiciliaires, poursuit-il.

Il ajoute que ces visites permettront aussi de retrouver des armes cachées, quatre-vingt mille fusils en état, selon ce qu'il déclare. Danton a dit de sa voix de stentor ce que chacun dans la salle avait déjà lui-même conclu. Comment ne pourrait-on pas adhérer au décret qu'il propose ?

– Tout appartient à la patrie, quand la patrie est en danger, conclut-il.

Des applaudissements crépitent, se prolongent. En fait, les mains votent déjà. Après une courte discussion, le décret est adopté. La Commune a toute liberté pour appréhender les trente mille conspirateurs dont le tribun vient de parler. Le décompte des voix n'est pas encore terminé que, déjà, les ordres sont envoyés aux sections.

34

Le lendemain, dans le milieu de l'après-midi, avec trois heures de retard par rapport au programme, les crieurs annoncent à tous les carrefours que, par décision du Conseil général, des visites domiciliaires et perquisitions auront lieu de nuit et de jour chez tous les suspects, qui pourront alors être arrêtés ; que, dès la tombée de la nuit, les maisons devront être éclairées par des flambeaux ; qu'après dix heures, aucune voiture ne pourra plus circuler ; que tous les citoyens doivent retourner chez eux ; que les visites domiciliaires et perquisitions seront systématiquement annoncées par des tambours ; que les barrières seront fermées et que plus personne ne sera autorisé à sortir de Paris ; que la Seine sera surveillée et qu'on ne pourra plus accéder aux berges, aux bateaux-lavoirs, aux ponts ; qu'une seconde ligne de barrières sera mise en place à l'extérieur de Paris et que toute personne tentant de la franchir sera appréhendée. Paris, à partir de dix heures, doit devenir un désert fréquenté exclusivement par les hommes des sections.

Les prêtres ayant refusé le serment à la Constitution civile du clergé font l'objet d'un arrêté spécial. Ordre est donné aux milices de les rechercher et de les arrêter. La loi du 26 août a accordé un délai de huitaine pour jurer ou, après avoir demandé un passeport, s'expatrier volontairement, mais elle est déjà oubliée. Les sections deviennent des ruches agitées. Des commissaires sont nommés. On forme des patrouilles. On prépare des registres et des listes. Des messages sont envoyés à tous les points névralgiques des quartiers.

La même fièvre s'est emparée de l'Hôtel de Ville et de la mairie. Cul-de-sac de Jérusalem, cinq commissaires spécialement mandatés par le Conseil général travaillent d'arrache-pied. Parmi eux, il y a Sulpice Huguenin, l'ancien commis de barrière qui a gagné ses galons à la section des Quinze-Vingts et qui présidait les débats de la Commune insurrectionnelle le 11 août. Les membres du département de police et du Comité de surveillance, Panis et Sergent en tête, sont à leurs côtés.

Dès neuf et demie du soir, les rues de Paris sont livrées à la soldatesque. On voit de loin les sentinelles, nombreuses, qui montent la garde aux carrefours, ou les patrouilles qui font sonner le pavé. Des cavaliers passent au galop, hurlant à tue-tête pour se faire reconnaître. De lourdes berlines sombres, truffées d'hommes en armes, roulent à tombeau ouvert. Des fiacres, tels des coléoptères agitant leurs mandibules, manœuvrent sur les places publiques. Ceux qui sont visés par les nouvelles mesures se terrent. Ceux qui estiment n'avoir rien à se reprocher ont peur de tomber, victimes d'une erreur. Une poigne d'angoisse a saisi la ville et l'empêche de respirer.

La onzième heure du soir a sonné lorsque commencent les visites domiciliaires. C'est une explosion qui résonne dans toute la ville. Alors qu'ils marchaient au pas un instant auparavant, les détachements armés se mettent à courir. Les voitures stationnées sous les réverbères des places s'ébranlent à grands coups de fouet et de jurons des cochers. Des hommes jaillissent des pataches, hurlant à tue-tête. Les miliciens tapis dans l'ombre viennent bloquer des ruelles. Des ordres fusent. Les sabres nus et les baïonnettes lancent des éclats de lumière blanche. Des coups de crosse pleuvent sur des portes ou des volets, tandis que les lanternes des sans-culottes animent les façades de leurs reflets jaunâtres.

– Ouvrez ! Immédiatement ! Au nom du peuple, votre souverain, ouvrez !

L'ordre se répète de tous côtés dans la ville. Quand elles ne sont pas enfoncées, les portes s'ouvrent sur des êtres terrorisés, à demi vêtus ou en chemise de nuit, le bonnet sur la tête ou le cheveu hirsute, les yeux clignotant. Alors viennent les jurons, les bousculades, les coups et les hurlements. Des chutes de verre brisé se font entendre. Des armoires sont défoncées, des lits retournés, des planchers soulevés. Hommes et femmes sont poussés vers les berlines ou les pataches à grands coups de plats de sabres. Ceux qui tombent sont relevés avec brutalité. Partout, on n'entend que cris, pleurs et gémissements.

Toute la nuit, dans Paris saisi par la peur, des hordes hérissées de piques emmènent des troupeaux égarés vers l'inconnu.

35

Le 31 août, Manuel, de bon matin, vient annoncer aux prisonniers des Carmes que les Prussiens sont en Champagne mais que le peuple de Paris va les combattre et les vaincre. Il titube apparemment de fatigue, à moins qu'il soit ivre, et son visage est agité de tics.

L'ancien procureur de la Commune ajoute, le regard vide :

– On ne veut pas laisser d'ennemis derrière soi. Vous devez donc, pour votre propre sûreté et pour obéir au décret de déportation, vous préparer à sortir de France.

– Mais comment pourrait-on faire un long voyage si nous ne disposons pas de nos effets ? objecte l'un des détenus.

– On vous accordera quelques heures pour prendre dans vos maisons les choses dont vous aurez besoin pour le voyage.

Jusqu'au début de l'après-midi, les prêtres vivent dans la fièvre, chacun y allant de son hypothèse. Beaucoup, cependant, doutent que l'issue de tout cela soit une déportation. Philippe est de ceux-là.

Mais des sans-culottes surgissent et, sans un mot, entreprennent d'enlever des autels tous les objets liturgiques qui peuvent s'y trouver. Comme l'un des iconoclastes ne parvient pas à ôter un crucifix, il le brise de la crosse de son fusil. Heureusement, les prêtres peuvent retrouver derrière une stalle une sculpture en bois représentant un christ sur la croix. Un pied et un avant-bras manquent. Ils le placent sur le grand autel.

Quand, à genoux devant ce christ, Philippe prie, il n'a d'yeux que pour les vides laissés par le pied et l'avant-bras disparus, comme si les blessures infligées à la statue étaient le signe de l'attention portée par Dieu au calvaire des hommes enfermés dans l'église des Carmes.

Le même jour, alors que les ecclésiastiques sont couchés et que seules quelques torches éclairent la nef, un commissaire de la section, accompagné d'hommes en armes, fait irruption et, sans se préoccuper de l'hébétude dans laquelle sont les occupants, entreprend la lecture du décret de déportation. Ainsi donc, les prisonniers vont être élargis incessamment ! Les promesses qu'a faites Manuel n'étaient pas hypocrites !

Ce soir-là, Philippe met longtemps à s'endormir, tout à la fièvre de l'idée d'un voyage dont il ne connaît ni le terme, ni la durée, ni les conditions. Les conditions, précisément, constituent une question angoissante. Devra-t-on, pour obtenir un passeport, prêter le serment de Liberté-Égalité ? Ce n'est certes pas un serment à la Constitution civile du clergé, mais peut-on, sans manquer à sa conscience, jurer « d'être fidèle à la Nation et de maintenir la Liberté et l'Égalité ou de mourir en les défendant » ?

– N'est-ce pas, de facto, accepter la nouvelle organisation de l'Église de France, une nouvelle organisation condamnée par le pape ? demande Philippe à Mgr Du Lau.

Mais il ne reçoit aucune réponse satisfaisante.

II

EXÉCUTION

« Les générations futures se refuseront à croire que ces forfaits exécrables ont pu avoir lieu chez un peuple civilisé, en présence du Corps législatif, sous les yeux et par la volonté des dépositaires des lois, dans une ville peuplée de huit cent mille habitants, restés immobiles et frappés de stupeur, à l'aspect d'une poignée de scélérats soudoyés pour commettre des crimes. »

Louis-Sébastien Mercier,
Nouveau tableau de Paris

36

Samedi 1er septembre 1792, 8 h 30,
rue des Fossés-Monsieur-le-Prince

Bernard de Fleurimont n'a jamais rien cru des explications de Martin. Que Yolande de Kérodret soit désormais introuvable à la Force et que cette disparition ait été constatée le 30 août, voilà les deux seuls faits qui puissent être retenus : tout le reste relève de l'imagination, de la sottise ou de la manipulation. De toute façon, les commissaires du Comité de surveillance se moquent bien de savoir où peut se trouver actuellement la jeune femme. C'est le cadet de leurs soucis. Bernard, lui, est convaincu que Lehalleur l'a fait évader avec des complicités à l'intérieur de la prison. S'il disposait des pouvoirs et, surtout, du temps nécessaires, il ferait faire l'enquête qui convient. Les putains avec lesquelles Yolande partageait la cellule finiraient bien par parler si on y mettait ce qu'il faut de fermeté. « Dans un peuple libre, on ne torture pas », lui a répliqué Martin. « L'imbécile ! » a pensé Bernard.

Yolande n'a pu sortir de la Force qu'avec l'aide de Lehalleur. Il n'y a pas d'autre solution possible. Bernard a vérifié le livre d'écrou : le 24 août, dans la nuit, l'agent de Danton était au greffe pour soi-disant rendre visite à la princesse de Lamballe et à Louise de Tourzel. Quand les fonctionnaires des prisons auront plus d'intelligence, ceux qui cherchent à les berner trouveront plus d'obstacles. « Et ce Michelon ? Comme par hasard, il a totalement disparu, lui aussi ! Volatilisé, le gardien ! »

Depuis une demi-heure, Bernard est devant le domicile de Lehalleur. Il n'a pas voulu interroger le concierge, pour ne pas jeter l'alarme, mais il est certain que Yolande s'est réfugiée dans le grand appartement du deuxième étage, là où les baies, occultées par de lourds rideaux, sont encadrées d'un appareil de pierre et garnies de garde-corps.

La rue est étroite et pentue. Pour ne pas attirer l'attention, il s'est mis légèrement en aval de la maison surveillée, entre un marchand d'articles de Paris et un libraire. Sans arrêt, il doit se plaquer contre le mur pour éviter les chevaux qui, emportés par la gravité, dérapent sur la chaussée, ou les portefaix qui sont entraînés par leur charge.

Il y a déjà beaucoup de monde. Parce que l'artère n'est pas très large, les bruits de la ville sont ici d'un niveau à peine supportable : entre le martèlement des sabots, le grincement des roues et des essieux, le couinement des cuirs des voitures, les jurons et les bordées sonores des cochers et charretiers, le piétinement des chaussures de bois ou des bottes, les aboiements des chiens, le cri des bêtes que l'on mène à la halle, les annonces suraiguës des crieurs, les modulations des marchands ambulants, innombrables et omniprésents, on perd vite son latin. « On me remarquera moins ! » se rassure-t-il.

Il garde en permanence les yeux fixés sur l'imposante porte cochère, cloutée et flanquée de deux pilastres. La moindre inattention serait fâcheuse ! Il a un moment d'inquiétude lorsque sa vue se trouve obstruée par un porteur d'eau qui trouve expédient de nettoyer ses chaussures devant le porche, et plus encore quand un vendeur de parasols s'avise de déployer sa marchandise pour tenter de séduire une élégante. Mais il retrouve vite un horizon dégagé.

Quarante minutes s'écoulent encore, tendues et désespérantes.

Mais voici que Lehalleur apparaît, richement vêtu. « Avec tout l'argent que lui et Danton détournent, il peut s'habiller chez les meilleurs ! » L'homme d'Arcis se dirige vers le carrefour de la porte Saint-Germain, là où il pourra trouver un fiacre. Par précaution, Bernard tourne le dos et feint de s'absorber dans l'examen d'un cageot qu'une femme vient de déposer. Quand Lehalleur, qui suit le côté opposé, l'a dépassé sans le voir, Bernard, mû par une sorte d'intuition, lève les yeux vers les fenêtres. Yolande est là, derrière les vitres, le regard braqué sur la silhouette de l'homme qui vient de la quitter. Le cœur de Bernard bondit dans sa cage et une chaleur vive envahit sa nuque. « J'avais raison ! Seul contre tous, j'avais raison ! » Le rideau retombe et le beau visage de Yolande disparaît.

Il pourrait s'en aller. Il pourrait aussi tenter de forcer la porte. Mais il reste, le dos et un pied contre le mur, indifférent à la chaleur du soleil et aux passants qui le frôlent. Ses pensées tourbillonnent puis se cognent l'une contre l'autre. Toutes sortes d'émotions lui tordent les tripes. Il ne sait pas trop quoi faire.

Les minutes passent. Le libraire, qui a remarqué l'immobilité de cet inconnu à proximité de sa boutique, lui jette de temps à autre des regards soupçonneux. « Peut-être suis-je fou ! » Plusieurs fois, déjà, il a pensé que ses sentiments, depuis son « renvoi » par Yolande, relevaient de la folie. Le mot revient souvent dans ses pensées. De temps à autre, il prend le temps de l'analyser, de le confronter à ce qu'il vit, mais, le plus souvent, il le reçoit comme un coup à l'estomac. « Yolande, je voudrais te faire du mal ! »

Depuis que Jean est sorti, Yolande tourne en rond dans le salon. Elle a bien essayé de lire, mais les pages étaient insipides. « Toute cette vie, dehors ! Et moi, cloîtrée comme une nonne ! Quand j'étais à la Force, je pouvais au moins sortir dans la cour. Ici, je dois aller du salon à la chambre et de la chambre au salon ! »

Malgré la légèreté de son déshabillé, elle a chaud. Jean lui a interdit d'ouvrir les fenêtres sur rue et d'écarter les rideaux. « Par mesure de sécurité », a-t-il dit. Un peu d'air frais ne pénètre donc que par la fenêtre du cabinet et celle de l'office, qui donnent toutes deux sur l'arrière-cour.

La jeune femme songe à son oncle Philippe. Suivra-t-il les conseils qui lui ont été donnés ? Choisira-t-il de s'évader par le jardin ? Tout à l'heure, Jean lui rapportera les journaux et elle ne doute pas d'y trouver les mêmes propos de haine que dans les éditions précédentes. Pourquoi les choses devraient-elles s'apaiser ? Pourquoi ceux qui spéculent sur les pulsions criminelles, les bas instincts calmeraient-ils le jeu ?

« J'ai envie d'aller me promener au jardin des Tuileries ! » L'idée vient de surgir, brutale, incongrue. Pourquoi le jardin des Tuileries ? Peut-être parce que la place des Piques, là où se trouve le ministère de la Justice, n'est pas très éloignée. Peut-être parce que les fontaines du jardin lui apporteront de la fraîcheur.

Yolande se lève, va directement à l'armoire où Jean range ses vêtements. Personne n'a rien remarqué lorsqu'elle a rendu visite à son oncle, elle peut donc recommencer. Vite, rassembler ses cheveux et les nouer ! Vite, se barbouiller d'une crème ! Vite, mettre une chemise, un pantalon, un gilet, un habit formant frac ! Des bottines, pourquoi pas ? Elle rit. Elle joue une farce pour tromper le monde qui l'entoure. Elle se dit que les gens, aujourd'hui, défigurent les faits, la réalité, la pensée. Pourquoi renoncerait-elle à se déguiser ? Nous travestissons en calculs et en systèmes nos impuissances ou nos faiblesses, a dit à peu près un penseur du temps. Elle ne fait que prendre l'apparence d'un autre sexe pour échapper à l'isolement.

Une fois habillée, elle s'examine longuement dans la glace pivotante. « Bel homme ! » Elle adresse des clins d'œil à son reflet, prend des poses qu'elle pense viriles. « C'est encore mieux réussi que la première fois ! Je m'améliore. »

Elle traverse le salon, marche à grands pas vers la porte de l'appartement, revient en arrière, s'empare d'un chapeau en tuyau de poêle, s'examine à nouveau dans la glace – « Pourquoi les femmes s'obstinent-elles à porter des caracos, des jupes et des bonnets ? » –, claque la porte derrière elle, tourne la clef. Elle se sent heureuse. Cette liberté volée agit comme un alcool fort. « Deux heures ! Pas plus ! » se promet-elle. Jean ne doit pas découvrir quoi que ce soit.

Elle descend les escaliers en sautillant. C'est la deuxième fois que le concierge aperçoit ce jeune homme si fin et si distingué dont il ignore le nom. Mais il ne viendrait pas à l'esprit du cerbère de se mêler des affaires d'un collaborateur intime de M. le ministre de la Justice. « Surtout de nos jours ! Avec tout ce qui se passe ! »

Lorsque Bernard de Fleurimont voit surgir sur le seuil ce jeune homme coiffé d'un chapeau en tuyau de poêle, il songe immédiatement à un de ces gardes nationaux dont Lehalleur s'entoure de temps à autre pour ses mauvais coups. Il l'a déjà vu quelque part. Mais ce teint hâlé attire un peu plus son attention. Et il reconnaît immédiatement Yolande. Yolande habillée en homme ! Yolande grimée !

La jeune femme descend la rue, l'air farouche et le pas rapide. Il la suit à distance. Malgré lui, il ne peut s'empêcher de saluer la performance. Cela ressemble bien à Yolande que de se fondre dans la grisaille masculine pour échapper – ou en tout cas tenter de le faire – à toute identification.

Quand ils arrivent au carrefour de la porte Saint-Germain, Bernard n'y tient plus : il accélère l'allure et abat une main ferme sur l'épaule de sa proie.

– Yolande ! fait-il, la bouche tordue.

Elle se retourne, une dague dans la main.

– Yolande, écoutez-moi !

Il voulait l'appréhender. Voilà qu'il la supplie, retrouvant d'un seul coup toutes les émotions qu'il éprouvait autrefois. Mais Yolande n'a pas du tout l'intention de le laisser parler. Elle veut se débarrasser au plus vite de cet importun. S'il l'a reconnue, d'autres, plus malfaisants, pourraient le faire.

– Laissez-moi ! Allez-vous-en !

– Yolande, je n'ai pas du tout l'intention de vous faire du mal !

Il est sincère.

– En prononçant mon prénom, vous me mettez en danger ! Il ne vous aura pas échappé que je ne porte pas mes vêtements habituels. Si je veux me cacher, ce n'est pas pour être reconnue par le premier venu.

« Le premier venu ! Voilà donc ce que je suis pour elle ! » Bernard saisit le bras de la jeune femme.

Est-ce la colère qui commande ce geste ? Est-ce une ultime tentative pour lui parler plus longuement ? Elle cherche à se dégager, n'y parvient pas. Alors, de l'autre bras, celui qui tient l'arme, elle fait un rapide mouvement en arc de cercle.

Elle veut seulement repousser son agresseur. La lame frappe un biceps, tranche dans le velours de l'habit. Bernard recule d'un pas, se recroqueville. Son cri vient après, un cri qu'elle entend à peine car elle a déjà fait demi-tour et fuit vers la rue Dauphine :

– Tu m'as blessé ! Je suis blessé ! Yolande, je te tuerai ! hurle-t-il, plié en deux sur le membre touché.

Dans la foule, quelques-uns seulement ont remarqué la scène et, comme de juste, se sont d'abord portés vers l'homme qui titube. Déjà, un peu de sang brunit le vêtement. Mais Bernard, heureusement, n'est que blessé légèrement.

– Ça n'est rien, disent les inconnus qui l'entourent. Mais pourquoi cet homme vous a-t-il agressé ?

Bernard ne répond pas. Il pleure de rage et de douleur, crachant de temps à autre un mot auquel les passants ne comprennent rien :

– Yolande ! Yolande !

Par la rue Dauphine, Yolande gagne en toute hâte le Pont-Neuf puis se fond dans la foule qui déambule quai de la Ferraille. Ici, elle n'a pas grand-chose à redouter. « Mais qu'est-ce qui m'a pris ? Suis-je devenue folle ? » Elle ne s'explique pas cette réaction brutale, cette violence qui l'a conduite à user d'une arme blanche contre un homme qu'elle connaît depuis longtemps et qui ne l'a jamais maltraitée. L'impossibilité de comprendre ajoute à sa confusion et à sa peur. Elle tremble. Tandis qu'elle avance au milieu de la multitude qui la bouscule, elle ne parvient pas à maîtriser les frémissements de son être et les spasmes qui, de temps à autre, lui coupent la respiration. « Cette révolution qui n'en finit pas nous rend fous ! »

Peut-elle sans risque regagner le domicile de Jean ? Doit-elle chercher un autre refuge ? « Si Bernard veut m'importuner et, pis encore, me nuire, il sait désormais où me chercher. Mais pourquoi devrais-je craindre cet homme ? C'est bien ça : je suis complètement folle. Bernard est seulement malheureux ! Je ne serai jamais plus en sûreté que chez le collaborateur de Danton ! Rentrons ! »

Elle accélère, zigzague entre les badauds, se fait insulter quand elle manque renverser une mégère. Trente minutes plus tard, avec beaucoup de précautions, par la rue de la Juiverie et le Petit-Pont, elle rejoint l'appartement de son amant.

37

Samedi 1er septembre 1792, 9 heures,
les Carmes

Philippe, ce jour-là, a la chance de recevoir la visite de son neveu. Comme d'autres prêtres sont à ses côtés et que les miliciens veillent à proximité, Loïc ne peut pas renouveler son invitation à s'évader, ni faire part de sa terrible inquiétude sur les tensions qui agitent Paris et les rumeurs qui y courent.

– Dieu ne peut point pourvoir à tout, parvient-il quand même à dire. Trop de difficultés l'assaillent en ce moment sur notre terre. Plus que jamais, il faut prendre garde à vous. Plus que jamais !

Son regard brûlant et une extrême tension de tout le corps en disent plus long que les mots.

– Je prierai *ce soir* encore, ajoute-t-il en insistant sur « ce soir ». *Ce soir*, je serai avec vous en communion. *Ce soir*, je vous rejoindrai dans l'amour de Dieu.

À ce moment-là, précisément, l'un des miliciens s'approche et, posant sa main sur l'épaule de Loïc, l'invite à se retirer sans délai.

Philippe et Loïc s'étreignent. Le cœur serré, l'ancien jésuite regarde son neveu s'éloigner. Quand il a complètement disparu, il remarque que des hommes armés de piques ont entrepris de fouiller les matelas et les porte-manteaux. De toute évidence, la surveillance des gardiens se fait plus stricte.

Comme il le redoutait, aucune autorisation de sortie dans le jardin ne lui est accordée ce jour-là.

38

Samedi 1er septembre 1792, 9 h 30,
ministère de la Justice

L'imminence d'événements terribles amène les puissants du jour à se préoccuper de sauver quelques prisonniers. Robespierre fait sortir de Saint-Firmin celui qui a été son professeur au collège de Louis-le-Grand ; Camille Desmoulins obtient la libération d'un ecclésiastique croupissant à l'Abbaye ; Danton fait aussi ce qui est nécessaire pour un parent, ancien receveur au port Saint-Paul, et un notaire du nom de Guillaume.

Quand Jean évoque à nouveau le cas de Philippe de Kérodret auprès de Danton, celui-ci réplique, agacé :

– Cesse donc de m'importuner avec ce prêtre ! Je t'ai donné ma position et je n'en changerai pas !

– Ce sera bien la première fois que tu ne changes pas d'avis !

– Puisque tu le prends sur ce ton, laisse-moi te dire une chose ! Tu n'en as rien à faire de ce prêtre. Qu'il vive ou qu'il meure, peu t'importe ! La seule chose qui compte pour toi est le cul de sa nièce. Pour baiser cette fille, tu serais prêt à sauver toutes les canailles de ce pays. Je conçois qu'elle est très désirable mais – de grâce ! – arrête de vouloir jouer les donneurs de leçons !

– Tu as bien fait sortir ce notaire, Guillaume. Pourtant, celui-là ne valait pas bien cher…

– La liberté de Guillaume me sert. L'élargissement de ce Kérodret serait pour moi sans intérêt et d'un coût exorbitant.

– Philippe de Kérodret est un prêtre qui n'a jamais nui à personne…

– Quand le tronc d'un arbre est pourri, on ne se soucie pas de quelques rameaux sains et purs : on l'abat en entier.

– Prends garde qu'il ne tombe sur toi !

39

Samedi 1er septembre 1792, 17 heures,
Abbaye

Dans la journée du 1er septembre, en fin d'après-midi, Jean, sur instructions de Danton, est à l'abbaye de Saint-Germain, devant le grand porche, pour « accueillir » les suspects – soixante-trois d'après la liste qu'il a en main – que le Conseil général a décidé d'extraire du dépôt de la mairie. M. de Salamon, ambassadeur provisoire du Vatican, fait partie de ce gros contingent, et Danton a demandé que Jean veille à lui assurer un traitement privilégié. La vieille prison de l'Abbaye étant saturée, les prisonniers sont désormais logés soit à l'ancien réfectoire des moines, soit dans la grande chapelle de la Vierge, au centre d'un entrelacs de bâtiments, cours et jardins.

Le ciel charrie de gros nuages noirs mais le parvis de l'église et la rue Childebert sont vivement éclairés par les torches.

Le bruit d'un convoi retentit et les fiacres, une douzaine en tout, viennent se ranger. Les prêtres sont débarqués. On procède aux formalités d'écrou. Quand vient le tour de M. de Salamon, Jean s'approche. L'internonce est en sueur et s'appuie sur l'épaule d'un de ses compagnons.

– Monsieur de Salamon, voulez-vous me suivre ?

Le prélat a un mouvement de surprise, puis s'exécute. Escortés par un milicien, Jean et lui traversent le bâtiment où se trouvent les salles des hôtes et débouchent dans le cloître. Ici, l'ombre est plus épaisse, mais une lanterne permet de se guider. Le petit groupe gagne la travée nord, percée d'une porte donnant accès au réfectoire. Deux sentinelles sont là, avachies, pipe en bouche. Jean leur commande d'ouvrir puis invite l'internonce à entrer.

Il y a peu de lumière dans le vaste vaisseau voûté d'ogives, dont on remarque seulement les piliers. Quatre-vingts détenus y sont couchés sur de mauvaises paillasses. Quelques-uns se redressent, marmonnent puis se rallongent. La touffeur de l'air saisit les narines.

– Installez-vous où vous voulez, dit Jean.

Les soixante-deux autres prisonniers venant de la mairie sont placés dans la grande chapelle de la Vierge. Ici, rien n'a été prévu pour accueillir les détenus. Les vitraux sont brisés et les morceaux de verre gisent sur le dallage. Le sol, sur un côté, est également jonché de gravats. La saleté est partout. Il n'y a ni lits, ni tables, ni sièges. Nul n'a songé à jeter de la paille sur les dalles. Seul un banc gît près du chœur, renversé et solitaire. Qui peut voir – comme si l'on voulait souligner l'absurdité de la situation – que les chapiteaux surmontant les piliers et les moulures sont magnifiquement sculptés de fleurs et de minces feuillages en rinceaux ?

Jean jette un rapide coup d'œil dans l'ancien sanctuaire puis s'éloigne.

40

Samedi 1er septembre 1792, 17 h 30,
jardin des Bénédictines

En fin d'après-midi, Loïc de Kérodret et son condisciple Étienne Geoffroy Saint-Hilaire s'installent dans un appentis bâti au nord du jardin des Bénédictines, à moitié caché par une haie d'aubépines. Le lieu sert de remise à bois et, assez curieusement, de dépôt pour des tommettes, soigneusement empilées. Tout est couvert de poussière. Par une fenêtre ovale, on peut observer, à droite d'une allée de troènes, une gloriette où les lianes d'une glycine blanche se lacent et s'entremêlent d'une manière extravagante. Autrefois, comme Loïc l'a appris, les sœurs aimaient y manger des gâteaux, mais le lieu est déserté depuis plusieurs mois, voire plusieurs années. Le petit pavillon de garde est suffisamment éloigné pour que les deux jeunes gens n'aient pas à craindre d'être découverts.

– Si mon oncle parvient à s'échapper, il arrivera par le grand orme que tu vois là-bas à droite du fournil. Quand il parviendra à la gloriette, s'il n'a rien oublié, il devra attendre mon signal.

– Et quel est ton signal ?

– Deux fois le cri du chat.

Étienne rit :

– J'ignorais que tu savais faire le cri du chat.

– Chut ! Normalement, personne ne peut nous entendre mais je ne veux pas tenter le diable.

À vol d'oiseau, le jardin des Carmes est à deux cents mètres. Dès que Philippe sera parvenu à la gloriette, les deux étudiants pourront l'emmener jusqu'au logement de Loïc sans prendre de risques : ils ont parfaitement en tête le parcours qu'il leur faudra emprunter.

– Tu as vu, là-bas, les volatiles ?

La question émane d'Étienne.

– Où ça ?

– Le long de ce mur, là où il y a des poiriers. On dirait des oies.

– Ce sont des oies, effectivement. Mais elles sont assez éloignées pour ne pas se mettre à cacarder si mon oncle parvient à s'échapper.

– Je ne vois pas si quelqu'un les garde.

– Moi non plus. Elles sont apparemment dans un enclos.

Étienne s'assied sur une espèce de chevalet, après l'avoir épousseté à grands coups de basques.

– Pourquoi crois-tu que ton oncle va tenter de s'échapper si, d'après ce que je comprends, quelqu'un proche du ministre de la Justice veut le faire sortir ?

– Parce que je connais mon oncle et qu'il croit plus en ses propres forces qu'au pouvoir des hommes en place.

– Dans ce cas, attendons.

– En général, les prêtres rentrent vers six heures du soir. Si l'évasion doit avoir lieu, les choses ne devraient plus tarder.

Une heure passe, que les jeunes gens emploient à parler de géologie. Le ciel a pris des teintes charbonneuses : l'orage menace. Pas un instant Loïc ne quitte des yeux le fournil. Mais nul évadé n'apparaît à l'horizon.

À sept heures, alors qu'ils viennent de recevoir une brève ondée, Loïc doit se faire une raison :

– Il ne viendra plus maintenant. Ou bien il n'y a pas eu de sortie autorisée, ou bien mon oncle n'a rien tenté. S'il avait échoué, nous aurions entendu des cris ou des coups de feu. Il faudra revenir demain.

41

Dimanche 2 septembre 1792, 9 heures,
Assemblée législative

Quand l'Assemblée commence ses travaux un peu après neuf heures, Jean est dans les tribunes, au premier rang, attentif et fébrile. La séance est importante. Il s'agit avant tout d'examiner la situation du front et la menace que l'ennemi fait à présent peser sur Paris après l'invasion des terres de l'Est. Comment sauver la patrie ? Comment combattre ? Parce que sa tâche va être considérable pour assurer la défense de la capitale, le conseil général de la Commune se voit confirmé dans ses pouvoirs. On parle de l'entrée de la Russie dans la coalition luttant contre la France et le nom de ce pays est longuement hué.

Deux commissaires délégués de la Commune viennent annoncer les décisions draconiennes prises par le Conseil général. Un tonnerre d'applaudissements explose. Vergniaud se lance dans une harangue enflammée dans laquelle il salue le « vrai visage de Paris » et se déclare certain que la patrie est sauvée ; il appelle la Commune à se concerter avec les ministres ; il demande que les députés aillent se fondre au milieu des citoyens en instance de départ pour le front.

La fièvre de l'Assemblée devient alors brûlante. Les motions se succèdent, qui agissent comme un jet d'huile sur un brasier. L'estrade est désormais le temple où les officiants, orateurs de tous bords, viennent offrir leur sang, s'immoler pour l'anéantissement de l'ennemi. Lorsque, pour les moyens de combattre et vaincre, il n'est plus de suggestions que puisse fournir l'imagination, le corps des députés, déjà rougi par l'effort de la péroraison, devient l'ultime rempart contre l'assaut prussien.

Quand le couteau du sacrificateur a terminé son œuvre, une voix doit retentir : la divinité saoule du sang sacrificiel ne saurait recevoir l'offrande rituelle sans un dernier message, le message qui résume tous les autres et les dépasse en même temps. Georges Danton se lève. Il est resté silencieux jusqu'alors. La sueur a dessiné une rigole sur sa joue vérolée et il s'éponge doucement en marchant vers la tribune des discours. Il a le menton de l'assaut, l'œil ardent de la charge, les épaules du lutteur qui va fondre sur son adversaire. Son corps est immense dans l'habit à demi boutonné. Les tribunes se taisent brutalement, les bancs cessent de grincer. On retient sa respiration, tout est suspendu au verbe, le verbe qui crée tout.

Des deux mains en tenaille, le tribun saisit les rebords du pupitre. Tant de force et d'énergie irradient de ses bras qu'on le verrait bien arracher le fragile support.

– Il est bien satisfaisant, messieurs, pour les ministres du peuple libre, d'avoir à lui annoncer que la patrie va être sauvée…

La lumière éclaire le large front de l'orateur, fait flamboyer comme des boutons d'or les petits yeux sertis dans le mufle léonin – la hure, diraient ceux qui le comparent à Mirabeau. Danton et Mirabeau sont nés de la même glaise d'orateurs, mais Mirabeau avait plus de tenue quand Danton a plus de débraillé, plus de vulgarité populacière.

– Tout s'émeut, tout s'ébranle, tout brûle de combattre, poursuit Danton. Vous savez que Verdun n'est point encore au pouvoir de nos ennemis. Vous savez que la garnison a promis d'immoler le premier qui proposerait de se rendre. Une partie du peuple va se porter aux frontières, une autre va creuser des retranchements, et la troisième, avec des piques, défendra l'intérieur de nos villes…

Le temple s'ouvre, le ciel s'élargit, l'univers entier est dans le Manège et le Manège est l'univers entier.

– Paris va seconder ces grands efforts. Les commissaires de la Commune vont proclamer, d'une manière solennelle, l'invitation aux citoyens à s'armer et à marcher pour la défense de la patrie. C'est en ce moment, messieurs, que vous pouvez déclarer que la capitale a bien mérité de la France entière. C'est en ce moment que l'Assemblée nationale va devenir un véritable comité de guerre.

Le bras se lève. La main lourde, épaisse, courbe les doigts. Il s'agit désormais de saisir au col la représentation du peuple et de ne plus la lâcher avant qu'elle crie grâce.

– Nous demandons que vous concouriez avec nous à diriger ce mouvement sublime du peuple, en nommant des commissaires qui nous seconderont dans ces grandes mesures. Nous demandons que quiconque refusera de servir de sa personne, ou de remettre ses armes, soit puni de mort. Nous demandons qu'il soit fait une instruction aux citoyens pour diriger leurs mouvements. Nous demandons qu'il soit envoyé des courriers dans tous les départements pour les avertir des décrets que vous aurez rendus.

Le mufle s'allonge, grêlé comme un mur frappé par la mitraille, menaçant comme la proue d'un vaisseau de guerre. La poitrine se redresse, occupe tout l'espace. Les bras, gigantesques, étreignent l'assemblée. On entend l'air qui s'engouffre dans les poumons et y sème la tempête. Danton est la forge d'où sort en fusion l'acier de la volonté nationale.

– Le tocsin qu'on va sonner n'est point un signal d'alarme, c'est la charge sur les ennemis de la patrie !

Comment faire ? Comment charger les ennemis de la patrie ? Une fois les forces terribles de la Nation liées en faisceaux, avec quelle arme réagir et bouter les assaillants hors des frontières ? La réponse jaillit, claire, pure, lumineuse, magnifique. Elle rebondit entre les travées, elle frappe les tribunes du public, elle claque entre les hauts murs :

– Pour les vaincre, messieurs, il nous faut de l'audace, encore de l'audace, toujours de l'audace, et la France est sauvée !

D'un bond, les députés se lèvent et battent frénétiquement des mains. Dans les tribunes, on fait rouler une sorte de tonnerre et Jean sent monter en lui quelque chose qui tient de l'extase. Georges Danton s'incline, lentement. Il rassemble les deux feuilles de papier posées sur le pupitre et qu'il n'a pas consultées, puis descend de la tribune en souriant. Trempée par la sueur, sa cravate de soie a pris sous la mâchoire une teinte grise. Il passe un bout de langue sur ses lèvres déformées.

– Dan-ton ! Dan-ton ! Dant-ton ! Dan-ton ! Dan-ton ! scande l'assistance, députés et public communiant dans le même élan.

L'ovation ébranle le vieux bâtiment. Un tremblement de terre ne créerait pas plus de vibrations. Chacun vient de comprendre qu'il n'y a pas de fatalité de l'échec.

L'homme d'Arcis-sur-Aube fait un petit geste de la main, comme s'il voulait apaiser le flot fervent qui monte vers lui, puis il se dirige vers le hall. Des députés le rejoignent, l'entourent. On le presse, on le touche. Seule sa crinière émerge du fleuve qui l'accompagne jusqu'à la sortie, un fleuve enflammé comme un torrent de lave. Les « Vive la Nation ! » retentissent.

Le président de l'Assemblée appelle à voter sur les motions proposées et des décrets terribles sont alors pris : tous ceux qui refuseront ou de servir personnellement, ou de remettre leurs armes aux patriotes qui voudraient marcher à l'ennemi seront déclarés infâmes, traîtres à la patrie et dignes de la peine de mort ; seront soumis à la même peine ceux qui, directement ou indirectement, refuseront d'exécuter ou entraveront, de quelque manière que ce soit, les ordres donnés et les mesures prises par le pouvoir exécutif.

Jean rejoint Danton dans le hall. Le ministre est déjà entouré, félicité, encensé.

– J'ai une faim de loup ! lance le tribun dès qu'il aperçoit son ami d'enfance. Allons manger un morceau ! Mais je n'ai pas beaucoup de temps : il y a une réunion du Conseil à une heure, au ministère de l'Intérieur.

Danton serre encore quelques mains puis lui et Jean montent dans une voiture officielle avec Fabre et Desmoulins.

– Si j'avais encore du goût pour l'esprit de Manon Roland, je partagerais bien son repas, dit Danton, une fois que les quatre hommes sont installés. Mais cette salope chaste est décidément insupportable. Allons chez Boulard !

Il y a peu de temps encore, il ne manquait pas une occasion, chaque fois qu'il devait se rendre à l'hôtel de la rue Vivienne, siège du ministère de l'Intérieur, de passer par l'appartement de l'épouse du ministre. Désormais, le charme de la belle Manon n'opère plus sur le tribun jacobin, qui lui préfère le pâté en croûte de l'aubergiste Boulard.

En fin de matinée, le tocsin fait entendre sa plainte lugubre. Le canon d'alarme se met aussi à tonner sur un rythme régulier. Des détachements de la Garde nationale battent le tambour dans les rues et sur les places. La proclamation de la Commune est lue par des crieurs, et des miliciens l'affichent un peu partout. Un immense drapeau noir est hissé sur l'une des tours de Notre-Dame.

Des hôtels garnis, des maisons pouilleuses, des échoppes sortent des hommes armés d'une pique, d'un sabre, d'une hache, d'un fusil, d'un bâton, d'un instrument de travail. Ils sont de tous les âges, de tous les métiers, de toutes les conditions. Ils sont sans-culottes ou n'ont jamais manifesté le moindre engagement, mais tous sont patriotes et répondent à l'appel de la patrie en danger. Ils s'interpellent, se congratulent, s'encouragent. De conserve, ils se rendent aux lieux de rassemblement. Ils forment bientôt des masses sombres place du Théâtre-Français, place de Grève, dans le jardin du Luxembourg, au Champ-de-Mars.

Certains d'entre eux, les plus fervents, se précipitent au siège de la section pour glaner d'autres informations. Ils y sont reçus avec chaleur par les commissaires de la Commune et ceux-ci, inlassablement, répètent un discours qui porte les auditeurs au-delà d'eux-mêmes. Il est question dans ces harangues, bien sûr, de combattre l'ennemi, de libérer le territoire envahi, de sauver la liberté menacée, et, s'il le faut, de « s'ensevelir sous les ruines de la Patrie et ne livrer les villes que lorsqu'elles ne seront plus qu'un amas de cendres ». Mais le message dit aussi que les pires adversaires de la France ne sont pas à Longwy ni à Verdun, mais dans les geôles de Paris et de ses environs. La rumeur, entretenue par les journaux et les plus exaltés des sections, de la Commune et de l'Assemblée, courait déjà la ville. Elle est désormais un fait, un fait brutal, incontournable, dont il faut impérativement tenir compte immédiatement.

À la section des Gravilliers, une motion est adoptée, qui ne souffre aucun malentendu. Elle a la rigueur d'un syllogisme juridique. Un : « Le danger imminent où se trouve la Patrie ne résulte pas seulement de l'entrée des troupes ennemies sur le territoire, mais bien de ce nombre de malveillants que renferme la capitale, de ces conspirateurs surtout, détenus, dont le jugement est retardé sous divers prétextes. » Deux : « Ceux qui vont partir pour la frontière ne peuvent et ne veulent pas laisser derrière eux des ennemis qui, ne trouvant du courage que dans leur perfidie, ne manqueront pas, après le départ des bons citoyens, d'aller faire l'ouverture des prisons pour porter dans tout Paris la désolation et la mort. » Trois : « Il n'y a pas d'autre moyen à prendre, pour éviter ce danger et augmenter le zèle patriotique, que de faire faire sur-le-champ une justice prompte de tous les malfaiteurs et conspirateurs détenus, de faire aussi marcher, en tête des forces à opposer à l'ennemi, des prêtres insermentés, les femmes et enfants des suspects. »

La motion est transmise à toutes les autres sections de Paris par des cavaliers. Elle recueille sous des formes diverses leur approbation immédiate.

42

Dimanche 2 septembre 1792, 11 heures,
les Carmes

Aux Carmes, on ne croit plus à la déportation. Les cris des énergumènes sillonnant Paris et appelant au massacre sont parvenus jusqu'aux prisonniers. L'angoisse noue les gorges.

Les gardiens parlent des succès de Brunswick. Eux aussi sont inquiets et leur malaise se traduit par des ordres abscons, des vérifications tatillonnes, des brutalités gratuites.

De bon matin, l'un des prêtres est passé entre les paillasses et a récolté de quoi solder le traiteur. Ce dernier, la veille, a demandé à être payé.

À l'imitation de beaucoup d'autres, Philippe de Kérodret a fait son testament. Il a noirci quelques feuilles de papier, âprement négociées auprès des gardiens, pour recommander son âme à Dieu et dire espérer mourir dans la foi et la communion de l'Église catholique, apostolique et romaine.

Assez paradoxalement, quelques visiteurs sont autorisés, mais Loïc n'est pas du nombre. Ces hommes et femmes qui viennent de l'extérieur, les yeux noyés de larmes, ajoutent au tourment des détenus.

On se met à table vers midi. Presque aussitôt, le canon

d'alarme ébranle les murs du vieux couvent et on entend le tocsin.

On parle à voix basse durant le repas. Toutefois, de temps à autre, un rire fuse et rebondit dans la nef, insolite et cruel. Des tambours battent quelque part et les prisonniers ont du mal à les distinguer des pulsations du cœur.

Après les grâces, les prêtres s'agenouillent devant l'autel principal pour prier ensemble et tout haut le Père miséricordieux qui est aux cieux et frémit peut-être de voir tant de bouillonnements de haine. Dans la nef dénudée, les voix graves résonnent comme un chant d'apocalypse.

Vont-ils, aujourd'hui, laisser sortir les prisonniers ? Hier, la moitié seulement des cent soixante détenus ont pu se rendre dans le jardin et Philippe n'était pas des privilégiés. Chacun trompe son inquiétude comme il peut. Un vieux missionnaire de Chine raconte à Philippe ses aventures. Mgr Du Lau, évêque d'Arles, lit. Deux jeunes vicaires jouent aux échecs.

Août a été chaud, septembre l'est tout autant, avec en plus une éprouvante lourdeur de l'air. Les ecclésiastiques souffrent de la touffeur de l'atmosphère. Beaucoup sont en chemise ouverte. Des malades geignent.

Aux environs de quatre heures et demie, alors que les prêtres sont dans une sorte de prostration hébétée, un sectionnaire empanaché vient se planter au milieu de la nef. Tenant à bout de bras une grande feuille, il fait l'appel des prisonniers. Puis il ordonne que tous sortent immédiatement dans le jardin.

– Même les malades et les infirmes ? demande l'un des ecclésiastiques.

– Tout le monde ! répond l'homme, rogue.

Les prisonniers s'exécutent. Philippe aide un vieux prêtre qui a du mal à marcher à se glisser le long de l'étroit couloir qui mène au petit perron de trois marches. Parvenu au jardin, il remarque que les hommes de garde y sont beaucoup plus nombreux qu'à l'habitude et, surtout, ne sont plus des gardes nationaux mais des sans-culottes, le regard sinistre et la lippe haineuse, coiffés d'un bonnet rouge et armés de piques menaçantes.

Les prêtres s'égaillent sous les arbres, autour du bassin, près du petit oratoire. Le soleil brille encore de tous ses feux, malgré les nuages laiteux qui, vers l'ouest, paraissent jouer à saute-mouton. Philippe respire à pleins poumons. Pourquoi a-t-il l'impression de sentir des parfums de jasmin ?

Un prêtre lit son bréviaire. Un autre, assis dans l'herbe, examine attentivement une fleur de pissenlit. L'archevêque d'Arles et un chanoine cheminent côte à côte en devisant. Tout est calme et tout est angoissant, tout est serein et tout est tendu à l'extrême.

– Ils ont fermé le petit oratoire, lance l'évêque de Saintes à Philippe lorsqu'il le croise.

Philippe l'observe qui demande la clef à l'officier de garde, lequel, très obligeamment, vient ouvrir la porte du petit sanctuaire. La chose une fois faite, le prélat et plusieurs prêtres s'installent sur les bancs circulaires et Philippe les entend réciter l'office des vêpres.

Que fait Loïc en ce moment ? Où est-il ? Combien de temps le calvaire va-t-il encore durer ? Philippe écoute un instant le battement des tambours, comme s'il devait lui fournir les réponses. La vibration funèbre du tocsin retient brièvement son attention, puis il s'ébroue avec une grimace.

43

Dimanche 2 septembre 1792, 13 heures,
Saint-Firmin

La veille, Loïc, à brûle-pourpoint, a posé la question :

– Et si on les faisait évader ?

Ils venaient de souper d'une préparation de l'auberge voisine. Il était environ huit heures. Les deux étudiants se trouvaient dans la chambre de Loïc. Celui-ci ne parvenait pas à se faire à l'idée de ces hommes reclus dans les bâtiments de Saint-Firmin. Il sentait intuitivement que le péril était imminent.

– Comment ? a interrogé Étienne.

Les deux jeunes gens ont échafaudé plan sur plan, se sont enflammés et se sont endormis.

Ce matin, en rapportant un pain encore chaud, Étienne a annoncé à Loïc qu'il avait pu se procurer, grâce à un barbier et moyennant finance, la carte et les insignes d'un commissaire de la Commune.

– Il faut tenter le coup aujourd'hui, a dit Étienne.

Vers midi, alors que le tocsin sonnait déjà depuis plusieurs heures, Loïc et Étienne se sont mis en route.

Étienne est le seul à porter les insignes officiels. La carte lui ouvre la porte du bâtiment neuf du séminaire de Saint-Firmin. Loïc, qui le suit comme son ombre, est lui aussi admis à l'intérieur. Les miliciens, impressionnés par la mâle assurance des deux jeunes gens et plus encore par le sésame officiel, seraient presque obséquieux.

À leurs anciens maîtres de Navarre et de Cardinal-Lemoine, Étienne et Loïc expliquent le plan qu'ils ont concocté. C'est un plan fou, d'une audace inouïe, mais il peut réussir. Son seul inconvénient est qu'il ne concerne que quelques prêtres.

– Non ! proteste l'abbé de Kéranran, proviseur de Navarre. Non ! Nous ne quitterons pas nos frères ! Si nous nous échappons, les autres se vengeront sur eux.

Loïc et Étienne, pendant de longues minutes, à voix basse, argumentent, ratiocinent, conjurent, implorent. Un seul consent à entrer dans leur projet.

Désespérés, ils quittent le séminaire de Saint-Firmin. Il est trop tard pour rejoindre le couvent des Bénédictines qui jouxte les Carmes et recommencer l'attente fiévreuse qu'ils ont connue la veille. Ils décident d'aller chez Loïc et de guetter la nuit.

44

Dimanche 2 septembre 1792, 14 heures,
dépôt de la mairie

Le dépôt de la mairie est un ancien grenier à foin. On y accède en traversant deux cours toujours encombrées d'hommes en armes puis, arrivé dans un bâtiment, en montant un escalier étroit jusqu'au deuxième étage. La première chose qui frappe quand on ouvre la porte est l'odeur pestilentielle, une odeur d'urine, d'excréments, de rats crevés et de moisissures. La hauteur sous plafond est si basse qu'un homme normalement constitué ne peut s'y tenir debout. Quelques lucarnes munies de barreaux laissent pénétrer une lumière pâle et très peu d'air. Le seuil est jonché d'une mauvaise paille, réduite le plus souvent en poussière. Les détenus, placés là en attendant qu'on statue sur leur sort définitif, ne peuvent jamais en sortir pour satisfaire les besoins naturels de la nature : un énorme baquet sert aux usages qu'on peut deviner. Il est inutile de dire que nulle ablution n'est possible.

La chaleur y est étouffante en ce 2 septembre, et les vingt-sept malheureux qui y croupissent encore baignent dans la sueur et les remugles, plus ou moins conscients du canon d'alarme et du tocsin qui ont commencé leur sarabande au moment où l'on servait une maigre pitance. Pourquoi ne sont-ils pas partis avec les autres, la veille ? Voilà une question à laquelle ils seraient bien en peine de répondre.

Le repas est déjà loin quand, vers deux heures, une horde sauvage envahit l'ancien grenier, renverse les misérables meubles, piétine les paillasses et jette dehors les détenus sans se préoccuper de leur état. Ce sont des volontaires venus d'Avignon et de Marseille. Si leur accent est chantant, leurs méthodes sont rudes. Quelques fédérés bretons se sont joints à eux, qui parlent une langue totalement incompréhensible.

Les prisonniers se retrouvent dans la cour sombre, hébétés. On leur dit qu'ils vont être transférés à l'Abbaye et, courtoisie tout à fait inattendue, on leur demande s'ils veulent y aller à pied ou être transportés en voiture. On opte pour la voiture.

En attendant l'arrivée des fiacres réquisitionnés, ils sont abreuvés d'injures par les hommes armés qui les entourent.

– Verdun est tombée, mais nos troupes ne seront pas poignardées par-derrière ! lance un fédéré.

Nul ne répond. Dans l'état d'excitation où se trouvent les miliciens, tout peut être vu comme une provocation.

Enfin, les voitures viennent se ranger en file. On les charge rapidement. Le convoi s'ébranle, encadré par les Marseillais et suivi par les Bretons, franchit le porche, prend à droite sur le quai des Orfèvres. À partir du Pont-Neuf, une foule enflammée inonde le cortège de cris de haine. Dans la rue Dauphine, les cochers doivent ralentir tant la cohue se fait dense, ce qui permet aux hommes d'escorte d'aiguillonner un peu plus les forcenés qui se pendent aux portières pour examiner les « monstres » qu'on leur désigne.

Place du Petit-Marché, la colonne se trouve quasiment submergée. C'est à ce moment-là que des fous furieux tentent de frapper les occupants des voitures avec des piques, des sabres ou des fusils armés de leurs baïonnettes. Les prisonniers essayent de remonter les glaces, en vain. L'escorte, désemparée ou complice, s'oppose mollement. Les Bretons rient en hurlant dans leur sabir.

Dans le fiacre de tête, deux hommes ont déjà été blessés. La clameur de la multitude est assourdissante. La fragile voiture devient un esquif dans la tempête, un esquif qui retentit des coups portés et que pénètrent les lames.

Le calvaire se prolonge rue Childebert et sur le parvis de l'église de Saint-Germain. Les voitures s'engouffrent dans l'enclos, débouchent dans la grande cour. Une meute assoiffée de sang suit, sans que les sectionnaires et fédérés tentent de s'opposer.

Les fiacres dansent encore sur les mauvais pavés quand, d'une voiture, un prisonnier saute, tombe, se relève et court vers les bosquets. La foule le rattrape, se jette sur lui, l'engloutit et ne l'abandonne qu'après en avoir fait une masse informe et sanguinolente. Deux autres prisonniers croient le moment opportun pour jaillir à leur tour d'un véhicule. Ils sont réduits en bouillie.

À présent, des hommes et des femmes en furie arrachent des fiacres les prisonniers fous de terreur et les tuent à coups de bûches, de sabres et de piques.

Au moment où les voitures entraient dans la cour, quelques membres du comité civil de la section des Quatre-Nations tenaient séance dans l'une des salles des hôtes. Alertés par le tumulte, ils se sont précipités aux croisées et là, impuissants, atterrés, ils ont assisté au carnage. Douze prisonniers sont toutefois encore vivants et se tiennent là, serrés les uns contre les autres, tremblant et pleurant.

– Il faut que le Comité juge ces hommes ! ordonne la foule.

Et, sans attendre la réponse des commissaires, on fait entrer le troupeau dans le bâtiment, non sans massacrer deux autres malheureux. Le Comité improvise une vague audience mais ce tribunal de pacotille manque d'expérience ou de résolution. Les bouchers s'impatientent. La foule reprend ce qu'elle a provisoirement laissé et la cour redevient un abattoir.

Un prisonnier que personne n'a encore aperçu sort d'un fiacre en rampant et, profitant de la confusion, entre dans le bâtiment. Parmi les commissaires se trouve un horloger de la rue des Petits-Augustins. Il reconnaît le prêtre qui tente de s'échapper. Les deux hommes n'ont pas le temps de s'expliquer. Les tueurs s'approchent déjà.

– C'est M. Sicard ! lance l'horloger en faisant rempart de son corps.

Ce nom de Sicard réveille quelque chose dans le cerveau de certains. Alors, l'intéressé, mû par une inspiration subite, monte sur le rebord d'une fenêtre.

– Mes amis, écoutez-moi un instant ! dit-il. Si, après m'avoir entendu, vous décidez ma mort, je ne m'en plaindrai point : ma vie est à vous. Mais apprenez d'abord qui je suis, ce que je fais, puis vous vous prononcerez sur mon sort. Je suis l'abbé Sicard…

– Le père des sourds-muets ? interroge un homme armé d'un sabre.

– Oui, j'instruis les sourds-muets de naissance, j'ai voué toute ma vie à ces infortunés.

Les massacreurs paraissent frappés de stupeur.

– Je n'ai jamais rien fait d'autre que d'instruire les sourds-muets ! argumente encore l'ecclésiastique.

– Cet homme est innocent ! lance une femme. Il faut le sauver !

Autour d'elle, on reprend en cœur :

– Il faut le sauver ! Il faut le sauver !

On entoure le prêtre, on le félicite. Puis il est porté en triomphe. Ceux qui, un instant auparavant, voulaient le transformer en charpie et n'ont pas eu l'ombre d'une hésitation pour massacrer les autres, l'acclament et le couvrent de louanges. M. Sicard pleure.

Dix-sept anciens prisonniers du dépôt gisent sur le pavé, petites choses informes et poisseuses de sang.

45

Dimanche 2 septembre 1792, 16 heures,
les Carmes

Philippe de Kérodret est en train d'observer la dispute de deux moineaux autour d'un insecte quand, de la rue, l'écho d'une cavalcade lui parvient. Apparemment, une troupe nombreuse s'approche rapidement. Instinctivement, il se place derrière la fontaine, les sens aux aguets. À présent, on distingue bien le martèlement des pieds sur le pavé et quelques cris se font entendre. Tous ses compagnons ont eux aussi relevé la tête et se tiennent figés, certains avec un geste suspendu. Seul M. Hébert, l'ancien confesseur du roi, qui a entrepris de transporter un petit siège vers l'ombre d'une charmille, poursuit son mouvement, et cela fait un tableau insolite.

Désormais, les hurlements sont parfaitement audibles. Un tambour souligne les vociférations. Quelques secondes plus tard, le tumulte bat les murs du vieux couvent comme la tempête s'abattant sur la jetée d'un port. Tout le jardin se trouve éclaboussé des bruits les plus inquiétants.

– On force la porte du couvent ! hurle quelqu'un.

Les coups de crosse se sont mis à pleuvoir sur les lourds vantaux de chêne. Mais les forcenés tentent également d'entrer par une porte du jardin. Combien de temps reste-t-il aux prisonniers avant que cèdent les derniers obstacles ? Peu en vérité. Des sans-culottes se mettent à brailler avec leurs congénères de l'extérieur. L'ancien jésuite a un peu l'impression que l'écume des vagues lancées à l'assaut du jardin vole jusqu'au milieu de celui-ci.

Ils ont réussi à pénétrer. Ils sont là, peut-être trente furieux, le visage cramoisi, éructant leur haine. Certains ont la chemise et le pantalon souillés. Est-ce du sang séché ? Ils fondent sur les prêtres sabre levé très haut ou la pique à l'horizontale. Ils sont venus pour tuer, et ils tuent. Un prêtre n'a rien entendu du vacarme parce qu'il est complètement sourd et n'a rien vu parce qu'il est plongé dans la lecture de son bréviaire. Est-ce l'éclat de soleil sur une lame qui a attiré son attention ? Au moment où il se retourne, souriant déjà de rencontrer le regard de l'autre, le sabre s'abat sur sa tête. Un de ses confrères va pour lui porter secours : un coup de fusil à bout portant l'arrête dans son élan et il s'effondre sur la première victime.

Commencent la fuite éperdue, la panique, l'épouvante. Philippe court, tombe, se relève. Est-ce lui qui crie ainsi sa terreur ? D'autres prêtres, moins agiles ou plus résignés, s'affalent dans la poussière, la gorge tranchée par un coup de sabre, embrochés par une baïonnette ou une pique. La fureur des assassins est telle qu'ils s'acharnent sur les hommes au sol, frappent, frappent encore.

– L'archevêque d'Arles ! L'archevêque d'Arles ! hurle la meute.

M. Hébert, qui avait entamé un mouvement de repli, se retourne soudainement et dirige ses pas vers les forcenés, les bras ouverts. Pense-t-il apaiser ces loups sanguinaires ?

Un coup de feu part. Le confesseur insermenté de la famille royale tournoie sur lui-même et s'effondre.

– L'archevêque d'Arles ! Où est l'archevêque d'Arles ?

Les miliciens finissent par le trouver. Les sabres sifflent.

Avec un autre, Philippe a couru jusqu'à l'oratoire. Le petit sanctuaire est déjà plein. Les prêtres sont à genoux, devant la Vierge. On entend la voix puissante de l'un d'eux :

– Peut-on être mieux qu'au pied de la croix quand il s'agit de faire à Dieu le sacrifice de sa vie ? Mes frères, donnons-nous l'absolution !

Les exécuteurs sont déjà sur eux. Une baïonnette ouvre le ventre d'un vieux prêtre. L'évêque de Beauvais s'effondre, la jambe cassée. M. du Tillet a la cuisse transpercée. Survient alors un moment à la fois horrible et miraculeux. Un des scélérats le met en joue, presse la détente. Le coup ne part pas. Il relève le chien une deuxième fois, contracte l'index : de nouveau, rien. Va-t-il tenter de tirer une troisième fois ? Rageusement, il recommence l'opération, non sans vérifier la pierre, mais aucune détonation ne suit.

– Voilà un prêtre invulnérable ! lance-t-il à ses complices, mi-goguenard, mi-inquiet.

L'un d'eux s'approche avec une pique.

– Je vais le crever, ça ira plus vite !

Mais l'homme au fusil défaillant s'interpose :

– À ta place, je ne ferais pas cela ! S'il a échappé par trois fois à mon fusil, c'est probablement parce qu'il est innocent !

– Innocent ? Personne ici n'est innocent ! proteste l'homme à la pique.

L'altercation attire d'autres sans-culottes. Bientôt, on se dispute autour du malheureux du Tillet, qui, à terre, roule des yeux terrorisés. Deux jeunes prêtres croient opportun de supplier les assassins d'arrêter le massacre : ils sont abattus à coups de sabre.

Pendant ce temps, les plus jeunes prisonniers ont grimpé à

des arbres en limite de propriété, espérant se laisser tomber dans les enclos voisins. Mais les sans-culottes les ont vus : ils sont fusillés au milieu des rires et des plaisanteries. Une chasse au perdreau ne serait pas plus joyeuse !

Trois prisonniers sont plus heureux : en se faisant la courte échelle, ils parviennent à escalader un mur et, par l'hôtel de Brézé, sortent rue du Regard.

Quand les propos de son neveu Loïc reviennent-ils dans le champ de conscience de Philippe ? Un chanoine s'est effondré sur lui, frappé par une balle de fusil en pleine tête, les yeux écarquillés. Les poiriers en espaliers sont là, à une vingtaine de mètres. Entre eux et Philippe, il n'y a aucun obstacle. Personne parmi les assassins, largement occupés, ne s'intéresse à lui. Il marche jusqu'au mur, commence l'escalade. L'évêque de Saintes vient à passer à quelques mètres. Philippe l'interpelle :

– Monseigneur ! Venez avec moi !

Pierre Louis de La Rochefoucauld regarde l'ancien jésuite comme s'il ne le voyait pas. Il a du sang sur la joue, l'air hébété.

– Et mon frère ? articule-t-il péniblement.

Philippe ignore où il peut se trouver. Il n'est même pas sûr qu'il soit encore vivant. Il esquisse une phrase mais le prélat s'éloigne promptement.

Philippe poursuit son ascension, se couche sur la crête du mur. Il est essoufflé. « Mon poids ! » De l'autre côté, la terre est fraîchement retournée. Il s'y laisse tomber, en essayant d'être le plus souple possible. Une douleur vrille dans une cheville. Il gagne en hâte l'abri d'un verger. Il boite un peu, mais cela ne paraît pas grave. Il tente de calmer sa respiration au pied d'un prunier. Dans le jardin des Carmes, le massacre se poursuit. Est-ce pour couvrir les cris de ses malheureux compagnons que les assassins entonnent la *Carmagnole* ? « Ils chantent en faisant couler le sang ! »

En marchant courbé, Philippe gagne un autre mur, parvient à le franchir en grimpant sur ce qui a dû être autrefois un clapier, retombe dans la cour d'un hôtel. Il épie les bruits d'une présence puis, convaincu que le lieu est inhabité, avance vers la première porte. « Je ne reconnais rien de ce qu'a indiqué Loïc. » Il parvient à se glisser dans les communs. À la cuisine, il découvre dans un garde-manger des biscuits, du lard et des carottes : il les dévore. Ne trouvant pas d'eau, il débouche une bouteille de vin.

Il est un peu ivre – mais est-ce seulement de vin ? – quand, dans une soupente, il s'allonge sur un matelas et s'y endort comme une masse pour quelques heures.

Sa montre affiche presque neuf heures lorsque Philippe se réveille. Sa tête cogne, il a l'haleine aigre. La nuit s'installe. Il remarque que l'on n'entend plus le tocsin ni le canon d'alarme.

Il quitte sa cachette trente minutes plus tard. Pendant ce temps, il a guetté les bruits de la rue. Tout paraît calme.

Où aller ? Il est exclu qu'il rentre chez lui. Il serait dangereux qu'il demande l'asile à des relations ou même à des amis : en ces temps troublés, la peur, pour ne parler que d'elle, risque de lui fermer bien des portes. Il choisit d'aller chez son neveu, Loïc.

46

Dimanche 2 septembre 1792, 16 heures,
Abbaye

Si la tuerie des Carmes est réalisée sans que la Commune et l'Assemblée en soient rapidement informées, le massacre des prisonniers tirés du dépôt de la mairie est en revanche très vite connu. Avec Billaud-Varenne, Jean Lehalleur se transporte à l'Abbaye. La foule a envahi les rues Saint-Benoist, Sainte-Marthe et Childebert. On se presse aussi sur le parvis. Dans l'enclos, devant les salles des hôtes, les curieux circulent entre les cadavres. Quelquefois, ils les retournent du pied et les fouillent.

Avisant un individu qui est en train de laver avec un linge mouillé le visage d'une victime, Jean l'interroge :

– Que faites-vous ?

– Je cherche quelqu'un.

Un homme, barré d'une écharpe municipale, fend les groupes, interpelle les commissaires de la section.

– Tout va bien ? interroge-t-il. Si vous avez besoin de secours, la Commune vous en enverra.

– Non, répond un commissaire. Tout se passe bien ici.

Comment faut-il interpréter ce « bien » ?

En périphérie de l'ancien monastère de Saint-Germain, trois corps de bâtiment en grosses pierres sombres, sur quatre niveaux, encadrent une cour étroite et humide : la vieille prison de l'Abbaye. Des échauguettes ornent les angles. Les fenêtres sont soigneusement barreaudées. Une cloche qui ne sonne plus depuis longtemps agrémente la toiture. On y pénètre par la rue Sainte-Marguerite, en passant sous une porte basse. Comme la place du Petit-Marché est spécialisée dans la vente de poisson, l'odeur qui y règne en permanence est épouvantable.

Jean et Billaud-Varenne, quand ils y arrivent, découvrent des attroupements plus fiévreux, sans doute parce que le Léviathan n'a pas encore reçu son lot de chair humaine. L'ayant reconnu, quelques-uns interpellent Billaud-Varenne.

– Il faut ouvrir les portes de la geôle ! hurlent-ils.

À quelques pas de l'entrée de la prison, un groupe compact fait cercle.

– Laissez-nous passer ! ordonne le substitut du procureur.

De mauvaise grâce, les hommes et les femmes agglutinés s'écartent, découvrant ce qui reste de trois, voire quatre hommes hachés à coups de sabre, transpercés par les piques. Sur cet empilement de troncs et de membres, un facétieux a posé une tête coupée, une tête dont un œil, resté ouvert, fixe sur les spectateurs un regard doux et vide de grenouille.

– Et ceux-là, d'où ils viennent ? demande brutalement Billaud-Varenne à un sans-culotte dont l'arme est dégoulinante de sang.

– C'est La Vacquerie, le concierge. Il y a deux heures, peut-être trois, qu'on est là. Il ne veut pas nous les livrer, tous ces traîtres ! Alors il nous les donne au compte-gouttes, un par ci, un par là.

– C'est bien ! Tu fais ton devoir !

Billaud-Varenne et Jean regagnent leur fiacre, qui stationne au coin de la rue du Four. Au moment où ils montent dans la voiture, une immense clameur retentit :

– Vive la Nation ! Vive la Nation !

Une nouvelle victime vient d'être immolée. Le compte-gouttes évoqué par le sans-culotte continue.

47

Dimanche 2 septembre 1792, 17 heures,
les Carmes

Tandis que la *Carmagnole* retentit, les exécuteurs des Carmes, sans doute fatigués, sont de plus en plus tentés de recourir aux armes à feu. Cela n'a pas l'air de plaire à un officier.

– Ne tirez pas ! s'égosille l'officier. Il ne faut pas tirer !

On finit par l'entendre, dans le vacarme du carnage, mais plusieurs minutes passent avant qu'il soit définitivement écouté. Quelques prêtres tombent encore, puis la masse des survivants, abreuvés d'injures et de coups comme un troupeau qu'on mène à l'abattoir, est poussée vers le perron.

Pas un instant ils ne doutent que la tuerie est simplement suspendue et reprendra quand les exécuteurs auront retrouvé un peu d'énergie.

L'homme qui a ordonné de ne pas tirer et a finalement ainsi arrêté le carnage aux Carmes, est un commissaire de la section du Luxembourg, un certain Jean Denis Violette, une tête ronde sur un corps gras. Il fait installer une petite table dans le vestibule, au pied de l'escalier, approche une chaise, s'y assoit et commence à consulter la feuille d'écrou. Avec quelques miliciens qui l'entourent, il a l'intention de faire comparaître devant lui, un à un, les survivants, pour les juger.

Des sans-culottes surgissent dans l'église où les prêtres se sont agenouillés.

– Les bondieuseries, c'est fini ! Levez-vous !

Un de leurs chefs se détache.

– Êtes-vous prêts, oui ou non, à prêter le serment de Liberté-Égalité ? lance-t-il à la cantonade. On n'importunera plus ceux qui prêteront ce serment. Les autres… Bon sang ! ce n'est pas bien sorcier ! Un petit serment, rien qu'un petit serment !

Un prêtre aux cheveux d'argent fait quelques pas vers le sans-culotte.

– Pas un de nous n'a prêté et ne prêtera ce serment ! martèle-t-il. Nous n'y sommes pas obligés !

L'autre blêmit.

– Vous n'êtes que des crétins ! Rien que des crétins ! Qu'est-ce que c'est qu'un petit serment ? Vous l'aurez voulu !

Les prêtres sont poussés vers le couloir où « siège » Violette. Dans la chapelle de la Vierge et la sacristie qu'il leur faut emprunter, les fédérés et les sans-culottes forment deux haies ininterrompues.

– Votre nom ? interroge brutalement le commissaire… Acceptez-vous de prêter le serment de Liberté-Égalité ? Vous ne voulez pas ?… Passez…

Le prêtre, entre deux spadassins qui lui meurtrissent les bras, marche vers le perron. Peut-être a-t-il le temps d'apercevoir les arbres, le ciel bleu où traînent quelques nuées, le bassin, un oiseau qui sautille, un petit bout de parterre. La hache ou le bâton s'abat sur lui brutalement, à moins qu'il soit percé par une pique. Il s'écroule. Les coups continuent à pleuvoir bien après qu'il a rendu le dernier soupir.

Un deuxième prêtre est déjà devant Violette.

– Votre nom ?

Comme le précédent, il passe, et, comme le précédent, il n'est plus qu'une masse sanguinolente lorsqu'il s'affaisse sur le gravier.

Un troisième lui succède, suivi d'un quatrième, puis d'un cinquième.

– Passez ! conclut, imperturbable, Violette.

– Vive la Nation ! hurlent les massacreurs quand une nouvelle victime pousse un dernier râle et rejoint le tas formé au pied des marches.

La noria sanglante continue.

Quelques-uns, très rares, échappent au carnage. Certains sont renvoyés. D'autres sont placés derrière le commissaire Violette et assistent, terrorisés, à toutes les « comparutions ». L'anarchie qui règne dans ce tribunal d'opérette est telle qu'il est bien difficile de comprendre les motifs de cette clémence.

Combien défilent ainsi devant le « juge » Violette et ses « assesseurs » ? Beaucoup, beaucoup trop.

Quand la nef de l'église est vidée du troupeau promis à l'immolation, les sans-culottes puisent dans la réserve du chœur.

Il est six heures. Vers l'ouest, des lueurs ocre, veinées de rose, estompent les contours des collines et les bouquets d'arbres. Cent quinze cadavres gisent dans l'enclos des Carmes, beaucoup affreusement défigurés par les coups de sabre. Il en est même un qui est tombé dans le bassin central et l'eau rougie de son sang se ride sous un petit vent frais. Les assassins ont terminé leur ouvrage et soufflent.

Vient ensuite le temps des hyènes. Les cadavres sont déshabillés, on retourne les poches. Une multitude venue de l'extérieur se joint aux détrousseurs ou circule entre les corps suppliciés. On peut cependant « sauver » – ce que mentionne précisément le procès-verbal dressé par un commissaire – quarante montres en or, dont quatre à répétition, une enrichie de diamants, quatorze en argent et une en galuchat.

Les ombres s'allongent doucement. On allume des torches. Soudain, dans le chœur de l'église, la porte d'un placard s'ouvre et une tête apparaît. Des sans-culottes l'aperçoivent, se précipitent en levant le sabre.

– Messieurs ! Messieurs, ma vie est entre vos mains, prononce doucement le prêtre. Vous en ferez ce que vous voudrez. Mais je vous en supplie, donnez-moi un verre d'eau !

Les armes s'abaissent. Des bras aident l'ecclésiastique à descendre de sa cachette, tandis qu'un milicien lui tend une gourde.

– Il me semble qu'il y avait dans cette gourde plus de vin que d'eau, dit ironiquement l'homme après avoir bu goulûment. Mais je ne le regrette pas.

Ceux qui voulaient le tuer sourient. Il aura la vie sauve.

Peu après, un détachement de la Garde nationale apparaît. On ne sait s'il vient de la rue Palatine ou de la rue de Vaugirard. En tout cas, il vient trop tard.

48

Dimanche 2 septembre 1792, 19 heures,
Abbaye

Alors qu'il est au croisement des rues des Boucheries et de Buci, Jean aperçoit Stanislas Maillard. Ce garçon dégingandé n'a pas encore fêté sa trentième année. Il a le visage blême et souffreteux de ceux qui crachent le sang. Les yeux noirs sont sans éclat. La bouche est épaisse, presque difforme. Les cheveux frisés et poudrés sont attachés en cadenette. Il marche voûté, dans une redingote grise, la tête enchâssée dans un chapeau haut de forme.

Les administrateurs du Comité de surveillance l'apprécient. L'homme s'est fait connaître lors de la prise de la Bastille. Fils d'un huissier du Châtelet, Maillard a été de toutes les ébullitions, de toutes les chaudes journées. Il est capable de toutes les violences. C'est un tribun de la rue. Il est infatigable. Manuel et Billaud-Varenne ont également confiance en lui. Les uns et les autres ont déjà payé et promis de payer encore : l'ardeur révolutionnaire de Maillard brûle beaucoup plus fort lorsqu'il est stipendié. « Tape dur », tel est le surnom qui lui a été attribué.

Maillard se dirige vers la vieille prison de l'Abbaye, où le concierge La Vacquerie et les quelques hommes dont il dispose résistent depuis de longues heures aux assauts répétés de la foule. Des sans-culottes ont entrepris d'attaquer à la hache la lourde porte d'entrée, et il est sûr qu'elle ne tiendra pas longtemps. Jouant du torse et des coudes, Maillard y parvient.

– Attendez, mes amis ! lance-t-il aux gros bras qui s'acharnent sur le bois de chêne.

Sans se préoccuper de leur étonnement, Maillard lève la tête et, les mains en porte-voix, hurle vers une fenêtre barreaudée du premier étage :

– La Vacquerie ! La Vacquerie ! C'est moi, Maillard ! Montre-toi et reconnais-moi ! J'ai des choses importantes à te dire ! Laisse-moi entrer, seul !

Au même moment, Maillard s'empare d'une torche et l'approche de son visage.

– La Vacquerie, tu me connais ! Laisse-moi entrer !

On observe quelques mouvements à la fenêtre. La foule garde le silence. Une demi-minute s'écoule.

– Dis aux hommes qui sont autour de toi de s'écarter ! lance soudain une voix derrière la porte.

Maillard se tourne vers les porteurs de haches :

– Citoyens, vous avez entendu le concierge ! Soyez aimables de vous écarter de quelques pas ! Vous n'aurez pas à le regretter, je vous l'assure.

Les individus qui, un instant auparavant, étaient comme des papillons de nuit tourbillonnant autour d'une lanterne, reculent.

– Encore ! crie la voix derrière la porte. Éloignez-vous encore !

Maillard adresse un sourire aux sans-culottes et ceux-ci obtempèrent.

– Citoyens, je vous remercie ! lance-t-il.

Puis il s'approche, presque jusqu'à poser son front sur le chêne éclaté. Devant cette scène étrange, les témoins retiennent leur souffle. Jean, le premier. Enfin, un bruit de serrure se fait entendre et, en grinçant, la porte s'entrouvre juste assez pour laisser passer le combattant de la Bastille. Immédiatement après, l'agitation reprend, quoique avec moins de force. Tous devinent que quelque chose va arriver. Une attente fébrile se fait sentir.

Quatre ou cinq minutes passent. Soudain, la porte est ouverte en grand. Derrière la première grille du vestibule, en compagnie de La Vacquerie, apparaît Maillard, un registre à la main, ses joues creuses soulignées encore par les torches qui l'éclairent. Il dit comprendre les angoisses du peuple face aux coups de l'ennemi prussien et de l'ennemi de l'intérieur, il prétend éprouver également ce désir de faire place nette, non seulement pour venger les volontaires qui sont déjà tombés aux frontières, mais aussi pour sauver la Nation. Cette haine des factieux, des traîtres, des contre-révolutionnaires, des réfractaires, il la partage avec les patriotes. Lui aussi veut que le ciel de France redevienne bleu, avec un peuple libéré des comploteurs, des conjurés et des conspirateurs. Mais une saine vengeance, ajoute-t-il, ne saurait s'exercer dans n'importe quelles conditions, on ne saurait punir les coupables ni sauver la Nation sans faire appel à la justice du peuple.

Des cris montent de la foule :

– Tu cherches à nous endormir ! La justice, c'est la mort des traîtres ! Maillard, laisse-nous faire ce que nous avons à faire !

Maillard lève le registre à hauteur de sa tête.

– Un moment, citoyens ! Vous allez être satisfaits. Voici le livre des écrous. C'est ce livre qui servira à donner tous les renseignements sur les coupables. On pourra ainsi les punir sans cesser d'être justes. Je propose de créer ici un tribunal. Le président lira l'écrou en présence de chaque prisonnier, il recueillera ensuite les voix et prononcera.

Un flottement se fait parmi ceux qui ont entendu les propos de Maillard, puis de nouveaux cris fusent, cette fois d'approbation :

– Parfait ! Tu as raison ! Bravo ! C'est ce qu'il faut faire !

À côté de Jean, un homme hurle :

– Le citoyen Maillard, président ! C'est un brave homme ! Le citoyen Maillard, président !

D'autres reprennent derrière lui.

– Citoyens, mes amis, merci ! J'accepte cette lourde tâche.

Une longue table est installée au rez-de-chaussée, dans la salle du greffe, à deux pas du guichet. On la cale avec quelques minces ouvrages. Sur le bois noir, crasseux, Maillard pose le registre. Au début, c'est le seul objet ornant ce meuble. Bientôt, il sera perdu au milieu des verres, des bouteilles, des pipes, des armes, des papiers, comme un esquif au milieu de la tempête. Pendant des heures, ce gros et disgracieux volume va être le Livre de la vie ou de la mort, et donc concentrer toutes les attentions.

Il faut constituer le tribunal. La grille du vestibule est ouverte et, un à un, les futurs juges se présentent, de leur seule initiative ou poussés par leurs concitoyens. Aucune sélection n'est opérée : les premiers à se porter candidats sont les premiers retenus. D'autres les remplaceront, quand ils seront fatigués.

Maillard réunit ses assesseurs.

– L'important, leur dit-il, c'est d'éviter les scènes toujours déplaisantes, difficilement supportables où le coupable pleure, se lamente, se débat comme un diable dans un bénitier, résiste et jette la confusion, des scènes où il faut utiliser la violence pour conduire le coupable au lieu d'exécution. Il faut conserver, à l'intérieur de la prison, la plus grande sérénité. Ou la plus grande dignité. Je propose que les interrogatoires soient toujours brefs, réduits pour l'essentiel aux questions d'identité. Et pour ne pas alarmer inutilement celui qu'on vient de condamner, on se contentera de dire « À la Force ! », ce qui signifiera la mort. Enfin, je suggère que les coupables soient dépouillés de tout ce qu'ils ont de plus précieux avant d'être livrés aux bourreaux. Pourquoi gâcher ce qui peut encore être sauvé ?

Des visages graves approuvent.

– Et quand quelqu'un est jugé innocent ? interroge un fruitier de la rue Mazarine, que ses clients ont poussé à accepter le mandat de juge et qui s'inquiète déjà pour sa boutique.

À voir les regards étonnés de Maillard et de ses assesseurs, on comprend que la question est saugrenue.

– On verra, répond prudemment Maillard. On verra. Chaque chose en son temps !

– Commençons par les Suisses, suggère une voix. Avec eux, ça ira vite : ils sont tous coupables de toute façon. Aucun ne doit échapper.

On va chercher les gardes suisses, qui croupissent dans les cellules les plus infectes de la vieille prison, et on amène un premier lot jusqu'à la table de Maillard. Ils sont sales, déguenillés, leurs yeux clignotent sous la vive lueur des torches.

– Le 10 août, vous avez assassiné le peuple ! leur lance le président. Aujourd'hui, ce peuple demande vengeance.

– Nous n'avons fait qu'obéir aux ordres, réplique un prisonnier.

C'est la plus stricte vérité. Mais cette vérité-là est-elle recevable ?

– Faites-nous grâce ! supplie un autre.

– Il faut aller à la Force ! tranche Maillard, avec un air faussement désolé.

Quelques prisonniers tombent à genoux et, les mains jointes, supplient qu'on leur laisse la vie sauve.

– Il ne s'agit que de vous transférer à la prison de la Force, souffle benoîtement leur juge. Peut-être alors vous fera-t-on grâce.

Ces soldats, qui ont défendu les Tuileries jusqu'à ce qu'on leur demande de déposer les armes, sont tout au plus une quarantaine. Jeunes pour la plupart, ils ont entendu pendant des heures la tempête qui bat les murs de la geôle. Ils sont terrorisés.

– L'un après l'autre, donnez votre nom et dirigez-vous ensuite vers la sortie !

Un soldat fait un pas.

– Hirschmann ! prononce-t-il, martial.

Maillard cherche le nom sur le registre d'écrou.

– Là ! dit un assesseur en pointant du doigt.

– À la Force ! Suivant !

Un autre soldat s'avance, avec des cheveux qui rappellent le foin.

– Filtz.

– À la Force ! Suivant !

Leur succèdent Alemann, Dendeleck, Croza. Leurs noms importent peu car le greffier, lorsqu'il a rempli le registre, s'est plus fié à la phonétique qu'à l'orthographe.

Dehors, on s'impatiente. La justice est bien longue s'il s'agit d'une formalité ! Des hommes en armes poussent dans le corridor, vers la grille, les cinq ou six premiers gardes suisses qui ont décliné leur identité. La foule massée à l'extérieur les voit s'avancer, gronde un très bref instant quand elle reconnaît les uniformes puis, brutalement, se tait. Ce silence tombant sur la petite place ne serait pas plus saisissant s'il s'agissait du tonnerre. Pendant quelques secondes, on n'entend plus que les respirations haletantes et le sifflement des torches.

Les guichetiers ouvrent la grille, doucement, comme s'ils voulaient limiter le grincement ou souligner la solennité de l'instant. Devant la porte, l'espace vide formé par la haie des sans-culottes s'élargit. Seuls quelques porteurs de sabre sont restés de part et d'autre.

Jean a le cœur qui bat à rompre. Le sang bouillonne dans ses veines, brûle sa nuque. Il sait parfaitement ce qui va se passer, il l'attend avec une faim dévorante, la bouche sèche, les globes oculaires dans des anneaux de fer, les mains moites. Il a connu ce même enivrement douloureux avec les émeutes contre Réveillon ou après l'assaut des Tuileries, mais tout ce soir est beaucoup plus fort. Beaucoup plus fort ! C'est bien plus qu'une extraordinaire fascination !

Le troupeau est poussé dans la rue et le pavé de la rue Sainte-Marguerite devient soudain un immense abattoir. Les haches taillent, fendent, débitent. Les sabres entament, tailladent, sectionnent, raccourcissent. Les gourdins assomment, écrasent, brisent, broient. Les piques crèvent, percent, trouent. À peine sortis, les gardes suisses tombent sous les coups et, s'ils parviennent à ramper, sont achevés un peu plus loin. Dans la confusion, un ou deux échappent à la mêlée et tentent de disparaître dans la foule, mais celle-ci les rejette vers les tueurs ou s'en empare et les piétine jusqu'à la mort.

Très vite, aux tueurs qui attendent leur heure depuis le début de la matinée, d'autres se joignent. Ils sont volontaires fédérés, de Marseille ou d'ailleurs, cultivateurs de Vaugirard ou de Choisy, artisans et ouvriers des faubourgs Saint-Antoine ou Saint-Marcel. Ils ont fini de « travailler » aux Carmes et, après avoir égorgé les prêtres, viennent apporter leur enthousiasme et leur expérience. Ils sont simples curieux venus en voisins des échoppes ou des garnis. Ils sont de n'importe où.

Il est bien long de donner la mort au sabre, à la hache ou à la pique, surtout quand la victime se débat, lutte, s'agrippe aux tueurs. Le temps que mettent les gardes suisses à mourir, loin d'apaiser la fureur de la foule, provoque sa rage.

Seuls les rares acquittements, un instant, suspendent sa colère. Un soldat, à peine sorti de l'adolescence, comme par miracle, bénéficie d'une mesure de clémence. Il s'est spontanément présenté quand on le recherchait, un fédéré a plaidé pour lui : cela a suffi. Le jeune homme sort entre deux sans-culottes. Les lames dégoulinantes de sang s'abaissent. Des femmes embrassent l'heureux élu. Des hommes le hissent sur leurs épaules et le promènent en triomphe au milieu des cadavres mutilés de ses camarades. Aux regards de haine flamboyant sous les lueurs fauves des torches a succédé l'argent brillant des larmes. La clémence agit ici à la manière d'un saint chrême et l'acquitté, oint de l'huile populaire, devient sacré. Alors, cent, mille poitrines hurlent ensemble :

– Vive la Nation ! Vive la Nation !

Mais le peuple fait justice aussi bien quand il absout que quand il tue. Le jeune garde suisse vient à peine de se fondre dans la nuit vers la rue du Four que la belle communion des êtres se disloque à nouveau et que reprend le « travail ». Quatre fabricants de faux assignats sont occis avec une violence inouïe : ceux-là ne sont pas seulement traîtres à la Nation, ils font le malheur du peuple.

Comparaît Armand de Montmorin, ex-ministre des Affaires étrangères. Il a été envoyé à l'Abbaye par l'Assemblée. On l'accuse en réalité d'actes imputables à son cousin, le gouverneur de Fontainebleau, qui se trouve en ce moment même à la

Conciergerie à la suite des événements du palais des Tuileries. L'homme, qui porte beau, élève la voix devant Maillard :

– J'ai droit à de vrais juges, pas à un tribunal de pacotille !

– Tu insultes le peuple, le peuple souverain ! réplique Maillard.

– Vous représentez le peuple ? Vous ? Vous qui assassinez et vous conduisez comme des bêtes fauves, vous prétendez me juger ? Et, de surcroît, me juger au nom du peuple ? Cela serait ridicule si ce n'était déjà dramatique.

– À la Force ! crache Maillard, le visage empourpré.

Croyant comprendre qu'il est acquitté, Montmorin, un sourire méprisant aux lèvres, laisse tomber :

– Je ne partirai pas d'ici à pied ! Veuillez m'appeler une voiture !

– Vous allez l'avoir, grince Maillard.

– Je veux qu'on me rende mes effets !

– On est parti vous les chercher.

Un sans-culotte, se prêtant au jeu, s'approche de l'ancien ministre :

– La voiture de Monsieur est à la porte. Il faut partir promptement.

Promptement mais sous les coups de bûche et de sabre !

Après Montmorin, un valet de chambre de Louis XVI meurt en criant son amour du roi. Des juges de paix succombent en poussant des cris de goret. D'autres encore, connus ou inconnus, petits ou grands, lâches ou courageux, dans un maelström de cris, de sang et de folie.

Sur la table de Maillard, les objets s'accumulent, les montres, les chaînes, les assignats, les portefeuilles de maroquin, les pièces de monnaie. Au fur et à mesure qu'ils comparaissent, les prisonniers, à l'invitation d'un assesseur, s'en débarrassent sur la promesse qu'on les leur rendra ou, pour les plus pessimistes, en espérant qu'ils seront restitués à leurs proches.

Les tueurs boivent de plus en plus. Au début, ce sont deux hommes, l'un vêtu d'une longue lévite vert olive, l'autre d'une redingote grise, qui désaltèrent les exécuteurs. Puis le vin est distribué généreusement par des envoyés du comité civil de la section, des femmes, des cabaretiers du voisinage. Avec l'ivresse, les bourreaux ne peuvent plus ajuster les coups, les victimes souffrent plus avant de rendre leur dernier souffle. Le spectacle devient révulsant et extatique.

Car tout participe de l'extase sur cette scène tragique, illuminée par les lanternes de la rue, les lampions qui ont été suspendus ici ou là et les torches qui dansent un ballet fou. Et cette exaltation procure un plaisir inouï, qui peut atteindre à l'orgasme.

Quand un homme, hurlant de terreur, vient se jeter dans ses jambes et les étreint en poussant des cris, Jean est hors du monde sensible. Mais la victime, assommée à coups de bûches, est arrachée par deux gaillards. Jean est comme tous les autres, comme tous ces artisans ou commerçants, charretiers ou gendarmes, qui, venus au spectacle de ces cruautés pour en jouir, sont emportés par le souffle de la foule et enivrés par l'odeur du sang.

Est-ce lui qui hurle à présent ? C'est lui, effectivement, mais pour réclamer la grâce d'un notaire. Dans son délire, il n'oublie pas qu'il est clerc d'étude. Et le notaire, salué par Maillard, sort sous les acclamations.

Avec les autres, pour honorer celui qui vient d'être épargné, Jean crie :

– Vive la Nation !

Pourquoi ses yeux refusent-ils de regarder son habit et sa chemise rouges de sang ?

49

Dimanche 2 septembre 1792, 22 heures,
la Force

Le 2 septembre, dès la tombée de la nuit, les rues avoisinant la prison de la Force ont vu affluer une foule exaltée, armée de sabres, de piques et d'assommoirs, chantant la *Carmagnole* et répétant les vivats habituels. Massée sous les fenêtres des vieux bâtiments, elle a commencé à hurler sa haine.

Avec beaucoup de difficulté, le fiacre de Jean Lehalleur parvient à se faufiler entre les attroupements et s'arrête au carrefour de la rue Saint-Antoine et de la rue des Balets. Un de ses amis, Hardy, l'a rejoint près du Châtelet et semble fasciné par les torches qui s'agitent tout autour de la voiture.

– On fait comme on a dit, souffle Jean en ouvrant la portière.

Il s'empare d'un paquet grossièrement ficelé et le place sous un bras. Il a pu essuyer ses mains du sang qui les souillait, mais sa redingote et sa chemise conservent quelques traces des dernières heures qu'il vient de vivre. « Ces taches seront mon passeport », se dit-il.

Le fiacre redémarre dès qu'il est sorti. Jean remonte la rue des Balets, non sans peine tant la foule, ici, est dense. Il a l'impression d'être un esquif sur une mer démontée. À la porte de la rue des Droits-de-l'Homme, il se fait reconnaître et on lui ouvre. Il expose au premier guichet l'objet de sa visite.

– Vous avez un ordre écrit ?

La main de Jean plonge entre la redingote et la chemise, en retire une feuille soigneusement pliée. Il la tend. Le fonctionnaire, cependant, ne s'en saisit pas tout de suite. Son regard demeure fixé sur la manche, où le sang a laissé des traces noires.

– Le temps presse ! dit Jean en élevant la voix. Voici l'ordre écrit ! Signé de Danton et Billaud-Varenne. Toutefois, je ne peux vous le laisser.

Le guichetier s'empare enfin du papier, le déplie, jette un rapide coup d'œil sur les signatures qui couvrent les dernières lignes.

– Tout est en ordre, soupire-t-il en se levant.

– Alors ne perdons pas de temps !

Michelon n'est pas là. S'est-il fait porter pâle depuis son aventure ?

Cinq minutes après, Jean représente à un guichetier effrayé par les bruits de la rue le même ordre écrit.

– Suivez-moi ! bredouille le porte-clefs.

Jean n'a reconnu personne parmi les fonctionnaires présents. La circonstance est plutôt de bon augure. Les deux hommes parviennent rapidement devant la cellule de Mme de Lamballe, Mme de Tourzel et Pauline de Tourzel. Les verrous sont tirés avec un grand claquement métallique. Le lourd vantail n'est pas encore totalement ouvert que Jean est déjà dans la pièce, faiblement éclairée par la lanterne du guichetier. Son regard parcourt rapidement les visages des êtres qui se sont dressés en sursaut dans leurs lits, et s'arrête sur le plus jeune.

– Mademoiselle de Tourzel, levez-vous ! Et suivez-moi !

– Que voulez-vous faire de ma fille ? crie la gouvernante des Enfants de France.

– Je suppose que vous me reconnaissez. Je viens sortir votre fille d'ici. Qu'elle se lève et me suive !

Mme de Lamballe va pour parler. Jean l'arrête d'un geste sec.

– Dépêchez-vous ! ordonne-t-il à Pauline.

Mme de Tourzel, qui s'est à présent levée, caresse les épaules de sa fille.

– Obéissez, Pauline, dit-elle en embrassant les cheveux de la jeune fille. J'espère que le Ciel vous protégera.

– Je vais vous aider à vous habiller, lance Mme de Lamballe en posant ses pieds nus sur le sol dallé.

Elle paraît encore plus pitoyable dans sa chemise de nuit chiffonnée et grise.

– J'attends dans le couloir, dit Jean en reculant. Mais, de grâce, dépêchez-vous !

Par la porte laissée entrouverte, Jean entend des murmures, des froissements de tissu. Comme les trois femmes n'ont pas osé allumer un flambeau, elles s'activent dans la pénombre et l'opération prend évidemment un peu plus de temps.

– Le temps presse ! lance encore Jean lorsque s'élève le tumulte de la rue.

Il ne lui a pas été facile de convaincre Danton et Billaud-Varenne de signer un ordre d'élargissement concernant Pauline de Tourzel. Ils n'y ont consenti qu'en toute dernière extrémité et en exigeant de Jean qu'il ne laisse aucune trace écrite de leur complaisance. Ils savent parfaitement que les sans-culottes ne peuvent pas accepter une telle clémence et feront tout pour s'opposer à son exécution.

Après quelques bruits d'effusions et gémissements, la jeune

fille apparaît. Jean saisit son bras et l'entraîne fermement dans l'escalier, derrière le guichetier qui porte la lanterne. Arrivé au rez-de-chaussée, Jean la pousse dans une petite pièce et lui donne le paquet :

– Changez-vous !

Puis il ferme la porte. Mais la jeune fille reste sans bouger. Deux ou trois minutes passent. Jean rouvre.

– Quoi ! Vous n'êtes pas encore habillée ! Il y va de votre vie !

Mlle de Tourzel défait le paquet, y découvre des vêtements de fille du peuple. Comme ils sont larges, elle les passe directement par-dessus sa robe. Puis elle noue un bonnet. Sous son déguisement, elle est méconnaissable, à condition qu'on n'observe pas trop ses mains, blanches et manucurées.

Jean l'entraîne de nouveau. Ils sortent rue des Droits-de-l'Homme, non par le guichet mais par une autre porte, qui se situe plus vers la rue Pavée. Ils tournent à droite. Pauline a le temps d'apercevoir, devant l'entrée principale et rue des Balets, une foule immense et bruyante.

Comme il fallait s'y attendre, des sans-culottes les repèrent et se précipitent, sabre ou pique à la main.

– Voici une prisonnière que l'on sauve ! lance l'un d'eux, prêt à frapper.

Sans cesser de marcher, mais plus doucement, Jean sort d'une poche un insigne de membre de la Commune. Montrer autre chose, notamment l'ordre écrit dont il s'est jusqu'à présent servi, serait une erreur.

– Cette jeune fille n'est pas une prisonnière, dit-il avec fermeté. Elle n'a été à la Force que par une circonstance tout à fait fortuite. Je l'en tire par ordre supérieur. Il ne serait pas juste de faire périr des innocents avec des coupables.

L'attroupement qui s'est formé esquisse un mouvement d'ouverture. Jean continue d'avancer.

– On vous trompe ! lance un garde national. Je la reconnais, celle-là ! C'est la fille Tourzel, je l'ai vue des milliers de fois aux Tuileries, chez le dauphin, lorsque j'y étais de garde. Il n'y a pas de raison de la traiter différemment des autres !

La foule commence à gronder.

– Si cette fille était Mlle de Tourzel, je ne la ferais pas échapper à un juste châtiment du peuple, gronde Jean, en fixant ses interlocuteurs. Regardez-moi ! Regardez mes manches, ma chemise ! Regardez ce sang ! Je viens de l'Abbaye. J'y ai aidé le peuple à châtier les coupables. Croyez-vous qu'après avoir souillé mes vêtements d'un sang impur, je veuille sauver une prisonnière coupable ? Allez ! Laissez-moi passer ! Les coupables sont derrière moi.

À présent, ceux-là mêmes qui voulaient faire obstacle repoussent la foule.

– Au nom du peuple, laissez-les passer ! ordonnent-ils.

On s'écarte, avec réticence. Par la rue des Droits-de-l'Homme, Jean et Pauline pénètrent dans l'église du Petit-Saint-Antoine, devenue le siège du comité de la section locale. Les deux jeunes gens remontent une allée latérale.

– Cachez-vous là ! ordonne Jean quand ils arrivent au niveau d'une petite chapelle. Et ne bougez surtout pas ! Je vais éclairer notre route.

Pauline s'accroupit derrière ce qui a été autrefois une belle table du sacrifice divin.

– Vous avez du sang sur votre habit, chuchote-t-elle. Vous vous êtes battu ?

– Nous verrons plus tard pour les questions. Cachez-vous !

Dix minutes s'écoulent. Jean réapparaît. Ils refont le chemin en sens inverse, l'un tirant l'autre par la main. Pauline tremble si fort qu'elle transmet la vibration au bras de son sauveur. Ils se faufilent le long d'une palissade, se jettent dans un passage couvert quand une cohorte de miliciens vient à passer, pénètre dans une ruelle sombre.

La rencontre que Jean redoutait a lieu à deux cents mètres de leur destination. Deux fédérés surgissent et leur barrent le passage. Le plus imposant est ivre et titube en bavant des mots indistincts. L'autre, fluet, est très nerveux, presque hystérique. Ils agitent tous deux d'énormes sabres devant des blouses tachées.

– Où vous courez, vous autres ? interroge le fluet. Vous avez peut-être des choses pas nettes à vous reprocher ? Et qui c'est celle-là ? Elle a pas l'air dans son assiette. Je trouve même qu'elle a la trouille, la fille. Pourquoi qu'elle a la trouille de nous si elle a rien à se reprocher ? Montrez donc vos laissez-passer !

Déjà, un sabre menaçant pointe vers Jean.

– Dépêchez-vous ! Léon et moi, on n'a pas que ça à faire !

Jean est sur le point de montrer le faux insigne qui lui a déjà servi, mais il se ravise. Une intuition ou la fatigue. La main qui a plongé sous sa redingote ressort avec un pistolet. La détonation fait un bruit terrible dans la rue vide et rebondit sur les mauvais pavés. Le fluet s'écroule, un regard étonné levé vers le front que la grosse balle vient de faire éclater. Son compagnon esquisse un mouvement vers lui puis, poussant une sorte de rugissement de bête blessée, abat son sabre. Mais la lame ne vient frapper que le pavé, y faisant jaillir des étincelles. Jean et Pauline filent déjà à toute allure vers l'ombre salvatrice d'une ruelle, s'y engloutissent, émergent dans une voie plus large où ils ralentissent.

– Nous n'avons plus rien à craindre, dit Jean en serrant le bras de Mlle de Tourzel.

Rue Cloche Perse, ils grimpent au dernier étage d'une maison modeste. Une femme leur ouvre la porte de son logement.

– Mme Carnot, dit simplement Jean.

La femme est belle. Son visage respire aussi la bonté.

– Mme Carnot va s'occuper de vous. Je dois vous laisser.

Pendant une heure, Pauline et Mme Carnot échangent des banalités. Quand Jean revient, il a l'air inquiet.

– On vous cherche ! dit-il à Pauline. Il faut partir, tout de suite. Mme Carnot va vous donner un chapeau avec un voile et un mantelet. Là où vous allez, je ne peux pas vous accompagner. Alors écoutez bien ce que j'ai à vous dire ! En sortant de la porte cochère, vous prendrez la première rue à gauche. Elle vous conduira sur une petite place dans laquelle donnent trois rues. Vous me suivez ? Vous prendrez celle du milieu. Puis, arrivée à une fontaine, vous suivrez l'allée à droite. Vous y trouverez un fiacre. Un mouchoir sera posé sur le haut de la portière gauche. La portière gauche ! Cachez-vous dans cette allée. Jusqu'à ce que j'arrive. Vous n'y serez pas longtemps sans me voir. Vous vous souvenez de tout ? Répétez !

Pauline répète.

– Bien.

Mme Carnot tend à la jeune fille les accessoires vestimentaires.

– Mettez-les tout de suite ! dit-elle.

Pauline s'exécute.

La jeune fille sort. Son excellente mémoire lui permet de suivre l'itinéraire que lui a donné son sauveur. Elle manque cependant de défaillir lorsque, parvenue à l'allée, elle ne repère pas le fiacre. Finalement, elle l'aperçoit. Ainsi que Jean le lui a dit, elle se dissimule dans l'ombre, derrière une charrette à bras. Une longue attente commence, qui dure plus d'une heure. « Ce n'est pas normal. Il a dû se passer quelque chose ! » Elle ne connaît pas l'endroit où elle se trouve. Elle tremble de tous ses membres quand quelqu'un vient à passer.

Enfin, Jean réapparaît. Il est accompagné d'un homme. Sans un mot, ceux-ci la conduisent au fiacre, l'y font monter. Pauline reconnaît le substitut Billaud-Varenne, celui-là même qui l'a interrogée à l'Hôtel de Ville. Elle a un mouvement de recul.

– Ne vous inquiétez pas, lui dit Billaud-Varenne.

Un autre homme est dans la voiture, qui dit s'appeler Hardy et qui a posé sur ses genoux deux pistolets.

– Vous voilà sauvée, dit Jean. Nous sommes bien aise que cela soit fini. Il ne nous reste maintenant qu'à vous conduire dans un endroit où vous ne puissiez être reconnue. Où souhaitez-vous aller ?

– Chez la marquise de Lède, une de mes parentes, répond Pauline. Elle est très âgée. Je pense que son grand âge éloignera d'elle les soupçons.

– C'est une mauvaise idée, dit le substitut. Elle a des domestiques en grand nombre. Le secret de votre arrivée dans la maison ne pourra pas être gardé longtemps. Il serait préférable que vous indiquiez une maison habitée par une personne de condition... disons plus modeste.

Pauline réfléchit :

– Ma bonne Babet, notre fille de garde-robe ! Elle habite une minuscule maison, dans un quartier retiré. C'est une vieille domestique qui m'a connue toute petite et qui m'adore comme si j'étais sa fille.

– Où est-elle précisément ? demande Billaud-Varenne.

– Rue du Sépulcre.

En entendant ce nom, Jean fait une grimace, mais il se ressaisit.

– Va pour la rue du Sépulcre, dit-il.

Il donne des ordres au cocher. La voiture s'ébranle. Il est déjà une heure trente du matin.

– Et ma mère ? demande Pauline. Que va-t-il advenir de ma mère ? Il faut aussi tout faire pour la sauver.

L'idée qu'elle puisse être arrachée à la mort quand sa mère serait condamnée à périr dans cette sinistre prison de la Force lui est insupportable.

– Il faut d'abord vous mettre en lieu sûr, dit Jean. Ensuite, je vous le promets, je ferai ce qui est nécessaire pour votre mère.

Le fiacre emprunte un itinéraire compliqué, cherchant apparemment les rues les moins fréquentées. Par les vitres ouvertes, l'écho de foules en ébullition parvient aux quatre occupants. Nul ne parle. Jean sue abondamment. Parce que Billaud-Varenne a jeté un coup d'œil étonné sur les taches constellant ses manches et sa chemise, il fuit son regard. Hardy surveille la rue derrière la jalousie de la portière. Le substitut fixe les lèvres frémissantes de la jeune fille, qui a baissé les yeux et tord entre ses mains un mouchoir de batiste.

À un moment, Jean est tenté de révéler à Pauline ce qu'elle doit à Yolande. C'est elle qui, à plusieurs reprises, l'a interpellé sur le sort de la jeune fille. C'est pour elle qu'il a agi. Mais il se ravise. Billaud-Varenne n'a pas à connaître ces détails. « Un secret de plus, voilà tout ! »

Le dimanche 2 septembre au soir, cinq cents prisonniers croupissaient à la Conciergerie. Quelques heures plus tard, deux cents ou trois cents ont péri, dont une femme accusée d'avoir émasculé son amant, crime impardonnable pour les cohortes viriles de patriotes.

Dans la vieille prison du Châtelet, les sans-culottes ont pris possession des guichets et improvisé ce qu'ils appellent un tribunal. Des hommes sont envoyés à la meute qui assiège les cours et le pont au Change ressemble déjà, avec les corps mutilés traînés jusque-là au fur et à mesure des exécutions, à un grand champ de labour.

À l'Abbaye, c'est le comité civil, présidé par un individu aux ongles noirs, qui prélève dans la chapelle de la Vierge les victimes promises à l'expiation.

Tous les lieux de détention de Paris semblent être voués au carnage.

50

Dimanche 2 septembre 1792, 23 h 15,
chambre de Loïc, rue des Boulangers

Pour aller des Carmes au logement de Loïc, il faudrait en temps normal une heure. Parce qu'il se dissimule chaque fois qu'il entend un galop ou le piétinement d'un détachement, parce qu'il fait un grand tour pour éviter le secteur du Luxembourg, occupé par des troupes, et celui de l'Abbaye, semble-t-il très agité, Philippe de Kérodret met presque trois heures pour atteindre la rue des Boulangers. Après s'être assuré que personne ne l'a suivi, il monte au troisième étage, franchit une porte donnant sur un étroit couloir, parvient enfin à l'entrée basse du logement de son neveu. Il frappe doucement puis un peu plus fort. Se pourrait-il qu'il ne soit pas encore rentré ?

Loïc a l'habitude, pendant son absence, de laisser la clef sur une petite corniche curieusement ornée de bas-reliefs. Le prêtre lève la main, tâtonne quelques secondes, sent enfin le métal. « Je vais l'attendre chez lui. »

Le rescapé introduit la clef, ouvre silencieusement la porte. Le logement est plongé dans l'obscurité car l'unique fenêtre donne sur une petite cour. Philippe sait où trouver le chandelier. Soupçonneux, il tire d'abord le rideau puis allume les deux bougies. La pièce offre le désordre habituel : des livres ouverts, des papiers, quelques linges traînant ici ou là.

L'ancien jésuite s'assied sur la chaise qui lui paraît la plus robuste. « S'il est sorti avec des condisciples, il ne devrait plus tarder maintenant. Il est près de minuit. »

Le temps passe et aucun pas ne retentit dans le couloir. Philippe a entamé la lecture d'un livre de biologie. Mais la flamme des bougies fait danser les lettres. « Comment fait-il donc pour lire avec si peu de lumière ? »

À trois heures du matin, le prêtre, épuisé, s'allonge sur le lit, qui ploie en recevant sa lourde carcasse. Pour que Loïc ne soit pas effrayé en le découvrant, il a laissé une bougie allumée. Il s'endort avec la pensée affreuse que tous ses compagnons de détention, aux Carmes, ont été impitoyablement massacrés et qu'il est le seul survivant. « Pourquoi, Seigneur, m'avez-vous fait échapper au sort commun ? »

Quelque part, un enfant pleure. Mais ses cris ne réveillent pas l'ecclésiastique. Rien, en fait, ne pourrait tirer du sommeil celui dont Dieu n'a pas voulu.

Philippe se réveille en sursaut trois heures plus tard. Venant de la rue, un bruit plus fort, peut-être le juron d'un charretier, s'est faufilé jusqu'à son cerveau. En se dressant sur son séant, il prend immédiatement conscience que Loïc n'est toujours pas rentré. Est-il possible qu'il soit resté chez un de ses amis parce que la fête s'était terminée trop tard ? Les rues sont à l'heure actuelle si peu sûres. « Je vais encore attendre. Après, sur le coup de midi, j'irai au Collège de France. S'il n'y est pas, on me renseignera. Son ami, ce Geoffroy Saint-Hilaire, saura bien me dire où il se cache. Mais est-ce bien prudent d'aller à son collège alors que Paris semble vouloir donner la chasse à tous les réfractaires ? Je n'aurai pas deux fois la même chance. »

Tandis qu'il balance entre les différents projets, Philippe se rend compte soudain qu'il est très inquiet pour son neveu, qu'il redoute le pire. « Loïc est intrépide, audacieux, inconscient. Loïc vit dans son monde de mathématiques, de physique, de chimie. De quelle folie n'est-il pas capable ? »

Le prêtre tend l'oreille : quelqu'un gravit l'escalier. Il écoute, le cœur battant. Mais le pas poursuit au-delà du troisième étage.

« J'irai au Collège ! »

51

Lundi 3 septembre 1792, 1 heure,
Saint-Firmin

Dès la nuit tombée, Loïc et Étienne se sont rendus avec une échelle à l'angle d'un mur du séminaire de Saint-Firmin. Ils avaient le secret espoir que les prêtres rencontrés le matin même se souviendraient du plan d'évasion élaboré par leurs anciens élèves. À cheval sur le mur, les deux jeunes gens ont attendu quatre bonnes heures. Pour éviter d'être repérés au cours d'une ronde, ils devaient tenir l'échelle à bout de bras du côté intérieur de l'enceinte. Ils étaient heureusement aidés par le voile qui drapait la lune et les étoiles.

Vers une heure, enfin, un prêtre se montre, puis un deuxième. L'échelle est mise en place. Les deux ecclésiastiques grimpent rapidement. L'habit sacerdotal ne facilite pas la manœuvre. L'échelle est placée de l'autre côté pour qu'ils descendent.

Trois autres se présentent. L'opération est renouvelée.

Cette nuit-là, Loïc et Étienne sauvent douze prêtres. Parmi eux, aucun n'a été le maître des jeunes gens.

Les lueurs de l'aube caressent déjà les toits de Paris quand

Loïc et Étienne, portant leur échelle, gagnent un chantier voisin où ils l'ont empruntée puis se séparent.

Moins d'une heure après le repli des étudiants, un groupe nombreux d'hommes et de femmes, armés jusqu'aux dents, prend position devant les entrées du séminaire de Saint-Firmin, tandis que des détachements montent dans les étages et réveillent brutalement les prisonniers.

Rapidement identifiés, quelques professeurs – choisis comment ? – sont enfermés à double tour dans une resserre.

– Vous êtes sous la sauvegarde de la loi, leur lance, goguenard, l'un des miliciens.

L'homme dit vrai : immédiatement après, pour tous les autres, ceux qui n'ont pas été sélectionnés, la tuerie commence, froide, systématique, impitoyable. Vieux ou jeunes, infirmes ou valides, ecclésiastiques ou laïcs, les hommes se trouvant dans les bâtiments du séminaire sont égorgés, battus à mort, transpercés ou purement et simplement jetés par les fenêtres. Le supérieur du séminaire est ainsi précipité sur la chaussée, où des femmes l'achèvent avec des instruments qui servent à battre le plâtre.

Deux prêtres cachés dans un faux grenier, un autre dissimulé sous un fauteuil dans l'ombre d'une mansarde, un vieillard grabataire dont les tueurs n'ont pas vu le corps maigre sous les draps, deux ou trois autres ont la vie sauve. Soixante-quinze prisonniers périssent, dont soixante et onze prêtres.

Des tueurs, on ne sait pas grand-chose. Un nom, toutefois, hantera les mémoires : celui d'une fille de la Halle, la femme Vincent, surnommée « l'intrépide », à laquelle on « doit » d'avoir abattu un « gros » abbé d'un seul coup de bûche.

Qu'un sang impur...

Du séminaire de Saint-Firmin au couvent des Bernardins, il n'y a qu'une courte distance par la rue Saint-Victor. Après s'être fait la main à Saint-Firmin, nombre d'égorgeurs vont massacrer les « galériens » de Marie-Jeanne Rabouin, la courageuse concierge du couvent transformé en geôle. Des hommes et femmes, venus d'ailleurs, se joignent à ces exécuteurs de la nuit. L'imprimeur Georget, tortionnaire froid, est de ceux-là. Mais il en est d'autres, beaucoup d'autres...

52

Lundi 3 septembre 1792, 10 heures,
Bicêtre

En 1792, Bicêtre accueille indifféremment les indigents, les malades, notamment les aliénés, les assassins, les escrocs, les trafiquants de faux assignats, les syphilitiques, les homosexuels pauvres pris en flagrant délit (chaque mot a son importance), les vagabonds. L'écrivain et député Mercier, dans la décennie précédente, l'a décrit comme un « ulcère large, profond, sanieux ».

Dominant la vallée de la Bièvre et le petit bourg de Gentilly, Bicêtre, à quelques lieues de Paris, dresse au milieu des champs d'immenses et sévères constructions, des bâtiments hospitaliers, mais aussi une église couronnée d'un dôme et une prison. Celle-ci comprend la Force (qu'il ne faut évidemment pas confondre avec celle de la rue des Droits-de-l'Homme) avec ses fenêtres à petits carreaux munies de barreaux de fer, les « cabanons » avec leurs couloirs sombres distribuant des cachots « blancs », et la « correction » avec ses cachots « noirs ». Dans cette prison, au matin du lundi 3 septembre, ils sont un peu plus de quatre cent cinquante, souvent très jeunes, dangereux délinquants ou enfants perdus jetés dans l'antre de l'enfer par des parents indignes ou des maîtres ignobles.

Des tueries qui ensanglantent Paris depuis vingt-quatre heures, les occupants de Bicêtre ignorent presque tout. Des échos sont bien parvenus jusqu'au greffe, mais ils sont encore indistincts. On s'est seulement un peu inquiété dans le creux de la nuit, quand un « bon pauvre », c'est-à-dire un hospitalisé qui ne souffre de rien mais est démuni de tout, s'est mis en tête de vouloir sortir de l'établissement : comme on lui refusait ce droit, il a commencé à insulter et à menacer ceux qui l'approchaient, annonçant leur prochain égorgement par des vengeurs. On a dû lui mettre la camisole de force, une technique mise au point précisément à Bicêtre, et tout le monde est allé se recoucher.

Dix heures ont sonné depuis quelques minutes quand, sur le chemin de Gentilly à Villejuif, on aperçoit une interminable colonne, hérissée de piques. Elle avance vite, en soulevant des tourbillons de poussière, et, avant que l'on ait pu vraiment réaliser la situation, tourne dans l'allée qui mène à l'entrée principale. Il ne fait plus de doute pour personne que l'hôpital va être investi. Heureusement, une compagnie de fusiliers peut opposer quatre-vingts hommes disciplinés à cette horde, où on repère des femmes et des enfants, et l'hôpital comporte une enceinte difficilement franchissable.

Contre toute attente, la garde, loin de s'opposer, ouvre grand la porte et fraternise avec les insurgés. Cette complicité n'a pas de motif mystérieux : entretenue et soldée par l'Hôpital général, cette compagnie, au début de l'année, a souhaité être assimilée à l'armée régulière, avec ce que cela signifie en termes de pension d'invalidité, mais a vu sa requête rejetée sur le rapport des économes de Bicêtre.

D'ailleurs, dès que la colonne a tout entière pénétré à

l'intérieur de la vaste cour, l'économe en chef est vivement recherché. On le trouve, on l'entraîne vers le greffe de la prison sous prétexte de lui faire signer un document. Il a à peine le temps de protester que l'un des factionnaires lui tire dans le dos à bout portant, allumant le feu dans sa chemise.

Cette milice armée est commandée par un homme dont on n'a pas retenu le nom, grand, une tignasse noire et d'épais sourcils, qui se dit l'envoyé du peuple et donne des ordres brefs. Derrière lui, on compte des fédérés venus essentiellement de Bretagne, des sans-culottes, des forts de la Halle, des mégères criardes et brutales, des gamins. Les armes sont nombreuses : des fusils armés de baïonnettes, des sabres, des piques, mais aussi et surtout des bûches, d'énormes gourdins, des instruments à battre le plâtre, des outils de tailleur de pierre.

Une table est installée dans le couloir menant au greffe de la prison. C'est le bureau futur du « tribunal », composé de l'homme à la tignasse noire, de quelques exaltés et, contraints et forcés, de l'économe adjoint et de deux commis. L'un d'eux, Richard, employé du bureau des vivres, est un tout jeune homme. Les heures qu'il va vivre vont ouvrir en lui une plaie qui ne se refermera jamais.

À partir du livre d'écrou, on appelle un à un les prisonniers. Chacun peut expliquer les raisons qui l'ont amené en ce lieu et le tribunal, du moins au début, accorde une écoute complaisante. Quand il y a condamnation, et c'est le cas la plupart du temps, le président dit simplement, sans hausser le ton, comme s'il s'agissait de prescrire une cure de repos :

– Conduisez ce citoyen à l'Abbaye !

Deux costauds prennent alors le malheureux sous les bras et l'emmènent, souvent en le traînant, vers la cour où, rangés sur deux files, des hommes et des femmes attendent impatiemment en agitant leurs armes. Parmi ces exécuteurs, l'un d'eux fait preuve d'une férocité toute particulière : Desprès, nourrisseur de bestiaux à La Maison-Blanche, un technicien de l'abattage.

« Jusqu'au septième, ça m'a coûté de l'effort, confiera-t-il volontiers au cours de l'après-midi. Après, je dois dire que j'ai pas fait plus attention qu'à des veaux ! »

Le condamné lâché dans cette allée mortelle tombe, rebondit, est relevé avec des crochets, s'affaisse à nouveau, va d'un côté à l'autre, rampe, est projeté un peu plus loin, se recroqueville, tente de s'échapper, finit par expirer, chiffon de chair sanglante lardée, dépecée, déchirée.

On tue sans discontinuer. Les cadavres s'entassent au pied des murs de la petite église, des cadavres que d'autres dépouillent. Le temps passant, une foule de plus en plus nombreuse envahit Bicêtre. Alertés, les habitants de Gentilly ont accouru. Des miliciens de la section des sans-culottes sont également présents.

Alors que le soleil de septembre irise la poussière d'or et d'ocre et que les ombres commencent à s'allonger, les massacreurs, qui n'ont plus rien à se mettre sous la dent, décident de puiser dans un nouveau vivier, celui de la correction. Là, croupissant dans des geôles infectes, cinquante-cinq enfants de douze à dix-huit ans, des petits vagabonds, des voleurs de poules, des bagarreurs, ont vécu jusqu'à présent des heures d'angoisse. Procédant comme avec les adultes, le tribunal de l'horreur fait comparaître devant lui ces adolescents aux joues encore rondes. La sentence de mort, pour l'occasion, n'est plus exprimée de la même façon : le président met simplement deux doigts sur sa bouche. Mais la mort, elle, est infligée avec la même cruauté.

« C'est plus dur avec les gosses qu'avec les hommes, avouera l'inénarrable Desprès. Ils ont plus de vigueur et moins de surface. »

Lorsque la tuerie prend fin, trente-trois victimes de la correction ont rejoint les dépouilles sanglantes accumulées près de l'église. Un peu avant la tombée de la nuit, une averse courte et brutale s'abat sur Bicêtre, que tous accueillent en riant. Les tueurs, brandissant leurs bras, lavent le sang dont ils sont éclaboussés en prenant l'air solennel de ceux qui veulent se purifier.

Ensuite, on songe à souper. Des moutons sont égorgés, que l'on met à rôtir. Richard est chargé d'approvisionner les « travailleurs » en vin. Des tréteaux sont dressés et on s'installe. Ceux qui ont été enfermés dans l'église, en se hissant aux fenêtres, croient assister à une fête de village. Les ripailles durent longtemps. Avec le vin coulant à flots, plus d'un corps ivre glisse sur le sol fumant de la dernière averse. Quelques couples formés dans l'ivresse du massacre forniquent dans les recoins ou sous les escaliers. Bicêtre est devenu le palais de bacchanales.

53

Lundi 3 septembre 1792, 11 heures,
appartement de Jean Lehalleur,
rue des Fossés-Monsieur-le-Prince

Il est presque onze heures quand Jean Lehalleur ouvre la porte de son appartement. Il a gravi l'escalier lentement, en s'aidant de la main courante. Toute son énergie est épuisée, il ne sent plus rien du mouvement de ses muscles. Dans le fiacre, il s'est littéralement effondré : le cocher a dû le secouer violemment pour lui faire reprendre conscience.

Il va directement à sa chambre. Les rideaux sont encore tirés et la lumière filtrant par un côté dessine sur le ciel de lit une curieuse arabesque. Il se laisse tomber sur la couverture, comme un tas de linge sale.

– C'est toi ? grogne Yolande, qui s'est endormie à l'aube après avoir veillé une bonne partie de la nuit.

Il ne répond pas. A-t-il même entendu ? Il a déjà fermé les yeux et, la bouche ouverte comme celui qui cherche son souffle, il pousse une sorte de râle plaintif.

– Jean ! fait Yolande, qui, soudain inquiète, s'est redressée sur un coude et regarde à travers ses cheveux défaits. Jean ! Tu ne vas pas bien ?

Sous les paupières de Jean, des êtres nus, mi-hommes, mi-bêtes, tournent en rond. Leurs têtes, à intervalles réguliers, montent vers le ciel en grimaçant et retombent sur le pavé. Quand elles ont roulé jusqu'aux pieds de Jean, celui-ci les fait éclater à grands coups de bûche, éclaboussant les femmes qui l'entourent et qui rient.

– Jean ! Tu es couvert de sang. Tu es blessé ? Jean ! Réponds-moi !

Elle le secoue, d'abord doucement, ensuite avec plus de brutalité. Mais il n'entend rien, ne sent rien. Il est emporté par son cauchemar. Son corps vibre, se tend.

– Non ! hurle-t-il. Non !

Des larmes jaillissent. Il agite la tête frénétiquement. Des vapeurs d'alcool flottent dans l'air. Affolée, Yolande bondit du lit, court vers la porte, se ravise, va à la cuvette du cabinet de toilette, mouille un linge, revient, éponge la sueur du front. Elle croit discerner un certain apaisement. Elle n'ose passer le linge sur le cou, craignant d'ouvrir une plaie.

– Jean, où as-tu mal ? Parle-moi !

Il ouvre les yeux. Mais il ne la voit pas. Devant lui, il n'y a que des chairs martyrisées sur lesquelles tombent les lames des sabres ou les fers des haches.

– Jean, tout ce sang... Où as-tu mal ?

Une petite lumière apparaît dans son regard : il reprend un peu conscience.

– Je ne voulais pas...

– Tu ne voulais pas quoi ?

– Je ne voulais pas... J'ai tellement honte !

Il tousse violemment.

– Je ne sais plus.

Il ne sait plus, effectivement, car la nuit d'angoisse et d'horreur qu'il vient de vivre a disparu brutalement de sa mémoire.

– Laisse-moi… laisse-moi dormir…, bafouille-t-il.

Sa respiration se fait plus lente, plus régulière aussi. Il a de nouveau fermé les yeux. Il dort.

Avant le prochain cauchemar.

54

Lundi 3 septembre 1792, 11 h 15,
la Force

Un peu après onze heures, Mmes de Lamballe et de Tourzel sont « invitées » à descendre dans la cour. Elles y retrouvent d'autres prisonnières, mêlées à des hommes armés. Alors que la marquise se dirige vers le préau, un individu en redingote, la tête couverte d'un chapeau noir au large bord, murmure rapidement en passant à côté d'elle :

– Votre fille est sauvée.

Louise de Tourzel est un instant frappée de stupeur. Quand elle reprend ses esprits, l'inconnu a disparu. Transportée de joie, la marquise commence à converser avec ses voisins, sans distinguer entre les détenues et ceux qui les gardent. Rapidement, elle en vient surtout à répondre à des questions. Ceux qui l'interrogent paraissent bien la connaître. Ils la rassurent en indiquant qu'elle n'a pas mauvaise réputation. Ce qu'ils ne parviennent pas à comprendre, c'est pourquoi elle a voulu fuir du royaume avec le roi. Ils jugent une telle action parfaitement inexcusable.

– Je n'en ai pas le moindre remords, confesse-t-elle doucement. Parce que je n'ai fait que mon devoir. Ne doit-on pas être fidèle à son serment ? J'étais gouvernante de M. le Dauphin. J'avais juré devant le roi de ne jamais le quitter. Je l'ai suivi dans ce voyage comme je l'aurais suivi partout ailleurs, quoi qu'il dût m'arriver.

Autour de la marquise, on reconnaît qu'elle ne pouvait pas faire autrement.

– Mais c'est bien malheureux, dit l'un des hommes, d'être attachée à des gens qui font de mauvaises actions !

Mme de Tourzel en vient à oublier la princesse de Lamballe. Tout à son étonnement de découvrir des êtres finalement raisonnables et moins dangereux qu'ils n'en donnent l'air, même si certains ont manifestement abusé du vin ou de la gnôle, elle parle, elle parle encore, avec une simplicité de ton et de manières qui touche ses interlocuteurs. Vient le moment où l'un d'eux aperçoit l'anneau qu'elle porte au doigt et lui demande s'il est doté d'une inscription. N'y voyant pas malice, elle tire le bijou, le présente. Un homme s'en saisit promptement, examine attentivement la face antérieure, puis rend l'anneau à sa propriétaire.

– Lisez vous-même ! commande-t-il.

On ne saurait dire s'il a voulu prévenir un danger ou s'il ignore le sens de l'inscription.

– *Domine salvum fac Regem et Reginam et Delphinum*, lit la marquise.

– Qu'est-ce que cela veut dire ? interrogent plusieurs voix.

– « Dieu sauve le roi, la reine et le dauphin. »

– Jetez cet anneau à terre ! crient quelques voix. Foulez-le aux pieds !

– C'est impossible, répond Mme de Tourzel. Tout ce que je puis faire, si vous êtes fâchés de le voir, c'est l'ôter de mon doigt et le mettre dans ma poche. Je suis attachée au roi parce qu'il est bon et que je connais particulièrement sa bonté. Je suis attachée à M. le Dauphin parce que, depuis plusieurs années, je prends soin de lui. Je l'aime comme mon enfant. Je porte dans mon cœur l'amour qui est exprimé sur cet anneau. Je ne puis le démentir en faisant ce que vous me proposez. Vous me mépriseriez, j'en suis sûre, si j'y consentais, et je veux mériter votre estime.

– Faites comme vous voudrez ! laisse tomber un sans-culotte.

La marquise met l'anneau dans sa poche. Au même moment, on lui demande de venir porter secours à une jeune femme qui vient de s'évanouir. Elle suit les hommes qui l'ont appelée, découvre une jeune et fort jolie personne allongée sur le sol et qui paraît étouffer. Un milicien, croyant bien faire semble-t-il, s'apprête à couper le lacet de la robe avec le bout de son sabre.

– Ne faites pas cela ! lance Louise de Tourzel. Laissez-moi la délacer !

Elle a reconnu Mme de Septeuil, épouse d'un valet de chambre du roi. Respirant mieux, et après quelques légers soufflets, celle-ci reprend une respiration normale. La marquise se relève. Elle cherche des yeux la princesse de Lamballe. Ne l'apercevant pas, elle traverse la cour, revient sur ses pas.

– Vous avez vu... ?

On ne lui répond pas. Certains, même, se détournent.

Une petite troupe vient chercher la marquise. À sa tête, elle reconnaît l'inconnu qui, quelques instants auparavant, lui a annoncé la bonne nouvelle concernant sa fille. Il ne lui dit pas un mot, mais sa présence la rassure. Elle est amenée, après une marche qui lui paraît très longue, dans la salle du greffe, devant une sorte de tribunal. L'homme qui préside semble las. On lui pose des questions. Elle répond sans précaution aucune. Elle ne cherche pas non plus à maîtriser les tremblements de ses mains et de sa voix. Elle parle de ce qu'elle connaît le mieux, de ce qui est le plus sensible au fond de son être, l'amour des enfants, et particulièrement des enfants royaux. Le président a une voix douce et tout son buste se penche vers elle quand il lui parle. « Ma fille est en sécurité, se répète-t-elle. Elle vivra. Peu importe mon sort ! Ma fille est en sécurité ! »

Les minutes s'égrènent, à moins qu'il s'agisse de secondes distendues par la chaleur de la pièce et l'angoisse. « Pourquoi le président se tourne-t-il vers les autres ? Les consulte-t-il déjà sur… ? Que vont-ils décider ? La vie sauve ? La mort ? » Sur le visage de la prisonnière, la sueur se mêle aux larmes. Ses cheveux ont roulé sur une joue, et elle les relève de temps à autre d'un doigt tremblant, mais des mèches demeurent collées à la peau. Elle est plus pâle que la cendre des pipes répandue sur la table.

Elle entend le président crier quelque chose, un cri que reprennent les autres. Puis elle le voit lever son chapeau et, dressant une fragile carcasse toute de bleu vêtue, s'incliner cérémonieusement. Des sans-culottes s'emparent d'elle, la conduisent brutalement vers la sortie. Désormais, elle n'entend plus rien. L'inconnu est toujours là. Est-ce un sourire qu'elle découvre ? La voici rue des Balets. Les pavés sont couverts d'une boue rougeâtre. « Non ! Ils sont gras de sang ! » Il y a des cadavres ici, et encore là, et encore un peu plus loin. Des hommes et des femmes tentent de l'embrasser. Elle est ballottée de l'un à l'autre. Les odeurs sont répugnantes sous le chaud soleil. Et cette pyramide de corps massacrés qui ferme la rue ! Pourquoi veut-on qu'elle s'en approche ? Elle se sent défaillir, ses jambes lâchent. Des bras vigoureux la retiennent, la portent. Des hommes armés de sabres voudraient lui faire escalader le tas immonde. Un faible cri sort de ses lèvres desséchées : « Non ! Pas ça ! »

– Elle a prêté serment à la Nation ! plaident ceux qui l'entourent.

Elle est arrachée aux mains des plus excités et entraînée rapidement vers la rue Saint-Antoine. Est-ce un bras coupé sur lequel elle a trébuché ? Et cette tache noire sur sa manche ? Du sang ! « Seigneur ! Seigneur ! Mettez fin à ce cauchemar, je vous en supplie ! Si je dois mourir, faites que ce soit tout de suite ! » On la pousse dans un fiacre. L'inconnu est toujours avec elle.

– Je m'appelle Hardy, souffle-t-il.

Il s'assied à ses côtés, avec deux autres hommes. Elle entend que des individus montent sur le siège du cocher ou s'installent à l'arrière.

La voiture démarre. Le dénommé Hardy rassure la marquise une nouvelle fois sur le sort de sa fille.

– Et la princesse de Lamballe ? parvient-elle à interroger.

Il ne répond pas. Il baisse les yeux.

La voiture mène un train d'enfer, le cocher étant pressé à tout bout de champ par Hardy et ses compagnons. L'équipage arrive rapidement devant la maison de Mme de Lède.

– Vous êtes maintenant en sécurité.

– Merci, monsieur ! Merci. Je voudrais… je voudrais verser une gratification. Pour vous et vos compagnons. Si vous voulez bien m'accorder un petit instant. Un petit instant seulement.

– Mes compagnons et moi ne voulons rien recevoir.

Elle insiste. Il maintient.

– Votre fille vous rejoindra ce soir, ajoute-t-il. Par précaution, nous avons préféré retarder vos retrouvailles. Nous nous reverrons.

Mme de Lède apparaît en haut des marches. Louise de Tourzel se précipite et se jette dans ses bras en pleurant.

– Je ne rêve que d'une chose, bafouille-t-elle : prendre un bain, me laver de toute cette horreur. Avec votre permission…

55

Lundi 3 septembre 1792, midi,
la Force

Depuis qu'elle est dans cette cour, Mme de Lamballe ne se sent pas bien. Elle respire bruyamment. Une femme de chambre de Marie-Antoinette lui tend les sels. Les sans-culottes sont comme des chiens autour d'un troupeau. Ils vont, ils viennent, ils aboient. Quelques-uns titubent, ivres.

– Vous ! Au greffe !

Deux miliciens s'emparent de ses bras. Elle cherche des yeux Mme de Tourzel. « Elle était encore là il y a à peine une minute ! On lui a demandé de venir aider une femme qui se trouvait mal. Mon Dieu, ne me laissez pas seule ! » Elle scrute les groupes qui se sont formés. En vain. On la tire plus fortement. Combien de passages sombres ? Combien de grilles à franchir ? Combiens de cours à traverser, avec ces hommes qui la regardent comme une chose étrange ? Elle marche, plus soutenue que ferme sur ses jambes On la fait pénétrer dans un guichet puis dans le greffe où siège, lui a-t-on dit, le tribunal. S'agit-il des regards hostiles des nombreux hommes en armes qui occupent l'endroit ? Est-ce l'air suffocant, saturé d'odeurs répugnantes ? La princesse de

Lamballe s'évanouit. Peu parmi les hommes présents savent que l'ex-surintendante de la Maison de la reine est de santé délicate, sujette à de fréquentes syncopes : croyant à des simagrées, quelques-uns se pensent en droit de la faire revenir à elle en procédant rudement. Mais la défaillance se prolonge, jusqu'à ce qu'un membre du tribunal lui fasse respirer une bouteille de vinaigre dont le contenu était destiné à camoufler les odeurs de sang.

– Pardonnez-moi ! souffle d'une voix faible Mme de Lamballe lorsqu'elle se redresse avec un petit geste de la main pour épousseter sa robe.

– Qui êtes-vous ? interroge pour la forme le président.

La princesse a un moment d'hésitation. Est-ce que par hasard on ne saurait pas qui elle est ?

– Qui êtes-vous ? insiste l'homme.

– Marie-Louise, princesse de Savoie, et...

– Votre qualité ?

– Ma qualité ?

Se peut-il que le mot l'étonne ?

– Ma qualité ? répète-t-elle. Je suis... J'étais... Je suis surintendante de la Maison de la reine.

– Avez-vous eu connaissance du complot du 10 août ?

Les traits de la princesse se figent.

– Je ne sais pas s'il y a eu complot le 10 août. Je sais en tout cas que je n'en ai eu aucune connaissance.

– Jurez la Liberté, l'Égalité, la haine du roi, de la reine et de la royauté !

Elle semble sur le point de défaillir à nouveau, ses joues pâles s'assombrissent encore. Ses yeux bleus n'en paraissent que plus clairs dans l'écrin des cheveux blonds.

– Je jurerais facilement la Liberté et l'Égalité. Mais je ne puis jurer la haine dont vous parlez : la haine est étrangère à mon cœur.

– Mais jurez donc ! Jurez donc ! Si vous ne jurez pas, vous êtes perdue.

C'est une voix, derrière elle, qui a prononcé ces mots. Tous, dans la pièce, doivent l'avoir entendue.

– Je ne peux pas ! Je ne peux pas ! répète-t-elle.

La princesse fait un pas en arrière, porte les deux mains à son visage, se met à sangloter.

– À l'Abbaye !

La sentence tombe, brutale. De nouveau, des hommes entraînent la princesse. Ils marchent vite. On franchit des grilles puis c'est la porte d'entrée de la Grande Force. La porte d'entrée ? Ou de sortie ? Mme de Lamballe a le temps d'apercevoir une forêt de piques, les étincelles que le soleil jette sur les lames des sabres, un enfant au visage barbouillé, une femme qui rit en montrant ses jambes nues.

– Je suis perdue ! souffle-t-elle.

Elle se sent poussée. Elle tombe. Elle reçoit un premier coup. Elle se redresse en levant un bras pour se protéger. Elle voit des doigts tomber. Les doigts de sa main !

56

Lundi 3 septembre 1792, 15 heures,
Collège de France

Quand Philippe parvient au Collège de France, ce 3 septembre, il est à peu près trois heures de l'après-midi. Les rues de Paris présentent l'aspect habituel, mais on évoque ici ou là des « choses terribles » qui se passeraient à l'Abbaye.

– Loïc n'est pas là, dit Étienne Geoffroy Saint-Hilaire lorsque Philippe l'interroge un peu abruptement. Et vous non plus, vous ne devriez pas être là. Vous prenez de gros risques. Comment avez-vous réussi à vous enfuir ?

– Savez-vous où est mon neveu ?

Le jeune scientifique, un instant, observe son interlocuteur, comme s'il balançait entre le silence et l'explication. En fait, il n'a rencontré le prêtre que deux fois et ne le connaît surtout qu'à travers les affectueuses anecdotes de Loïc.

– Nous nous sommes quittés ce matin, vers cinq heures. Je suis rentré directement chez moi. Loïc devait faire de même. Je ne comprends pas que vous ne l'ayez pas vu. Il aurait dû être chez lui au plus tard à cinq heures et demie.

– Où vous êtes-vous séparés ?

– Sur un chantier de construction, pas loin du séminaire de Saint-Firmin.

– Que faisiez-vous là ?

Étienne, alerté par un bruit de pas dans un couloir, entraîne l'ancien jésuite vers une salle de cours qui est vide.

– Nous serons mieux ici pour parler, dit-il simplement lorsque la porte est refermée. Cette nuit, Loïc et moi, nous avons essayé...

Sa gorge se noue, les larmes lui montent aux yeux.

– Nous avons essayé de sauver les malheureux enfermés à Saint-Firmin. Nous avons réussi pour quelques-uns. Mais il en reste encore beaucoup. On raconte qu'il y a eu des massacres à l'Abbaye. Loïc et moi craignons que...

– Des forcenés ont également assassiné aux Carmes. J'ai pu leur échapper. Par miracle. De toute évidence, les prêtres arrêtés sont égorgés sans pitié.

Étienne regarde Philippe comme s'il le découvrait, yeux arrondis, bouche ouverte.

– Il y a eu une tuerie aux Carmes ? finit-il par interroger. Et vous avez réussi à vous en sortir ?

– Ce serait une trop longue histoire à raconter. Je suis inquiet, très inquiet pour mon neveu. Où a-t-il bien pu aller après que vous vous êtes séparés ? Il n'est quand même pas retourné à Saint-Firmin !

– Il n'avait aucune raison d'y retourner. Nous étions de toute façon épuisés. Mais je me souviens que...

– Je vous en supplie, dites-le-moi !

– Quand on s'est quittés, Loïc m'a dit qu'il était très énervé et qu'il allait peut-être traîner ses basques du côté du collège du Cardinal-Lemoine.

– Pourquoi aller là-bas ?

– Je n'en sais rien. Il aime bien se promener rue des

Fossés-Saint-Bernard. La chose inquiétante… Mais non ! Je me trompe certainement !

– À quoi pensez-vous ?

– La chose inquiétante, reprend Étienne, c'est que, derrière la halle aux veaux, il y a un dépôt pour les prisonniers destinés aux galères. Dans l'ancien couvent des Bernardins. J'ai entendu dire que… Enfin, j'ai entendu les mêmes rumeurs que pour l'Abbaye. Et ce que vous me rapportez à propos des Carmes ne fait que conforter mes soupçons.

– Vous êtes en train de m'expliquer que Loïc est allé se promener du côté du couvent des Bernardins, alors qu'on y massacrait peut-être…

– Non, je ne dis pas cela ! Je suis comme vous, j'essaie de comprendre pourquoi Loïc n'est pas rentré chez lui quand nous nous sommes séparés. J'essaie seulement de comprendre.

Étienne s'assied, comme si un poids terrible venait de s'abattre sur ses épaules.

– Je vais aller au couvent des Bernardins, dit Philippe.

– Ce serait très imprudent. Je vous conseille plutôt de retourner chez Loïc et de l'y attendre. Je comprends qu'il serait dangereux de regagner votre propre domicile. Chez Loïc, vous ne craignez rien. Tout au moins, les risques sont moindres.

– Pardonnez-moi, Étienne, de vous demander cela, mais Loïc a-t-il une aventure avec une femme ?

– Vous m'auriez interrogé il y a trois mois, je vous aurais dit oui. Aujourd'hui, je puis vous répondre clairement par la négative.

Une pensée vient soudain à l'esprit de l'ancien jésuite :

– Je n'ai pas songé un seul instant à Yolande. Peut-être est-il allé rejoindre sa sœur. Ils sont très liés tous les deux. Étienne, puis-je vous demander un service ?

– Tout ce que vous voudrez, monsieur l'abbé. J'ai trop d'affection pour Loïc pour refuser quoi que ce soit à son oncle.

– Je vais vous confier un message pour ma nièce Yolande. Si Loïc est avec elle…

Philippe s'assied à son tour. Étienne lui donne de quoi écrire. Il griffonne rapidement un billet, en précisant l'adresse de la rue des Fossés-Monsieur-le-Prince, et le remet au jeune homme.

– Merci, merci d'avance. Je vais suivre votre conseil et regagner le logement de Loïc. C'est encore le meilleur refuge dont je puisse disposer.

– Avez-vous un peu d'argent ?

– Il me reste quelques louis.

– Prenez garde à vous !

57

Lundi 3 septembre 1792, 17 h 20,
appartement de Jean Lehalleur,
rue des Fossés-Monsieur-le-Prince

Quand Jean ouvre les yeux, il découvre Yolande à son côté. Elle est assise sur un fauteuil. Il est frappé par la couleur cendre de ses traits.

– Ça ne va pas ? demande-t-il.

– C'est à toi qu'il faut poser la question ! Tu n'as pas cessé de faire des cauchemars. À plusieurs reprises, j'ai dû prendre ta main pour essayer de t'apaiser.

– Je ne me souviens pas.

– Moi, si ! Es-tu blessé ?

– Non ! Non ! Je n'ai rien.

– Mais tout ce sang…

– Ce n'est pas le mien !

– Qu'as-tu fait, Jean ? Pourquoi es-tu couvert de sang ?

– Il y a eu, hier, dans certains endroits de la ville, des…

– Mon Dieu ! Les massacres ont commencé, c'est cela ? Réponds-moi ! Tu parles des massacres, c'est bien ça !

Jean ne répond pas. Il a fermé les yeux. Yolande le secoue.

– Je t'en supplie !

– Il y a eu des troubles, c'est vrai.

– Aux Carmes ?

– Non ! Pas que je sache ! À l'Abbaye et à la Force. Mais j'ai pu faire sortir Pauline de Tourzel à temps. Avec l'aide de Danton et de mon ami Hardy. Elle est saine et sauve.

– C'est vrai ?

Elle l'étreint avec effusion.

– Oh ! Merci ! Merci !

– J'ai vu des choses… des choses horribles.

– Tu disais ce matin que tu avais honte. Pourquoi disais-tu cela ?

– Je ne peux pas te le dire.

– Mais pourquoi ?

Jean tourne la tête, remonte une couverture comme s'il souffrait du froid.

– Si je savais mon oncle en sécurité ! dit Yolande après un temps infini.

Au même moment, on frappe à la porte. Elle s'y rend, ouvre. Un jeune homme bien mis lui remet un billet.

– De la part de M. Étienne Geoffroy Saint-Hilaire.

Elle lui tend une pièce qu'il refuse, avant de dégringoler les escaliers.

– Merci ! a-t-elle le temps de crier quand l'autre a déjà disparu.

Elle ouvre le billet. Les larmes lui montent aux yeux.

– Mon oncle est libre ! Mon oncle est libre !

Elle n'ajoute pas que Philippe demande à la voir d'urgence. Elle sait qu'elle ira au rendez-vous qu'il fixe chez Loïc, mais elle ne veut pas alarmer Jean. Elle court à la chambre.

– Mon oncle n'est plus aux Carmes ! Il est sain et sauf !

Jean s'est levé.

– C'est une excellente chose ! dit-il simplement. Je suis heureux pour toi et pour ton oncle.

– Où vas-tu ?

– Il faut que je lave tout ce sang et que je reparte. Notre pays, comme tu le sais, est en guerre. Je dois partir dès ce soir mais je reviendrai probablement demain soir.

– Tu vas passer la nuit dehors ?

– Dans une voiture. Ne t'inquiète pas !

– Tu as faim ?

– Une faim de loup.

Tandis qu'elle prépare à manger, Yolande se dit que, dès demain matin, à la première heure, elle ira chez son frère et pourra serrer dans ses bras son oncle chéri. Elle devra de nouveau se travestir et mentir par omission vis-à-vis de Jean.

Avant, elle avertira par un message la comtesse de Bressé.

Pourquoi Jean a-t-il eu honte ? Et pourquoi refuse-t-il de lui répondre ? « Pourquoi, mon amour, laisses-tu s'installer entre nous des questions aussi insidieuses et brutales ? Qu'as-tu fait que tu ne veux me dire ? Qu'as-tu fait cette nuit quand le sang coulait ? »

58

Mardi 4 septembre 1792, 7 heures,
Bicêtre

L'aube se lève sur un théâtre de désolation absolue. Les « justiciers » de la veille et leurs complices, vautrés dans les cours, les galeries et les salles, cuvent leur vin, hommes et femmes mêlés. Leurs victimes, cadavres nus et raidis, souvent décapités, toujours défigurés et mutilés, forment deux tas près de l'église.

Déjà, les « travailleurs » se réveillent et réclament encore du vin. Une tâche reste à accomplir, qui pourrait retourner les tripes : cent-soixante-dix cadavres au moins doivent être répertoriés, enlevés et transportés jusqu'à la fosse commune.

Un officier de l'état civil de Gentilly est appelé. Sous sa direction méticuleuse, et avec l'aide de guichetiers, chaque cadavre est dépouillé de ce qu'il a pu conserver sur lui, identifié, mentionné sur un état puis chargé sur un tombereau. Des commissaires de la Commune assistent aux opérations.

À dix heures, bien après que le dernier convoi a quitté la cour, les tueurs reprennent le chemin de Paris.

Qu'un sang impur…

Il reste aux commis de l'établissement à récurer les pavés et les murs pour faire disparaître l'odeur de putréfaction qui, sous le soleil déjà chaud de ce milieu de matinée, enflamme les narines.

59

Mardi 4 septembre 1792, 7 h 30,
chambre de Loïc, rue des Boulangers

Yolande frappe à la porte de la chambre de Loïc. Quand il ouvre précipitamment, son oncle la découvre habillée en homme. Elle se jette dans ses bras.

– Je suis venue aussi vite que j'ai pu. Dieu soit loué, vous êtes sauf ! Si vous saviez comme je suis heureuse ! Comment…

Quelque chose dans l'attitude de son oncle l'alerte :

– Vous ne paraissez pas totalement heureux de me revoir…

– Mais si ! Que vas-tu chercher ? Encore travestie…

– Je n'ai pas trouvé d'autre moyen de circuler dans une relative sécurité.

– Ne restons pas sur le pas de la porte ! Entre ! Entre et assieds-toi ! Loïc est-il avec toi ?

– Je ne l'ai pas vu depuis deux semaines. Et vous, avez-vous des nouvelles ?

– Aucune, malheureusement.

– J'ai gardé mon fiacre. Si vous voulez, nous pouvons partir tout de suite. La comtesse de Bressé sera heureuse de vous accueillir.

– Il faut d'abord retrouver Loïc. Nous devons aller aux Bernardins.

– Les Bernardins ? Pour y faire quoi ?

– Il n'est pas exclu que Loïc, dans la nuit d'hier, y ait fait de mauvaises rencontres.

– Mon Dieu ! J'ai entendu ce matin des hommes crier qu'on y avait fait un carnage de galériens. Mais dites-moi que ce n'est pas vrai ! Loïc n'avait rien à faire dans ce couvent !

– Nous devons y aller. Il n'y a aucune certitude. Mais nous devons y aller.

Vingt minutes plus tard, compte tenu des embarras de la circulation, leur fiacre parvient au vieux couvent. Le calme de la capitale est saisissant. Après avoir longuement parlementé avec une sentinelle, ils sont admis dans le guichet, où un colosse les reçoit.

– Je m'appelle Delaire, dit celui-ci. Que puis-je pour vous ?

Son crâne chauve est marqué de traces mauves et une estafilade lui zèbre une joue. Les lèvres sont tuméfiées.

Philippe explique rapidement qu'il est à la recherche de son neveu Loïc, disparu depuis la veille, cinq heures du matin, et qui est très probablement venu aux alentours des Bernardins dans les deux heures qui ont suivi. Le concierge adjoint fait une grimace.

– Vous dites qu'il est venu ici vers sept heures ?

– Vers sept heures, peut-être avant, peut-être après. Selon un de ses amis, il a pu venir ici à ce moment-là.

– À ce moment-là, monsieur, des miliciens assassinaient les prisonniers. Faut-il comprendre que votre neveu faisait partie des massacreurs ?

– Non ! Non ! Vous vous méprenez ! Mon neveu, s'il est venu aux Bernardins, y est venu par hasard, après avoir essayé de sauver des prêtres à Saint-Firmin. Mais ce n'est qu'une hypothèse. Quand il a quitté son ami, il lui a dit qu'il allait se promener du côté du collège du Cardinal-Lemoine. Il y a été pensionnaire en chambre. Les Bernardins et ce collège sont mitoyens. Ses pas ont pu le mener…

– Comment il est, votre neveu? Je veux dire: à quoi il ressemble?

Demeurée jusqu'alors silencieuse, Yolande intervient:

– Mon frère est très mince, même un peu maigre. Il a les cheveux très foncés, très fournis. Une vraie crinière! Ses yeux sont gris. On le remarque surtout à cause de son nez. Il a le nez un peu long, avec une arête où la peau blanchit.

Elle remarque la réaction de Delaire: d'abord la surprise d'entendre le timbre de sa voix, ensuite une sorte d'embarras.

– Cette description vous dit quelque chose!

Le concierge adjoint va pour protester, mais Philippe insiste:

– Je vois bien que cela vous dit quelque chose. L'avez-vous vu?

– Nous sommes morts d'inquiétude, renchérit Yolande. Si vous savez quelque chose, il faut nous le dire!

Désormais, le visage de Delaire est agité de tics.

– Ce nez un peu long, avec la peau blanche sur l'arête, commence-t-il d'une voix hésitante, c'est… c'est peut-être l'inconnu qui a été… vous ne voulez pas attendre Mme Rabouin? Elle est allée à la section. Pour des papiers. Je pense qu'elle ne va pas tarder. Vous pouvez attendre ici…

– Si vous savez quelque chose, il faut nous le dire, martèle Philippe. Nous devons savoir!

À présent, Delaire se balance d'une jambe sur l'autre. L'estafilade de sa joue a pris de la couleur. S'il trouvait un prétexte pour échapper aux questions de ses visiteurs, il le saisirait tout de suite. Mais la supplication de ses interlocuteurs est trop forte.

– La description que vous faites correspond au jeune homme qu'on a trouvé au milieu des prisonniers, lâche-t-il en baissant les yeux, la voix faible.

– Comment ça, au milieu des prisonniers ? interroge brutalement Philippe.

Pour sa part, Yolande a déjà compris, mais il manque encore les derniers mots du guichetier, comme un coup de grâce :

– Je veux dire… je parle du jeune homme qu'on a retrouvé mort au milieu…

Yolande pousse un cri terrible et fléchit sur ses jambes. Delaire la rattrape au vol et la dépose doucement sur une chaise. Cette réaction, même pour un très jeune homme, lui apparaît certainement excessive. Philippe lui applique quelques soufflets, avec certainement moins de retenue qu'il n'en observerait si sa nièce portait jupon et spencer.

Comme s'il voulait se libérer totalement du souvenir qui l'oppresse, Delaire profite de l'évanouissement de Yolande pour raconter brièvement à l'ancien jésuite le massacre, les soixante-douze prisonniers retrouvés morts, le soixante-treizième cadavre d'un inconnu.

– Ils ont enlevé les cadavres hier soir, conclut-il. Ils ont été enterrés hier soir très tard. Dans une fosse commune.

Yolande reprend ses esprits. Quand elle découvre son oncle à genoux devant elle, elle se jette dans ses bras et pleure.

– Loïc est mort ! Loïc est mort ! Ils ont tué mon frère !

De toute évidence, Delaire ne doute plus que ce jeune homme en pleurs, être androgyne comme le siècle finissant en a beaucoup produit, n'ait pas reçu le sexe qui lui était normalement destiné. Mais le colosse est plein de délicatesse et de compassion et il fait tout pour dissimuler son malaise.

Après une éternité, Delaire, aidé d'un guichetier au visage couperosé, tandis que Yolande sanglote dans un coin, explique à son oncle que les égorgeurs ont épargné trois prisonniers.

– Est-il possible de les interroger ? demande Philippe.

– Ils ne sont plus là, répond Delaire. Ils ont été transférés hier dans un autre dépôt.

– Je dois savoir comment les choses se sont passées exactement. Dites-moi où ces rescapés sont actuellement. Donnez-moi leurs noms. Il faut que je sache !

– Vous ne pourrez pas les voir. Ils doivent partir dans les tout prochains jours pour le bagne de Toulon.

– Alors j'irai à Toulon ! Comment s'appellent-ils ?

Delaire, un instant, marque une hésitation. Mais est-il possible de laisser cet homme sans un fragile espoir ?

– Il n'est rien de pire que de douter, insiste l'ancien jésuite.

– Léonard, donne-moi donc le registre que je dise à monsieur les noms des survivants, commande-t-il à son collègue.

Tandis que Philippe, sur une petite feuille de papier, note en s'appliquant les noms des trois bagnards sortis miraculeusement indemnes de la tuerie, le grattement de la plume fait soudain prendre conscience à Yolande que, en dehors de ses sanglots étouffés, le vieux couvent est étrangement silencieux.

Comme si les murs désiraient former une chapelle ardente.

60

Mardi 4 septembre 1792, midi,
hôtel de Mme de Saint-Merri

Dans le fiacre qui les conduisait à l'hôtel de la comtesse de Bressé, rue Hautefeuille, Philippe et Yolande sont demeurés silencieux. Même si un doute subsistait quant à la mort de Loïc, ils étaient anéantis. Les présomptions étaient trop nombreuses, trop puissantes, Étienne Geoffroy Saint-Hilaire et le concierge adjoint avaient donné des indications trop troublantes pour croire encore que le jeune homme était sain et sauf.

De temps à autre, un long sanglot agitait Yolande, pressée contre son oncle. Le prêtre, alors, lui caressait doucement les cheveux.

– Soyons forts comme l'a toujours été Loïc, chuchotait Philippe. Montrons le même courage.

Léontine de Saint-Merri les accueille avec l'empressement qu'on peut imaginer. En quelques minutes, la maison est mise sur le pied de guerre. Le déguisement de Yolande ne l'étonne qu'à moitié.

– Je ne veux pas vous compromettre, hasarde Philippe.

– Tut-tut-tut ! fait la comtesse. Ce ne sont pas quelques sans-culottes dépenaillés qui vont nous faire peur ! Nous en avons vu d'autres.

– Quand même !

– Mon père, vous avez ici une chambre. J'ai demandé qu'on fasse chauffer de l'eau. Je donne les ordres pour le dîner.

Quatre-vingt-dix minutes plus tard, rasé de près et coiffé par Joseph, habillé de frais et apaisé, Philippe retrouve Mme de Saint-Merri dans l'ancien cabinet de travail de son mari, une pièce lambrissée qu'elle affectionne tout particulièrement.

– Vous avez meilleure mine ! Yolande est repartie avec Joseph et Bérengère rue des Fossés-Monsieur-le-Prince. C'est bien mieux pour elle ! Cette petite adorait son frère. C'est un coup terrible pour elle ! La pauvre enfant ! Prenez place à côté de moi ! Nous pourrons manger dans moins d'une heure. Je suppose que vous avez faim. Racontez-moi tout ce qui vous est arrivé. Je suis heureuse que vous ayez pu échapper à ces assassins. Il faut croire que M. Lehalleur a pu intervenir. Deux fois, deux fois Yolande est allée le voir. Là où il est souvent, au ministère de la Justice, avec M. Danton.

– Je ne comprends pas...

– Que ne comprenez vous pas ?

– Je ne comprends pas ce que vous dites à propos de ce Lehalleur. Si je devine que ma nièce a demandé l'aide de cet homme, je crains malheureusement qu'il n'ait rien fait ou qu'il n'ait rien pu faire.

La comtesse ouvre la bouche, balbutie quelques mots incompréhensibles.

– Mais... mais vous avez pu échapper à ces assassins. On dit que, aux Carmes, aucun n'a été épargné.

– J'ai pu me sauver lorsque la tuerie a commencé. J'ai escaladé des murs, je me suis caché, j'ai pu rejoindre le logement de mon neveu. Mais, tout cela, je l'ai fait par mes propres moyens, avec l'aide de Dieu.

– M. Lehalleur ou M. Danton ne sont pas intervenus ? insiste la comtesse.

– Pas que je sache.

– Alors votre vie est toujours menacée ! Il y a paraît-il des choses horribles qui se passent actuellement encore à l'Abbaye. Je le tiens de Joseph, mon majordome. Il faut que nous prenions des précautions. Je ne change rien aux dispositions arrêtées : vous demeurez ici…

– Vous courez de gros risques en cachant chez vous un réfractaire qui s'est enfui…

– Taisez-vous donc ! Comment pourrais-je vous accueillir quand cela n'est pas vraiment nécessaire et vous rejeter quand il y va de votre vie ? Vous vous cacherez, voilà tout ! D'abord ici, ensuite hors de nos frontières. Je pense à la Suisse…

Mme de Saint-Merri explique à Philippe qu'elle a déjà utilisé, pour certains membres de sa famille, les services d'un Suisse qui est en mesure de fournir aux proscrits de faux passeports leur permettant d'émigrer.

– Le prix de ses services ? interroge Philippe.

– Cent louis, payables d'avance.

Philippe fait la grimace.

– Je peux vous aider, dit la comtesse. Et ne protestez pas, cela me gâterait le plaisir que j'ai à le faire !

La table est dressée dans le petit salon. La comtesse et son invité prennent place.

– Nous pouvons parler tranquillement, dit Mme de Saint-Merri.

En fin d'après-midi, Joseph va porter au Suisse les cent louis.

– Il reprendra contact avec nous, dit-il simplement quand il est de retour deux heures plus tard.

61

Mardi 4 septembre 1792, 14 heures,
Salpêtrière

Dans la prison de la Salpêtrière, on trouve d'abord des adolescentes de seize et dix-sept ans « dont le comportement mérite correction ». Si l'on croit encore qu'elles puissent s'amender, on les y a jetées sans scrupules au milieu de délinquantes plus mûres et plus redoutables, dont les contingents principaux sont des prostituées, des voleuses ou, selon la terminologie du temps, « des hystériques ».

En ce 4 septembre 1792, au début de l'après-midi, une bande armée envahit la cour Sainte-Claire et exige des geôliers qu'on lui livre toutes les détenues. Affolé, l'économe fait porter des messages de détresse au maire, Pétion, et à la section du Finistère, dont dépend l'établissement. Le premier, absent, ne répond pas, mais ses services transmettent à Santerre, qui, évidemment, ne bouge pas. La section délègue deux commissaires. Ces dignes citoyens ne pourront strictement rien faire mais leur procès-verbal, dressé immédiatement après les événements, permet d'en connaître le sinistre déroulement.

Quatre-vingt-sept femmes sont appelées une par une. La nuit n'est pas encore tombée que trente-cinq d'entre elles gisent sur le pavé, battues à mort à coups de bûches, tandis que cinquante-deux ont été libérées. Les malheureuses sacrifiées à la haine sont celles qui ont été « flétries », c'est-à-dire celles qui portent dans la chair de leurs épaules, imprimée au fer rouge, la lettre qui désigne leurs crimes. Elles sont âgées, à quelques exceptions près, dont une notable : Marie-Bertrand, dix-sept ans.

Il s'est dit que nombre des femmes acquittées ont payé la clémence de leurs juges avec une monnaie universelle et très ancienne. C'est possible, voire probable. Ce prix convenu pour une relaxe change-t-il quoi que ce soit à la cruauté de l'événement ?

À la lueur des torches, les commissaires de la section font fouiller les cadavres et réunissent bijoux, monnaie, assignats, mouchoirs, souvenirs. Par pudeur, ils n'osent livrer aux fossoyeurs les cadavres nus, et ceux-ci sont rapidement enterrés dans le cimetière de l'établissement.

62

Mardi 4 septembre 1792, 14 heures,
rue des Fossés-Monsieur-le-Prince

Joseph et Bérengère raccompagnent Yolande chez Jean. Ils sont pleins de sollicitude. Elle voit bien qu'ils sont désemparés : un chagrin pareil n'a pas de remède. Elle entend à peine les mots indistincts qu'ils prononcent, mais le ton en est apaisant. Ils lui ont toujours voué une grande affection et ils souffrent eux aussi.

Joseph ouvre. Bérengère, d'autorité, conduit Yolande à la chambre. Celle-ci s'assied sur la couverture. Sa tête lui fait un mal de chien. Elle a les membres douloureux. Elle perçoit un bref échange entre Bérengère et Joseph. Des couleurs dansent devant ses yeux.

– Vous devriez vous coucher et dormir.

– Je ne pourrai jamais !

– Je vais rester là. Près de vous. Il faut vous reposer.

Bérengère l'aide à se déshabiller. De la rue lui parviennent des cris.

– Qu'est-ce que c'est ?

– Ne vous inquiétez pas. Reposez-vous.

Pourquoi ce souvenir vient-il occuper son esprit à ce

moment-là ? La scène se passe quelques mois après l'arrivée de Loïc à Paris. Il vient de pleuvoir et la chaussée est boueuse. Arrivent deux élégantes en bas de soie blancs et petits souliers. Vont-elles franchir le caniveau central ? Continueront-elles tout droit ? Loïc lui donne un coup de coude. « Regarde ! » Finalement, elles prennent le risque de traverser en levant légèrement la robe et en sautillant avec une grâce délicieuse d'un pavé à l'autre. Las ! Arrivées de l'autre côté, elles découvrent les taches qui constellent les chaussures, grimacent et cherchent des yeux un décrotteur. Il n'y en a pas. Loïc, sans prévenir, les rejoint en trois bonds. Sa sœur le voit échanger quelques mots avec les demoiselles, extirper de sa blouse une éponge et un pinceau puis, accroupi, redonner à l'escarpin le visage brillant, voire miroitant, qu'il n'aurait jamais dû perdre. « Tu vois, dit-il peu après à Yolande, il faut peu de chose pour recueillir un sourire gracieux et une piécette ! »

« Loïc, mon frère chéri ! Pourquoi toi ? »

Yolande ne parvient pas à dormir. Le visage de son frère, sans arrêt, s'imprime sur sa rétine et elle croit l'entendre appeler au secours. Loïc, battu à mort au milieu de prisonniers destinés au bagne ! Loïc assassiné dans la fleur de ses vingt ans ! Loïc, cet être si fin, si délicat, si brillant, fauché par la bêtise, la haine, l'ignorance, la sauvagerie des hommes !

Elle a dit à Jean ce qui était arrivé, mais en prétendant en avoir été informée par un message de son oncle Philippe. De son escapade en habits d'homme rue des Boulangers, aux Bernardins puis à l'hôtel de la comtesse de Bressé, elle n'a soufflé mot. Jean veille sur elle jusqu'à une heure avancée puis sombre dans un sommeil agité jusqu'à ce que Ternot, son collaborateur, vienne le chercher. Ils partent en coup de vent, commentant des événements auxquels Yolande ne comprend rien mais qui semblent d'une extrême gravité.

Elle se recroqueville dans un grand fauteuil. Le chat du concierge, qui s'est réfugié dans le salon pour de mystérieuses raisons, saute sur ses genoux. Elle le caresse doucement. Le ronronnement de l'animal l'apaise. « Aurais-tu peur, toi aussi ? »

63

Jeudi 13 septembre 1792, 9 heures,
hôtel de Mme de Saint-Merri

Quatre jours ont passé, puis huit. Le Suisse n'a donné aucune nouvelle. Philippe de Kérodret commence à être inquiet et soupçonne une arnaque.

– Je réponds de lui comme de moi-même, l'a rassuré la comtesse.

Durant cette attente, Philippe, qui ne peut pas sortir de l'hôtel, a passé des heures entières à bavarder avec son hôtesse. Elle est parvenue de temps en temps à le faire sourire.

Hier, Yolande lui a rendu visite. Cette fois, elle portait les vêtements de son sexe. À tort ou à raison, elle estimait n'avoir plus rien à craindre. Elle a dit à son oncle vouloir s'établir définitivement chez Jean Lehalleur.

– Vas-tu l'épouser ? a-t-il demandé.

– Je ne sais pas. Nous n'en avons jamais parlé.

L'ancien jésuite a marqué une pause, comme s'il voulait emprisonner toutes les réflexions qui l'assaillaient et qu'il redoutait d'exprimer.

– Je te souhaite d'être heureuse, ma chérie, a-t-il finalement déclaré.

Il avait l'air si triste que Yolande a pressé son bras et l'a embrassé.

– Je retrouverai les assassins de ton frère, a-t-il encore ajouté. L'exil auquel on me contraint ne va pas faciliter mes recherches, mais je les retrouverai. Je te le jure !

Ils se sont quittés après d'autres effusions.

Le neuvième jour, alors que Mme de Saint-Merri s'apprête à envoyer de nouveau Joseph chez le Suisse, un message de celui-ci lui parvient par un domestique, message bref : « Prenez la diligence au pont de Charenton demain. À dix heures. »

Philippe aurait pu être invité à prendre la diligence à Paris, au bureau des Messageries, là d'où partent les voitures publiques. Mais le Suisse se méfie de ce nid à policiers. Reste que, du passeport, le message ne dit mot, et que, sans papiers, il est exclu de passer en Suisse. Faut-il comprendre que l'indispensable sauf-conduit sera remis à Philippe par un occupant de la diligence ?

La comtesse et Philippe se perdent en conjectures. On discute longuement de la manière de se rendre au pont de Charenton. Franchir les barrières et le mur d'enceinte ne sera certainement pas facile. La solution vient d'une proposition de Joseph.

– Mon cousin Louis doit livrer tous les jours du côté de Charenton du bois de chauffage. Si M. l'abbé n'a pas peur de s'habiller en ouvrier, il pourra passer pour un aide de mon cousin. Mais il faut partir tout de suite. Et passer la nuit dehors.

Après avoir enfilé quelques vieux vêtements prêtés par Joseph et serré les siens dans un sac, Philippe fait ses adieux à sa courageuse hôtesse.

– Ne me remerciez pas ! dit Mme de Saint-Merri. Mais, si vous voulez me faire plaisir, prenez garde à vous et revenez en bonne santé quand ce pays ne rejettera plus ses enfants ! Adieu, mon père ! Écrivez-nous, à Yolande et à moi. Des choses différentes, pour que nous les partagions. Cette petite ne vivra plus ici mais elle viendra fréquemment me voir. Je l'aime trop pour m'en passer, et je crois savoir qu'elle ne me déteste pas complètement, malgré mes bavardages et mes petits – très petits – côtés autoritaires.

Philippe remet à la comtesse le billet qu'il a écrit à l'intention de sa nièce.

– Dites-lui bien, surtout, que je regrette de n'avoir pas eu le temps de l'embrasser avant de partir.

– Ne vous inquiétez pas !

Précédé par le majordome, l'ancien jésuite se rend à marche forcée vers l'île aux Cygnes, là où on empile les troncs des trains de bois venus paresseusement par différents cours d'eau des forêts d'Argonne, du Valois, de Compiègne et de Chantilly. Louis, le cousin de Joseph, lui ressemble beaucoup, en plus râblé. À peine les présentations sont-elles faites que Philippe est invité à monter sur une haute charrette, chargée lourdement, et l'attelage s'ébranle.

Les différents postes de contrôle sont franchis sans difficulté, Louis étant connu. À peine les gardes armés s'inquiètent-ils de savoir qui est ce nouveau commis, robuste journalier qui cache ses mains dans les plis de sa blouse et paraît sommeiller sous son méchant bonnet lie-de-vin.

– C'est ici que vous descendez.

Ce n'est pas une invitation, mais un ordre. Philippe s'exécute, tend une pièce à Louis, qui la refuse.

– Vous ne me devez rien ! Ce que Joseph me demande, je le fais gratuitement.

Philippe remercie chaudement.

– Ne vous faites pas voir ! lance encore Louis, en faisant claquer son fouet au-dessus du licol des mulets.

La fin de journée est radieuse. Le chemin de terre longe une petite rivière. Le soleil bas fait miroiter l'eau entre les peupliers. Philippe sait qu'il lui faut remonter le cours d'eau sur environ une lieue puis tourner à gauche, après un petit bois, pour retrouver la route de Melun et le vieux pont de Charenton.

« Méfiez-vous de celui qui tient l'auberge à la sortie du pont, a dit Louis. Il ne sait pas garder sa langue. Et n'oubliez pas de vous changer ! »

Philippe ne peut pas emprunter la diligence en étant habillé comme un portefaix. Il doit donc reprendre une allure bourgeoise. Mais l'aubergiste ne manquera pas alors de s'étonner qu'il arrive à pied. C'est le risque à courir.

Un peu avant d'atteindre l'auberge, le prêtre se change intégralement, laissant dans un fourré les vieux vêtements qui ne lui serviront plus à rien. L'établissement est presque vide quand il y parvient : quelques pêcheurs, deux ou trois mariniers, tous fumant en abondance un tabac très âcre. En dehors de l'aubergiste, personne ne lui prête attention.

– Je voudrais une chambre pour la nuit, dit l'ancien jésuite.

– Vous avez l'embarras du choix, elles sont toutes libres, répond son hôte, qui a une tête sympathique malgré un œil plus petit que l'autre. Vous soupez ? J'ai des harengs grillés, et aussi des pruneaux cuits et des lentilles. Et j'peux même vous faire déguster des petits pâtés. C'est ma femme qui les prépare. Et elle s'y connaît, croyez-moi ! Installez-vous donc. Vous avez bien le temps de monter.

Les petits pâtés s'avèrent succulents, malgré une couleur inquiétante.

– Il y a pas plus habile que ma femme avec une lardoire, commente l'aubergiste lorsque son client fait une moue de satisfaction. Vous avez vu comment elle vous a transformé le jus de gigot ?

Les harengs grillés, saupoudrés de ciboule et arrosés d'un peu de vinaigre, ne déçoivent pas Philippe. Même si le vinaigre peut dissimuler quelque faiblesse. En revanche, le plat de pruneaux cuits et de lentilles nageant dans une sauce claire exhale une odeur pour le moins désagréable.

– J'ai des pêches et du raisin. Des pêches de Montreuil. Vous en voulez ?

Cette fois-ci, c'est l'épouse de l'aubergiste, petite femme ronde et rose, qui interroge Philippe. Celui-ci s'empresse d'accepter. Après les lentilles, son palais a besoin de fraîcheur. D'autant que le gamay noir qu'on lui a servi d'entrée de jeu, le seul vin de la maison apparemment, est plus râpeux qu'une étrille.

Vient l'heure d'aller se coucher. Dans un coin, un marinier s'est affalé sur la table et ronfle en faisant trembloter le bougeoir fumant tout près de son crâne chauve. Deux hommes jouent aux cartes.

– Vous avez au moins de quoi me payer ? fait l'aubergiste au moment où Philippe commence à gravir l'escalier.

Le prêtre tend trois assignats.

– Voici un acompte !

La chambre est petite, meublée sommairement.

– Je vous donne la plus belle ! ment l'aubergiste.

– Réveillez-moi demain à sept heures.

Philippe a du mal à trouver le sommeil. Il guette les bruits de la salle. La fenêtre donne sur une arrière-cour où un chien attaché gémit. Il se dit qu'il s'échappera par là s'il entend venir des cavaliers.

La flamme de la bougie s'éteint d'elle-même. Est-ce l'angoisse qui lui fait garder les yeux ouverts ou les lentilles qu'il ne parvient pas à digérer ?

Philippe fait signe au cocher. Le lourd attelage, en grinçant, s'arrête. L'aurore a suspendu au-dessus des pâtures un mantelet de brume dorée.

– J'ai une place retenue, lance-t-il au cocher.

– Montez ! répond celui-ci.

Il ouvre la portière. Deux hommes, dont un officier d'infanterie, et une femme occupent la banquette tournée dans le sens de la marche. L'autre est occupée par deux hommes. Il salue puis s'assied en face de la femme, une jolie brunette qui lui jette un regard très bleu avant de baisser les yeux. Les autres l'observent sans aménité. « L'un d'eux est forcément mon Suisse. Mais lequel ? »

– Je vais en province acheter du vieux linge et des chiffons, dit Philippe, sur une inspiration. Je suis installé sur la place des Innocents, près des Halles. C'est là que se tient le marché au vieux linge et aux chiffons. Mais je n'ai plus de marchandise. Ou pas assez.

L'officier pince le nez, comme si le fait d'évoquer de vieux linges ou des chiffons était une incongruité ou lui rappelait des sueurs rances. Son voisin immédiat, une grosse verrue sur la joue, paraît plongé dans des pensées sombres.

– Moi, je vends des pains d'épice, dit l'un des deux hommes qui partagent la banquette de Philippe. Il y a des foires un peu partout. Vous connaissez certainement celle de Paris, rue du faubourg Saint-Antoine.

– Bien sûr, répond Philippe mais je dois dire que le pain d'épice n'est pas ma friandise préférée.

– Vous avez tort, monsieur. Le pain d'épice, c'est ce qu'il y a de plus goûteux. Pourtant, la formule en est simple. Peut-être aussi ne connaissez-vous pas le pain d'épice que je vends. J'ai ici...

L'homme fouille dans un sac qu'il vient d'extirper de ses pieds. Il doit avoir une cinquantaine d'années. Il porte un chapeau très élégant.

– J'ai ici... Voilà... J'ai ici un document qui décrit les mérites de mon pain d'épice. Je suis heureux de vous l'offrir, monsieur. Pour vous faire changer d'avis.

L'homme tend à Philippe un papier plié. Se pourrait-il que ce soit le passeport qu'il attend ?

– Vous avez bien le temps de le lire, dit encore le marchand de pain d'épice. Regardez-le tranquillement quand nous serons arrivés.

Cette fois-ci, le prêtre ne doute plus.

– On va bientôt arriver à Villeneuve-Saint-Georges, dit l'officier.

Philippe, d'un seul coup, a des sueurs froides. Dans cette ville, la diligence va s'arrêter et l'identité des voyageurs sera vérifiée par un policier. Il faut absolument que Philippe, d'une manière ou d'une autre, puisse prendre connaissance avant du contenu du document, au moins pour connaître le faux nom qui lui a été attribué.

À l'entrée de la ville, la diligence pénètre dans une cour où des hommes en armes jouent aux cartes.

– Tout le monde descend pour le contrôle ! lance le cocher.

Suivie par l'officier qui la couve du regard, la femme sort la première. Les autres empruntent la portière opposée. Dès que l'officier a le dos tourné, Philippe déplie rapidement le document. Maraval : tel est le nom que le passeport lui attribue. Prénom : Christian. Christian Maraval. Et la signature ressemble à un canon de forteresse. Si l'un des membres de la force armée a l'idée saugrenue de la lui faire reproduire sur un registre, ce ne sera certainement pas facile.

Les angoisses de Philippe étaient peut-être exagérées. Le contrôle se passe à merveille. L'officier de police se contente de jeter un coup d'œil rapide sur le document que le fugitif lui présente puis passe au suivant.

Mais le prêtre ne veut courir aucun risque. Lorsque la diligence fait halte de nouveau à Melun et que les occupants s'attablent pour déjeuner, il simule un accident : il s'entaille un doigt de la main droite. Désormais, il ne risque plus d'être invité à signer un registre.

– C'est ici que je vous abandonne, fait Henri Tablesch, le marchand de pain d'épice, quand ils ont franchi Les Rousses. J'espère que vous avez de l'argent. Ici, tout se paye. Et tout est cher.

– J'ai ce qu'il faut, répond Philippe.

– Au deuxième hameau, que vous voyez là-bas, derrière le bouquet d'arbres, demandez Hencke. Norbert Hencke. Dites-lui que vous venez de ma part. Il saura où vous envoyer. Il vous demandera d'avance une certaine somme. Divisez-la d'office par deux, sans écouter ses protestations. Payez un premier acompte de cinquante pour cent. Ne soldez rien avant d'être parvenu à destination.

Philippe remercie.

– Adieu, monsieur ! Moi, je retourne en France. J'ai d'autres clients qui attendent leurs passeports pour quitter ce pays de fous.

III

EXPIATION

« Ma demeure ? Demain dans le néant ! »

Georges Danton,
Déclaration lors de son procès
devant le Tribunal révolutionnaire

64

Rarement plus petite bataille a eu plus grand retentissement.

Le 20 septembre, les Français prennent position près du moulin de Valmy. À intervalles réguliers, d'un seul élan, ils hurlent « Vive la Nation ! ». Brunswick sait qu'il a affaire à une armée bien commandée et qu'en revanche ses propres troupes, déjà fatiguées, sont éprouvées par la dysenterie.

Les batteries sont mises en action. La canonnade durera toute la journée. On ne se fait pas grand mal, car l'espace séparant les deux armées est trop important et les boulets s'enfoncent dans le sol détrempé au lieu de ricocher. Après ce qui pourrait passer pour une simple répétition, les Prussiens se lancent à l'assaut de la colline que couronne le moulin. Les premiers rangs des colonnes sont fauchés cette fois par les boulets. Mais les troupes ennemies parviennent à faire quelques dégâts.

Finalement, la pluie s'étant remise à tomber avec force, le combat s'arrête. Il ne reprendra pas.

À Paris, on crie victoire. On a raison : la France vient de vaincre ses peurs et ne doute plus d'elle-même.

Le lendemain, Danton, député de la Montagne, monte à la tribune de la Convention pour annoncer sa démission de ministre de la Justice.

– Je ne suis plus que mandataire du peuple, concède-t-il, faussement humble.

Par cette démission, il coupe l'herbe sous le pied de ceux qui l'accusent de vouloir exercer une dictature avec Marat et Robespierre. Mais le tribun se fait ensuite le chantre d'une nouvelle constitution et de la propriété, un droit qui doit être selon lui éternellement maintenu, avant de conclure :

– Nous avons tout à revoir, tout à recréer.

« Recréer ». Voilà sans doute un beau mot ! Mais quelles ambiguïtés ne dissimule-t-il pas ? S'agit-il de reconstituer ce qui a été détruit ? S'agit-il de créer un nouveau monde n'ayant rien à voir avec la création initiale ? Les applaudissements sont nourris, surtout en provenance des tribunes. La Convention, dans la foulée, place les personnes et les propriétés sous la sauvegarde du peuple français et vote l'abolition de la royauté.

L'an I de la République commence le lendemain, une république déclarée « une et indivisible » après un habile discours de Danton :

– Quant à moi, je n'appartiens pas à Paris ! Aucun de nous n'appartient à tel ou tel département, il appartient à la France entière !

Bien qu'il ait démissionné, Danton, le temps qu'on lui trouve un successeur, reste en poste au ministère de la Justice. La situation alimente de nombreux débats. Ne reculant devant aucune mesure démagogique, il fait adopter le principe d'une élection des juges par les citoyens. Jean Lehalleur objecte qu'il n'a été retenu aucun critère de compétence.

– Le peuple en a assez de l'aristocratie révoltante des hommes de loi, réplique le tribun.

– Georges, tu n'es pas à l'Assemblée, s'insurge Jean. Tu es avocat, tu sais très bien qu'il n'est pas possible de rendre la justice sans un apprentissage du droit.

– La raison suffit pour rendre la justice !

– Mais comment peux-tu être convaincu de ce que tu dis ?

– La question n'est pas de savoir si je suis convaincu.

– Où est la question, alors ?

Danton ne répond pas. Pis, il tourne le dos à son ami. « Quelle erreur ! se dit Jean. Il n'est pas plus inamovible qu'un juge assis sur sa bêtise ! »

La justice n'intéresse pas vraiment Danton. L'objet de ses préoccupations, c'est la guerre. S'ils ont moins d'échanges sur ce point que sur d'autres, Jean voit bien que le tribun, comme trop souvent, agit différemment des paroles qu'il prononce à l'Assemblée. À la tribune, il offre de porter la guerre chez tous les peuples qui ont encore un roi.

– La Convention nationale doit être un comité d'insurrection générale contre tous les rois de l'univers ! tonne-t-il.

Jean sait parfaitement, lui, que le Champenois négocie d'arrache-pied avec les Prussiens, pour que leur retrait se fasse dans les meilleures conditions, ou avec les Anglais, pour qu'ils demeurent neutres, quitte à stipendier les ministres de Pitt.

65

Lorsque le fiacre commence à longer le quai principal, son cœur se met à battre plus fort.

– Ne t'inquiète pas ! Nous la retrouverons ! dit Jean.

Il n'est même pas convaincu lui-même : comment pourrait-il dissiper les doutes de Yolande ? Elle sent bien qu'il est là seulement pour assurer sa sécurité. Quand elle lui a fait part de ses intentions, il s'est mis en colère.

– Le port au blé est un coupe-gorge ! a-t-il asséné. Ce serait une folie que d'aller là-bas toute seule !

– Mais Joseph m'accompagnera.

– Tu ne te rends pas compte de ce qu'est cet endroit ! De toute façon, je ne vois pas comment tu peux la retrouver avec si peu de renseignements. Tu ne connais même pas son nom !

– Je connais son prénom, Luce, et les prénoms des deux autres, Alberte et Marthe. Je saurai les reconnaître, même dans le noir.

Dès que les passions se sont calmées, Yolande a prié la comtesse de Bressé d'envoyer son majordome rue des Balets pour s'enquérir du sort de ses anciennes compagnes de cellule et, si elles avaient survécu, améliorer leurs conditions de détention. Cela a été promptement fait. Grâce à Dieu, Luce, Alberte et Marthe étaient toujours vivantes ! Moyennant quelques espèces sonnantes, un changement de cellule a pu également être obtenu et les trois femmes ont été placées dans le quartier plus confortable de la pistole.

Yolande aurait aimé leur rendre visite mais il était inutile de tenter le diable. De toute façon, les visiteurs n'étaient admis que très exceptionnellement.

Quand Joseph est retourné à la Force le mois suivant, le greffier lui a dit que ses « protégées » avaient été libérées. Il n'a pu obtenir aucune adresse. Il n'en existait probablement pas.

Restait à aller sur le lieu habituel de « travail » de Luce si Yolande voulait au moins tenter de la retrouver.

C'est la fin de l'après-midi. Un soleil timide fait miroiter les eaux boueuses de la Seine. La plupart des péniches ont été déchargées et les débardeurs s'activent désormais du côté des entrepôts. On discute ferme à l'entrée des magasins. Des mariniers errent en petits groupes compacts. Sur un chantier, des charpentiers font chanter leurs marteaux en chœur. Le vacarme est assourdissant. La voiture s'immobilise, bloquée par un tombereau que tirent des bœufs abrutis par les coups de fouet. Yolande observe tout avec attention, comme si Luce allait apparaître d'un instant à l'autre.

– Je vais aller me renseigner chez ce marchand de vins, dit Joseph en ouvrant la portière.

Elle le suit des yeux : il remonte une suite d'étals multicolores puis disparaît derrière une bâtisse sombre.

– Je ne vois pas beaucoup de prostituées, dit-elle, vaguement inquiète.

– C'est encore trop tôt, répond Jean. Quand le jour tombera, tu les verras surgir de partout.

– Pourvu que je puisse la reconnaître !

Ces trois femmes lui ont été d'un secours immense dans

les geôles de la Force. Elle veut les remercier, sans trop savoir comment, mais il est exclu qu'elles retournent à la rue sans avoir reçu quelque chose d'elle, quelque chose dont elles se souviendront. Voilà tout l'enjeu de ce déplacement.

– Personne n'a entendu parler de ces dames, lance Joseph quand il surgit à la portière. Mais on m'a conseillé d'aller à la Taverne du Bouc. C'est un peu plus loin, à côté de la petite chapelle. Vous n'avez qu'à avancer doucement.

Il se fond de nouveau dans la foule, qui semble désormais plus dense. La voiture fait un bond puis se met à cahoter entre les ornières. Yolande passe d'une portière à l'autre, pour repérer toutes les silhouettes de femmes.

– Rappelle-toi ! dit-elle à Jean. Une femme rousse avec des taches de rousseur, grande et un peu maigre.

Jean, de bonne grâce, observe la cohue. Un rayon de soleil fait briller ses cheveux blonds.

– Je veux bien qu'on s'amuse à trois, grasseye soudain une voix.

Le sang de Yolande ne fait qu'un tour. Mais le visage livide qui s'encadre dans la portière n'est pas celui de Luce.

– Je peux faire tout ce qu'on me dit de faire, ajoute encore la femme en pointant une langue écarlate vers le décolleté de Yolande.

Jean la chasse d'un geste sec. Elle s'éloigne avec des injures. Yolande ne peut pas s'empêcher de penser que ses anciennes codétenues racolent peut-être avec la même obscénité et cela lui fait mal.

Son attention est attirée par un attroupement. Des hommes se battent au milieu d'un public excité. Des policiers interviennent rudement et dispersent ce rassemblement.

On commence à allumer des lanternes à la devanture des rares boutiques. Les ombres des mâts s'allongent sur le pavé.

Des hommes chantent quelque part. Des mendiants se disputent une guenille. Un chien saute à la portière en aboyant furieusement.

Le fiacre s'immobilise. L'enseigne de la Taverne du Bouc n'est pas de première fraîcheur. Mais il semble régner à l'intérieur une chaude ambiance. Sur un banc, un ivrogne cherche son équilibre en hurlant à tue-tête. Des individus tiennent un conciliabule.

Yolande et Jean attendent deux ou trois minutes puis Joseph apparaît. À sa mine, la jeune femme comprend qu'il a des informations. Elle l'entend parler au cocher, qui râle pour la forme, et il les rejoint.

– Luce est dans une maison à deux pas d'ici, fait-il, joyeux. Luce Boucher. J'ai déniché un homme qui semble bien la connaître et qui m'a donné son nom. On y va tout de suite si vous êtes d'accord.

– Mais bien sûr ! exulte Yolande.

Joseph frappe un grand coup du plat de la main derrière la banquette et la voiture s'ébranle.

Quand le fiacre s'immobilise à nouveau, la Seine est derrière lui. On est dans une rue de terre bordée de bicoques infâmes, avec ici ou là des écuries, des poulaillers, des clapiers.

– Si ce qu'on m'a dit est exact, vous pourrez trouver Luce Boucher ici, annonce fièrement le majordome.

– Merci beaucoup, Joseph.

Yolande remarque alors le pistolet glissé dans sa ceinture.

– Est-ce bien nécessaire ?

– Tout à fait, mademoiselle !

Il n'y a que de rares passants. La maison compte deux étages. Au premier, on observe une flamme vacillante derrière la vitre. Les ombres de la nuit tombante ont déjà envahi une sorte de glycine. On ne perçoit aucun bruit.

Joseph frappe vigoureusement à la porte, qui semble en très mauvais état. Yolande lève la tête vers la fenêtre éclairée, juste à temps pour apercevoir le déplacement d'une ombre. Puis un pas se fait entendre.

– Qu'est-ce que c'est ? interroge une voix derrière la porte.

– Je suis Yolande de Kérodret. On nous a dit qu'on pouvait trouver ici Luce Boucher. J'ai été emprisonnée avec elle à la Petite Force. Je souhaite la voir.

La porte s'ouvre. L'homme tient un falot devant lui. Il a un visage de fouine. Les joues sont grises de barbe. Mais le plus surprenant dans cette tête, ce sont les yeux : jaunes, légèrement injectés de sang.

– Qui vous êtes ? demande l'homme à Joseph.

– Le serviteur de Mademoiselle.

– Et vous ?

Cette fois, il s'adresse à Jean.

– Je ne crois pas, monsieur, vous avoir entendu vous présenter, fait Jean, sur un ton glacial.

– C'est moi qui m'occupe de Luce. Gaston Jourdy.

– Jean Lehalleur. Je suis un ami de Mlle de Kérodret. Maintenant que les présentations sont faites, pouvons-nous voir Mme Boucher ?

Jourdy hésite.

– C'est que…

– Qu'y a-t-il ?

– Rien. Simplement, Luce est… elle n'est pas dans une santé… enfin, elle est couchée… et elle a de la fièvre.

Yolande intervient :

– A-t-elle vu un médecin ?

– Non.

– Voulez-vous que j'en fasse venir un ? Mon médecin. Je prendrai tous les frais à ma charge.

Une lueur s'allume dans le regard de Jourdy.

– Entrez ! fait-il en grimaçant un sourire. Elle est au premier étage.

Le petit groupe emprunte un escalier branlant. Jourdy marche en tête. Sur l'étroit palier, il pousse une porte. D'abord, Yolande ne voit rien, ou tout juste une bougie qui crachote une fumée noire dans un coin. Puis elle aperçoit un lit et une tête.

– Approchez votre falot ! ordonne-t-elle.

C'est bien Luce qui est là et qui la dévisage comme si elle était un fantôme.

– La duchesse Yolande ! crie-t-elle.

– Luce qui aime les histoires de voyages !

Les deux femmes s'embrassent avec effusion. Luce semble très mal en point. Yolande croit même discerner un gémissement de douleur quand elle serre ses épaules.

– Bon sang, si je m'attendais ! La duchesse ici ! Mais c'est que j'ai rien à te faire lire, ma belle ! Ici, il y a rien que de la misère !

Sa voix s'étrangle et elle se met à pleurer.

– Si vous êtes malade, il faut voir un médecin. Je peux demander à mon médecin de venir.

– Je ne suis pas malade. Je suis cassée de partout.

– Qu'est-ce qui vous est arrivé ?

– Demande donc à Gaston !

Yolande se tourne vers Jourdy, qui hausse les épaules.

– Elle dit n'importe quoi !

– Moi je dis n'importe quoi ? s'insurge Luce. Tu as ce culot ? Regarde donc, Yolande, regarde ce que ce salaud m'a fait !

Elle repousse les draps. Ses jambes sont nues. Malgré le manque de lumière, on voit parfaitement des traces rouges et gonflées.

– Et mon dos ! Regarde mon dos, Yolande !

Elle se tourne, remonte sa chemise. La peau est striée et, ici ou là, du sang a séché. Jean s'empare du falot et l'approche de Luce.

– Cette femme a été fouettée, fait-il.

– Ce salaud m'a battue avec un ceinturon. Jusqu'à ce que je tombe dans les pommes. Il m'a aussi cassé deux doigts. Regarde, Yolande !

Elle tend sa main droite, où les doigts font un angle bizarre.

– Il faut vous faire soigner, dit Yolande. Nous allons vous emmener. Tout de suite !

– Hé là ! Pas si vite ! intervient Jourdy. Si vous l'emmenez, il faut m'indemniser. Ma petite Luce, c'est... Sans elle...

– Comment osez-vous ?

Yolande se redresse d'un seul mouvement. Elle tremble de rage. Des lumières écarlates dansent devant ses yeux.

– Cette femme vient avec moi ! Entendez-vous, espèce de charogne ! Elle vient avec moi ! Je vais la faire soigner. Et ne vous avisez pas de m'en empêcher !

Elle n'a pas parlé, mais éructé. Jourdy la repousse violemment. Au moment où elle heurte le mur, faisant tomber une bassine, Jean décoche à l'individu un coup de poing terrible sur la mâchoire. Au cours de la seconde suivante, elle voit le couteau dans la main de Jourdy et le pistolet dans celle de Jean. Elle crie. La détonation retentit. Jourdy s'effondre.

– Ma jambe ! Ma jambe ! geint-il.

Les événements, ensuite, vont très vite. Yolande aide Luce à enfiler un manteau. Joseph la soulève dans ses bras. Précédé de Jean, qui a troqué son pistolet contre celui du majordome, le groupe descend en hâte l'escalier. À l'étage, Jourdy hurle sa haine et des menaces. Quelques badauds se sont arrêtés et les observent avec méfiance quand ils se dirigent vers le fiacre. Luce est allongée sur une banquette. Jean et Yolande s'installent sur l'autre. Joseph se hisse à côté du cocher. La voiture démarre en trombe.

Un coup de feu claque.

Yolande entend un cri et, au moment où elle se penche par la portière, voit tomber le cocher. Une deuxième détonation : c'est Jean qui vient de tirer sur l'agresseur, sans doute un complice de Jourdy.

– Manqué ! fait-il.

Ils filent maintenant à vive allure. Joseph, de toute évidence, a pris les rênes en main. Cet homme-là est plein de ressources. Les deux chevaux réagissent bien.

– Je vous en donne du mal ! dit Luce. J'en mérite pas autant !

– Taisez-vous donc. Nous allons chez Mme de Saint-Merri. Elle va être aux petits soins pour vous.

– Encore une duchesse ?

– Non, une comtesse.

Trente minutes plus tard, ils atteignent la rue Hautefeuille. Personne, heureusement, n'a tenté de les suivre. La comtesse de Bressé, comme d'habitude, se montre très efficace.

– Vous êtes celle qui a aidé ma petite Yolande, cela vaut tous les passeports et toutes les lettres d'introduction, dit-elle à Luce pour l'accueillir.

Appelé immédiatement, le médecin, les yeux gonflés de sommeil, peut faire un diagnostic dans l'heure suivante.

– Elle a été sauvagement battue mais elle est de constitution robuste et s'en sortira très bien. Je vais lui donner les premiers soins. Je vous dirai comment faire pour les prochains jours.

– Tout le monde est gentil avec moi ! répète sans arrêt celle qui se définit comme une grande gueule et qui est redevenue une petite fille.

– Marthe ? Alberte ? Avez-vous des nouvelles ?

– Après la Force, elles ont décidé de partir toutes les deux pour la Normandie. Marthe y a encore de la famille.

Yolande se sent rassurée.

– Si tu savais…, susurre Luce en étreignant sa main.

– Chut ! Reposez-vous. Vous n'avez plus rien à craindre.

66

Début octobre, Danton reçoit à la Chancellerie le prince Louis-Philippe de Chartres, fils du duc d'Orléans. Il est tôt le matin. Jean et Fabre d'Églantine assistent à l'entretien. Louis-Philippe est lieutenant-général. C'est un jeune homme de dix-huit ou dix-neuf ans, très raide, très protocolaire.

Le Champenois félicite son visiteur, qui a participé à la bataille de Valmy. Jouant de la modestie, le prince indique que sa joie serait plus profonde si Paris n'avait pas été endeuillée par les massacres des prisons.

– Parlons-en ! lui lance Danton, soudain grave. Et laissons de côté les beaux sentiments. La politique n'en souffre aucun ! J'honore votre candeur. Après tout, elle est aussi de votre âge. Mais, de grâce, ne vous laissez pas aller à des élans de cette nature : ils vous perdraient ! Ces victimes dont vous déplorez le sort avec tant de chaleur et une si belle générosité sont tout simplement, mon cher Prince, des ennemis acharnés de votre père ! De vous-même ! De votre famille ! De nous tous ! Je dis bien : de nous tous ! Ils étaient, ici et dans nos provinces, les complices des émigrés, les auxiliaires de tous les traîtres qui voulaient livrer la France à l'étranger, aux ennemis contre lesquels vous vous êtes battu. Qui peut remettre aujourd'hui en cause les projets sanguinaires de ces individus ?

Louis-Philippe s'est recroquevillé sous l'orage.

– Quand même, avance-t-il, tout ce sang, toutes ces atrocités…

– Malheureusement, coupe Danton, malheureusement, on est souvent obligé dans une révolution de faire certaines choses auxquelles on répugne. Des choses qu'on n'aurait même pas imaginé de faire en des temps plus sereins. Mais pour tout vous dire, ces atrocités dont vous parlez, voulez-vous savoir qui les a fait faire ? Qui les a ordonnées ? Vous le voulez ?

La trogne de Danton touche presque le fragile visage du prince.

– Vous voulez savoir qui a ordonné ces massacres qui semblent vous faire tant souffrir ? insiste le tribun, les mâchoires serrées.

Louis-Philippe est devenu blanc comme un linge. A-t-il déjà deviné la réponse ? En redoute-t-il une en particulier ?

– Alors sachez que c'est moi !

– Vous ?

– Oui, moi ! Et je n'ai pas honte de le dire. L'aveu ne me coûte pas. Car pour juger de tels actes, il faut, pardonnez-moi, embrasser plus précisément la situation qui a commandé de telles dispositions. Je l'ai déjà expliqué. J'ai voulu prévenir la conspiration ourdie dans les prisons. Notre jeunesse patriote allait combattre en Champagne, elle ne pouvait laisser derrière elle une bande d'assassins prêts à agir. Mais il y a autre chose. Quelque chose de plus important encore. J'ai voulu mettre, oui, je crois que le mot se justifie, j'ai voulu mettre une *rivière de sang* entre tous ces jeunes patriotes et les émigrés. J'ai voulu que tout devienne définitif, mieux encore, irréversible. J'ai empêché tout retour en arrière. Vous comprenez bien : tout retour en arrière devait devenir impossible, mieux ! inconcevable.

Louis-Philippe, comme assommé, s'assied, porte à son front couvert de sueur une main nerveuse.

– Vous avez le droit de frémir, reprend Danton, mais contenez vos frémissements, cachez-les ! Vous êtes observé, de bien plus près encore que votre père. Vous le serez toujours. On ne vous demande pas de charger quoi que ce soit sur votre conscience, mais vous devez vous garder de juger celle des autres. Faites votre métier de soldat ! Ne vous occupez pas, pour l'instant, de la politique ! La politique, c'est mon affaire ! Emportez ces conseils à l'armée, gravez-les dans votre mémoire ! Et réservez votre avenir ! Un jour, vous serez appelé à de très hautes destinées. J'y travaille déjà. Je pense... Votre père a dû vous le dire. Qui dit que la République soit une solution définitive ? Rien ne permet d'écarter l'hypothèse d'une monarchie populaire. Absolument rien !

Danton siège pour la dernière fois au Conseil exécutif le 11 octobre. Le temps épargné, il va le consacrer à des moments de folie au cabaret ou dans des soirées très arrosées avec ses amis, notamment Jean.

Un soir, celui-ci s'enquiert de la santé de Gabrielle, qu'il n'a pas vue depuis longtemps.

– Elle a une grossesse difficile, répond Danton, distraitement.

– Peut-être aimerait-elle que tu restes plus souvent avec elle.

– Tu m'agaces ! Quand je suis avec elle, je la fatigue. Et puis je suis bien mieux hors de chez moi.

Il a ancré son regard sur le buste d'une jolie brune qui, assise avec une amie près de la cheminée, déguste un gâteau avec des gestes précieux. Jean sait très bien comment cela finira. Au besoin, Danton offrira de l'argent. Il a pris goût à l'amour vénal, aux caresses tarifées.

« Il me faut des femmes ! » aime-t-il à dire.

Cet homme immense, taillé à coups de serpe, la trogne enluminée par les désirs lubriques et le vin qu'il boit d'abondance, paraît à Jean, soudain, se rapetisser. Se réduit-on lorsqu'on sacrifie trop aux plaisirs ?

– Toi et moi, nous sommes de la même glaise, dit Danton en saisissant brutalement le bras de son ami.

Jean ignore pourquoi le tribun a prononcé cette phrase. Il essaie de lire dans ses yeux une explication, un indice qui permettrait de comprendre. Mais l'iris est une pointe nue. « Et cette pointe-là me blesse ! » se dit-il.

67

Yolande s'installe définitivement chez Jean, rue des Fossés-Monsieur-le-Prince, le surlendemain du « sauvetage » de Luce. Désormais, elle ne veut plus vivre ailleurs. Jean le désire lui aussi. La comtesse de Bressé l'y incite.

Aucun des tourtereaux ne parle mariage. Ils veulent seulement vivre ensemble. Yolande est donc la « concubine » du collaborateur de Georges Danton. Et on la reconnaît comme telle lorsque le couple reçoit ou, au contraire, est reçu.

Mais son amant continue d'avoir une vie très secrète pour tout ce qui concerne la politique et Danton. Il annonce certes ses déplacements à l'avance, mais ne lui en donne jamais ni la destination ni l'objet. Ce que la jeune femme sait des luttes de pouvoir, elle l'apprend par la presse, et Jean ne lui fait aucun commentaire qui pourrait être basé sur sa connaissance personnelle.

Yolande est heureuse, avec le profond sentiment d'un manque ou une frustration. Elle vit avec une partie de l'homme qu'elle aime, une partie seulement. Et tous ses efforts pour qu'il se livre en entier demeurent vains. La comtesse de Bressé en plaisante :

– Tous les hommes sont comme ça, ma chère ! Tous ! Combien de fois me suis-je plainte auprès de mon mari d'avoir seulement l'usufruit quand d'autres avaient la nue-propriété ou inversement !

Yolande revoit à deux reprises Georges Danton et son épouse Gabrielle. Cette dernière a beaucoup physiquement vieilli depuis leur première rencontre chez la comtesse de Bressé. Un pli amer déforme sa bouche. Elle s'est voûtée.

– Ce sont les grossesses difficiles, explique Jean, auquel Yolande s'est ouverte de ses impressions.

– Ne crois-tu pas que c'est plutôt son mari ?

Qui peut vivre avec Danton sans dommages ?

– Sais-tu ce que disait le poète Marot à propos de l'amour ? demande-t-elle un jour à Jean.

– Je n'en sais fichtre rien.

– « J'aperçois bien qu'amour est de nature étrange. » Étrange au sens d'incompréhensible, de ce qui est hors du commun. Comprends-tu ce que je veux dire ?

Loïc manque terriblement à la jeune femme et pas une journée ne se passe sans que son visage vienne à lui apparaître. Elle trouve injuste, scandaleusement injuste, qu'il ait trouvé la mort pendant les journées de Septembre, lui qui était amoureux du monde, s'émerveillait à sa beauté, voulait le rendre encore plus beau.

« Il y a des êtres qui marquent définitivement leur empreinte dans la chair de leurs proches », répète-elle souvent.

Luce quitte Mme de Bressé après un mois de soins intensifs et surtout de petites et grandes attentions. Yolande et Joseph l'accompagnent jusqu'à la tête de ligne de la diligence qui dessert Bordeaux. Son frère, qui est vigneron, l'attendra à l'arrivée. Les adieux sont déchirants. Peut-être les deux femmes ont-elles le sentiment qu'elles ne se reverront pas.

Yolande oblige Luce à accepter un petit pécule, de quoi assurer sa subsistance durant les trois ou quatre premiers mois.

– Ton frère sait-il comment tu vivais à Paris ?

– Certainement pas ! Il croit que je suis lingère.

Nouvelles effusions. Le lourd attelage démarre dans les sifflements du long fouet.

Philippe a trouvé en Suisse tout ce qu'il pouvait y attendre : un accueil, une résidence, des occupations professionnelles, des revenus. Il écrit régulièrement, à la comtesse de Bressé et à Yolande, des lettres toujours pleines de détails. Mais sa nièce y trouve de plus en plus de phrases inquiétantes qui évoquent châtiment, vengeance, damnation. Quelque chose brûle dans le cœur de l'ancien jésuite, qui le consume lui aussi, le rend plus âpre et, pour tout dire, met mal à l'aise la jeune femme.

68

Le 3 février 1793, après un très court séjour à Arcis-sur-Aube, Georges Danton et Jean Lehalleur partent pour la Belgique. Ce n'est pas la première fois qu'ils s'y rendent. D'autres commissaires nationaux les accompagnent.

Danton a la responsabilité, avec Delacroix, de deux provinces, notamment celle de Namur. Le pays est en état d'insurrection. Les troupes, qui vivent sur la population, pillent sans vergogne. Même les églises n'échappent pas au brigandage généralisé. Aux réactions légitimes des Belges répond la répression aveugle et aux exactions de la soldatesque répliquent les coups de main sanglants.

Le Champenois ne s'oublie pas et n'oublie pas ses amis dans le partage du butin. Les Belges qui ont choisi la France l'encouragent. Tous les soirs, Danton, Jean et les autres fêtent la mise à sac de la Belgique dans de grandes orgies. C'est au cours de l'une d'elles que la terrible nouvelle parvient à Jean. Le tribun s'est retiré dans sa chambre avec deux putains. La nuit est déjà très avancée.

– Fiche-moi donc la paix ! gronde-t-il quand Jean l'appelle derrière la porte.

– C'est à propos de… C'est à propos de Gabrielle, murmure Jean.

Le prénom a un effet magique : la porte s'ouvre brutalement. Danton est nu. Il a le cheveu hirsute, l'œil luisant.

– Qu'est-ce qu'il y a à propos de Gabrielle ?

Jean ouvre la bouche, s'étrangle.

– Gabrielle est morte ! glapit le tribun, en saisissant son ami par les épaules.

Jean baisse les yeux. Danton le repousse brutalement, marche jusqu'au milieu de l'antichambre, balaie d'un grand revers de manche les papiers étalés sur une table, revient vers la chambre, fonce vers le lit.

– Foutez le camp ! lance-t-il aux filles. Tout de suite ! Disparaissez !

Danton hurle, comme hurle une bête blessée.

– Vite ! Vite ! Disparaissez ! Vous me faites horreur !

Jean sait, lui, combien Danton aimait son épouse, malgré sa vie dissolue, malgré son goût des femmes. Quarante cinq minutes plus tard, les deux amis roulent à toute allure vers Paris. Quand il n'éructe pas, le Champenois demeure prostré dans un coin de la voiture, la bouche serrée, le regard fixe.

Gabrielle est morte après avoir accouché d'un quatrième fils qui n'a pas survécu. Quand l'équipage arrive à Paris, il y a deux jours déjà que la jeune femme a été enterrée.

– Cette nuit, rejoins-moi au cimetière Sainte-Catherine ! dit Danton à Jean le lendemain de son arrivée.

À la nuit tombée, les deux hommes se retrouvent devant la tombe de Gabrielle, avec deux fossoyeurs et Deseine, un sculpteur sourd et muet. En silence, la pierre tombale est déplacée, le cercueil remonté et ouvert. Deseine pratique un moulage du visage de la défunte. Danton observe ses gestes. Son regard est halluciné. Sa bouche n'est plus qu'une entaille blanche. Ses mains tremblent. Il ne porte aucune cravate et la glotte qui vibre dans son cou de taureau est le seul mouvement de vie. Avec les fossoyeurs, Jean s'est placé un peu en retrait, troublé et malheureux, et tient bien clos le col de son ample carrick pour lutter contre la bise aigre qui balaye l'allée.

L'opération prend un temps infini. Mais le Champenois n'en a cure. Deseine, d'un regard, signifie qu'il a terminé. Danton s'agenouille devant la dépouille, saisit la tête d'une main, nettoie d'un doigt malhabile l'espèce de craie que l'empreinte a laissée sur une joue. Ses gestes sont doux, caressants. Les lèvres du député palpitent, se tordent puis, de manière inattendue, entament une douce ritournelle. Le vent s'apaise alors, comme s'il voulait accompagner les sons nés de la douleur. Quelle étrange musique ! Quelle scène inattendue ! Quand le tribun éclate en sanglots et hurle, le souffle du vent enfle brutalement, couvre tout bruit, séchant les larmes que nul ne doit voir.

69

– Tu es sûr que ça va marcher ?

C'est la troisième fois que Ternot pose la question à Jean et obtient chaque fois la même réponse :

– Ça marchera !

Dans l'esprit de Jean, il n'y a aucun doute. Claude François Lazowski a trop d'appétits financiers pour laisser passer une occasion de s'enrichir plus encore. En quelques mois, cet émigré, grâce à ses tripatouillages, a pu meubler luxueusement son appartement de Paris et a acquis une superbe maison avec dépendances à Issy. Bien qu'il soit l'un des principaux affidés de Robespierre, légitimement appelé l'Incorruptible, il ne pense qu'à arrondir son magot.

Jean n'a pas oublié que Lazowski a réalisé l'arrestation de Yolande et l'a brutalisée. Les missions demandées par Danton l'ont jusqu'à présent absorbé totalement. Mais il n'a jamais renoncé à demander des comptes à celui qu'on appelle « le Foudroyant » et qui fait partie de ces médiocres hissés au-dessus de leur condition par la confusion ou la déliquescence des pouvoirs et la prime scandaleuse accordée à la violence.

En ce printemps 1793, il n'a pas été difficile de tendre un piège à Lazowski. Il a suffi qu'un complice de Jean, déclarant agir pour les Anglais, fasse entrevoir au Polonais quelques opportunités, et rendez-vous a été pris dans une maison isolée située dans les faubourgs ouest de Paris.

– Venez seul ! a dit le faux agent anglais. Je ne pourrai rien vous donner si d'autres personnes vous accompagnent, quelle que soit leur qualité.

La souricière organisée par Jean est parfaite. Ternot et lui, avec un homme de main, sont à l'intérieur. Deux costauds sont cachés, l'un aux abords du chemin, l'autre dans une petite remise. Ce dernier émettra le cri du hibou dès que Lazowski approchera, probablement à cheval.

Pour que Lazowski ne se méfie pas, Jean a dû puiser dans une partie de ses réserves et un substantiel acompte a déjà été versé à l'émigré polonais. C'est le moindre des sacrifices à consentir pour châtier comme il se doit celui qui a jeté Yolande dans les geôles de la Force. Car il est bien dans les intentions de Jean d'appliquer à ce mercenaire ce qu'il appelle un « juste châtiment ». En enfermant Yolande à la Force, il la condamnait à mort : il ne pouvait ignorer tout ce qui se tramait.

La question est de savoir si Lazowski a agi pour son compte ou, comme le subodore Jean, pour le compte d'un commissaire du Comité de surveillance. Quand l'individu sera entre ses mains, il faudra que Jean le fasse parler. Il entend savoir qui a voulu faire disparaître la femme dont il partage la vie depuis plus d'un an. Il ne doute pas en effet que Yolande ait été la victime des luttes des factions, dont certaines voulaient l'atteindre et, à travers lui, entendaient terrasser Danton. Le Comité de Salut public ne siège que depuis quelques jours au pavillon de l'Égalité des Tuileries, ci-devant pavillon de Flore. Danton, qui en est membre avec Barère, Cambon et d'autres, ne pourra qu'être heureux de mieux connaître ceux qui complotent dans son dos.

Un hululement. Comme les autres, Jean l'a parfaitement entendu. Dans la pièce noire, il s'approche de la fenêtre, regarde vers le chemin, n'aperçoit que les reflets laiteux jetés par la lune sur des jardins maraîchers qui bordent l'enclos. Puis il voit apparaître un cavalier.

– Vas-y ! souffle-t-il à Ternot.

Ternot allume une bougie puis dessine avec elle trois grands cercles devant la baie vitrée. C'est le signal convenu, annonçant à Lazowski que la voie est libre et qu'il peut s'approcher de l'entrée sans danger. Jean observe la sombre silhouette qui, immobile devant la barrière, paraît hésiter. Lazowski se douterait-il de quelque chose ? Violent, corrompu, audacieux, se pourrait-il qu'il soit aussi prudent et soupçonneux quand on lui offre un pont d'or ?

Mais les craintes de Jean étaient excessives : Lazowski descend de son cheval, l'attache puis remonte l'allée. Jean ne peut distinguer son visage. Mais il a vu briller les crosses des pistolets dans la ceinture et la canne que Lazowski tient dans la main – probablement une canne-épée. Il va y avoir un cap difficile et dangereux à franchir et tout dépendra en réalité de la parfaite coordination de ses forces.

Lazowski gravit les marches qui permettent d'accéder au seuil de la maison. Il a de lourdes bottes. Il frappe. Trois coups. Ternot, Jean et leur compagnon s'approchent ensemble de la porte. Mais seul Ternot doit apparaître quand elle va s'ouvrir. Ternot, qui tient toujours la bougie, abaisse le loquet et tire la porte. Le visage de Lazowski s'éclaire faiblement et un sourire apparaît. Il fait un pas.

Quand Jean et le troisième homme s'emparent chacun d'un bras de Lazowski, celui-ci, d'un coup de pied, parvient à déséquilibrer Ternot, qui s'effondre sur Jean, puis il se retourne, cherchant à fuir. Il se trouve alors nez à nez avec l'un des complices et reçoit un rude coup de gourdin. Lazowski tombe sur les genoux.

– Merde ! fait-il. Je m'en doutais !

L'homme est solide. Il ne sera pas inconscient longtemps. Les comploteurs le tirent vers l'intérieur de la maison, l'assoient sur une chaise et le ligotent des pieds jusqu'au col. Puis ils lui enferment la tête dans un sac de jute, sans serrer à la base pour ne pas trop gêner la respiration. On tire les rideaux, pour occulter les baies, et deux flambeaux sont allumés.

Lazowski gémit, redresse la tête puis se met à ruer et à jurer. C'est alors que, sur un signe de Jean, l'un des hommes s'approche. C'est un colosse, avec un cou de taureau et de longs cheveux raides. Il se campe devant Lazowski, souffle bruyamment puis, de ses poings énormes, commence à frapper la tête du prisonnier. Il procède lentement, en cadence, tantôt à droite, tantôt à gauche, tantôt de face. Il ne met pas toute sa force dans les coups, soucieux apparemment de ne pas se blesser les mains, mais le bruit ne serait pas moins épouvantable si les poings étaient des petites enclumes. Il ne dit rien, comme d'ailleurs tous les autres qui assistent à ce passage à tabac méthodique et implacable. Et ce silence est d'autant plus saisissant que Lazowski accuse chaque coup en poussant un cri bref, suivi d'un halètement sinistre.

Plusieurs minutes s'écoulent. Entre chaque cri, la poitrine de Lazowski a des mouvements de plus en plus rapides. Sa tête commence également à s'affaisser. Bientôt, la toile de jute se colore et, comme s'il s'agissait d'un signe, les coups cessent.

– Tu t'appelles Claude François Lazowski, dit Jean d'une voix atone.

– Je t'emmerde !

– Tu t'appelles Claude François Lazowski. Et tes souffrances seront beaucoup plus courtes si tu te contentes de répondre à quelques questions.

– Je t'emmerde ! souffle encore Lazowski, qui se met à hoqueter et à cracher.

– Je voudrais savoir qui t'a donné mandat, en août 1792, d'arrêter à Paris, rue Hautefeuille, chez la comtesse de Bressé, une jeune femme qui s'appelle Yolande de Kérodret. Tu vois, c'est une question simple qui appelle une réponse tout aussi simple. Tu avais certainement un mandat. Qui a signé ce mandat ?

Lazowski se met à respirer bruyamment, comme s'il cherchait son souffle. Jean laisse passer quelques secondes.

– Lazowski, je t'ai posé une question.

Mais le prisonnier ne répond pas.

Deux compagnons de Jean s'approchent alors avec un seau d'eau et commencent à en déverser lentement le contenu sur le sac de jute. La tête s'agite, tout le corps du prisonnier vibre, il hurle comme un homme qui se noie.

Une minute plus tard, alors que Lazowski ne fait plus entendre qu'un bruit de forge, Jean s'approche :

– Qui t'a donné mandat d'arrêter Yolande de Kérodret ? Qui ? Tu n'as pas agi de ta propre initiative. Qui t'a donné mandat d'arrêter Yolande de Kérodret ?

Un murmure. Jean approche l'oreille.

– Je n'entends pas !

– Martin.

– Le commissaire du Comité de surveillance ?

– Martin.

La voix n'est presque plus audible.

Jean arrache le sac de jute. Le visage de Lazowski est plus torturé qu'un pied de vigne. Les yeux sont fermés par des paupières gonflées comme des ballons. Le nez ne ressemble plus à rien. Le sang mêlé d'eau ruisselle sur les chairs torturées. Des morceaux de dents sont tombés sur l'énorme cravate. Plus rien d'humain ne subsiste dans ce visage.

Jean tourne le dos. Une façon de marquer qu'il se désintéresse de la suite. Les autres savent ce qu'ils doivent faire. Il n'y a rien à ajouter.

– Il est déjà mort, fait une voix.

Jean pivote, d'un bloc. Ternot est en train d'examiner Lazowski.

– Il est mort, confirme-t-il. Il devait avoir des problèmes respiratoires. Tu peux t'en aller. On va le déposer devant chez lui.

Il est plus d'une heure du matin. Jean se sent las. Il croyait éprouver une satisfaction : il a envie de vomir.

– Rentre chez toi, dit encore Ternot à Jean.

Quand la mort de Lazowski est annoncée, Robespierre prononce son éloge funèbre au club des Jacobins. L'Incorruptible n'hésite pas alors à suggérer que l'homme a pu être assassiné par ses adversaires modérés et girondins en raison du rôle radical qu'il a joué. Dans sa bouche, il devient un martyr.

– J'étais l'ami intime de Lazowski, larmoie Robespierre. J'ai connu son âme entière... je pleure Lazowski... toutes les facultés de mon âme sont absorbées par les regrets de la perte immense que la République vient de faire.

Ses obsèques sont célébrées en grande pompe. David est l'auteur de la mise en scène. Gossec a écrit les musiques. Le corps est enseveli près du Carrousel, face au siège de la Convention. Mais la section du Finistère a obtenu de conserver le cœur du héros dans la salle de ses réunions et la Commune a adopté la fille de la victime.

Quand il apprend de sa bouche le rôle joué par son ami Jean, qui lui a rapporté l'assassinat de Lazowski comme une exécution politique, Danton entre dans une colère terrible :

– Imbécile ! Tu as fourni à Robespierre une nouvelle occasion de se prétendre ami du peuple. Ne vois-tu pas que, en se proclamant ami intime de Lazowski, il s'est fait plus proche, plus intime de tout le faubourg Saint-Marcel et, au-delà, des faubourgs populaires ? Tous les imbéciles croient toujours bien faire ! Et plus ils prouvent leur bêtise, plus ils sont convaincus d'être dans l'excellence ! Je t'interdis de prendre des initiatives de cette nature ! Contente-toi d'exécuter mes ordres ! Ne fais jamais rien en dehors de mes ordres ! Tout le monde ne peut pas s'asseoir à la table de jeu de la politique. Fais-moi encore un héros national comme Lazowski, et Robespierre sera intouchable ! Laisse-moi maintenant !

Jean se retire. Il tremble de rage et d'humiliation. « Danton n'aurait pas parlé différemment à une roulure ! »

70

Sur la proposition de Bernardin de Saint-Pierre, l'auteur de *Paul et Virginie*, alors intendant général du Jardin des Plantes, Étienne Geoffroy Saint-Hilaire succède à Lacépède pour veiller sur les collections du cabinet d'histoire naturelle. Il est appelé à collaborer directement avec Daubenton.

Peu après, la Convention réorganise et transforme le Jardin des Plantes, qui devient le Muséum d'histoire naturelle, et crée douze chaires de naturalistes. L'une d'elles échoue à Étienne, âgé d'à peine vingt et un ans.

Au début du mois de juillet, une petite cérémonie est organisée dans un des salons du prestigieux établissement pour fêter ceux qu'on appelle alors les douze officiers. Les plus grands scientifiques sont présents et on reconnaît notamment Daubenton, Fourcroy, Lakanal. Quelques conventionnels qui s'intéressent aux sciences ont également fait le déplacement. Si les esprits sont naturellement préoccupés par les turbulences qui agitent le pays, l'ambiance est chaleureuse.

Rapidement, des petits groupes se forment autour de chaque professeur. En manière de plaisanterie, Étienne rappelle qu'il est minéralogiste et qu'on lui a offert la chaire des animaux vertébrés.

– Je n'avais pas vu le lien, dit-il en souriant.

– Personne n'a encore enseigné la zoologie à Paris, rétorque un homme aux cheveux blancs.

Daubenton.

– Tout est à créer, mon cher Étienne ! reprend son interlocuteur. Réunissez les éléments épars. Et faites-en une science ! Faites que, dans vingt ans, on puisse dire que la zoologie est une science française !

Les témoins de ce dialogue oublient la jeunesse d'Étienne. Leurs regards n'expriment plus que l'admiration.

– Si tout est à faire, tout est possible, répond modestement Étienne.

À ce moment précis, son regard se voile.

– C'est ce que répétait souvent mon ami disparu, Loïc de Kérodret, ajoute-t-il d'une voix altérée. J'aurais été si heureux qu'il fût là, ce soir, avec nous. Pour partager avec nous ce bonheur. Il me manque beaucoup.

Cet instant nostalgique est bref. La conversation reprend immédiatement sur un autre thème, ricoche, se disperse. L'évocation de Loïc est déjà oubliée de tous. De tous, sauf d'un collaborateur de Robespierre, un homme râblé et gras, dénommé André Michaudet. Quand Étienne, quittant pour un instant ceux qui l'entourent, traverse la salle pour aller au buffet et se faire servir une boisson, Michaudet l'interpelle discrètement :

– Monsieur Geoffroy Saint-Hilaire, puis-je vous entretenir un instant ?

– Je vous en prie.

– Tout à l'heure, vous avez parlé de Loïc de Kérodret. Personnellement, je ne l'ai pas connu. Mais je ne doute pas, s'il avait votre estime, qu'il faisait partie des êtres remarquables. Il y a peu, au secrétariat de la Convention, j'ai entendu parler de ce jeune homme. Plus exactement, j'ai entendu conter la manière dont il est mort. Vous savez, je suppose, qu'il a été massacré avec des bagnards aux Bernardins. Mais vous ignorez probablement qui l'a mis à mort...

– Je l'ignore, en effet. Mais qui peut le savoir, sinon l'assassin lui-même ?

– Loïc de Kérodret a été tué le matin du 3 septembre, très tôt. Les tueurs des Bernardins avaient déjà assassiné ailleurs. L'un d'eux venait de la prison de l'Abbaye, où il avait sabré des prisonniers. Celui dont je tiens les informations l'a reconnu...

– Soyez plus précis ! Dites-moi qui est cet assassin et qui est celui qui l'a reconnu !

– Attendez un peu ! L'homme qui avait tué devant la prison de l'Abbaye est ensuite allé à la Force. Là, il est parvenu à faire sortir une prisonnière. Quand celle-ci a été en sécurité, il est allé aux Bernardins. Pendant tout ce temps, en se cachant, celui dont je tiens les renseignements l'a suivi. Loïc de Kérodret a été tué à l'entrée des Bernardins.

– De qui parlez-vous précisément ?

– Je ne peux pas vous le dire.

– Alors dites-moi au moins de qui vous tenez ces renseignements ?

– J'ai juré de me taire. Il n'est pas prudent, aujourd'hui, de dénoncer qui que ce soit.

Étienne regarde un instant Michaudet, comme s'il hésitait sur le parti à prendre.

– Si vous m'avez tout dit, je vous prie de m'excuser, laisse tomber sèchement Étienne en tournant les talons.

Michaudet regarde le jeune homme s'éloigner puis se dirige vers un autre groupe. « Je n'ai aucune raison de ne pas tenir ma parole vis-à-vis de Bernard de Fleurimont, songe-t-il. Il n'était pas obligé de me rapporter ce qu'il a vécu cette nuit-là. Une nuit entière passée à filer un assassin ! Si le chien fidèle de Danton l'avait reconnu, il y serait probablement passé lui aussi. »

71

La pièce est une mansarde aux plafonds fissurés et auréolés de taches ocre. On a jeté un drap blanc sur une mauvaise table puis ajouté quelques objets liturgiques pour en faire un autel. Des chaises ont été alignées.

L'officiant est l'abbé Grayo de Kéravenant, ancien vicaire de Saint-Sulpice. Ce prêtre réfractaire a échappé aux massacres de Septembre, ayant pu juste à temps, comme Philippe de Kérodret, s'enfuir du couvent des Carmes. Depuis, il se terre à Paris. Certains disent qu'il n'a jamais cessé d'exercer son ministère.

L'ecclésiastique est ce jour-là recueilli devant le couple dont il va bénir le mariage : Georges Danton et Louise Gély. Louise n'est autre que la petite gouvernante du fils aîné du tribun, une gracieuse et fort jolie adolescente de seize ans dont la gorge rebondie et rose palpite d'émotion. Elle est la fille d'un huissier de ministère et d'une couturière, des parents dont les visages sévères paraissent en cette occasion visités par la grâce.

Les choses n'ont guère traîné puisqu'on est moins de cinq mois après la mort de Gabrielle, l'épouse adorée trop tôt disparue. Il est vrai que Louise a depuis longtemps attiré l'attention du séducteur, qui n'a pas su comme d'habitude résister à ses appétits impérieux et ne s'est pas privé de goûter aux charmes de la demoiselle. Soutenir qu'il a fait rondement sa cour serait une contre-vérité quand on en connaît les dispositions génésiques : il serait plus conforme à la réalité de dire qu'il a poussé ses avantages. Le contrat de mariage est intervenu courant juin, un contrat où Danton a fait la preuve de sa générosité : non seulement la future mariée apporte ce qu'il lui a secrètement consenti au préalable, mais encore, chose étonnante, le marié confie à sa future épouse l'administration de sa confortablc fortune.

Mais le Champenois était loin de s'attendre aux conditions posées par les Gély au mariage qu'il comptait rapidement célébrer à l'Hôtel de Ville.

– Ils veulent un mariage béni par un prêtre, a-t-il lancé un jour à Jean. Et pas n'importe quel prêtre : un prêtre non jureur ! Pour mon malheur, je suis tombé sur des catholiques exaltés. Des radicaux du goupillon et de l'hostie !

Il ne décolérait pas.

– Mais attends ! Ce n'est pas tout ! Ils exigent une bénédiction après confession des époux. Me confesser ! Moi ! Tu me vois annonçant à mes collègues de la Montagne que je vais devoir me confesser pour épouser une fille de seize ans et que je ferai ensuite bénir mon mariage par un prêtre réfractaire ! Tu imagines le bruit que cela ferait à la Convention ? Si cela se savait, je ne pourrais jamais rester au Comité de Salut public. Il faut que ces papistes fanatiques comprennent que j'ai des responsabilités ! Je vais leur parler !

Mais les parents de Louise n'ont rien cédé. Jamais ils n'ont mis en balance l'avenir radieux de leur fille avec un membre du Comité de Salut public, d'un côté, et leurs convictions religieuses, de l'autre.

– Après tout, a finalement concédé Danton, si Paris vaut

bien une messe pour Henri IV, Louise vaut bien quelques accommodements, surtout si on procède discrètement.

Danton a donc accepté de se confesser, de façon bien évidemment clandestine. On imagine parfaitement ce qu'il a pu taire et les mots dont il a pu affubler de trop rares aveux. Pour le tribun, nécessité fait loi et un homme politique doit accompagner le mouvement des êtres et des choses.

– La complaisance des catholiques pour les fautes les plus graves sera toujours pour moi un sujet de grande interrogation, a-t-il avoué à son ami Jean. L'abbé de Kéravenant m'a avoué lui-même qu'il ne savait quelle pénitence m'infliger.

– C'est qu'il s'en remettait à ta conscience, a simplement rétorqué Jean, avec une grimace éloquente.

– Ma conscience ? Je ne connais point de juge plus sévère. Heureusement que ses vacations sont rares !

Danton a ri, de cette façon tonitruante dont il accompagnait souvent les propos les plus graves.

Tandis que le prêtre, les yeux fermés, debout devant les mariés, récite une prière incompréhensible, Jean observe son ami, la perruque en bataille, la lippe gourmande. Il devine le feu rougeoyant allumé dans les yeux du Champenois. Absous ! Il vient d'être absous pour s'allonger sur une gamine qui a dix-sept ans de moins que lui et qu'il a finalement achetée !

72

Les douces jouissances de son union avec Louise, rapidement, éloignent Danton des affaires publiques. Pourtant, ses responsabilités au sein du Comité de Salut public sont lourdes et les problèmes du pays demeurent nombreux : la guerre aux frontières accumule les échecs ; les puissances étrangères ne veulent pas entendre parler des sans-culottes et refusent la république ; la rébellion contre le pouvoir central agite de nombreux départements et les Vendéens taillent des croupières aux bleus ; les Enragés, ces radicaux du sans-culottisme, se croient autorisés à tout exiger des députés…

Bientôt, il est l'objet d'attaques précises. On lui fait grief de complaisances coupables vis-à-vis des émeutiers de province ; on lui reproche de mener des négociations secrètes ou d'utiliser des agents douteux (Jean Lehalleur est cité parmi ceux-là) ; on l'accuse de confondre sa poche avec les caisses de la Nation.

Le tribun paraît désemparé. À peine réagit-il quand Camille Desmoulins, pourtant son ami, demande qu'il soit écarté du Comité.

Finalement, début juillet, l'organe révolutionnaire est renouvelé sans Danton. À la faveur de ce remaniement, Robespierre y fait une entrée fracassante. Libéré des charges que cela représente, le tribun champenois, quand sa jeune épouse lui en laisse le loisir, fréquente plus assidûment le club des Jacobins et les séances de la Convention. Il est même élu à la présidence de celle-ci, un poste qu'il ne conservera que quinze jours.

Au cœur de juillet, Charlotte Corday assassine Marat. Succède au journaliste, qui a toujours eu de la sympathie pour Danton, un homme qui n'en a aucune : Hébert, l'âme féroce du *Père Duchesne*. Celui-ci n'aura de cesse de faire tomber le Champenois. Lorsque la Convention nomme Jules Paré, un ami de Danton, ministre de l'Intérieur, Hébert, qui convoitait le poste, se répand en injures et revient sur les conditions dans lesquelles le tribun a pu accumuler une fortune considérable, les tripotages et les détournements, les pillages et les prévarications, toutes ces vilaines affaires qui lui traînent aux basques.

– Ce trou-du-cul ne sait se vautrer que dans la merde ! gueule un jour Danton alors qu'il déjeune dans une auberge avec Jean. Ce qu'il me reproche, ce n'est pas tant d'avoir amassé quelques biens, c'est de n'avoir rien su faire de comparable !

– Hébert, tu le sais, a raison ! réplique Jean. Et il ne sert à rien…

– Hébert est un jean-foutre ! Pour lui, l'égalité ne réside pas dans le fait de pouvoir jouir comme celui qui est en haut mais dans le fait de pouvoir abaisser celui qui est en haut jusqu'à sa médiocrité. Et trop de Français se laissent aller aux mêmes errements ! Quand chaque homme de ce pays rêvera-t-il de faire mieux que les autres ?

73

Étienne Geoffroy Saint-Hilaire n'a jamais cessé, après la mort de Loïc, son condisciple, d'entretenir des relations amicales avec Yolande. Ils s'étaient fréquentés avant la disparition de Loïc, rien ne justifiait qu'il en fût autrement après.

Un après-midi ensoleillé d'août 1793, lors d'une promenade aux Champs Élysées à laquelle se sont joints la comtesse de Bressé et un ami du scientifique, Étienne rapporte innocemment à Yolande ce que Michaudet lui a confessé. Il croit seulement donner une information anodine, il provoque chez la jeune femme une crise de larmes, bientôt suivie d'une crise de nerfs. On la raccompagne rue des Fossés-Monsieur-le-Prince. Rien ne semble vouloir la calmer.

– Je reste avec vous jusqu'à ce que vous soyez endormie, lui dit Léontine de Saint-Merri après une tisane et lorsque Yolande est couchée. Je ne partirai pas avant ! Vous ne voulez pas vous expliquer ? Cela vous soulagerait.

Yolande pleure doucement, avec de temps à autre un long sanglot.

– Dites-moi ce qu'il y a, insiste la comtesse de Bressé en caressant la main de son ancienne demoiselle de compagnie.

– Je ne peux pas !

– Mais si ! vous pouvez !

– C'est un soupçon odieux. Vous avez entendu M. Geoffroy Saint-Hilaire. Vous avez entendu... à propos de Loïc...

– J'ai entendu. Mais nous savons bien, vous et moi, que Loïc a été assassiné aux Bernardins.

– Nous ne savons pas par qui.

– Cela a-t-il de l'importance ?

– Oui, s'il s'agit de Jean !

– Vous délirez ! Que vient faire M. Lehalleur dans tout cela ?

Yolande se mouche.

– Je suis certainement folle. Le matin où Loïc a été tué, Jean est rentré à son domicile. Il était à peu près onze heures. Je l'attendais. Il avait les vêtements pleins de sang et j'ai cru qu'il était blessé. Il tenait des propos incohérents. Il s'est couché. Je suis resté auprès de lui. Son sommeil a été agité. De temps à autre, il criait : « Non ! Non ! » Les cauchemars secouaient son corps. J'avais très peur. Et puis il a fini par se calmer. Dans l'après-midi, il s'est réveillé. Je lui ai demandé ce qui s'était passé. Il m'a dit qu'il avait vu des choses horribles et qu'il avait honte de lui. J'ai demandé : « Pourquoi aurais-tu honte de toi ? » Il m'a répondu : « Je ne peux pas te le dire. Mais j'ai quand même réussi à sauver Pauline de Tourzel. Je l'ai fait sortir. Elle est maintenant à l'abri. » Je lui ai sauté au cou. Je l'ai embrassé. Je disais : « Merci ! Merci ! » Il a ajouté : « Il faut aussi remercier Danton. Il m'avait donné un ordre écrit de libération. Et ceux qui m'ont aidé. Hardy, en particulier. »

– Je ne comprends toujours pas..., hasarde la comtesse de Bressé.

– Rappelez-vous pourtant ce qu'a dit ce... Michaudet à Étienne ! Il a parlé d'un homme qui avait tué devant la prison de l'Abbaye et qui est ensuite allé à la Force, la Force d'où il est parvenu à faire sortir une prisonnière, puis qui est allé aux Bernardins où il a tué Loïc !

– C'est insensé ! Pourquoi M. Lehalleur aurait-il tué Loïc ? Et vous me parlez d'un homme qui aurait également tué devant la prison de l'Abbaye ! Pourquoi Jean Lehalleur aurait-il tué devant la prison de l'Abbaye ?

– Qui d'autre que lui a fait sortir une prisonnière de la Force dans la nuit du 2 au 3 septembre ? Et pourquoi Jean avait-il des vêtements couverts de sang quand il est rentré le matin du 3 ? Et pourquoi Jean me disait-il avoir honte tout en délirant ?

– Calmez-vous... Je vous en prie, calmez-vous... Il y a forcément une explication à tout cela. Il faut en parler avec M. Lehalleur. Et en quoi devrait-on croire ce Michaudet ? Je vous fais d'ailleurs remarquer qu'il n'est qu'un témoin indirect. Il rapporte les propos d'un autre, un autre dont il tait le nom. Pourquoi devrait-on croire ce témoin indirect qui ne dit pas complètement les choses ? Je vous en prie, cessez de vous tourmenter et, dès ce soir, ayez une explication avec M. Lehalleur. Vous verrez que celui-ci n'a rien à voir avec la mort de Loïc. Nous vivons une époque où les menteurs et les manipulateurs sont légion. Ne tombez pas dans leurs pièges !

– Je te jure que, après l'évasion de Mlle de Tourzel, je ne suis jamais allé aux Bernardins ! Je n'ai rien à voir avec la mort de ton frère ! Rien ! Pourquoi aurais-je attenté à sa vie ? Geoffroy Saint-Hilaire a été victime d'un manipulateur.

– Mais pourquoi ?

– Pour me nuire ! Et, à travers moi, nuire à Danton ! Je te tiens à l'écart de tout, volontairement, mais il y a une guerre terrible qui se livre dans l'ombre entre les factions, les groupes, les tendances, et cette guerre-là autorise tous les coups. On a voulu me faire porter le poids d'un assassinat…

– Mais pourquoi, ce matin-là – je veux dire le 3 septembre –, es-tu revenu couvert de sang et en délirant ? Tu semblais ivre. Tu n'étais pas toi-même. Tu as fait des cauchemars. Tu disais : « Non ! Non ! » Plus tard, quand tu t'es réveillé, tu m'as dit que tu avais honte. Honte, pourquoi ? Pourquoi, Jean ?

Ils sont dans l'appartement de la rue des Fossés-Monsieur-le-Prince. Lui est assis dans un fauteuil, penché en avant, l'air sombre, les mains crispées sur ses genoux. Elle marche de long en large en frottant ses mains l'une contre l'autre, et le visage en larmes.

– Jean, réponds-moi !

Il relève la tête et fixe devant lui un point qu'il est seul à connaître, ou qu'il ne voit peut-être pas. On entend l'agitation de la rue par les baies ouvertes.

– Jean, explique-moi ! Je puis comprendre…

– Moi, je ne comprends pas…

Il la fixe. C'est un regard fiévreux et aussi un regard d'enfant. Tout son être se livre, s'abandonne. Elle s'approche, s'assied à ses pieds, s'empare de ses mains et les presse doucement contre ses lèvres, sans jamais quitter ce regard.

– Parle-moi, mon amour.

Jean se détend un peu. Puis il commence à parler, doucement, sans choisir ses mots. Il raconte, il dit son goût morbide pour le sang, la violence, la mort. Il décrit les scènes qu'il a vues devant la prison de l'Abbaye. Il révèle sa tentation de frapper, lui aussi. Il livre l'extase qu'il a vécue quand les sabres tranchaient et que le sang éclaboussait les spectateurs. Il décrit l'orgie du sang qui barbouillait son habit et sa chemise. Puis il retourne à des événements plus anciens, aux révoltes des faubourgs quand Réveillon était accusé de vouloir affamer ses ouvriers, aux journées d'Octobre, quand les premières têtes se promenaient au bout d'une pique, au spectacle de désolation offert par les Tuileries après l'assaut du 10 août. Il parle, parle. Nul ne saurait maintenant l'arrêter. Le voici de nouveau plongé dans la nuit du 2 au 3 septembre. Après avoir mis Pauline de Tourzel en sécurité, il est reparti vers la prison de l'Abbaye et il a, une fois de plus, joui du massacre qui s'y déroulait. Las de la mise en scène, il a couru à la Force, où l'horreur était plus terrible encore. Il a fini dans un estaminet, où il a bu jusqu'à tomber inconscient.

À présent, Jean sanglote.

– Je n'ai pas tué Loïc, répète-t-il. Pourquoi, veux-tu me dire pourquoi je l'aurais assassiné ? Mais pourquoi aussi faut-il que j'éprouve tant de plaisir à regarder souffrir et mourir ?

Yolande l'entoure de ses bras et le serre très fort.

– Ce n'est rien, murmure-t-elle, rien que ta part d'ombre. Chacun de nous en a une, plus ou moins étendue, plus ou moins sombre. Je te crois. Pardonne-moi d'avoir douté de toi ! J'ai perdu la raison. La mort de mon frère m'a privée de tout discernement.

– M'aimes-tu encore ?

– Si je t'aime encore ? Ne sois pas idiot !

74

Le 5 septembre 1793, la Convention tient sa séance sous les invectives des sectionnaires et le grondement de l'émeute. Depuis plusieurs jours, les pétitions s'accumulent sur le bureau du président. Il n'est question que de taxer les denrées, de sanctionner les accapareurs, de réquisitionner les grains, d'augmenter les salaires, de limiter les profits, d'instituer un maximum des fortunes, d'arrêter tous les suspects, de mettre sur pied une armée révolutionnaire.

Danton applaudit. Sa démagogie n'a plus de bornes. C'est la seule réponse qu'il ait trouvée face à ses détracteurs. Il cajole, flagorne, pelote les tribunes.

– Hommage vous soit rendu, peuple sublime ! crie-t-il en se frappant la poitrine.

Il n'est que sucre et caresse. On a l'impression de l'entendre miauler.

– Nous marcherons avec vous, vos ennemis seront confondus, vous serez libres !

La Convention se couche. Elle est devenue la putain de la Terreur. Danton, mufle ruisselant de sueur, le poing brandi comme un sexe en érection, dépoitraillé, n'a plus qu'à la chevaucher.

75

Le mois de septembre 1793 ne ressemble pas à celui de l'année précédente : il pleut souvent et un vent aigre souffle régulièrement sur Paris. « Ça balaye les mauvaises odeurs ! » disent les optimistes.

Martin ne sévit plus à la mairie : il jouit désormais des ors du château des Tuileries. Son bureau est à deux pas du pavillon où siège le Comité de Salut public, derrière l'ancien théâtre que la Convention s'est approprié début mai.

Jean est venu le voir et lui poser une ou deux questions. Après la douloureuse séance de confession qu'il a eue courant août avec Yolande, il a réalisé que ses ennemis ne désarmaient pas. La réprimande de Danton pour l'assassinat de Lazowski l'avait fait renoncer à aller jusqu'au bout de sa vengeance ; le coup bas concernant l'assassinat de Loïc l'a remis en selle.

Il n'est pas question de procéder avec Martin comme avec Lazowski. Robespierre est plus puissant que jamais et l'élimination de Martin pourrait avoir des conséquences incontrôlables. Il est évident aussi que la confiance mise par Danton dans son ami d'enfance disparaîtrait définitivement. Mais, s'il est disposé à épargner Martin, Jean est résolu à en savoir plus.

Il ne l'a pas revu depuis au moins six mois : Martin a vieilli, rapetissé, entend mal.

– Je n'ai pas bien compris la question, hurle-t-il en tenant sa main en cornet derrière une oreille.

– Je parlais du mandat que tu as signé et remis à Lazowski pour faire incarcérer Yolande de Kérodret. Pourquoi ce mandat ?

– Qui te dit que je l'ai signé ?

Jean sourit froidement.

– Lazowski a parlé avant de mourir, laisse-t-il tomber dans le silence du bureau.

Martin accuse le coup : il redresse son corps malade et pointe vers Jean un regard inquiet.

– Comment sais-tu ce que Lazowski a pu dire avant de mourir ?

– Je le sais, c'est tout !

Jean observe les mains de Martin : elles tremblent légèrement.

– Tu sais que, pour cet aveu, je pourrais te faire arrêter et te faire juger pour assassinat, commence Martin d'une voix hésitante. Et je ne doute pas que…

– Épargne ta salive ! Si tu es encore en vie, c'est parce que j'ai renoncé pour l'instant à éliminer les pourritures de ton espèce. Ne me fournis pas le prétexte pour changer d'avis !

Martin se lève en grimaçant. La sueur perle sur son visage de vieux parchemin.

– Tu me menaces ?

– Non, je te préviens, réplique Jean. Maintenant, qu'on en finisse ! Dis-moi pourquoi tu as signé ce mandat ?

– Cette fille était un danger.

– Cette fille, comme tu dis, est Mlle Yolande de Kérodret. Elle n'a jamais constitué le moindre danger. Alors, pourquoi as-tu signé ce mandat ?

En même temps qu'il posait la dernière question, Jean s'est

rapproché du bureau derrière lequel se tient encore Martin, debout mais flageolant sur ses jambes.

– Écoute-moi bien, ordure ! Si tu ne veux pas que les mois qui te restent à vivre soient un enfer, si tu ne veux pas, chaque jour, craindre de crever comme une bête au coin d'une rue, dis-moi pourquoi tu as signé ce mandat ! Je suis las de tes dérobades. Si tu ne me réponds pas, je te réserve une fin beaucoup plus douloureuse que celle de Lazowski. Et pourtant, je puis te l'assurer, celui-là a déjà beaucoup souffert...

– On me l'a demandé ! souffle Martin. On m'a demandé de signer ce mandat !

– Qui ? Quelle autre ordure de ton espèce a pu te convaincre de le signer ?

Martin sautille d'un pied sur l'autre, comme si sa vessie se rappelait à son bon souvenir. Ses pupilles dansent dans leurs orbites. Il souffle bruyamment.

– Je ne peux pas te le dire.

– Et moi je peux te dire ce qui t'arrivera si tu ne parles pas immédiatement ! Veux-tu que je te décrive ce que mes amis ont fait à Lazowski avant qu'il crève ? Pour toi, ce sera évidemment seulement un avant-goût, mais ça te donnera une idée.

– Fleurimont !

– Qui ?

– Bernard de Fleurimont.

Une minute plus tard, Jean quitte le bureau de Martin. Il était loin de s'attendre à une telle révélation. Autant qu'il s'en souvienne, cet aristocrate tournant dans l'orbite de Robespierre a longtemps fréquenté l'hôtel de la comtesse de Bressé et mené une cour plus ou moins empressée auprès de Yolande. Elle le lui a avoué un jour, en riant des maladresses du soupirant.

Ainsi donc, le céladon n'aurait pas supporté d'être écarté après la rencontre de Jean et Yolande ! Mais comment a-t-il pu passer d'une cour platonique et insipide à une démarche aussi lourde de conséquences que la dénonciation de Yolande ?

Jean ne sait pas quel parti prendre. Rencontrer Bernard de Fleurimont pour lui demander raison de sa dénonciation criminelle, c'est risquer finalement de le tuer. Et Jean y répugne. Quelque chose en lui a changé. Et comment sa maîtresse réagirait-elle si elle apprenait l'assassinat de ce godelureau par Jean ?

Ce godelureau, il est vrai, est probablement à l'origine des bruits qui courent en ce qui concerne l'assassinat de Loïc. Jean vient d'en avoir intuitivement la révélation. Qui a suffisamment de détails sur la vie et la situation de Yolande, sur sa famille, sur ses relations, pour monter une telle manipulation ? La réponse est évidente. On peut même se demander si Bernard de Fleurimont n'est pas l'assassin de Loïc. Comment a-t-il pu savoir que le scientifique a été assassiné aux Bernardins dans les toutes premières heures du 3 septembre ? Yolande, Philippe, la comtesse de Bressé, lui-même n'ont jamais rien dit directement à Bernard de Fleurimont. A-t-il reçu l'information par Étienne Geoffroy Saint-Hilaire ? L'assassin n'est-il pas le mieux informé ?

La haine éprouvée par cet aristocrate vis-à-vis de Yolande ne pourrait qu'épouvanter la jeune femme. Doit-il lui parler de ce qu'il soupçonne ? Ne risque-t-il pas de causer des dégâts irrémédiables ? D'un autre côté, il est clair qu'il doit la mettre en garde contre son ancien soupirant.

« Alors que faire ? » s'interroge Jean en longeant les quais de la Seine.

La réponse à cette question est fournie à Jean deux jours plus tard. Yolande et lui sont dans le salon. Il est tard. Ils reviennent du Procope, où ils ont soupé. Pour la première fois depuis longtemps, Yolande a légèrement abusé du vin que le maître d'hôtel servait généreusement et elle rit plus souvent et plus bruyamment qu'il n'est nécessaire. Quelle idée vient de lui traverser l'esprit lorsque, posant sur sa tête le chapeau de Jean, et remontant sa robe vers sa ceinture, elle se met à singer un personnage rencontré dans le restaurant ?

– Tu l'imites admirablement ! lance Jean, très amusé.

– Ce serait encore mieux si je portais des habits d'homme, réplique-t-elle. Tu m'as déjà vue habillée en homme, n'est-ce pas ? J'aime bien me travestir !

– Tu ne l'as fait qu'une seule fois, quand il a fallu sortir de la Force.

– Non ! Non ! Je l'ai fait d'autres fois !

Elle a à peine prononcé ces mots qu'elle se mord les lèvres. Jean s'est redressé.

– Comment cela, d'autres fois ?

Yolande a cessé de gesticuler. Elle cherche à présent une réponse qui ne vient pas vite dans son cerveau embrumé par l'alcool.

– Je…

– Il t'est arrivé de te déguiser à plusieurs reprises ? insiste Jean en relevant la tête de la jeune femme.

– Oui, oui, et il m'est arrivé à chaque fois de drôles d'aventures.

La tentation de raconter est plus forte que toutes ses réticences. Alors elle se met à dévider son écheveau, la visite à Philippe quand il était aux Carmes, son déplacement avec Philippe aux Bernardins, et l'altercation avec Bernard de Fleurimont.

Si le jeune aristocrate a été blessé lorsqu'il a tenté de se saisir de Yolande, sa haine n'a pu être que renforcée et Jean comprend mieux encore qu'il ait voulu lui faire endosser l'assassinat de Loïc. Il n'est plus temps désormais de laisser Yolande dans l'ignorance : elle doit tout savoir et Jean doit lever définitivement tous les doutes que les manipulations de certains ont pu jeter dans l'esprit de sa maîtresse. Après avoir invité Yolande à s'asseoir et lui avoir donné un grand verre d'eau, Jean lui explique tout ce qu'il sait concernant Bernard de Fleurimont. Il ne tait qu'une seule chose : l'assassinat de Lazowski.

– Mais pourquoi Bernard aurait-il assassiné Loïc ? finit-elle par demander.

– Pour te faire plus de mal encore ! Il t'avait fait incarcérer, en sachant très bien que tu risquais la mort. Pourquoi n'aurait-il pas aussi voulu éliminer l'un des êtres que tu aimais le plus au monde ? Cela peut aussi être un pur hasard : après tout, Bernard de Fleurimont a pu diriger la troupe qui a massacré aux Bernardins et se trouver nez à nez avec Loïc ; une telle rencontre ne pouvait que déboucher sur un drame.

Yolande a le sentiment que son frère vient de mourir une deuxième fois : le 3 septembre, dans l'ancien couvent des Bernardins, on l'a massacré ; en ce mois de septembre 1793, un an plus tard, on le tue à nouveau, parce que l'assassin a un visage et un nom, le visage d'un homme aux grands yeux bleus et aux lèvres purpurines, le nom de Bernard de Fleurimont.

Après avoir longtemps parlé, les deux amants vont se coucher. Yolande cherche longtemps le sommeil contre l'épaule de Jean.

76

Fin septembre 1793, Danton doit s'aliter. Jean lui rend visite quotidiennement. Il lui rapporte les rumeurs de la rue, les bruits de la Convention, les indiscrétions du Comité de Salut public. Un autre se charge de lui faire passer les journaux.

Il est encore dans sa chambre quand, le 3 octobre, la Convention décrète d'accusation quarante et un Girondins, ces députés regroupés autour de quelques brillants élus de la Gironde.

Peu après, Danton part avec Louise et les enfants à Arcis-sur-Aube. Jean l'accompagne. Ils ne doivent rester que quelques jours. Ils vont à la chasse, ils pêchent. Ils visitent aussi les terres du tribun, qui ne peut s'empêcher de faire quelques achats supplémentaires.

Marie-Antoinette est décapitée durant leur absence.

– Je n'ai jamais voulu sa mort, soupire le Champenois.

Il dit vrai. Dans les négociations menées avec l'Autriche et les petits États, ses agents ont au contraire toujours mis en avant que la reine de France pouvait être libérée si l'on parvenait rapidement à la paix. Quand cela s'est révélé impossible, le tribun a imaginé de la faire évader. Il a confié au conventionnel Courtois le soin de mettre au point cette délicate opération, tout en priant Jean de la suivre étroitement.

Finalement, tout a dû être abandonné par suite du refus de la reine de s'évader sans ses enfants.

– Cette femme a perdu sa tête par amour de ses enfants ! a résumé Danton, cynique.

En tout cas, comme pour Louis XVI, Danton a demandé pour sauver sa veuve une somme très importante. Il a reçu un acompte substantiel, qu'il a partagé immédiatement comme à l'habitude, le solde devant être payé après le succès de l'opération. La part qui est revenue à Jean sur l'acompte lui a permis de meubler entièrement une maison retirée dont il a fait l'acquisition dans les faubourgs boisés de Paris.

Le 29 brumaire an II (le calendrier républicain a été adopté il y a peu par la Convention), c'est-à-dire le 19 novembre 1793, Danton est de nouveau à Paris, un Paris débarrassé de quelques brillantes figures de la Révolution : le « grand rasoir national » rase gratis depuis plusieurs mois. Hébert, substitut du procureur, tient la Commune, les clubs et les fonctionnaires avec des hommes aussi fous que lui. La délation règne en maître. Les Français se partagent désormais en deux catégories : ceux qui ont peur et ceux qui font peur.

Danton enchaîne à la Convention discours sur discours. Désormais, pour tous, il est à classer dans le camp des modérés ou des Indulgents. C'est le moment où Marie-Joseph Chénier présente un décret visant à retirer Mirabeau du Panthéon français :

– Malheur à l'homme qui, dégradé par la corruption, a séparé en lui-même la moralité du génie ! Malheur au citoyen qui ne sent pas que les talents sans vertu ne sont qu'un brillant fléau ! Je vous ai parlé de génie sans moralité, et de talents sans vertu. C'est bien ainsi vous désigner, ou plutôt c'est vous nommer Mirabeau.

Danton devrait se sentir visé par ce discours. Le génie sans moralité, les talents sans vertu, n'a-t-on pas là, résumé de belle manière, ce qui le caractérise ?

– Je baise ma femme tous les jours ! explique le tribun à Jean quand son ami, plus inquiet que jamais, lui fait remarquer les nuages qui s'amoncellent sur sa tête. Ma femme vaut bien mieux que les pitreries de la Convention. Crois-moi !

77

Le 5 février 1794 (17 pluviôse an II), Maximilien Robespierre s'en prend à « tous les hommes vicieux », tous ceux « qui ont embrassé la Révolution comme un métier et la République comme une proie », « les intrigants qui achètent les consciences des mandataires du peuple » et « les traîtres qui les vendent ». Aveuglé par l'orgueil, victime d'une anesthésie générale de l'instinct, Danton ne réagit pas. Il se croit à l'abri. À l'entendre, seuls les Hébertistes seraient menacés.

– Je lui chierai dans le crâne ! dit-il un jour à Jean en parlant de Robespierre. Je ne vois pas d'autre traitement pour un tel étron.

Trois semaines plus tard, Saint-Just prononce un violent discours contre les Indulgents, un discours qui pourrait tenir en une phrase : on ne peut asseoir la République que sur la Terreur, comme on ne peut bâtir une maison que sur un sol nettoyé.

Chef de file du mouvement des Indulgents, Danton est dans la ligne de mire.

Saint-Just récidive le 13 mars. Il dénonce aux conventionnels la conspiration conduite par l'étranger. Dans la nuit qui suit, Hébert et ses amis les plus exaltés sont arrêtés. Danton se tait et son silence est assourdissant.

Le lendemain, le Champenois prononce à la Convention son dernier discours :

– Le temps est venu où l'on ne jugera plus que les actions… Les masques tombent, les masques ne séduiront plus. On ne confondra plus ceux qui veulent égorger les patriotes avec les véritables magistrats du peuple, qui sont peuple eux-mêmes.

Rühl, qui préside, descend de son fauteuil, se jette dans les bras du tribun. Les applaudissements crépitent. Jean a cru voir une larme sur la joue de Danton. Parce qu'il a laissé tomber le masque ?

Quelques jours plus tard, Jean accompagne les jeunes mariés à Sèvres. Le tribun veut se reposer dans une de ses résidences. Tandis que la voiture cahote sur le mauvais chemin, Billaud-Varenne, Saint-Just, les membres les plus virulents du Comité de Sûreté générale, Robespierre enfin, décident l'exécution du Champenois.

– Tu ne vois donc pas que Robespierre conspire ta perte ? lui demande Thibaudeau, venu rendre visite à son collègue. As-tu l'intention de rester les bras croisés et te laisser saigner ?

– Si, un seul instant, je croyais que Robespierre eût simplement la pensée d'une telle infamie, je lui boufferais les couilles ! s'emporte Danton. Tu entends, Thibaudeau, même si je devais en crever ! Car cet homme-là n'est pas un homme, c'est un reptile ! D'ailleurs, je doute qu'il ait des couilles !

Naïveté, morgue et enflure ! Erreur funeste, en tout cas ! Même si Danton peut à juste titre douter de la virilité anatomique de son adversaire, qui mène depuis toujours une vie dépourvue de toute sexualité.

– Tu devrais partir, dit Jean. Te mettre à l'abri.

– Ils n'oseront pas m'attaquer, répond Danton. Et puis, on n'emporte pas la patrie à la semelle de ses souliers.

Les Hébertistes sont guillotinés. Leur procès n'a été qu'une mascarade.

– Une pantalonnade de plus ! souffle Danton quand il apprend cette exécution.

Jean revient à la charge et incite son ami à fuir.

– Une tête comme la mienne, si elle venait à tomber, en entraînerait beaucoup d'autres, rugit Danton. Ils n'oseront pas !

– Ils oseront tout !

– Ils n'oseront pas, te dis-je !

Danton n'entend plus rien, ne voit plus rien, ne sent plus rien. Est-ce déjà la mort ?

Le 9 germinal, Danton et sa famille rentrent à Paris. Le tribun devrait aller immédiatement au club des Jacobins ou à la Convention : il choisit de s'enfermer chez lui.

– Laisse-moi ! dit-il à Jean. Laisse-moi seul !

L'ordre du Champenois n'est pas un renvoi méprisant, c'est une supplique douloureuse. Jean regagne son domicile, plus angoissé que jamais. Il y retrouve Yolande.

– Les choses se précipitent, lui dit-il simplement. Rassemble tes affaires ! Si certaines sont chez la comtesse de Bressé, c'est le moment de les récupérer. Nous partirons dans deux ou trois jours.

– Mais pourquoi partir si vite ? Est-ce bien nécessaire ?

– Nous sommes au bord du gouffre.

Jean a le visage si grave qu'elle n'insiste pas.

Le lendemain, vers sept heures du soir, les députés Panis et Lindet viennent prévenir Danton de ce que les Comités trament derrière son dos. Jean arrive quasiment en même temps au domicile du tribun.

– Cette ordure de Billaud-Varenne a dit crûment que tu devais mourir, rapporte Lindet, lequel, dans le Comité de Salut public, est chargé de l'approvisionnement. J'ai refusé de signer l'ordre d'arrestation. Je leur ai dit : « Je suis ici pour nourrir les citoyens et non pour tuer les patriotes. »

– Tu dois partir immédiatement, ajoute Panis.

Danton ne réagit pas. Il est penché devant l'âtre de son cabinet, fixant les flammes et donnant de temps à autre de violents coups de tisonnier sur les bûches. Il est curieux qu'il ait commandé une flambée, même si ce jour de mars est humide.

– Saint-Just a remis le couvert, tient à préciser Lindet. Celui-là ne sera en paix qu'après ta mort.

Danton se lève brutalement, étreint le bras de son collègue.

– Il faut du courage pour venir me prévenir, dit-il. Oui, beaucoup de courage ! Merci…

Il se tourne vers Panis. Son regard paraît voilé.

– Tu diras à Rühl, commence-t-il, tu lui diras que…

Danton se rassoit et, sans finir sa phrase, ferme les yeux. Puis il lève une main lasse, comme s'il s'agissait de dire adieu. Jean et les autres se retirent en silence. Dans l'entrée, ils croisent Louise, les yeux rougis. On dirait une petite fille. Elle est si jeune ! Les conventionnels la saluent cérémonieusement, comme si elle était déjà veuve. Elle répond en agitant une main légère et blanche. Jean serre dans ses bras l'épouse de son ami, sans un mot, longuement.

78

La chambre est petite, basse de plafond et pue le moisi. Tout à l'heure, lorsque l'air humide filtrait sous la fenêtre, Yolande a calfeutré les bois pourris avec un linge. Jean et elle sont blottis l'un contre l'autre, sous un édredon et une couverture qui embaument toutes les sécrétions.

Ils ont quitté Paris en catastrophe hier matin, 11 germinal an II, aux environs de sept heures. Après avoir enfourné quelques vêtements dans deux sacs de voyage, ils sont partis à fond de train en direction de Chartres dans un cabriolet attelé d'un unique cheval. S'ils voulaient ne pas se faire remarquer, ils ne pouvaient descendre dans un relais important ou une auberge de grande notoriété : les sbires du Comité de Sûreté générale auraient eu tôt fait de les y retrouver et chacun sait que les relais de poste sont des nids à espions. Ils ont donc jeté leur dévolu sur un établissement à l'écart, au bout d'un chemin mal empierré. Ils ont payé d'avance la chambre, qu'ils quitteront dès les premières lueurs de l'aube. Le repas servi par l'aubergiste était étonnamment goûteux, même si sa femme, aux fourneaux, portait une robe plus crasseuse que le cul de ses casseroles.

– La sécurité a un prix, a dit Jean.

– L'important est que nous soyons tous les deux, a murmuré Yolande.

Leur intention, par Le Mans puis Rennes, est de rejoindre la maison du père de Yolande. Ils savent pouvoir y trouver accueil et protection. Jean ne doute pas que Danton a déjà été arrêté et que le Tribunal révolutionnaire va vite expédier un procès. Il refuse de « tomber » avec le tribun comme probablement Desmoulins, Fabre d'Églantine ou Chabot. Si l'on veut sa peau, il faudra un minimum d'efforts.

Un oiseau de nuit se met à hululer. Jean se redresse légèrement, l'oreille aux aguets. Combien de fois ce cri n'a-t-il pas annoncé le pire ? Trente secondes passent. L'oiseau poursuit son chant. Rassuré, Jean serre un peu plus Yolande contre lui.

– Je ne t'ai jamais vraiment parlé des liens très particuliers qui m'unissent à Danton et du rôle que j'ai joué auprès de lui...

Jean parle, parle. Il a envie de confesser, de débiter tout ce qu'il a tu jusqu'à présent. D'une certaine manière, il se libère. Et Yolande, qui n'a nulle envie de dormir, l'écoute, un œil dans son épaisse chevelure blonde, un autre regardant sa bouche.

– Georges aimait bien dire que tous les opposants devaient avoir peur de lui. « Je veux faire peur, partout et toujours ! » me répétait-il. Sa technique pour dominer les Cordeliers était parfaitement au point. Avec Paré et Fabre, il dirigeait les débats. Dans la salle, le boucher Legendre, l'ouvrier typographe Guillaume Brune et quelques autres affidés contrôlaient de la voix et du regard les participants. À ce jeu, Brune, bien que jeune, était le meilleur : lui qui ambitionnait de devenir artiste ou homme de lettres et qui dessinait merveilleusement, il avait un sens inné du commandement et de la manœuvre des troupes. Si malgré tout un opposant se levait, il était immédiatement tourné en ridicule, injurié. Voire obligé de quitter la salle sous les quolibets. On peut regretter cette situation, mais la démocratie s'exprime souvent par une minorité agissante qui estime être la plus éclairée. « Pourquoi devrait-on prendre en compte l'avis des tièdes, des mous, des lâches, des factieux et des suspects ? » aimait à répéter Georges. J'acquiesçais, je ne posais aucune question. Assis au fond de la salle, j'approuvais bruyamment toutes les propositions de mon mentor. Je ne m'en posais aucune également lorsque, avec quelques membres de la milice, j'assistais le trésorier et les commissaires chargés par Georges de lever auprès des citoyens du district une contribution personnelle de vingt sols. Un impôt d'exception destiné à donner du pain aux pauvres. J'aurais dû pourtant m'inquiéter de la gestion que le Comité de bienfaisance faisait de cet argent. Comme j'aurais dû me soucier, peut-être aussi, des violences exercées sur les contributeurs qui regimbaient. La générosité prêtée à Danton a un prix exorbitant…

L'oiseau de nuit n'a pas cessé son chant. Aurait-il voulu accompagner les propos de Jean qu'il n'aurait pas agi autrement.

– Ai-je besoin de préciser que je n'ai pas fait seulement des choses honorables ? La politique ne l'autorise pas. Mais j'ai toujours fait ce que, en conscience, j'estimais devoir faire. D'autres, en conscience, estiment sans doute que j'ai dépassé certaines limites…

Jean parle encore pendant plus d'une heure. Le sommeil le prend au milieu d'une phrase. Yolande, émue par ce qu'elle vient d'apprendre, s'endormira plus tard, beaucoup plus tard.

79

Ils font halte un peu après La Ferté-Bernard, près d'un ruisseau. Partis de bonne heure de l'auberge crasseuse où ils ont passé la dernière nuit, ils ont roulé pendant près de huit heures et il est temps, pour le cheval comme pour les passagers, de prendre quelque repos avant de se relancer sur les mauvais chemins. Il a plu une bonne partie de la matinée, sans violence, mais régulièrement, et la capote de toile cirée du cabriolet n'a guère protégé les passagers des bourrasques. À présent, un soleil printanier fait miroiter le cours d'eau entre les joncs.

Allongés sur un manteau, Jean somnole. Il n'a pas été bavard dans les heures précédentes, sauf pour évoquer – une nouvelle fois – le sort de Danton et de ses amis.

– J'imagine le procès qu'on doit leur faire, disait-il. Les motifs d'accusation ne manquent pas et, si nos ennemis venaient à en manquer, je ne doute pas qu'ils sauraient en inventer.

Il était inquiet.

– Tu ne peux pas imaginer la haine qui anime Robespierre et ses affidés ! lançait-il.

Et puis, de temps à autre, il se montrait exalté.

– Danton leur mettra le nez dans la merde ! osait-il, avant de s'excuser de sa vulgarité.

Yolande termine de faire boire le cheval – une tâche qu'elle aime accomplir, parce qu'elle se sent bien au contact des chevaux – quand elle voit déboucher de la forêt un groupe de cavaliers. Ils sont encore trop loin pour les identifier mais il s'agit d'hommes armés et, à part quelques exceptions, en uniforme. Elle secoue Jean.

– Donne-moi mes pistolets ! ordonne-t-il.

D'un sac de voyage, elle retire les armes et les tend à Jean. Il vérifie qu'elles sont chargées puis les glisse dans sa ceinture. Les cavaliers s'approchent.

– Des gardes nationaux ! dit simplement Jean.

On a effectivement affaire à des gardes nationaux conduits par des hommes habillés en civil, probablement des agents de la Sûreté.

Celui qui commande, un homme très mince pourvu d'un immense chapeau, n'a pas besoin de demander les passeports : il sait pertinemment à qui il a affaire et il n'est là que pour arrêter le couple. Très certainement une dénonciation, venue de Chartres ou de La Ferté-Bernard, a-t-elle mis en alerte tout ce que la région compte de policiers, d'agents, de miliciens et de sbires à la solde du gouvernement terroriste.

– Vous êtes Jean Lehalleur, n'est-ce pas ? lance le milicien.

Jean acquiesce.

– Et vous, demande encore l'homme en se tournant vers Yolande, vous êtes sans doute la fille Kérodret ?

La grossièreté du personnage fait sortir Yolande de ses gonds.

– Je suis Yolande de Kérodret ! dit-elle. Mlle Yolande de Kérodret ! Merci de vous en souvenir !

L'autre la regarde, surpris, fronce les sourcils, puis se tourne à nouveau vers Jean :

– Vous êtes tous les deux en état d'arrestation. J'ai ordre de vous faire ramener à Paris.

Comme Jean esquisse un mouvement, Yolande entend un cliquetis d'armes. Des hommes viennent de relever le chien de leur pistolet ou de leur mousqueton.

– Ne faites pas de bêtise ! lance l'agent de la Sûreté. On ne veut pas vous tuer, pour que vous soyez jugés, mais on vous tuera si vous n'obéissez pas !

Jean est désarmé puis lui et Yolande doivent atteler le cheval. Ensuite, on lie les mains de Jean derrière le dos.

– C'est vous qui tiendrez les rênes ! ordonne le chef de la troupe en fixant Yolande.

Quinze minutes à peine se sont écoulées depuis l'intervention quand, étroitement encadré par les miliciens, le couple reprend la route de La Ferté-Bernard.

– C'est trop idiot ! n'arrête pas de dire Jean entre ses dents.

Il y a toujours, à son niveau, un, voire deux cavaliers, et ils ne peuvent parler qu'à voix basse. Jean murmure :

– Je ne veux pas retourner à Paris. Je sais très bien quel verdict sera prononcé par le Tribunal révolutionnaire si d'aventure je suis jugé. Il n'y a plus de justice dans ce pays, il n'y a que des règlements de comptes.

Combien de fois Jean n'a-t-il pas dit que Herman, président de ce tribunal, est un esclave du pouvoir et un lâche ? Combien de fois n'a-t-il pas traité Fouquier-Tinville, l'accusateur public, de fanatique alcoolique ?

– Je ne retournerai pas à Paris !

Yolande sent monter en lui la tempête.

– Nous devons essayer de nous échapper ! souffle-t-il.

Elle lui réplique que ce serait une folie, qu'ils n'ont aucune chance.

– Qu'est-ce que nous avons à perdre ? demande-t-il. Nous serons de toute façon condamnés à mort si on nous juge.

Progressivement, Jean mûrit un plan d'évasion. Yolande l'observe du coin de l'œil. Elle reconnaît cette façon de regarder devant soi en serrant les mâchoires. Ce plan, il finit par l'exposer lorsque l'équipage traverse La Ferté-Bernard. Nul ne peut l'entendre étant donné le claquement des sabots sur les pavés.

C'est un plan insensé !

80

Quatre kilomètres après La Ferté-Bernard, la colonne s'engage dans une forêt de chênes et de châtaigniers, avec, de place en place, d'épais taillis. C'est là que Jean doit mettre à exécution son plan d'évasion. Yolande ne croit pas vraiment qu'ils puissent réussir, mais elle ne s'est pas sentie en droit de pousser Jean à renoncer. Et puis, comme lui, elle ne voit pas ce qu'il y aurait à perdre dans cette ultime tentative étant donné le sort qui les attend à Paris. Une seule chose lui pince le cœur : Jean et elle doivent se séparer, probablement pour plusieurs jours. « Si tout marche bien, on se retrouvera à Châteauneuf-du-Faou », a conclu Jean.

La colonne avance doucement. L'escorte, semble-t-il, n'est pas pressée. Il fait assez sombre, car le ciel charrie de gros nuages au-dessus des frondaisons. Les roues creusent la terre humide. L'air est frais, avec des senteurs de fougères et d'écorce.

– Je t'aime !

Jean a soufflé ces mots rapidement, en jetant vers Yolande un regard d'une immense tendresse. Puis il s'est laissé tomber sur le chemin et a foncé en ligne perpendiculaire. Il court vite, malgré ses poignets ligotés dans le dos. L'endroit est particulièrement bien choisi car l'implantation des arbres est ici beaucoup plus dense et on aperçoit des masses obscures de taillis à moins de cent cinquante mètres. Comme l'avait prévu Jean, le chef de l'escorte est obligé de diviser ses cavaliers en deux groupes, l'un pour se lancer à la poursuite du fugitif, l'autre pour garder Yolande. Mais le mouvement de Jean a d'abord jeté la confusion dans les rangs, ce qui lui a fait gagner de précieuses secondes. Un coup de feu claque. Le fugitif continue à courir. Les cavaliers qui l'ont pris en chasse sont évidemment gênés par les arbres et ne peuvent aller aussi vite qu'un homme jeune lancé en pleine course. Cela aussi, Jean l'avait envisagé.

Quand Yolande, rassurée sur la manière dont se déroulent les événements, se tourne vers le cavalier situé immédiatement à sa gauche, elle note que celui-ci ne lui prête aucune attention : le spectacle de ses camarades pourchassant ce criminel ligoté est bien plus digne d'intérêt ! Elle fait alors opérer à son tronc une rotation rapide et, avec une violence dont elle se croyait incapable, balance ses deux pieds sur le flanc du cavalier. L'homme, désarçonné, a encore une botte dans un étrier lorsque Yolande bondit sur la selle et, faisant claquer une main sur la croupe, lance sa monture au galop. Il n'est pas question, comme Jean, de filer à travers bois : elle connaîtrait les mêmes difficultés que les cavaliers qui pourchassent le fuyard. En revanche, bonne écuyère, et beaucoup plus légère, elle a une chance de semer ses poursuivants, surtout si cette nouvelle surprise leur fait perdre un peu de temps.

Quand elle habitait Châteauneuf-du-Faou, Yolande, tous les jours, partait à travers prés et sous-bois sur sa jument Baz. Il y a bien longtemps qu'elle n'est pas montée sur un cheval, mais les réflexes lui reviennent naturellement. Bien que sa monture ne soit pas une bête extraordinaire, elle a suffisamment d'expérience pour en tirer le meilleur.

Trois cavaliers se sont lancés à sa poursuite. Mais ils sont à cent mètres et, semble-t-il, la distance augmente au fil du temps. Le poids fait la différence. Sans parler de cette façon bien à elle que Yolande a de chanter à l'oreille du cheval un chant breton qui raconte une course éperdue sur une lande du Finistère.

Yolande, quand le chemin aborde une clairière, vire à gauche sur un sentier. La manœuvre est dangereuse car, à tout moment, une branche peut la heurter. Elle se couche un peu plus sur l'encolure et réduit légèrement l'allure.

– Bien ! Bien ! Bien ! répète-t-elle à l'animal.

Elle ne voit plus ses poursuivants. Elle ne les entend pas non plus. Le sentier serpente un peu et elle est désormais sur un raidillon. Ce qu'elle doit maintenant chercher, c'est un endroit pour se cacher. « Est-ce que Jean s'en est sorti ? »

Le cheval écume. Il commence à montrer des signes de fatigue. Il faut qu'elle trouve rapidement une cachette. La difficulté est que le sol mouillé conserve les traces de son passage et qu'on aurait tôt fait de la retrouver si elle n'en tenait pas compte.

Le sentier, à présent, amorce une descente vers un ruisseau. C'est peut-être la chance qu'elle attendait. Elle engage résolument sa monture dans le petit cours d'eau, mais dans le sens de l'amont. Elle estime que les poursuivants, non seulement seront obligés de se diviser, mais encore penseront plutôt qu'elle a choisi l'aval. Elle ramène son cheval au pas. Le lit de ce ru n'est pas trop accidenté, l'eau est peu profonde et l'animal avance aisément. Elle remonte ainsi sur une distance d'à peu près trois cents mètres, jetant derrière elle de fréquents coups d'œil. Personne n'apparaît à l'horizon. Quand elle atteint une zone où le ruisseau coule entre deux berges de terre crayeuse, elle saute à bas de son cheval et, tirant sur la bride, lui fait gravir une faible pente. Les traces de son passage seront, ici, peu visibles. Arrivée sur la crête, où poussent des arbres plus petits, elle dissimule sa monture et revient se poster en embuscade derrière un rocher.

Son attente dure cinq ou six minutes. Un cavalier, comme elle, a remonté le faible courant. Va-t-il repérer ses traces, là où elle est sortie ? Son cœur bat à rompre. L'homme avance en jetant des regards de chaque côté. Il paraît exténué, et sa monture trébuche souvent. Si d'aventure ce soldat repère les empreintes de pieds, il ne voudra peut-être pas tenter seul la poursuite et préférera revenir vers ses compagnons pour les prévenir. « Mon Dieu ! Mon Dieu ! Faites que cet homme soit aveugle ! »

Le garde national passe sans rien voir. Il va probablement continuer à avancer sur quelques centaines de mètres. Puis il fera demi-tour et redescendra le ruisseau, à moins qu'il préfère s'engager dans le bois. C'est plus qu'il ne faut à Yolande pour, après avoir laissé à son cheval un bref repos bien mérité, reprendre une route plus tranquille vers Le Mans.

Elle sait que le chemin vers Châteauneuf-du-Faou sera encore semé d'embûches, qu'il lui faudra certainement se cacher.

Au moment où elle remonte en selle, elle remarque que sa robe est déchirée. « Je ne peux pas me montrer dans cet état. Il faudra que je trouve des vêtements. Et pourquoi pas des vêtements d'homme ? » Elle a un peu d'argent, cousu dans un ourlet. Mais cela suffira-t-il ?

« Et Jean ? » Son cœur se serre.

« Je t'aime ! » a-t-il dit avant de sauter du cabriolet. Était-ce sa façon de lui dire adieu ?

81

Yolande met neuf jours pour atteindre la maison familiale de Châteauneuf-du-Faou. Ces neufs jours sont un enfer. Elle vole des vêtements et de la nourriture. Elle dort dans des remises écartées, des granges et même une caverne. Elle doit se cacher dans des trous infâmes ou courir pendant des heures – son cheval a fui dès le troisième jour. Elle rencontre des êtres généreux et pleins de compassion, elle souffre aussi de la lâcheté, de la fourberie ou de la vénalité. Elle doit se battre comme une harengère à la halle ou au lavoir. Certains, sans doute, conservent encore les traces de ses coups de griffe et de ses ruades. Un individu ignoble tente même de profiter de son sommeil pour abuser d'elle.

L'enfer, certainement. Mais au bout, la délivrance, l'accueil de son père et de ses deux sœurs, les retrouvailles avec ses oncles et tantes, sa nourrice et quelques vieilles amies d'enfance.

Pour célébrer l'arrivée de Yolande, M. de Kérodret fait donner une grande fête, et, toute la nuit, les bombardes et les binious résonnent. La jeune femme est trop affaiblie et trop angoissée pour accompagner les danseurs de gavotte, mais la chaleur de l'accueil agit à la manière d'une drogue.

Personne ne lui pose de questions. C'est elle qui donne des explications à son père, et à son père seulement. Elle s'installe dans la petite chambre qu'elle occupait avant son départ pour Paris sept ans plus tôt puis elle commence à attendre fébrilement l'arrivée de Jean. Même si, au fond d'elle-même, elle doute qu'il ait pu réussir, elle espère comme une folle le voir surgir au bout de l'allée. Elle est une sentinelle, toujours en alerte. Elle passe de longues heures à guetter derrière la fenêtre de sa chambre lorsqu'il pleut. Elle s'assied face à l'entrée quand la famille mange. Chacun respecte son attente.

M. de Kérodret, dès le premier jour, a envoyé son intendant à Paris, pour aller aux renseignements. Yolande est à Châteauneuf depuis douze jours quand son père, après l'avoir prise dans ses bras, lui dit qu'elle ne doit plus attendre son amant.

Elle s'effondre et il faut l'aliter. Rose, qui sert la famille depuis des dizaines d'années, lui donne une décoction pour dormir paisiblement. Mais, le lendemain matin, elle est prise de nausées et vomit jusqu'à la bile.

Pouvait-elle s'attendre à ce que dirait le médecin après l'avoir auscultée ?

– Vous êtes enceinte, mademoiselle. Enceinte depuis plus de deux mois.

Elle est enceinte de Jean, un homme qu'elle ne reverra plus ! Ses nerfs cèdent et elle se met à hurler comme une démente. Rose et le médecin doivent agir ensemble pour la calmer.

– L'enfant que vous portez a déjà connu bien des aventures, dit en souriant le médecin lorsqu'elle est apaisée. N'en rajoutez pas ! Pour lui, essayez de vous reposer et recommencez à aimer la vie !

Aimer la vie…

82

Jean n'a pas pu semer ses poursuivants. Espérait-il vraiment pouvoir le faire ? C'était impossible et il le savait parfaitement. Il est très difficile de courir avec les poignets ligotés dans le dos et plus encore lorsque les branches des taillis viennent fouetter le corps et le visage. C'est un homme en sang que les miliciens ont rattrapé, un homme qui boitait après être tombé plusieurs fois. Ils ne se sont pas contentés de le saisir. Ils ont commencé d'abord par le frapper, à coups de pied, à coups de poing, puis avec les crosses de mousquetons. Quand l'un d'eux l'a chargé sur son cheval, Jean était inconscient, brisé, pissant le sang.

Jean a été enfermé à la Conciergerie le 5 avril 1794. Ce même jour, aux environs de quatre heures de l'après-midi, Georges Danton est monté dans une charrette qui a été conduite aussitôt vers la place de la Révolution. Avec lui, Desmoulins, Fabre d'Églantine, Delacroix, Philipeaux, Hérault de Séchelles, Basire, Chabot, d'autres encore.

Le convoi a emprunté le pont au Change, a suivi le quai de la Mégisserie, sur lequel Yolande aimait tant se promener, a cahoté dans la rue de la Monnaie, a traîné dans la rue Honoré, a accéléré dans la rue de la Révolution. Sur la grande place qui prolonge le jardin des Tuileries, quinze têtes sont tombées au milieu des cris. Celle de Danton était la dernière. Finalement, en le faisant mourir après tous les autres, ceux qui l'abattaient lui reconnaissaient le premier rôle.

Jean a été jugé dans les deux jours qui ont suivi son retour à Paris. Herman présidait, Fouquier-Tinville s'égosillait et le jury, terrorisé, se taisait. Jean n'était pas seul : il partageait le box avec quelques autres collaborateurs de Danton.

– Ne cherchez pas dans les minutes du procès la réalité de ce qui s'est dit ou fait durant l'audience : vous n'y trouverez que des mensonges, confiera un jour Yolande à une amie proche. Pourquoi Jean, d'ailleurs, aurait-il été mieux traité que son ami champenois ? Mon Dieu, que j'aurais aimé connaître les vrais mots prononcés par Jean lorsqu'il se défendait ! Mon Dieu que j'aurais aimé être là ! Pour le regarder, et, par mon regard, lui dire que je l'aimais ! Quel visage avait-il, lui qu'on avait battu jusqu'à l'évanouissement ? Pouvait-il seulement se tenir droit quand il répondait ? Procès haineux, procès inique, procès d'où la justice a fui… En disant cela, mes yeux se mouillent. Je ne peux m'empêcher d'imaginer cet homme aux cheveux blonds poisseux de sang, au visage cabossé, gonflé, un œil fermé, le nez brisé, dont tout le corps est une plaie, qui a deux côtes cassées – on m'a raconté cela depuis. Je le vois – oui, je le vois vraiment dans ma tête – se redressant avec une grimace de douleur, cherchant devant lui des juges et n'apercevant que des exécuteurs… Il n'est pas difficile d'imaginer le rituel macabre qui a suivi : le jugement qu'un greffier lit entre deux guichets sombres de la Conciergerie ; la découpe au ciseau du col de chemise ; les larmes d'un coaccusé ou les lamentations d'un autre. Le grand rasoir, enfin. Les ombres de la nuit commençaient à se couler dans les rues quand la tête de Jean, comme les autres, a… Certains m'ont dit que, lorsque Jean est monté à l'échafaud, les torches crépitaient au milieu d'une assistance recueillie. Je n'en crois rien. Ils voulaient me faire plaisir. Ou alors, ils confondaient avec l'exécution de Danton. Moi, je suis certaine que l'on criait et riait. Jean m'a souvent parlé du goût du sang. Il ne fait pas taire, loin s'en faut, même quand la victime est innocente. Et même quand l'homme qu'on couche sur la planche a trente ans à peine…

83

Comme d'habitude, Yolande a tourné autour du massif de résédas, respiré les orangers en pots, suivi une contre-allée ombragée, puis rejoint un carré de verdure. Là, sous une charmille, elle a loué une chaise confortable pour un sou et s'y est installée.

Dans une heure à peine, une nuée de domestiques et d'enfants envahira l'endroit. Au milieu des cris, on assistera à des jeux de ballon, on verra des garnements pousser avec un bâton des petits cerceaux munis de grelots, des fillettes feront des rondes. Il y aura même quelques adultes pour jouer au jeu de barres, une sorte de jeu à l'épervier.

– Approche, mon chéri, que je retire ta veste !

Lucien accourt, se laisse déshabiller, puis file vers un groupe d'enfants.

– Fais attention de ne pas te salir ! lui crie sa mère.

Yolande doute que son fils ait entendu. Elle l'observe, attentive, presque inquiète. Que peut-il bien dire à cette gamine à la robe vert pomme ? Et à ce garçon un peu plus jeune qui lui tire le bras, que répond-il ? Il y a quelque chose d'à la fois magnifique et troublant dans cette scène. Elle ne saurait dire exactement pourquoi. Mais une mère peut-elle toujours expliquer les émotions qui naissent dans sa chair lorsqu'elle pose les yeux sur son enfant ?

Il y a un mois, Lucien a fêté son sixième anniversaire. « Six ans ! Voilà six ans que, un jour de novembre 1794, ce petit bonhomme est venu au monde ! Un monde bien cruel ! » Depuis l'année dernière, un coup d'État a renversé le Directoire et placé à la tête du pays trois consuls, dont un jeune général de trente ans auréolé par ses campagnes d'Italie et d'Égypte.

« Pourquoi mon petit Denis, lui, n'a-t-il pas dépassé son premier anniversaire ? Aujourd'hui, il aurait quatre ans et jouerait avec son frère. Que la vie est quelquefois injuste ! »

Lucien a entrepris de jouer à saute-mouton. Ses cheveux volent quand il bondit. « Il a les mêmes cheveux que lui. Il a tout de lui. Comment pourrais-je oublier qu'il est son fils ? »

Le ciel est légèrement voilé. Mais il fait bon. Du côté de la terrasse du château du Luxembourg, la poussière tourbillonne paresseusement quand un vent léger se lève. À côté de Yolande, deux femmes bavardent comme des pies. L'une d'elles tient un nourrisson dans les bras.

Quelquefois, la ressemblance entre Lucien et son père est si sensible que Yolande en est troublée. Car ce n'est pas seulement une similitude physique, ce ne sont pas seulement les mêmes cheveux blonds et les mêmes yeux verts, c'est aussi cette façon de mouvoir son corps, d'avancer le bras quand il forme une demande, de pincer les lèvres si quelque chose le contrarie.

M. de Vaucourtois aime Lucien comme s'il était son fils, son mari, et ne fait jamais rien qui pourrait trahir la différence d'âge entre les époux. Mais c'est à Jean, l'amant disparu dans la tourmente révolutionnaire, que Yolande réserve les mouvements les plus secrets et les plus forts de son être, c'est Jean qu'elle aime et continue d'aimer d'un amour absolu. « Pourquoi l'amour survit-il même à la mort de l'être aimé ? » se demande-t-elle quelquefois, doutant que son état soit complètement normal. Par-dessus tout, elle craint de montrer de l'ingratitude vis-à-vis de son mari et serait terriblement malheureuse si, par maladresse, égoïsme ou humeur, elle venait à le blesser.

Lucien revient vers sa mère. Il semble en colère.

– Les autres enfants, ils disent que je fais les choses trop vite ! se plaint-il. Que je vais toujours trop vite ! Mais c'est pas vrai. Je fais comme eux.

Yolande caresse les longs cheveux. La sueur perle sur le beau visage de son enfant. L'herbe de la pelouse a déjà crayonné sur la chemise blanche. Un mocassin a perdu son brillant.

– Peut-être que tes petits camarades voudraient faire aussi bien que toi, suggère la mère. Peut-être qu'ils attendent de toi que tu leur montres comment il faut bien faire.

Lucien fronce ses sourcils.

– Il faut que je leur montre ? interroge-t-il.

– Quand tu sais faire quelque chose que les autres, trop jeunes ou trop malhabiles, ont du mal à pratiquer, il faut leur montrer.

– Tu as raison, maman.

Déjà, il court vers le groupe qui, à vingt mètres, indécis, attend son retour.

84

– Attendez là, mon père !

Philippe de Kérodret s'assied sur le banc que lui a désigné le planton. La pièce est voûtée, grossièrement blanchie à la chaux. Le seul mobilier, en dehors des torchères, est constitué d'une table massive et de deux bancs. Le sol est dallé de pierres grises et deux rigoles descendent depuis la porte jusqu'à un regard. La fenêtre habille une ancienne meurtrière. On est ici dans une construction basse adossée à la casemate d'un rempart de la darse Vauban.

L'officier qui a reçu Philippe a été très clair :

– Au bagne de Toulon, il est rare que les forçats reçoivent des visiteurs. J'ai passé quinze ans dans cette maison et vous êtes le troisième. Je ne veux pas savoir qui est intervenu ni comment. Ça ne me regarde pas. Mais sachez que vous jouissez d'une faveur exceptionnelle. Rare et exceptionnelle.

« Encore un tout petit instant, et il va me dire que je lui dois cette faveur », songeait Philippe en écoutant l'officier.

– Ceux qui sont détenus ici, vous comprenez, ont été exclus de la société. Si on les a exclus, ce n'est pas pour leur mitonner des visites privées. Enfin, j'espère que vous me comprenez.

– Je suis tout à fait conscient de la faveur qui m'est faite et j'en sais gré à tous ceux qui dirigent cet établissement.

Le militaire sourit, flatté à la fois qu'on puisse l'assimiler à la direction du bagne et qu'un ecclésiastique lui adresse des remerciements.

– Ce Pillardot ne va pas tarder (il consulte le registre qu'il tient à la main). Jean-François Pillardot. Condamné à perpétuité. Il se tient bien. Il va bientôt passer fricotier…

– Fricotier ?

– Aide-cuisinier, si vous préférez. Tous les forçats rêvent de devenir quelque chose dans l'administration du bagne. Pillardot, c'est fricotier. D'autres, c'est garde-bidon, celui qui allume les lanternes, ou… On les tient mieux quand on peut leur faire espérer quelque chose. L'espoir, vous connaissez ça, mon père…

Dans cette pièce quasiment nue, l'humidité, comme une lèpre, mange le pied des murs. Bien qu'on soit au printemps et qu'un chaud soleil darde sur la grande ville portuaire, il fait frais.

Ce que Philippe est venu faire dans ce lieu de misère, nul ne le lui a soufflé. Il est là par sa seule volonté ou, plus exactement, son unique obsession. Depuis que son neveu Loïc, ce matin du 3 septembre 1792, a été massacré dans les conditions les plus ignobles, l'ancien jésuite veut retrouver le ou les assassins. Dès qu'il est revenu d'exil, ce qui n'a pu être réalisé qu'en 1803, il n'a pas ménagé ses efforts à cette fin. Yolande, dans un courrier, dix ans plus tôt, l'avait informé des soupçons pesant sur Bernard de Fleurimont. Quand il a pu enfin se mettre en chasse du godelureau, celui-ci s'est révélé introuvable. On prétendait même qu'il était mort pendant la Grande Terreur. Philippe a également approché les services du ministère de la Justice, ceux de la police, des anciens membres des sections… En vain. Mais l'ancien jésuite veut autre chose que des soupçons : des preuves. Yolande se satisfait un peu trop des déductions que Jean Lehalleur a pu lui faire partager !

La porte s'ouvre en couinant. Suivi d'un soldat en armes, un forçat apparaît, légèrement voûté. Il porte un bonnet vert, une casaque de laine rouge sur une chemise blanchâtre, un pantalon de toile jaune, des souliers ferrés. Crochetée à la ceinture, une chaîne rejoint une manille rivée autour d'une jambe. Sans un mot, le forçat vient s'asseoir sur l'autre banc, en face de Philippe. Celui-ci pensait que le soldat allait rester à l'extérieur, mais il ferme la porte et s'y adosse.

Durant quelques secondes, le forçat jauge son interlocuteur. L'ecclésiastique soutient son regard, tout en l'observant attentivement. L'homme a une quarantaine d'années. Le visage est émacié, avec des yeux noirs comme du charbon et un nez cassé. La peau est brûlée par le soleil. Les muscles saillent sur les avant-bras, qui sont d'une étrange maigreur. Les ongles sont noirs, déformés. Une plaquette de fer-blanc brille sur la casaque.

– Je m'appelle Philippe de Kérodret. Je suis prêtre.

Le forçat hoche la tête :

– On me l'a dit ! Ce qu'on m'a pas dit, c'est pourquoi vous voulez me voir.

Le ton est brutal, mais sans hostilité.

– Cela étant, ajoute-t-il avec un sourire, je suis content de recevoir une visite. Ça fait dix-sept ans que j'suis au bagne de Toulon. C'est la première visite que je reçois. C'est peut-être aussi la dernière. Pourquoi vous voulez me voir ? Je suppose que c'est pas pour me demander comment on vit ici…

– Je ne connais rien au bagne, seulement ce que j'en ai lu ici ou là.

– Alors vous devez pas connaître grand-chose ! Personne ne sait vraiment ce que c'est, en dehors des bagnards et des gardes. Vous voulez des détails ? Pour ne parler que de moi, je suis arrivé ici en décembre 1792. Je passe sur tout ce qu'on vous fait endurer au début. Maintenant, comme vous le voyez, parce que j'ai montré une bonne conduite, j'ai droit à la demi-chaîne.

Il soulève la chaîne accrochée à sa ceinture.

– Sept kilos. J'ai connu beaucoup plus. J'ai travaillé sur le port, dans l'arsenal, à la corderie, dans les fourgons, dans les ateliers de serrurerie, dans les carrières qui sont autour de la ville. Ensuite, à l'hôpital. Vidangeur, j'étais. Je faisais toutes les latrines, toutes les fosses. La merde, sauf votre respect, croyez-moi, j'en connais toutes les couleurs et toutes les odeurs. Et c'est pas ça qui vous réconcilie avec l'humanité. Comme je sais pas lire, il était exclu qu'on me mette dans un bureau. Maintenant, je travaille toujours à l'hôpital, mais dans des choses plus propres. Vous voyez, cette plaquette, elle prouve que je suis à la petite fatigue. Les travaux moins durs, si vous préférez. Mais je vous assomme avec l'histoire de ma vie. Vous êtes venu pour quoi ?

– J'avais un neveu, Loïc, le fils de mon frère aîné. Loïc était un jeune homme de vingt ans quand il a été sauvagement assassiné.

– Jamais entendu parler de ce Loïc !

– Écoutez-moi ! En septembre 1792, le 3 septembre, dans la matinée, vous étiez avec d'autres prisonniers dans l'ancien couvent des Bernardins...

– C'est pour parler de ça que vous êtes venu ?

Cette fois, le forçat a élevé la voix. Le soldat près de la porte s'est raidi : on a entendu le choc de sa baïonnette contre la porte.

– Je sais très bien que je réveille de mauvais souvenirs. Mais je vous en supplie, écoutez-moi, écoutez-moi jusqu'au bout !

Le forçat paraît se calmer.

– Ce matin-là, une horde de tueurs a pénétré dans le dépôt et a massacré tous les prisonniers qui s'y trouvaient. La concierge, les geôliers, les gendarmes n'ont rien pu faire pour empêcher l'hécatombe. Le dépôt des Bernardins a subi ce que d'autres prisons parisiennes ont subi le même jour ou les jours suivants. Vous êtes trois à avoir échappé à la tuerie : Lacouture, Guillot et vous, Jean-François Pillardot.

– Guillot est mort !

– Je le sais. Il est mort de fièvre, en novembre 1792.

– Ils vous ont dit qu'il était mort de fièvre ? Ils ont osé vous parler de fièvre ?

Philippe ne prête pas attention au ton ironique du forçat et poursuit :

– Lacouture aussi est mort. Ici. Ça, je l'ai appris il y a peu.

– Lacouture était un ami ! interrompt Pillardot. Autant qu'on peut avoir un ami au bagne. Il a été tué il y a cinq ans. On venait de passer chez le rondier…

– Vous pouvez m'expliquer ?

– Le rondier, c'est celui qui, avec un coup de marteau, vérifie simplement au son que la manille n'a pas été limée. On venait donc de passer devant le rondier quand une espèce de… quand un salaud est venu planter un couteau dans les reins de Lacouture. Pour une histoire de fèves ou de légumes secs. Lacouture, c'était un type que j'aimais bien. Son vrai nom, c'était Charles-Pierre. Il disait qu'il n'avait pas de prénom. Des fois, il me manque.

Pillardot se racle la gorge, comme si l'émotion l'avait brutalement nouée.

– Vous êtes le seul survivant de la boucherie du 3 septembre aux Bernardins, poursuit Philippe. Et vous êtes donc le seul à pouvoir m'aider à comprendre ce qui est arrivé à mon neveu Loïc. Loïc de Kérodret.

– Je vous ai dit que je connais pas ce Loïc !

– Je suis sûr que vous ne le connaissez pas. Mais peut-être pouvez-vous m'aider à savoir comment il est mort ?

– Je comprends pas ce que vous dites.

– Laissez-moi vous expliquer ! Le 3 septembre, il y avait soixante-quinze prisonniers. Trois ont échappé au massacre. Dont vous. J'ignore pourquoi et je n'ai pas à le savoir. On aurait dû retrouver soixante-douze cadavres. On en a retrouvé soixante-treize. Le soixante-treizième était mon neveu, Loïc. Il n'était pas prisonnier des Bernardins. Il ne faisait pas partie du personnel. Il a été tué en même temps que tous les autres. Avec la même sauvagerie. Il ne faisait pas partie des prisonniers et pourtant on l'a assassiné de manière atroce. Peut-être avez-vous…

– J'ai rien vu du tout ! Ou plutôt, j'ai vu des choses terribles. Tout le monde hurlait, mes camarades et les tueurs. Le sang giclait partout. Les tueurs frappaient avec des espèces de gourdins ou des sabres. Il y en avait qui étaient armés de baïonnettes ou de piques. J'ai même vu un homme avec une immense hache. Moi, on m'a laissé la vie sauve parce que l'un des assassins me connaissait et qu'il m'avait à la bonne. On avait bricolé ensemble, un an ou deux ans plus tôt, quand il habitait Pontoise. Ils m'ont mis dans un coin, avec les deux autres, Lacouture et Guillot. J'ai vu qu'une partie du massacre. Là où j'étais, je pouvais pas tout voir. Votre Loïc, je l'ai pas vu !

– Vous avez peut-être entendu quelque chose… Mon neveu était du genre à se jeter au milieu d'une bagarre pour tenter de séparer les adversaires. Ce jour-là, il a très bien pu vouloir intercéder auprès des meurtriers pour qu'ils arrêtent.

Peut-être même s'est-il attaqué à l'un d'entre eux pour le désarmer. Il en était capable. Il était jeune. Il était généreux.

– Comme je viens de vous le dire, j'ai pas vu grand-chose... Il y a un moment, quand même, où l'un des chefs de la bande a parlé avec un autre. « Il y a eu du grabuge à l'entrée, lui a dit l'autre. On a dû se défendre. »

– C'est ce qu'il lui a dit ? Vous en êtes sûr ?

– Je me souviens de ça parce que c'était quand même bizarre. Ça massacrait un peu partout et un type venait dire qu'il y avait eu du grabuge à l'entrée. Comme s'il y avait pas du grabuge partout ! J'ai été étonné, c'est pour ça que je m'en souviens.

– Est-ce que vous vous souvenez d'autre chose ? À propos de cet homme. Qu'est-ce qu'il a dit d'autre ?

– Tout ça est bien vieux. En dix-sept ans, surtout au bagne, on perd facilement la mémoire des choses qui vous sont arrivées. Attendez que je fouille dans mes souvenirs ! Je crois bien que l'autre, après avoir dit qu'il y avait eu du grabuge, a dit aussi : « Tant pis, on le fera passer avec les autres ! »

– Il parlait d'une nouvelle victime. Une victime qui n'était pas un prisonnier ! Ils venaient de parler d'un homme massacré alors qu'il n'était pas un prisonnier : en traitant son cadavre comme tous les autres cadavres, ils dissimulaient leur crime ! C'est ça ! C'est bien ça !

Pris par l'exaltation, Philippe s'échauffe.

– Comment était-il, cet homme qui parlait du grabuge ? Comment était-il physiquement ?

– Je m'en souviens pas bien. Je crois qu'il était grand, jeune.

– Faites un effort, je vous en supplie ! C'est important ! Quelle était la couleur de ses cheveux ?

– Il portait une perruque blanche comme il y en avait autrefois.

– Il faisait assez sombre aux Bernardins. C'était le matin, de bonne heure. Comment pouvez-vous être aussi catégorique ? Êtes vous sûr que cet homme n'avait pas des cheveux blonds ou très clairs ? À la lumière des flambeaux, le blond pouvait donner l'impression d'une perruque poudrée.

– Il faisait plus clair que vous pensez. Et suffisamment pour que je le voie. Mais je veux vous dire. Vous savez pourquoi je me souviens de sa perruque ? C'est parce que ce type-là, avant de parler du grabuge, il a réduit en bouillie la tête d'un jeune prisonnier. Devant moi. Avec une barre de fer. Et il riait. Il riait ! Il y avait du sang qui giclait sur sa perruque.

– Ses yeux ? Vous vous souvenez de ses yeux ? De quelle couleur étaient-ils ?

– Comment voulez-vous que je me souvienne ? Et puis je…

– Ils étaient clairs ou foncés ?

– Franchement, j'en sais rien. Je crois qu'ils étaient clairs.

– Ils étaient bleus ?

– Écoutez ! Me demandez pas…

– Vous avez dit tout à l'heure que vous vous souveniez de lui. Parce qu'il a devant vous…

– C'est une façon de parler. C'était l'enfer là-dedans !

– Et sa bouche ? Avait-il des lèvres minces ? Des lèvres épaisses ?

– Des lèvres de fille. Vous savez, des lèvres bien rouges. Justement, ça collait pas avec ce qu'il faisait.

– Son nom ? Est-ce que quelqu'un a prononcé son nom ? Ou son prénom ? Essayez de vous souvenir ! Vous avez une excellente mémoire ! Fouillez dans votre mémoire !

Pillardot secoue la tête.

– Non, monsieur l'abbé. Non !

– Non ?

– Non… je ne… Je me souviens pas de son nom. Je sais

même pas si on l'a prononcé devant moi. Je me souviens pas non plus de son prénom..

– Est-ce que par hasard vous n'auriez pas entendu qu'on l'appelait Bernard ?

Philippe vient à peine de poser la question que, déjà, il le regrette. Mais cela a été plus fort que lui.

– Bernard ? Peut-être. Je sais pas. Franchement, je me rappelle rien. Mais peut-être qu'il s'appelait Bernard.

Quelque part, une cloche sonne.

– Bien, monsieur l'abbé, si vous avez terminé avec les questions. Il faut que je me rentre.

Pillardot se lève. Il sourit.

– Ça m'a fait plaisir de vous rencontrer, monsieur l'abbé.

– Moi aussi, monsieur Pillardot.

– Monsieur Pillardot ? Il y a bien longtemps qu'on m'a pas appelé monsieur. Cela me fait tout drôle. Ici, on est des numéros, des matricules. Monsieur Jean-François Pillardot. En plus, ça sonne bien.

Il rit. Et tend la main. Philippe s'en empare, la garde longtemps.

– Merci, dit l'ancien jésuite. Merci beaucoup.

La cloche de nouveau se fait entendre.

– Je reviens vous chercher dans un instant, dit le garde à Philippe, tandis que Pillardot, baissant les épaules, franchit la porte dans un bruit de chaîne.

« Seigneur ! Seigneur ! Est-ce pour m'éprouver que vous avez mis cet homme sur mon chemin ? »

85

Quand il a quitté Paris début août 1794, fuyant la réaction thermidorienne et craignant qu'on veuille le traiter aussi radicalement que Robespierre, Bernard de Fleurimont a filé à Nîmes. Il a été accueilli par Mlle Camille Monnier, une blonde de quarante ans que le commerce des charmes dans la capitale a enrichie et qui désormais fait simplement commerce de bonneterie dans le chef-lieu du Gard. Bernard l'avait connue quelques mois plus tôt. Dans la coquette maison de Camille, sous un nom d'emprunt, il a pu vivre un temps dans une relative quiétude.

Après quelques semaines cependant, le voisinage a commencé à se montrer suspicieux, des dénonciations sont parvenues aux autorités locales, on a vu des policiers rôder autour du couple. Un matin du mois de novembre, de très bonne heure, Bernard a décidé de s'enfuir en Italie.

De retour en France, il a été arrêté en nivôse an IX, après l'explosion de la « machine infernale » : le ministre Fouché a voulu profiter de cet attentat royaliste pour débarrasser la capitale de ce qu'il appellait « les restes impurs » du jacobinisme. Bernard a donc été déporté à l'île d'Oléron. Il s'en est échappé et s'est réfugié en Angleterre. Peu après, il a été engagé par la police politique de l'empereur Napoléon.

Quand Louis XVIII est monté sur le trône, Bernard a dû évidemment fuir. L'Angleterre l'a accueilli une seconde fois. Puis, estimant que sa présence pouvait nuire aux relations avec la France, elle lui a notifié son expulsion. Il s'est retrouvé alors aux Pays-Bas où il est resté quelques mois seulement.

Durant les Cent-Jours, Bernard a tenté de renouer avec ses amis de la police politique puis, n'y parvenant pas, il a rejoint Camille Monnier à Nîmes.

C'est là que Philippe de Kérodret, au terme de recherches de plusieurs années, le retrouve enfin. Sa visite au bagne de Toulon six ans plus tôt l'a convaincu que Bernard est l'assassin de Loïc. Tout l'accable : sa dénonciation de Yolande aux nervis du Comité de surveillance, qui a fait courir à la jeune femme des dangers mortels ; cette surveillance qu'il a exercée sur elle après son évasion ; cette accusation contre Jean, fondée sur des éléments qu'il pouvait difficilement connaître sans être impliqué ; ses liens avec Robespierre et sa haine du parti de Lehalleur ; le témoignage du bagnard, enfin, qui a décrit un individu jeune portant perruque, avec des yeux clairs et des lèvres « de fille ». Si ce Fleurimont, par dépit amoureux, par désir de vengeance, n'a pas hésité à envoyer Yolande à la mort annoncée, pourquoi aurait-il hésité à l'égard de Loïc, qu'il connaissait à peine ?

Pour Philippe, il n'est pas bien difficile d'imaginer comment les choses ont pu se passer ce matin du 3 septembre 1792. « Ce Fleurimont est avec les tueurs des Bernardins ou s'est rendu à l'ancien couvent. Par hasard, les pas de Loïc l'ont conduit lui aussi jusqu'à ce lieu de mort. Quand il découvre ce qui s'y passe, tout son être se révolte, il somme les tueurs d'arrêter, il les injurie, peut-être même se jette-t-il sur le premier qu'il aperçoit. Il a le sang chaud, il est courageux, il est inconscient.

Au cours de la mêlée, il reconnaît Fleurimont. Celui-là est alors submergé par la haine ou ne veut pas laisser derrière lui un témoin lié à Yolande. Il le tue et le fait passer pour une victime du massacre collectif. »

Philippe s'est juré de faire rendre justice à l'innocent impitoyablement massacré, d'une manière ou d'une autre. « Ce n'est pas Toi, Seigneur, qui m'en empêcheras ! As-tu fait quoi que ce soit pour empêcher le reste ? As-tu levé, ne serait-ce qu'un instant, le petit doigt pour faire obstacle à l'assassinat horrible de centaines, peut-être de milliers d'innocents en ces journées de septembre 1792 ? Tu n'as rien fait pour des innocents et tu prendrais le parti d'un assassin ? Et ne me parle pas de pardon ! J'en ai perdu le désir quand j'ai cessé de croire en Ta puissance ! Il reste peu de chose de ma foi, si peu de chose qu'elle disparaîtrait totalement si ce Fleurimont ne payait pas pour ses crimes ! »

Pour repérer la trace du fugitif, l'ancien jésuite a fait beaucoup : il n'a pas seulement voyagé, il a menacé, corrompu, défrayé des hommes de main. Il s'est ruiné et a ruiné sa santé. Il a aussi fait de son âme un morceau de charbon.

« Je brûlerai mieux en enfer », répétait-il souvent à ceux qui lui conseillaient d'abandonner.

Philippe s'installe dans un garni de Nîmes courant mai 1815. De là, il peut, quotidiennement, surveiller les allées et venues de Bernard et de sa maîtresse. L'homme de Robespierre a vieilli. Il n'a plus beaucoup de cheveux. Ses yeux larmoient sur des poches blafardes. Il marche voûté. Philippe ne risque pas d'être reconnu : Bernard ne l'a vu qu'une fois, vingt-quatre ans plus tôt, chez la comtesse de Bressé.

Le 18 juin 1815, Waterloo sonne le glas de l'empereur Napoléon. La nouvelle est connue dans la capitale du Gard quelques jours plus tard. Quand le représentant du nouveau régime se décide à marcher sur la ville, le commissaire impérial quitte secrètement ses quartiers et se réfugie dans les Cévennes. Nîmes renferme une population aux passions brutales et tumultueuses. Le lendemain, une foule nombreuse, à laquelle se sont mêlés des volontaires royalistes, se porte aux casernes et exige des soldats qu'ils déposent les armes. Placés aux croisées des fenêtres, ceux-ci, par peur, tirent. Le tocsin sonne pour la vengeance. Le commandant de la garnison tente de négocier mais, finalement, accepte de capituler. Quand la troupe quitte la caserne, la population se jette sur elle. C'est un massacre dantesque, une longue suite d'atrocités.

La ville est alors livrée à elle-même, aux hordes sauvages et à quelques forcenés dont l'Histoire a retenu le nom. Parmi ces individus sordides se trouve Jacques Dupont, surnommé Trestaillons, petit homme brun, nerveux et frêle, élu capitaine d'une compagnie de la Garde nationale. Il a fait partie des volontaires royalistes du duc d'Angoulême. Il possédait trois lopins de terre, ce qui lui a valu son surnom patois. Parce que, prétend-il, des individus appartenant au parti bonapartiste ont dévasté sa petite propriété, arraché ses oliviers et ses vignes, et violé sa femme, Trestaillons a juré de tirer vengeance des ennemis de la royauté. Il répand la terreur dans Nîmes et ses environs, en commettant d'abominables crimes.

C'est cet homme-là que Philippe de Kérodret, le 1er août, parvient à convaincre de mettre à mort Bernard de Fleurimont, présenté comme un agent et exécuteur des basses œuvres de l'empereur déchu.

Accompagné d'un peloton de six hommes armés comme lui jusqu'aux dents, Trestaillons fait irruption dans la maison où il sait trouver Bernard et sa maîtresse. Il est alors à peu près une heure de l'après-midi. Le couple est en train de déjeuner. La domestique s'enfuit en hurlant. Trestaillons somme Bernard de le suivre, sans lui permettre de mettre ses guêtres. Camille tente de s'interposer, mais un nervi lui assène un violent coup de crosse qui lui fait perdre connaissance.

– Je sais que tu as été un agent de l'Empereur, lance Trestaillons.

– Je n'ai jamais servi l'Empereur, ment Bernard.

On l'entraîne à travers les rues. Philippe le voit passer et suit le cortège qui s'est formé. Quand la petite troupe arrive sur la promenade de l'Esplanade, Trestaillons, qui marche en tête, se retourne vers Bernard.

– Va en avant ! ordonne-t-il.

L'interpellé obéit. Il apparaît détaché de son sort. Les mains, liées dans le dos, sont les seules traces d'émotion : elles tremblent. Dès qu'il a fait trois pas, Trestaillons, se saisissant d'un fusil, tire dans une jambe. Bernard s'écroule en hurlant. Trestaillons s'approche de lui, ramasse le chapeau tombé à côté de sa tête, s'en coiffe. Puis il sort son sabre du fourreau et se met à frapper en poussant des « han » convulsifs. Les coups portent sur les jambes, les bras, le tronc. La victime se tord, rampe, se redresse, chute. Un dernier coup, après une éternité, brise les vertèbres cervicales.

Trestaillons essuie la lame sur le pantalon de ce qui fut un homme et repart.

Philippe n'a rien perdu de cet atroce spectacle. À présent, tandis que les badauds se succèdent devant la dépouille rouge de sang, les uns pour exprimer leur horreur, les autres pour approuver, Philippe demeure figé sur la place, statue de sel.

« Loïc est vengé, mais je suis définitivement mort », songe-t-il.

86

À peu près un an après Waterloo, un billet apporté par un gamin apprend à Yolande que son oncle Philippe est à l'article de la mort. Elle saute dans un fiacre et parvient à son domicile une heure plus tard, rue de la Contrescarpe-Saint-André, à côté de l'auberge du Cheval Blanc. L'endroit a longtemps été la tête de ligne des diligences pour Orléans, Tours, Bordeaux, La Rochelle. Malgré elle, Yolande repense à Luce Boucher.

Elle est reçue par la gouvernante.

– Selon le médecin, il ne passera pas la nuit.

Elle a les yeux rouges et mouillés.

Yolande n'a pas vu son oncle depuis un mois. Ils se rencontrent à intervalles réguliers, toujours chez elle. La dernière fois, elle lui a trouvé très mauvaise mine. Deux personnes sont autour du lit quand elle pénètre dans la chambre, son confesseur et un homme adipeux qui se présente comme son nouveau médecin. Philippe a un visage émacié et gris.

– Approche-toi, Yolande !

Sa voix, si puissante d'habitude, est éraillée. Les autres s'esquivent discrètement.

– Toutes mes affaires sont en ordre, sauf une. Approche-toi... plus près !

Elle s'assied sur le bord du lit. Il règne ici une odeur désagréable. Le vieillard prend sa main. Sa paume est glacée.

– Pardonne-moi si je parle sans détour... mais parler me demande un effort... considérable...

Ses yeux exorbités fixent la jeune femme comme s'ils devaient s'arrimer à elle. Il y danse une flamme jaune.

– Bernard de Fleurimont... L'assassin de Loïc.

– Vous l'avez retrouvé ?

– Non... Enfin... Il est mort l'année dernière... Je l'ai fait exécuter... Il se cachait à Nîmes. Les royalistes l'ont... mis à mort mais c'est moi qui l'ai dénoncé.

– Vous...

– Ce serait trop long...

– N'usez pas vos forces...

– Je n'ai rien dit à mon confesseur. Toi seule le sais...

Il est pris d'une quinte de toux, qui le tord violemment. La gouvernante se précipite, lui fait boire une mixture fumante. Après quoi il ferme les yeux et se met à respirer d'une façon spasmodique.

– Pour ce que j'ai fait, reprend-il soudain, pour ce que j'ai fait... le royaume de Dieu... m'est à tout jamais fermé. Mais toi, tu as... le droit de savoir.

Les paupières glissent à nouveau sur la pupille. Elles sont blanches, fragiles comme des ailes de papillon. La respiration s'accélère. La gouvernante applique un linge humide sur le front du malade.

Yolande se lève, ne sachant que faire.

– Tout cela n'a servi à rien ! hurle-t-il quand elle se dirige vers la porte. À rien ! Tu entends, Yolande ?... À rien !

Qu'un sang impur…

Que veut-il dire ? Yolande s'éloigne. Elle a hâte de quitter cet endroit. Elle se sent mal à l'aise, sans trop savoir pourquoi. Elle salue à peine le confesseur et le médecin.

Quand elle monte dans sa voiture, elle vomit.

Épilogue

Mars 1860,
Préfecture de police

Le registre d'écrou de la prison de l'Abbaye, commençant au 3 août 1792 et finissant au mois de janvier 1793, était un petit in-folio de trente-quatre centimètres sur vingt-trois, avec une couverture en parchemin jaune. On l'appelait le « Registre des massacres » parce qu'on y trouvait évidemment les écrous de tous les détenus enfermés dans cette prison au moment des journées sanglantes de septembre 1792. Il avait, pendant deux jours et deux nuits, traîné sur la table du tribunal improvisé au greffe, un tribunal dont Maillard avait assuré la présidence durant de longues heures et à deux reprises. En marge de nombreux écrous, on trouvait tantôt le mot *Mort*, tantôt la lettre *M.*

Ce registre d'écrou était conservé précieusement à la Préfecture de police par l'archiviste Eugène Labat, qui le traitait comme une relique sacrée. La couverture et les pages portaient des taches de sang, des éclaboussures de vin, des marques de graisse et de bougie. On mangeait et on buvait dans l'enceinte du « tribunal ». Le vin et les vivres étaient apportés par les commerçants du voisinage. Ces traces n'étaient pas étonnantes. Mais le plus remarquable était ailleurs : le long de la colonne des noms, des marques plus rondes, mélange de sueur, de sang et de crasse qui leur donnaient quelquefois un aspect moiré.

Un matin fade de mars 1860, un vieillard vient demander des renseignements à la Préfecture de police sur un tripot exploité dans sa rue et qui crée selon lui des nuisances. Il est reçu – c'est un pur hasard – par l'archiviste Labat. Celui-ci commence à lui donner les explications désirées. Sur son bureau, posé devant lui et ouvert, se trouve le fameux registre. Le vieillard, quand il l'aperçoit, a une réaction très vive : il se met à trembler, à bafouiller, et ses yeux, déjà très clairs, prennent une teinte blanchâtre.

– Que dites-vous ? demande l'archiviste.

– Je le reconnais ! glapit le visiteur. Je le reconnais ! Je reconnais ce registre : c'est celui que Maillard avait devant lui.

L'occasion est trop belle d'en savoir davantage.

– Vous avez participé aux journées de septembre 1792 ?

– Et comment que j'y étais !

Labat voudrait aller droit au but mais il hésite encore. Il préfère interroger l'homme sur les taches rondes qui se succèdent tout au long des colonnes.

– C'est bien simple, répond le visiteur, très ému. Quand on avait expédié un prisonnier, on revenait au registre pour regarder le nom des autres. Et bien sûr, on posait souvent le doigt sur les noms.

Les taches rondes sont donc les empreintes des exécuteurs et l'un d'eux, avec une candeur qui souligne plus encore l'ignominie de l'aveu, commente comme s'il venait de retrouver un souvenir égaré et longtemps recherché. Labat observe attentivement son interlocuteur. Celui-ci soutient son regard. Seules ses mains tremblent.

– Ainsi donc, conclut l'archiviste, vous avez été un septembriseur. Mais vous deviez être bien jeune !

– J'avais seize ans. J'en ai à présent quatre-vingt-quatre. Tout ça est loin. Mais je me souviens bien du registre. Vous comprenez, monsieur, Maillard avait dit qu'on pouvait pas rendre la justice sans le registre. C'était un peu notre bible, vous comprenez ?

Le fonctionnaire ne comprend pas. Comment le pourrait-il ?

– Ailleurs, je me suis pas occupé du registre. Les juges et tous les officiels nous avaient rien dit. En tout cas pas à moi.

– Parce que vous avez… exécuté d'autres gens ailleurs ? demande Labat, soudain horrifié.

– Je suis allé aux Carmes. J'suis même allé aux Carmes avant la prison de l'Abbaye. J'suis allé aussi à…

– Vous êtes allé…

– Aux Bernardins. Vous comprenez, j'étais jeune : j'avais de l'énergie. Aux Bernardins, il en fallait, je vous prie de me croire. Ceux qu'on avait à traiter, c'était pas des enfants de chœur. Mais on a bien travaillé quand même.

L'archiviste a un haut-le-cœur. Il se lève, enlève son gilet.

– Excusez-moi, dit-il, j'ai chaud d'un seul coup.

– J'connais ça. Bon, mais il faut que j'y aille !

Le vieil homme tourne déjà les talons.

– Attendez ! lance Labat. Attendez ! Pourriez-vous revenir cet après-midi, disons vers cinq heures ? J'aurai rencontré entre-temps un de mes collègues et je serai en mesure de vous donner des renseignements plus précis sur le problème de ce débit de boissons.

– C'est pas de refus. Parce que, vous comprenez, ce tripot à côté de chez moi, avec toutes les allées et venues, ça me turlupine. Je vais aller manger un morceau. Je serai là à cinq heures pétantes.

L'homme franchit la porte. Labat note rapidement son nom sur un cahier: Roger Martois. Il est excité comme il ne l'a jamais été. Et, surtout, il subodore que son ami André de Vaucourtois, journaliste et historien, le sera plus encore quand il l'aura invité à rencontrer l'inconnu, susceptible de l'éclairer un peu plus sur la tragédie vécue aux Bernardins le 3 septembre 1792. Depuis le décès de sa grand-mère, Yolande de Kérodret, veuve de M. de Vaucourtois, André a entrepris des recherches sur les massacres de Septembre et il ne se passe pas une rencontre entre les deux amis sans qu'il en soit question. Labat rédige à la hâte un court billet et le fait porter à André.

Quand l'ombre commence à se faire un peu épaisse, Labat allume deux lampes fonctionnant au gaz. Roger Martois écoute leur doux chuintement puis explique qu'il a encore une longue marche à faire jusqu'à son domicile, rue de Tournon.

– Je vais pas tarder à y aller, pas vrai ? Même si vous êtes bien aimable et que je m'ennuie pas !

Au moment de la Révolution, ainsi qu'il l'a exposé complaisamment, il habitait rue Garancière, presque au chevet de l'église Saint-Sulpice. Dix mètres seulement séparaient alors la tour nord de l'église de l'angle du séminaire. Cet espace correspondait à la rue Férou. On ne pouvait pas jouir de la perspective du grand portail, sauf à se transporter sur les hauteurs des environs de Paris. Heureusement, la démolition du séminaire a été ordonnée sous le premier Empire et le nouveau, construit bien après, a laissé de l'espace. Il l'aimait bien pourtant, ce séminaire quasiment collé à l'église. Derrière, il y avait le noviciat des jésuites, avec ses potagers et son verger. Il en avait biné des arpents de bonne terre pour les légumes ! Mais tout cela avait disparu.

D'ailleurs, tout disparaît. C'est la réflexion qu'il se fait tous les jours quand il sort prendre l'air.

– Napoléon III et son préfet Haussmann font tout disparaître ! a-t-il assené à intervalles réguliers.

Voilà deux heures que l'archiviste Eugène Labat, le journaliste André de Vaucourtois et le vieillard – Roger Martois – sont dans ce bureau triste, assis sur des chaises dures. Après avoir reçu de Labat les informations qu'il désirait et qui l'ont manifestement réjoui, Martois s'est prêté de bonne grâce aux questions d'André, présenté comme un collègue de la Préfecture. Il jouit d'une excellente mémoire et n'éprouve aucune réticence.

Ce qu'il dit sur les massacres de septembre 1792 est, au sens propre, insupportable.

– Aux Carmes, on a dû creuser des fosses. Bon sang qu'on a eu chaud ! Presque aussi chaud que lorsque je frappais avec mon sabre ! À l'époque, j'étais pas bien gros ! Le plus dur, voyez-vous, ç'a été de transporter les corps. Les prêtres étaient gras. Ce qui est normal pour des prêtres, pas vrai ?

Il se met à rire, en retroussant ses lèvres violacées sur quelques chicots. Les autres, mal à l'aise devant cette absence totale d'humanité ou simplement de compassion, gardent un visage fermé, malgré leur crainte d'effrayer le bonhomme.

À la prison de l'Abbaye et aux Bernardins, Roger Martois – les gars de la section l'appelaient Ro – n'a pas eu à creuser. D'autres s'en sont chargés. Il était là seulement pour tuer.

– Le maximum, qu'on nous avait dit.

– Quel maximum ?

– Le maximum de types à zigouiller, pardi ! C'était aussi

notre intérêt, vu qu'on était payés. En plus des choses qu'on pouvait se partager, bien sûr. D'ailleurs, je me souviens, on avait rigolé parce que j'avais reçu une perruque et qu'elle m'allait comme un gant. J'avais l'air d'un monsieur avec ma perruque !

Les galériens des Bernardins lui ont donné beaucoup de mal. À lui et aux autres. Même le boucher – comment s'appelait-il déjà ? – a eu du mal.

– Et pourtant, c'était un dur celui-là !

Finalement, le seul qui n'ait pas posé de problème est ce jeune homme à la chevelure noire et aux yeux gris, avec son nez qui n'en finissait pas. Cela a été facile de le tuer. Il n'avait que la peau sur les os, une chemise légère. Pourquoi s'est-il approché de la grille d'entrée ? Pourquoi s'est-il mis à insulter les hommes qui faisaient leur travail ?

Soixante-huit ans après, le vieillard n'a pas encore compris ce que voulait cet individu. Georget, l'imprimeur de la rue de la Calende, a dit : « Ro, tue-le ! » Il y a des ordres qui ne se discutent pas. Surtout quand on n'a que seize ans. Le jeune homme est mort après plusieurs coups de sabre. Mais pourquoi aussi traitait-il Roger et ses compagnons d'assassins ? Ce n'était pas sa place. Il n'avait rien à faire là.

Tout disparaît. L'archiviste, si Roger n'avait pas été là, n'aurait rien su de ce que représentaient les taches sur le registre d'écrou.

– Qu'est-ce que j'avais bu !

Il gonfle les joues.

– Tous, on buvait comme des trous. Et plus on buvait, plus on avait du mal à ajuster nos coups.

Il a un petit rire sec.

– Alors qu'on buvait pour tuer mieux ! C'est drôle, non ?

Tout disparaît.

– Moi-même, je disparaîtrai bientôt. Je ne serai plus que des os dans une terre.

Qui parle encore de septembre 1792 ? Il s'est passé tant de choses depuis. Qui se souviendra de Roger Martois ? Qui se souviendra des victimes ?

– Il n'était pas beaucoup plus vieux que moi, le garçon aux cheveux noirs. Il avait un regard intelligent. Il nous engueulait, il hurlait qu'on était des assassins. On faisait la justice, on était pas des assassins ! Et puis si on était des assassins, ça lui a servi à quoi de venir nous engueuler ? Il est mort d'avoir raison ! Mais après tout, c'est peut-être ça qu'il cherchait : mourir. C'est complètement idiot ! Moi, je comprends pas !

– Moi, je comprends, coupe André, qui a du mal à dissimuler son émotion à l'évocation des conditions ignobles dans lesquelles son grand-oncle a été tué.

– Vous savez qui c'était ?

– Non, ment André, mais je pourrais le reconnaître n'importe où. Les hommes qui meurent d'avoir raison sont trop peu nombreux pour qu'on ne puisse pas les reconnaître quand on les rencontre.

Quand il rentre chez lui ce soir-là, André de Vaucourtois se sent plus fatigué que s'il avait déménagé des tonnes d'archives. Le témoignage de ce Roger Martois, cet assassin ordinaire, l'a vidé de toute son énergie. Il trouve toutefois le courage de grimper à l'échelle de sa bibliothèque et, d'une vitrine, retirer doucement un livre à la couverture rouge grenat et au dos délicatement nervuré. André tient ce livre de sa grand-mère, qui l'a reçu un jour de 1810 dans un paquet soigneusement emballé avec un message annonçant le décès de Mme Luce Boucher. Sur la page de titre, quelques mots écrits d'une main malhabile, à l'encre bleue : « Merci à ma princesse Yolande. Luce. »

Il s'installe ensuite dans un fauteuil, sous la lampe, et ouvre le livre. Une enveloppe fine comme de la dentelle s'en échappe, d'où il extirpe deux feuillets. Combien de fois a-t-il déjà lu ces phrases écrites à l'encre bleue et que le temps a fait pâlir ? Plus qu'il ne saurait l'admettre. Il y a une telle force dans ce petit texte rédigé par sa grand-mère Yolande quelques jours seulement avant qu'elle s'éteigne !

Il lit, doucement, la gorge serrée :

Giverny, le 9 septembre 1849.

Mon André, je veux encore me confier à toi !

Je n'ai jamais vraiment cru à la responsabilité de Bernard de Fleurimont dans l'assassinat de Loïc. Pourtant, je n'ai jamais rien fait pour tenter de dissuader mon oncle. Quand celui-ci m'a confessé qu'il avait fait exécuter Bernard, j'ai pris conscience de ma lâcheté ou de mon égarement.

Bernard était peut-être l'assassin de Loïc mais je n'avais pas le droit, éprouvant des doutes, de me taire. Je devais m'opposer, dire non.

La douleur que m'a causée la disparition de Loïc n'est pas une excuse, loin s'en faut. Ou alors, il faut pardonner tous les crimes commis par ceux qui souffrent.

Je ne t'ai rien dit lorsque nous nous sommes vus la dernière fois à Giverny. J'en ai pourtant eu souvent le désir. Avais-je peur de ton regard ?

Si Bernard était innocent, je suis coupable de sa mort. S'il était coupable, j'ai manqué à l'élémentaire courage et j'ai laissé prospérer chez mon oncle la soif de vengeance. Dans l'un ou l'autre cas, je suis condamnable. J'en ai beaucoup souffert et j'en souffre encore. C'est une tache sur les couleurs de ma vie.

Mon André chéri, toi qui rapportes l'événement comme journaliste, va toujours jusqu'au bout de tes doutes ! Toujours ! Il n'est point de certitudes légitimes sans cet acharnement ! Ni de vérité !

Mais d'autres, depuis longtemps, ont exprimé la même chose mieux que je ne pourrais le faire. Il est dans la nature de l'humanité de répéter à chaque génération ce que la génération précédente a pu apprendre et que la génération suivante croit orgueilleusement découvrir.

Avec tout mon amour.

Yolande.

REMERCIEMENTS

Un roman historique, surtout s'il veut respecter la réalité des situations et des acteurs, doit autant aux historiens de la matière qu'à l'auteur, aux recherches patientes des uns qu'à l'imagination de l'autre, aux ouvrages savants des spécialistes qu'à la lecture passionnée et admirative de celui qui veut construire une fiction. Il est aussi, comme toute œuvre littéraire, une conjonction d'efforts, de travaux, d'encouragements et de soutiens.

On me pardonnera dès lors de citer ceux que je veux particulièrement remercier sans donner plus de précisions sur leurs contributions respectives : Albert Benloulou, Frédéric Bluche, Jacques-Olivier Boudon, Haim Burstin, A. Cabanes, Pierre Caron, Laurent Dingli, Sigmund Freud, François Furet, Max Gallo, Gustave Gautherot, Maëlle Guillaud, Bernadette Guillaume, Jacques Hérissay, Jean Jaurès, François Jourgniac de Saint-Méard, G Lenotre, Evelyne Lever, Albert Mathiez, Louis-Sébastien Mercier, Jules Michelet, Zahra Mohellibi, Mortimer Ternaux, Jean-Christian Petitfils, Gérard Quéveau, Maximilien Robespierre, Manon Roland, Jean-Jacques Rousseau, Félix Schwarz, Albert Soboul, Raphaël Sorin, Timothy Tackett, Louise de Tourzel, Jean Tulard, Michel Vovelle, Emmanuel de Waresquiel, Joseph Weber.

DU MÊME AUTEUR

LES NOCES ROUGES, L'Harmattan, 2003.

LA SENTINELLE DE CABRERA, Fayard, 2005.

TERREUR BLANCHE, Fayard, 2006.

Composition IGS-CP
Impression CPI Bussière, décembre 2009
à Saint-Amand-Montrond (Cher)
Editions Albin Michel
22, rue Huyghens, 75014 Paris
www.albin-michel.fr

ISBN 978-2-226-19574-6
N° d'édition : 18408/01. – N° d'impression : 093330/4.
Dépôt légal : janvier 2010.
Imprimé en France.